Classée en tête de liste des meilleures ventes du *New York Times* et du *USA Today*, elle est l'auteur d'une dizaine de livres. Récompensée à plusieurs reprises pour ses écrits, elle a connu le succès avec sa série *La chronique des Anciens*, qui l'a fait connaître au grand public. Le premier tome, *Le baiser du dragon*, a été primé par le célèbre RITA Award 2012 de la meilleure romance paranormale.

Elle a également été publiée sous le pseudonyme d'Amanda Carpenter.

L'étreinte du serpent

THEA HARRISON

LA CHRONIQUE DES ANCIENS – 3

L'étreinte du serpent

Traduit de l'anglais (États-Unis)
par Laurence Murphy

AVENTURES & PASSIONS

Vous souhaitez être informé en avant-première
de nos programmes, nos coups de cœur ou encore
de l'actualité de notre site *J'ai lu pour elle* ?

Abonnez-vous à notre *Newsletter* en vous connectant
sur **www.jailu.com**

Retrouvez-nous également sur Facebook
pour avoir des informations exclusives :
www.facebook/jailu.pourelle

Titre original
SERPENT'S KISS

Éditeur original
Berkley Sensation Books,
published by The Berkley Publishing Group,
a division of Penguin Group (USA) Inc., New York

© Teddy Harrison, 2011

Pour la traduction française
© Éditions J'ai lu, 2014

Remerciements

J'ai une fois encore de nombreuses personnes à remercier.

Luann Reed-Siegel, d'abord, pour son travail exemplaire de préparation de copie.

Erin Galloway, publiciste chez Penguin, dont j'apprécie la chaleur, la patience, les connaissances, la célérité, l'engagement et l'enthousiasme.

Janet et Don.

Mes premiers lecteurs, Shawn, Kristin, Anne, et Fran pour leurs retours prompts et intelligents. Vous êtes géniaux !

Lorene et Carol, comme toujours.

Mat pour son travail généreux, bon et fidèle sur le site web.

Mon éditrice, Cindy Hwang, et mon agente, Amy Boggs. Merci encore pour tout ce que vous faites.

Et enfin, vous qui êtes si importants, mes lecteurs. Sans vous, rien de tout cela ne vivrait. Vous avez ma reconnaissance éternelle.

Politique, substantif féminin :

Lutte d'intérêts se faisant passer pour une lutte au nom de principes.

La conduite d'affaires publiques pour des bénéfices privés.

Pour les Anciens, le terme est en général synonyme d'effusion de sang et de déluge d'enterrements.

Ambrose Bierce, dans sa dernière révision du *Dictionnaire du Diable*.

1

— Je suis mauvaise, c'est un fait, nota Carling Severan, la sorcière vampire, d'une voix atone. J'ai accepté cette vérité il y a des siècles. Je calcule la portée de mes moindres décisions, et même lorsque j'opte pour le choix qui semble le plus généreux, c'est que j'estime qu'il peut me servir.

Carling était assise dans son fauteuil préféré devant une grande fenêtre qui donnait sur un jardin luxuriant, bien entretenu, que les reflets subtils du clair de lune embellissaient encore. Le cuir souple du siège s'était depuis longtemps conformé à son corps. Elle avait le regard rivé sur la scène, mais l'expression dans ses long yeux en amande restait lointaine, et ses traits de marbre.

— Pourquoi dire une chose pareille ? demanda Rhoswen.

La voix de la jeune vampire était mouillée de larmes. Elle s'agenouilla à côté du fauteuil et leva sa tête blonde vers Carling ; elle évoquait une fleur cherchant le soleil de minuit.

— Vous êtes l'être le plus merveilleux qui soit.

— Tu es très gentille.

Carling embrassa Rhoswen sur le front car elle semblait en avoir besoin. Si la distance dans le regard de Carling s'amenuisa, elle ne disparut pas entièrement.

— Mais tes mots sont troublants. Si tu crois une telle chose à propos de quelqu'un comme moi, il est impératif que tu prennes plus de recul.

Les larmes de la servante inondèrent son visage parfait et elle étreignit Carling en sanglotant.

Carling leva ses sourcils finement dessinés.

— Que se passe-t-il ? demanda-t-elle d'un ton las. Qu'ai-je fait pour te bouleverser ainsi ?

Rhoswen secoua la tête et la serra plus fort encore.

Elle était l'une des progénitures les plus jeunes de Carling. Cette dernière avait cessé de créer des vampires il y avait bien longtemps, à l'exception de quelques personnes extraordinairement talentueuses qu'elle avait découvertes à la fin du XIXᵉ siècle. Rhoswen faisait alors partie d'une médiocre compagnie de théâtre shakespearien. Elle avait une voix d'or et souffrait d'une tuberculose pulmonaire qui la tuait à petit feu. Carling l'avait transformée alors qu'elle n'était encore qu'une jeune fille de dix-huit ans effrayée et au seuil de la mort. Elle avait donné à la jeune femme bien plus de libertés qu'elle n'en accordait en général à ses autres serviteurs. Elle endura l'étreinte étouffante de Rhoswen tout en réfléchissant.

— Nous discutions des événements qui ont abouti au couronnement de la reine des Faes noires. Tu continues à penser que j'ai fait preuve de bonté lorsque j'ai guéri Niniane et son amant Tiago alors qu'ils étaient grièvement blessés. Si les résultats ont certes pu être bénéfiques, je soulignais simplement qu'au fond je demeure une créature égoïste.

— Il y a deux jours, fit Rhoswen. Nous avons eu cette conversation il y a deux jours, puis vous vous êtes de nouveau effacée.

— Vraiment ? (Elle se redressa.) Nous savions que la détérioration s'accélérait, de toute façon.

Personne ne comprenait exactement pourquoi les très vieux vampires traversaient une période de détérioration mentale progressive et inéluctable avant de sombrer dans la folie totale, et enfin la mort. Comme il était rare que les vampires atteignent un âge aussi avancé, aussi extrême, le phénomène était peu connu en dehors de l'élite des Créatures de la Nuit. La vie des vampires était violente et ils mouraient rarement de vieillesse.

C'était peut-être la progression inévitable de la maladie. Peut-être, se dit Carling, que notre commencement contient déjà les graines de notre chute finale. Les âmes humaines, après tout, n'étaient pas censées vivre l'existence quasi éternelle que le vampirisme leur conférait.

Rhoswen leva son visage mouillé de larmes.

— Mais vous alliez mieux récemment ! À Chicago et puis lors du couronnement de la Fae noire, vous étiez alerte et en pleine possession de vos moyens. Vous étiez là, à chaque moment. Il suffit que nous continuions de vous stimuler avec d'autres choses.

Carling la regarda avec amusement. Les expériences extraordinaires semblaient aider, c'était vrai, car elles « secouaient » en quelque sorte et réveillaient l'esprit, pendant un temps du moins. Elles n'offraient malheureusement qu'un sursaut passager. Pour quelqu'un qui avait vu passer des millénaires, même les expériences extraordinaires devenaient ordinaires.

— J'ai eu deux ou trois épisodes dont je ne t'ai pas parlé, reconnut-elle en soupirant.

Le chagrin qui s'inscrivit sur les traits de Rhoswen était véritablement shakespearien. La lassitude de Carling s'intensifia en voyant l'expression de dévotion fanatique de la jeune vampire et en sachant qu'elle n'avait absolument rien fait pour la mériter.

Elle était née dans l'anonymat il y avait tellement longtemps que les détails de cette époque s'étaient estompés. Elle avait été enlevée et vendue comme esclave, fouettée presque à mort, puis offerte comme concubine à un roi du désert beaucoup plus âgé qu'elle, et elle avait juré de ne plus jamais laisser personne lever un doigt sur elle. Elle avait fait en sorte que le roi fasse d'elle une reine et avait gaspillé une vie infiniment longue à acquérir de la Force. D'abord elle s'était initiée aux poisons, à l'art de la guerre et à la sorcellerie, avait appris à gouverner et à garder rancune, puis elle avait découvert le vampirisme, le baiser du serpent qui lui avait conféré la vie presque éternelle.

Elle avait joué aux échecs avec des démons en misant des vies humaines, conseillé des monarques et combattu des monstres. Tout au long du défilement du rouleau des siècles, elle avait régné sur plus d'un pays avec une férocité inébranlable et tenu à sa merci des peuples et des armées avec une poigne de fer. Elle connaissait des sortilèges et des enchantements tellement secrets que la rumeur même de leur existence s'était quasiment éteinte, et elle avait vu des choses merveilleuses capables de mettre des hommes fiers à genoux. Elle avait conquis les ténèbres pour pouvoir marcher à la lueur du jour, et elle avait perdu tellement d'êtres et de choses que même la peine ne la touchait plus guère.

Toutes ces expériences fabuleuses s'effaçaient désormais dans la splendeur de la nuit.

Elle n'avait plus de but dans la vie, plus de défis à relever ni de batailles à remporter, plus de sommets à vaincre. Après tout ce qu'elle avait fait pour survivre, après s'être battue tellement longtemps pour diriger, elle était désormais… détachée.

Et puis il y avait le dernier de tous les trésors, l'ultime joyau dans son cercueil de secrets qui reposait sur tous les autres, scintillant de son éclat d'onyx.

La Force qu'elle avait accumulée, fruit de tant d'efforts, palpitait à l'unisson de la détérioration grandissante de son esprit. Elle la voyait flamboyer autour d'elle sous la forme d'un miroitement transparent absolument somptueux. Elle l'enveloppait d'un suaire qui étincelait comme les diamants.

Elle n'avait pas pensé que sa mort serait à ce point empreinte de grâce.

Elle ne savait plus quand le processus avait commencé. Le passé et le présent se confondaient dans son esprit. Le temps était devenu une énigme. Était-ce ainsi depuis cent ans ou depuis l'aube de sa vie ? Si cela avait duré toute son existence, elle y voyait une symétrie qui pourrait expliquer que ce pour quoi elle s'était battue avec autant d'ardeur, ce pour quoi elle avait versé du sang et des larmes de rage, serait, à la fin, ce qui la dévorerait et aurait raison d'elle.

Un nouveau flamboiement de Force se préparait. Elle pouvait en sentir le caractère inévitable aussi clairement que l'approche du crescendo dans une symphonie immortelle ou que la prochaine pulsation intime du battement de son cœur abandonné depuis si longtemps, presque oublié. Son regard se fit vague comme elle se concentrait sur cette flamme intérieure et enchanteresse.

Juste avant qu'elle ne l'engloutisse une nouvelle fois, elle remarqua quelque chose d'étrange. Il n'y avait pas un bruit, pas un son dans la maison, pas de mouvements d'autres vampires, pas d'étincelle d'émotion humaine. Il n'y avait rien que les hoquets de Rhoswen agenouillée à ses pieds et les petits bruits de contentement d'un chien qui se grattait l'oreille non loin d'elles, puis se blottissait sur son coussin posé par terre. Carling avait longtemps vécu entourée de chacals impatients de dévorer les reliefs qui tombaient des tables de ceux qui avaient la Force et le pouvoir, mais une semaine plus tôt tous ses serviteurs et tous les flagorneurs avaient fui.

Certaines créatures avaient un instinct de conservation aigu, contrairement à d'autres.

— Je suggère que tu t'appliques davantage à acquérir du discernement, fit-elle à Rhoswen.

Every little thing is going to be all right.

Rune avait récemment cité Bob Marley à Niniane Lorelle quand celle-ci s'était trouvée à un croisement difficile de sa vie. Niniane était jeune pour une fée, une femme adorable et une de ses amies de longue date. Elle était aussi la reine des Faes noires désormais, et la dernière entrée sur la liste américaine des dix personnes les plus influentes du pays. Rune avait parlé de Bob lors d'une conversation destinée à la réconforter à la suite d'une tentative d'assassinat sur sa personne qui avait coûté la vie à une de ses amies ; son compagnon, Tiago, avait failli mourir aussi.

Et depuis cette chanson de Marley lui trottait dans la tête. C'était l'un de ces foutus virus qui infiltraient le cerveau, un peu comme une pub à la télé ou une musique de film qui se répéterait indéfiniment, et il n'arrivait pas à trouver une touche qui lui permettrait de faire taire la sono branchée à ses neurones.

Non qu'il n'appréciât pas la musique de Bob, d'habitude. Non, mais il voulait juste qu'il la ferme pendant un moment, histoire de pouvoir roupiller un peu.

Mais non, il se réveillait au milieu de la nuit, les yeux rivés au plafond en ayant l'impression que ses draps en soie ponçaient sa peau hypersensible et que des souvenirs des événements récents assaillaient sa rétine pendant que Bob continuait à chanter.

Every little thing.

Clic, et Tiago, un des meilleurs amis de Rune, gisait sur le dos dans la clairière d'une forêt, le ventre ouvert, baignant dans son sang tandis que Niniane était agenouillée à ses côtés et lui tenait la tête, une expression de terreur pure dans les yeux.

Clic, Rune plongeait le regard dans l'expression impénétrable de l'une des dirigeantes des Créatures de la Nuit les plus puissantes de l'histoire, saisissait Carling par les épaules, la secouait violemment et lui hurlait quelque chose.

Clic, il concluait un marché avec Carling qui sauvait la vie de Tiago mais risquait de mettre un terme à la sienne.

Clic, à la tombée de la nuit, au cœur du pays des Faes noires, Carling sortait nue de la rivière Adriyel ; l'eau argentée qui brillait sur elle à la lueur du crépuscule donnait l'illusion qu'elle avait revêtu une robe transparente d'étoiles. Les courbes et les creux de son corps musclé, les cheveux sombres collés à son crâne bien dessiné, son visage égyptien aux pommettes saillantes et à l'expression indéfinissable – tout était absolument parfait. Et ce qui était le plus parfait chez elle était aussi le plus tragique, puisque la beauté sensuelle et gracile de son corps était altérée par des dizaines de longues cicatrices blanches. Quand elle était encore humaine, elle avait été fouettée avec une violence et une cruauté barbares ; elle se mouvait néanmoins avec la sensualité assurée, souple et puissante d'un tigre. La voir avait coupé le souffle de Rune, anéanti sa faculté de penser, sidéré son âme, son tout, si bien qu'il avait besoin d'une sorte de redémarrage cosmique qui n'avait pas encore eu lieu, car une partie de lui était toujours figée par cette fulguration.

Clic, et il était là lorsqu'un coup de feu était parti d'un pistolet ancien pour exploser dans la clairière, tuant net et simultanément une traîtresse et une femme de grande valeur. Une femme qu'il avait beaucoup appréciée. Une humaine forte, drôle, fragile, qui n'aurait pas dû perdre sa précieuse et courte vie parce que lui et l'autre sentinelle, une amie elle aussi, Aryal, avaient merdé et l'avaient laissée protéger Niniane toute seule.

Clic, et il voyait le visage de Cameron encore vivante. Elle avait le corps longiligne d'une athlète et un visage rieur constellé de taches de rousseur.

Clic, et il voyait Cameron une toute dernière fois quand les soldats des Faes noires préparaient et enveloppaient sa dépouille afin de la ramener à sa famille, à Chicago. La couleur cannelle de ses taches de rousseur était devenue livide et le coup de pistolet lui avait emporté une partie de la tête en explosant. Il était toujours tellement affreux de voir un ami mort. Pourtant ils ne souffraient plus, ils étaient en paix. À ce stade, c'était vous qui étiez blessé.

Every little thing is going to be all right.

Sauf que, parfois, ce n'était pas le cas, Bob. Parfois la situation dégénérait au point que l'on ne pouvait plus rien faire d'autre que de renvoyer ses amis chez eux dans une housse mortuaire.

Rune commençait à devenir irritable. Il était d'ordinaire un Wyr plutôt facile à vivre, serein, mais à présent il sortait de ses gonds de plus en plus souvent et sautait à la gorge des gens sans raison. Métaphoriquement parlant. Au moins il n'avait pas commencé à leur sauter à la gorge pour de bon. Mais on commençait à l'éviter.

— Qu'est-ce qui te rend de si mauvais poil ? lui avait demandé Aryal après le couronnement de Niniane, lorsqu'ils avaient traversé le passage qui reliait Adriyel à Chicago, pour retourner à New York.

Ils avaient opté pour leur moyen de locomotion préféré et avaient pris leur forme wyr afin de pouvoir voler. Aryal était une sentinelle elle aussi et une harpie, ce qui signifiait qu'elle était une emmerdeuse de première quatre-vingt-dix pour cent du temps. En général, ses manières abruptes le faisaient rigoler. Mais là, il avait failli la précipiter contre un gratte-ciel.

— Je suis hanté par le fantôme de Marley, avait-il répondu.

Aryal avait tourné vers lui un sourcil sombre. Quand elle était sous sa forme de harpie, les traits de sa face étaient plus prononcés, plus anguleux. Ses ailes gris foncé qui s'assombrissaient au niveau du duvet avant de devenir noires battaient puissamment l'air chaud qui soufflait avec force autour d'eux.

— Quel fantôme ? demanda la harpie. Celui du passé, du présent ou du futur ?

— Hein ?

Il mit une seconde à comprendre. Puis il refit mentalement le lien avec Dickens et il pensa, Jacob

Marley, pas Bob. Aryal croyait qu'il parlait du personnage de Jacob Marley dans le récit de Charles Dickens, *Un chant de Noël*, et des trois fantômes des Noëls passés, présents, et futurs.

Le temps, encore le temps, et toujours le temps. Ce qu'il s'est passé, ce qu'il se passe, et ce qu'il se passera.

Il rugit une sorte de rire jaune.

— Tous, fit-il. Je suis hanté par les trois.

— Mec, arrête ton char, fit Aryal d'un ton léger qu'il reconnut comme étant conciliant, venant d'elle en tout cas. Allez, crois cinq minutes au père Noël et qu'on n'en parle plus.

La harpie paraissait presque délicate lorsqu'il volait à ses côtés, lui dont la forme wyr était celle d'un griffon. Il avait le corps d'un lion et la tête et les ailes d'un aigle royal. Ses pattes étaient énormes et hérissées de longues et redoutables griffes rétractables, et il avait les yeux mordorés d'un lion. Il avait le torse ample et développé du félin, un arrière-train souple et puissant, et un pelage et des plumes de la couleur brune et dorée des lieux désertiques écrasés de soleil. Sous sa forme wyr, il était immense, atteignant facilement la taille d'un 4×4 avec une envergure tout aussi formidable.

Sous sa forme humaine, Rune mesurait près de deux mètres et il avait la carrure impressionnante et les muscles déliés d'un épéiste. Il avait une peau bronzée par le soleil et de petites rides d'expression au coin de ses yeux mordorés. Ses traits réguliers et son sourire éclatant étaient des qualités appréciées, en particulier par la gent féminine, et la masse de cheveux dorés qui retombait sur ses épaules massives avait des reflets d'or pâle, de châtaigne et de cuivre poli.

Il était l'un des quatre griffons de la terre, vénéré dans l'ancienne Inde et en Perse, un Wyr immortel apparu à la naissance du monde. Le temps et l'espace s'étaient gondolés au moment de la formation de la terre. Le phénomène avait créé des poches dimensionnelles d'Autres Contrées où la magie se concentrait, où le temps ne s'écoulait pas au même rythme, où les technologies modernes ne fonctionnaient pas et où le soleil brillait d'un éclat différent. Ceux qui étaient désormais connus sous le nom des Anciens, les Wyrs et les Elfes, les Faes noires et les Faes lumineuses, les Créatures de la Nuit, les démons, les sorcières et les mages humains, et toutes sortes d'autres créatures monstrueuses tendaient à se regrouper dans d'Autres Contrées ou autour d'elles.

La plupart des créatures qui allaient devenir ceux que l'on appelait les Anciens étaient apparues sur la terre ou dans des poches dimensionnelles d'une Autre Contrée. Quelques-unes d'entre elles, un très petit nombre, avaient surgi à des croisements entre les lieux, là où le temps et l'espace étaient fluides et variables, et où, au moment de la création du monde, la Force était encore une énergie informe, incommensurable, illimitée.

Rune et les autres griffons étaient de tels êtres. Nés de la fusion de deux créatures, à la frontière du temps et de l'espace, ils étaient l'incarnation même de la dualité. Lion et aigle à la fois, il avait appris avec les autres Wyrs à se métamorphoser et à se fondre parmi les mortels, capable de prendre aussi bien une forme ailée qu'une apparence humaine. Les Wyrs avaient une affinité particulière pour les lieux de transition sur la terre. Ils avaient un don pour découvrir des passages qui permettaient de se rendre dans d'Autres Contrées qui demeuraient cachés à toutes les autres créatures, mais aussi pour découvrir d'Autres Contrées inconnues de tous. Ils avaient la réputation parmi les Anciens d'être des explorateurs intrépides. Il n'y aurait jamais d'autres créatures de ce type. L'époque de la création, lorsque tout était encore inachevé et en mesure de se transformer, était révolue, toute chose, y compris les zones de croisement entre les lieux, étant fixée définitivement.

Le passé se déroulait derrière lui. Le futur l'attendait avec son sourire énigmatique de Mona Lisa. Et le présent si fugace naissait et mourait continuellement dans une éternelle fuite en avant, sans que l'on puisse le saisir et le retenir.

Vivre à la croisée de chemins, oui, il connaissait cela plutôt bien.

Aryal et lui étaient revenus à la tour Cuelebre à New York.

Les Anciens comptaient sept domaines qui recouvraient la géographie humaine des États-Unis. Le siège du domaine des Elfes était à Charleston, en Caroline du Sud. Le siège du domaine des Faes noires était à Chicago, et celui des Faes lumineuses à Los Angeles. Les Créatures de la Nuit, qui comprenaient toutes les formes vampiriques, contrôlaient la région de la baie de San Francisco et le Nord-Ouest pacifique, tandis que les sorcières et les mages humains, considérés comme des Anciens en raison de leur maîtrise de la Force, étaient basés à Louisville, dans le Kentucky. Les démons, à l'instar des Wyrs et des vampires, regroupaient plusieurs races, notamment les orques et les djinns, et leur siège était à Houston.

La première chose que firent Rune et Aryal à leur retour fut de présenter leur rapport au seigneur des Wyrs, Dragos Cuelebre. Un colosse à la peau sombre et aux yeux dorés dont la forme véritable était celle d'un dragon de la taille d'un jet privé. Il gouvernait ce domaine depuis des siècles et sept Wyrs immortels étaient ses sentinelles.

Rune était le premier lieutenant de Dragos. L'une des tâches de Rune et des trois autres griffons, Bayne, Constantine et Graydon, était de maintenir la paix dans le domaine. Aryal était la sentinelle chargée des investigations, et la gargouille Grym était à la tête de la sécurité de Cuelebre Enterprises.

Dragos venait de perdre sa septième sentinelle et il ne l'avait pas encore remplacée. Le Wyr Tiago, l'oiseau-tonnerre qui avait été le chef de guerre de Dragos pendant des siècles, avait quitté son poste et sa vie dans le domaine wyr afin de rester auprès de sa nouvelle compagne, Niniane.

Dragos n'était pas l'être le plus placide qui soit, même dans ses bons jours. Au début, le compte rendu ne lui avait pas plu. Mais alors, pas du tout.

— Tu lui as promis *QUOI* ?

Le rugissement guttural du dragon fit trembler les fenêtres. Ils étaient dans son bureau. Dragos planta les mains sur ses hanches, ses traits ciselés assombris par l'incrédulité.

Rune pinça les lèvres, tentant de contenir sa propre mauvaise humeur.

— J'ai promis de rejoindre Carling dans une semaine et de m'acquitter d'une faveur de son choix.

— Putain, mais c'est im-pen-sa-ble, gronda le seigneur wyr. Est-ce que tu as la moindre idée de ce que tu as promis ?

— Oui, en fait, aboya Rune. Je crois que j'en ai une petite idée, en effet.

— Elle peut te demander de faire n'importe quoi et comme tu es désormais lié par les lois de la magie, tu devras le faire. Tu pourrais être parti pendant des *CENTAINES D'ANNÉES* simplement pour t'acquitter d'une putain de faveur.

Le dragon se mit à faire les cent pas et son regard devint incandescent.

— J'ai déjà perdu mon chef de guerre, et maintenant qui sait combien de temps je vais devoir me passer de mon premier lieutenant… Tu n'aurais pas pu trouver autre chose à marchander ? N'importe quoi d'autre.

— Apparemment non, vu que c'est moi qui ai conclu ce foutu marché, rétorqua Rune d'un ton sec alors que sa colère s'embrasait.

Dragos se tut et se retourna pour lui faire face. C'était en partie, indubitablement, parce qu'il était surpris, Rune étant normalement d'humeur égale. Mais il était aussi en train d'inspirer profondément avant de libérer une giclée de rage. La Force du dragon comprima la pièce.

C'est alors qu'Aryal, à la surprise générale, intervint pour jouer le rôle de médiateur.

— Mais bordel, Dragos ? fit la harpie. C'était une question de vie ou de mort et Tiago se vidait de son sang devant nous. Nous n'avons ni l'un ni l'autre eu le temps de consulter nos avocats sur les clauses à accepter ou à refuser lors d'un marché avec la Méchante Sorcière de l'Ouest. Nous t'avons ramené un cadeau, au fait. Tiens.

Elle jeta un sac de cuir à Dragos qui leva la main pour l'attraper.

Il l'ouvrit et sortit deux jeux de fers noirs qui irradiaient une Force menaçante.

— Enfin une bonne nouvelle, souffla-t-il.

Les trois Wyrs contemplèrent les chaînes avec horreur. Façonnées par le vieil ennemi de Dragos, feu Urien Lorelle, ancien roi des Faes noires, ces entraves avaient le pouvoir d'emprisonner le plus Puissant de tous les Wyrs, Dragos lui-même.

Il refoula son accès de colère et écouta Rune et Aryal lui raconter comment Naida Riordan, épouse de l'un des plus importants dignitaires du gouvernement des Faes noires, avait utilisé les anciens outils d'Urien dans ses tentatives d'assassiner Niniane et Tiago.

— Les fers empêchaient Tiago de guérir, expliqua Rune. Nous avons failli le perdre pendant que nous essayions de trouver un moyen de les lui retirer. C'est alors que j'ai dû conclure le marché avec Carling.

Le dragon lui lança un regard sombre, ses pensées défilant comme des ombres au fond de ses prunelles mordorées.

— Très bien, fit enfin Dragos. Prends la semaine pour régler tes affaires et déléguer tes fonctions. Et quand tu seras à San Francisco, tâche de persuader Carling de te laisser faire quelque chose rapidement.

Rune passa donc la semaine à déléguer, tandis que Bob et les images qui défilaient dans sa tête lui tenaient compagnie la nuit et que le jour les sons et le spectacle de New York assaillaient ses sens.

En temps normal, il aimait bien l'effervescence qui régnait à New York, mais depuis son retour d'Adriyel, l'énorme ville bouillait dans la chaleur estivale, toutes les odeurs étaient piégées dans l'humidité étouffante et le brouhaha constant lui donnait l'impression que des ongles tranchants lui labouraient la peau. Il devint sauvage, étranger à lui-même et terriblement irritable. Quand il explosait de fureur cela le choquait autant que les autres. Pour la première fois de sa longue vie, dont il ne pouvait même compter les années, il ressentait quelque chose qu'il n'avait jamais éprouvé auparavant : il se sentait en danger.

Ce n'était peut-être pas une mauvaise chose qu'il doive s'en aller pendant un moment. Cela lui donnerait peut-être l'occasion de récupérer, de retrouver son équilibre. S'éloigner de Dragos et de son caractère difficile alors que son propre sang-froid lui faisait soudain défaut serait une bonne chose. Dragos et lui avaient une relation productive qui durait depuis des siècles, fondée en partie sur l'amitié, mais aussi et surtout sur un partenariat dans le cadre duquel chacun comptait sur les compétences et les talents de l'autre, l'humeur égale et la diplomatie en ce qui concernait Rune.

Mais pour le moment, il semblait avoir égaré son tact, sa finesse, son sens de la mesure, et s'il continuait sur cette lancée, Dragos et lui risquaient fort d'entrer en conflit, ce qui ne serait bon pour personne, et surtout pas pour lui. Il n'y avait aucune raison de laisser les choses dégénérer à ce point.

Il était censé inciter Carling à lui laisser faire pour elle quelque chose de rapide, sans blague ? Peut-être qu'il pourrait lui proposer de sortir ses poubelles ou de faire sa vaisselle. Il se demandait comment cela passerait.

Est-ce que la Méchante Sorcière de l'Ouest avait le sens de l'humour ? Ces deux ou trois derniers siècles, Rune l'avait vue traiter des affaires qui touchaient plusieurs domaines. Et même s'il l'avait

24

entendue une ou deux fois jouer sur les mots ou croyait avoir vu quelques rares fois une étincelle danser au fond de ses fabuleux yeux sombres, cela semblait très peu probable. Elle était trop grave pour se livrer à l'humour, comme si le rire était susceptible de fissurer une espèce de système de défense absolument crucial au fond d'elle-même.

Ce jeudi-là, le sixième jour, son iPhone bipa. Il le sortit de la poche de son jean et lut le message. C'était un e-mail de Duncan Turner, du cabinet d'avocats Turner & Braeburn, dont l'étude principale était à San Francisco.

Qui donc était ce mec ?

Ah oui, Duncan Turner était Duncan le vampire. Duncan avait fait partie de l'entourage de Carling quand celle-ci s'était rendue à Adriyel, le territoire des Faes noires, à l'occasion du couronnement de Niniane. Elle y était allée en tant que Chancelière du tribunal des Anciens.

Le tribunal des Anciens jouait un peu le rôle des Nations unies pour tous les domaines. Il comptait sept chanceliers qui représentaient donc les sept domaines aux États-Unis et il avait certains pouvoirs juridiques et judiciaires sur les affaires propres à chaque domaine. Leur mission principale était de maintenir la stabilité de l'équilibre actuel de Force et de mettre tout en œuvre pour empêcher une guerre.

Entre autres fonctions, les chanceliers avaient l'autorité d'ordonner la présence de résidents de leur domaine lorsqu'on leur demandait d'intervenir officiellement en tant que représentants du tribunal des Anciens. De même que les jurés pour les humains, les résidents des domaines étaient tenus de se rendre à la convocation ou alors de fournir une preuve de leur incapacité à se présenter.

Rune se demandait combien Duncan avait perdu d'heures facturables pour le privilège d'accompagner et d'assister Carling pendant son voyage à Adriyel. Non seulement Duncan s'était avéré être un atout, mais il n'avait jamais affiché la moindre frustration, impatience ou le moindre ressentiment. Il avait vraiment été le compagnon de voyage idéal, et si un comportement aussi exemplaire éveillait la méfiance de Rune, il n'avait pas pu s'empêcher d'apprécier le vampire et de le trouver sympathique.

Rune cliqua sur le message pour le lire.

Rune Ainissesthai
Premier lieutenant
Tour Cuelebre
New York, NY 10001

Cher Rune,

RE : Suivant le contrat verbal établi le 23.4.3205, date d'Adriyel.

En guise de paiement pour des services rendus par la Chancelière Carling Severan, veuillez vous présenter demain, au crépuscule, à mon bureau, suite 7500, 500 Market Street, San Francisco, CA 94105. Des instructions supplémentaires vous seront données à ce moment-là.

J'espère que vous avez passé une semaine agréable et j'attends avec impatience de vous revoir en temps voulu.

Bien à vous,

Duncan Turner
Ténor du barreau
Turner & Braeburn, Avocats

Rune se frotta la bouche en lisant le message une seconde fois. Son humeur déjà sombre empira. Demander à Carling s'il pouvait faire quelque chose vite, hein ? Sortir les poubelles, faire la vaisselle.

Bordel de merde.

Puisqu'il ne savait pas ce qu'on attendait de lui, il décida que le mieux était de louer une chambre confortable et agréable. Il en réserva donc une pour une durée indéterminée au Fairmont Hotel à San Francisco et, privilégiant la vue à la superficie de la chambre, opta pour une suite dotée de portes-fenêtres à la française qui s'ouvraient sur un balcon en fer forgé. Puis il dit au revoir à ses potes, remplit un sac et batailla âprement avec la meute de lions-Wyrs qui constituaient l'armée d'avocats de Cuelebre Enterprises pour l'utilisation du jet de la société. En dépit de leurs vociférations, le débat fut clos lorsqu'il fit valoir ses galons. Il expédia le groupe de félins en pétard réserver des billets de première classe pour leur congrès à Bruxelles.

Il aurait pu voler sous sa forme de griffon de New York à San Francisco, mais il aurait dû se présenter fourbu et affamé à l'étude de Turner & Braeburn, ce qui ne semblait pas la meilleure option stratégique lorsque l'on faisait face à une tâche inconnue et potentiellement dangereuse. De plus, comme il l'expliqua aux matous, il devait s'occuper d'un certain nombre de détails importants pendant le vol.

Ce qu'il fit. Dès que le Lear quitta le tarmac, il s'étira sur un canapé, des coussins dans le dos et une pile de sandwichs au rosbif à côté de lui. Il appuya sur une touche qui ouvrit les persiennes qui masquaient un large écran plasma panoramique de un mètre trente de largeur, posa un clavier sans fil sur ses genoux, une souris sans fil sur le dossier du canapé, et se connecta au jeu *Wrath of the Lich King* de World of Warcraft via la connexion satellite du jet.

Il ne savait pas, après tout, quand il aurait l'occasion de jouer de nouveau à WoW. Et il était super important qu'il le fasse afin de sauver la vie sur Azeroth tant qu'il le pouvait encore. Yesss.

Il joua et mangea, puis dormit un peu tandis que le jet fendait l'air et faisait la course contre le déclin du jour. C'était bon d'être de nouveau dans le mouvement, même d'une manière aussi tranquille, et son humeur s'améliora au point qu'il se sentit presque enjoué.

Puis la voix du pilote couvrit le son du jeu.

— Monsieur, nous avons entamé notre descente. Elle devrait se faire tout en douceur. Nous serons à San Francisco dans une demi-heure environ et nous avons déjà obtenu l'autorisation d'atterrir. La température à San Francisco est actuellement de vingt-trois degrés Celsius et le temps est dégagé. Nous allons avoir un magnifique coucher de soleil.

Rune leva les yeux au ciel en entendant le carnet de voyage, se déconnecta de WoW, s'étira et se leva. Il entra dans la somptueuse salle de bains, se rasa et prit une douche rapide, puis il enfila son jean préféré, son tee-shirt Jerry Garcia, et des bottes à bout renforcé, puis alla voir ce qu'il se passait dans le cockpit, histoire d'apprécier la vue.

Le pilote et le copilote étaient un couple wyr dont la forme animale était le corbeau. Ils étaient détendus et discutaient entre eux quand il entra. Les deux compagnons de vie étaient des garçons élancés, spirituels et aux cheveux de jais, qui se redressèrent instantanément sur leurs sièges quand il fit son apparition.

— Hé ho, les mecs, fit-il d'un ton tranquille en posant un coude sur le dossier du copilote. Relax, Max.

— Oui, monsieur.

Alex, le pilote, lui adressa un sourire en coin. Il était le plus jeune et le plus agressif des deux mâles. Son compagnon, Daniel, qui était plus cool, était en général content de simplement l'assister. Pour les vols plus longs, ils échangeaient leurs rôles, l'un assurant l'aller et l'autre le retour.

Le Lear serait révisé et ravitaillé en carburant pendant la nuit et les corbeaux repartiraient pour New York tôt le lendemain matin

— Qu'est-ce que vous allez faire de votre soirée, les gars ? leur demanda Rune. Dîner ? Spectacle ?

Tandis qu'ils discutaient de restaurants et de shows de Broadway, Rune contempla le panorama qui s'offrait à ses yeux.

La région de la baie de San Francisco était inondée de couleurs évoquant d'immenses coups de pinceau : les gris-bleus de monuments épars piqués d'étincelles de lueurs électriques et le tout couronné par le feu du coucher de soleil qui s'amorçait dans un ciel sans nuages. Les cinq ponts principaux de la région : le Golden Gate Bridge, le San Francisco-Oakland Bay Bridge, le Richmond-San Rafael Bridge, le San Mateo-Hayward Bridge et le Dumbarton Bridge se profilaient en miniature dans l'horizon pastel. Des gratte-ciel semblaient pousser sur la péninsule au sud de San Francisco, évoquant des fleurs colossales qui s'épanouiraient dans le jardin d'un dieu. À l'autre bout du Golden Gate s'étendait la région de la baie du nord qui comprenait les comtés de Marin, Sonoma et Napa.

Il était parfois possible d'apercevoir une autre terre au loin, une esquisse d'un bleu transparent très pâle. L'une des Autres Contrées de la région de la baie avait commencé à faire son apparition à l'horizon un siècle plus tôt environ. Elle semblait se trouver immédiatement à l'ouest du Golden Gate.

L'île avait d'abord été aperçue aux alentours du milieu du XIXᵉ siècle et avait entraîné beaucoup de consternation et une révision des routes maritimes sur les cartes. Le phénomène, singulier, avait donné lieu à beaucoup de conjectures : il s'agissait peut-être là d'une faille de Force susceptible d'être associée à celles de la Californie, mais personne ne comprenait vraiment pourquoi l'île apparaissait par moments et disparaissait à d'autres. Une âme aventureuse finit par découvrir que l'île disparaissait chaque fois que des vaisseaux s'approchaient suffisamment près d'elle. Après cette découverte, la circulation sur les routes maritimes retourna à la normale.

L'île devint bientôt une nouvelle attraction touristique. Les croisières de tourisme se multipliaient chaque fois que l'Autre Contrée était visible. Les gens commencèrent à l'appeler Avalon, le pays rayonnant des mythes et des fables.

Mais Rune avait entendu des gens murmurer un autre nom. Il y avait une autre population dans la région de la baie. Ce n'était pas celle qui faisait des croisières touristiques, dînait dans les restaurants ou allait assister à des shows. Elle vivait dans les recoins des bâtiments à l'abandon et se cachait quand la nuit tombait et que tous les prédateurs sortaient. Les accros au crack et les sans-abri ne l'appelaient pas Avalon. Ils l'appelaient la Venelle du Sang.

L'île était désormais visible au loin, l'immense globe orangé du soleil couchant enveloppait ses contours surnaturels. D'après ce qu'on disait, une petite colonie de vampires vivait sur l'île. Rune observa l'île pensivement tout en changeant de position afin d'appréhender l'inversion de gravité qu'entraînerait le vaste cercle que le Lear allait tracer pour se préparer à son atterrissage.

En tant que siège du domaine des Créatures de la Nuit, la région de la baie comptait de nombreuses enclaves de vampires, surtout dans le comté de Marin où une communauté importante avait élu résidence autour de la demeure de Julian Regillus, le roi officiel des Créatures de la Nuit. D'après ce que savait Rune, les vagabonds ne parlaient pas de la communauté de Julian sur le même ton apeuré qu'ils parlaient de l'île. Était-ce en raison de l'habitude étrange qu'elle avait d'apparaître et de disparaître ou à cause de ceux qui y vivaient ?

Alex, le pilote, poussa un soupir :

— Je suis tenu par les réglementations de la FAA... bla, bla... ceinture de sécurité... bla, bla...

Rune éclata de rire.

— Si nous ne devions pas perdre tout le bordel qui n'est pas solidement ancré dans la cabine, je serais tenté d'ouvrir une porte et de sauter.

Daniel lui jeta un coup d'œil.

— Merci, monsieur, de vous en abstenir.

— De rien.

Rune donna une tape amicale sur l'épaule du copilote et sortit de la cabine.

Il n'était pas particulièrement pressé de toute façon et ils se posèrent peu de temps après. Quand ils eurent stoppé l'avion et que Daniel eut ouvert la porte, Rune le remercia et descendit sur le tarmac où il se métamorphosa sans tarder et invoqua sa Force pour être enveloppé d'une sorte de voile afin de ne pas attirer l'attention, puis il s'élança dans les airs et se dirigea vers la ville.

Comme il ne connaissait pas suffisamment la ville pour être en mesure de localiser le 500 Market Street depuis le ciel, il ne savait pas trop où atterrir. Il choisit finalement de se poser près de l'extrémité ouest du parc du Golden Gate. Alors qu'il descendait en spirale vers le chemin pavé, son ombre dansa fugacement au-dessus d'une silhouette mince et furtive, debout devant un panneau, occupée à secouer dans une main une bombe de peinture. La créature à la peau brune faisait penser à une femelle humanoïde anorexique avec un corps squelettique, de longs pieds et de fines mains. Des brins d'algues étaient emmêlés dans ses cheveux trempés.

Elle jeta un coup d'œil par-dessus son épaule, l'aperçut et le regarda d'un air renfrogné.

— Qu'est-ce que tu regardes, espèce d'enfoiré ?

— Rien du tout, ma bonne dame, répondit-il avec nonchalance.

— Ouais, c'est ça, passe ton chemin.

Elle se précipita vers une poubelle, jeta sa bombe et traversa le chemin en courant afin de plonger dans un étang. Il entendit bientôt le son étouffé de sanglots éperdus provenant d'un saule pleureur qui se dressait au bord de l'étang.

Rune s'approcha du panneau. C'était l'un des innombrables avertissements que l'on trouvait autour des étangs, des lacs, et des rivières de la région de la baie destinés à mettre en garde les touristes : « NE nourrissez PAS les fantômes aquatiques ».

Deux mots avaient été noircis et l'on pouvait lire désormais : « Nourrissez les fantômes aquatiques ».

Bienvenue dans le domaine des Créatures de la Nuit où vivaient des fantômes aquatiques, des Elfes nocturnes, des goules, des trolls, et des vampires. Du coin de l'œil, il vit plusieurs Elfes nocturnes trotttiner dans le parc. Contrairement aux vrais Elfes, les elfes nocturnes étaient en général de minces créatures pas plus hautes qu'un enfant, avec de grands yeux et de grosses têtes chauves aux oreilles pointues. Ils se déplaçaient toujours ensemble, comme des bancs de poissons.

Il s'approcha du saule pleureur et se baissa pour regarder par-dessous les feuilles tombantes. Le fantôme aquatique était assis dans l'eau, le cou rentré dans ses épaules osseuses. Elle le vit et se mit à sangloter encore plus fort.

Il fouilla dans son sac de voyage. La créature geignit pitoyablement, les lèvres tremblantes tout en suivant ses gestes de son regard couleur de boue. Il sortit une barre vitaminée et la lui tendit. Le fantôme l'observa avec convoitise. Elle rampa plus près en gémissant. Il leva un doigt. Ses gémissements augmentèrent et prirent un ton interrogateur avant de s'interrompre complètement.

— Je connais tes ruses, jeune fille, fit-il. Essaie de me mordre et je te défonce la tête.

La créature lui adressa un sourire rusé qui montra beaucoup de dents. Il indiqua la barre et leva les sourcils. Elle lui fit un signe de tête enthousiaste. Il jeta la barre et elle l'attrapa au vol, puis elle bondit hors de l'eau en faisant un bruit d'éclaboussement et plongea derrière l'arbre pour dévorer sa prise.

Il secoua la tête et consulta sa montre. Il lui restait environ une demi-heure avant le crépuscule. Bien assez de temps pour se diriger vers l'ouest, arriver sur Market Street et déterminer s'il devait tourner à gauche ou à droite pour atteindre sa destination.

Bob recommença à chanter dans sa tête au moment où il sortait du parc. *Every little thing is going to be all right.*

Oh non. Pas de nouveau. Il voulait se lancer dans cette aventure avec un semblant de raison. Comme il descendait la rue, il tira la fermeture Éclair de son sac et fouilla dedans jusqu'à ce qu'il mette la main sur son iPod. Il enfonça les écouteurs dans ses oreilles et fit défiler sa longue playlist à la recherche de quelque chose. N'importe quoi.

— *Born to Be Wild*, ouais, ça devrait le faire. Il appuya sur la touche « Play ».

La voix âpre et puissante de Steppenwolf se mit à chanter.

Le crépuscule était là, l'un des seuils du monde, l'heure métissée entre le jour et la nuit. Le soleil mourant attrapa ses yeux de lion. Ils étincelèrent et Rune sourit.

2

Market Street traversait San Francisco en diagonale, partant du Ferry Building au nord-est pour finir à Twin Peaks au sud-ouest. Cette rue était l'une des artères principales de la ville et on la comparait parfois aux Champs-Élysées de Paris et à la 5e Avenue de New York.

Le crépuscule approchait maintenant en ce vendredi soir au cœur du domaine des Créatures de la Nuit et cela faisait de Market Street un lieu branché où l'on venait se montrer. Les immenses gratte-ciel qui entouraient le quartier offraient un bouclier efficace contre les derniers rayons du soleil. Touristes et chalands se pressaient sur les trottoirs.

Deux femmes vampires belles et élégantes à la peau blanche qui se tenaient par le bras arrivaient à sa hauteur. Elles penchèrent leur tête l'une vers l'autre et murmurèrent quelque chose quand il approcha, puis lui lancèrent un regard languide et un sourire pâle. Quand il leur rendit leur sourire, la vampire la plus proche de lui ouvrit grand les yeux et sa peau d'ivoire rosit très légèrement. Comme elle était pourtant une morte-vivante, Rune prit cela pour un beau compliment.

La foule grossit au fur et à mesure qu'il s'approchait de sa destination ; elle était particulièrement dense devant l'immeuble aux lignes épurées s'élançant vers l'azur et qui se trouvait être au 500 Market Street. Rune étudia les gens avec curiosité en se frayant un chemin jusqu'aux portes d'entrée. Cet attroupement n'était composé que d'humains.

Une femme frêle passa devant lui en poussant plusieurs personnes. Elle tirait un réservoir dans un petit chariot, un tuyau d'oxygène fixé sous ses narines, et il marqua une pause pour la laisser passer. Comme elle le frôlait, il capta l'odeur d'une maladie grave que son parfum de lilas tentait de dissimuler. L'odeur aigre, médicinale s'attarda dans ses narines, évoquant des images de souffrance et de décomposition jusqu'à ce qu'il tourne la tête et tousse poliment pour dégager ses poumons. Un homme pâle et maigre se trouvait dans un fauteuil roulant, accompagné de sa femme et d'un homme plus jeune qui devait être son fils.

Rune retira ses écouteurs et rangea son iPod, puis il poussa la porte tambour et balaya le hall des yeux. Ce dernier était essentiellement rempli d'agents de sécurité en uniforme, de détecteurs de métal et de files de gens qui menaient à des guichets dotés de vitrages pare-balles. Il se frotta la nuque et allait ressortir pour vérifier le numéro du bâtiment quand il entendit son nom. L'appel provenait d'une rangée d'ascenseurs de l'autre côté du hall. Il fit volte-face.

Le vampire Duncan s'avançait vers lui. Vêtu d'un costume noir Ralph Lauren et de chaussures assorties, le mâle devait mesurer environ un mètre quatre-vingts. La coupe au rasoir de ses cheveux sombres soulignait la forme élégante de son crâne ; il avait des traits agréables et des yeux pétillants d'intelligence. Duncan fit signe à un agent de la sécurité qui ouvrit une porte sur le côté et fit passer Rune.

— Je viens d'arriver, expliqua Duncan en lui tendant la main.

Rune la serra. La poigne du vampire était énergique, et sa peau fraîche.

— J'allais ressortir pour m'assurer que j'étais à la bonne adresse. Qu'est-ce qui se passe dans le hall ?

Duncan se retourna vers les ascenseurs. Rune lui emboîta le pas en s'efforçant de s'adapter à sa foulée.

— Le Bureau de l'Immigration des Créatures de la Nuit occupe les trois premiers étages de l'immeuble, expliqua Duncan. C'est ici que les humains déposent leurs demandes de visa pour devenir des vampires…

Des cris venant de quelqu'un agglutiné contre la vitre d'un guichet l'interrompit.

— Ne me dites pas que cela va prendre encore quatre mois, bordel ! Mon père à un cancer de stade quatre – il n'a pas quatre mois devant lui !

Rune jeta un coup d'œil à l'homme, puis son regard se posa sur Duncan qui lui fit une petite grimace. Ils arrivèrent devant la rangée d'ascenseurs et Duncan appuya sur le bouton tout en haut du panneau, le cinquante-cinquième étage. Quand ils entrèrent dans l'ascenseur, il poursuivit :

— Naturellement, le processus de demande de visa peut causer quelque émotion, ce qui explique la présence importante de sécurité dans le hall.

Deux agents de sécurité s'approchaient justement du guichet où avait lieu l'altercation au moment où les portes de l'ascenseur se refermaient.

— Simple curiosité de ma part, mais que deviennent les demandes de visa des individus en phase terminale de leurs maladies ? Est-ce que ce type va pouvoir faire accélérer le dossier de son père ?

— Probablement pas, répondit Duncan. Il y a toujours de tristes cas et trop de gens mourants et désespérés.

— Aïe, fit Rune.

Le vampire le regarda.

— Je ne voudrais pas avoir l'air insensible, mais pour remettre les choses dans leur contexte, il faut savoir que les États-Unis ont reçu en 2009 environ quatre millions de demandes de visa pour la Carte Verte de Diversité. Le domaine des Créatures de la Nuit de l'Amérique du Nord reçoit près de dix millions de demandes de visa par an et notre processus de sélection doit non seulement être plus rigoureux que le gouvernement fédéral, mais nous pouvons accorder bien moins que les deux millions et demi de visas qu'accordent les États-Unis.

— Merde, alors ! s'exclama Rune.

— Nous sommes l'unique domaine tenu de se réguler d'une telle manière, continua Duncan. Les Elfes qui vivent très longtemps ont des taux de natalité très bas. Même parmi les sorcières et les mages humains, la nature régule ceux qui viennent au monde avec des étincelles de Force : et tous ceux nés avec une telle aptitude ne choisissent pas forcément d'étudier les arts de la Force. Le vampirisme est une maladie infectieuse dangereuse, pas seulement au plan physique, mais au plan social. Ce fut longtemps le privilège des nantis, des belles personnes et des Puissants, ou de tout individu séduit, pour une raison ou une autre, par l'idée de devenir un vampire. Nous ne pouvons plus nous permettre d'être aussi capricieux. J'ai aidé, au début du XXᵉ siècle, à rédiger le processus initial de demande de visa qui est mis à jour et amélioré tous les dix ans. De plus, chaque année nous travaillons de concert avec le Centre pour le contrôle et la prévention des maladies à Atlanta afin de nous mettre d'accord sur le nombre de demandes que nous sommes autorisés à approuver.

— Vous venez de gâcher tous les films de vampires possibles et imaginables, fit Rune. Combien de personnes avez-vous pu accepter l'année dernière ?

— Deux mille.

Il siffla entre ses dents.

— Un chiffre sacrément bas.

— Oui, reconnut Duncan. C'est pourquoi les demandes de visa ne sont presque jamais accélérées.

— Pour en faciliter une, qu'est-ce que cela implique ? demanda Rune, curieux.

Duncan secoua la tête.

— Une recommandation personnelle de Julian ou de Carling pourrait bien entendu faire grandement avancer les choses, ou bien un décret du tribunal des Anciens. Honnêtement, je ne vois pas grand-chose d'autre qui serait susceptible d'aider. Et maintenant, ceux qui déposent une demande doivent non seulement prouver qu'ils ont fait de bons investissements et sont solides sur le plan financier, en ayant un emploi rémunéré par exemple, mais ils doivent également se soumettre à une évaluation psychologique. Ils doivent aussi fournir un document attestant qu'un vampire est disposé à les accueillir, ou dans d'autres termes : disposé à offrir stabilité, discipline et entraînement pendant les cinq premières années suivant leur métamorphose. C'est là-dessus que la majorité des dix millions de dossiers finit à la poubelle. Métaphoriquement parlant, en tout cas. De nos jours, le processus de demande se fait en ligne. Nous avons développé un logiciel sophistiqué qui rejette automatiquement les dossiers qui n'ont pas été remplis correctement ou ne répondent pas aux exigences initiales parce qu'il manque un document ou un papier quelconque.

— Ce que vous êtes en fait en train de m'expliquer, c'est que pour devenir un vampire il faut prouver que l'on a de l'argent ou que l'on peut en gagner, et il faut être un féru d'informatique, ce qui élimine d'office une bonne partie du pays qui vit du mauvais côté de la ligne de partage numérique en pleine expansion. Je regrette de devoir briser vos illusions, mais je crois que vous êtes en train de revenir à l'époque où le vampirisme était le privilège des nantis, des belles personnes, et des Puissants.

Duncan éclata de rire. Ils arrivèrent au cinquante-cinquième étage. Lorsque les portes s'ouvrirent, ils furent plongés dans cet étalage de luxe propre aux grandes entreprises. En face de la rangée d'ascenseurs, « Turner & Braeburn, Avocats » était gravé en fines lettres dorées et brillantes sur le mur de marbre noir.

Duncan prit les devants en marchant rapidement, traversant des salles de travail animées et décorées avec goût, pour arriver jusqu'à un bureau en angle. Rune regarda autour de lui avec curiosité en le suivant tranquillement. Les avocats semblaient avoir leur propre version d'un vendredi matin animé.

— Le système n'est pas parfait, admit Duncan. Le domaine des Créatures de la Nuit essaie surtout d'éviter de laisser des immortels suceurs de sang démunis, pauvres et déséquilibrés déambuler dans les rues et devenir un fardeau pour la société. Mais voilà, il y a un hic.

Duncan cessa de parler et s'arrêta devant une porte à double battant ouverte. Il invita poliment Rune à le précéder. Le griffon entra dans un bureau qui devait faire près de cent mètres carrés. Les volets métalliques des deux baies vitrées avaient été relevés et San Francisco et ses ponts brillaient de mille feux. Le soleil s'était couché et seule une lueur rouge sang sur l'horizon noircissant de l'océan rappelait l'astre.

Rune pivota pour faire face à Duncan, qui venait de refermer les portes.

— Tout ce que je vous ai dit, reprit Duncan, décrit la procédure officielle du domaine des Créatures de la Nuit. Nous sommes tenus par la loi fédérale de la suivre, mais c'est comme la guerre que mènent les États-Unis contre le trafic de drogue, ou pire, l'épidémie du sida. Comment réguler vraiment quelque chose qui tient à un battement de cœur, un moment de colère et un échange de sang ?

— Je suppose que je connais la réponse, fit Rune. C'est impossible.

— Exactement. Nous en sommes incapables. Nous pouvons établir des règlements, délivrer des visas et œuvrer pour que les conditions soient respectées, nous avons quand même nos individus en situation illégale, nos fous et nos sans-papiers. Est-ce que nous savons ce qu'un vampire est en train de faire dans votre domaine à New York ou dans le domaine des démons à Houston ? Bien sûr que non, exactement comme vous n'avez aucune idée de ce qu'un Wyr peut bien être en train de faire à Chicago. Nos forces de police sont efficaces et nous permettent de bien contrôler ce qui est visible par le public, ici dans notre domaine, mais elle n'est pas toute-puissante. De plus, un nombre important des vampires les plus vieux n'aiment pas les nouvelles restrictions et continuent à suivre la manière ancienne pour réguler leurs arbres généalogiques, je veux dire par le secret, la domination et la violence.

— Youpi, fit Rune. Vous venez de réhabiliter les films de vampires.

Chevauché par son célèbre pont, le Golden Gate est en fait le nom du détroit découvert en 1769 par des explorateurs espagnols. En 1846, l'officier militaire américain John C. Fremont baptisa le passage « Chrysopylae » ou « Golden Gate » avant la ruée vers l'or. Le détroit avait été comparé à la Corne d'Or de l'ancienne Byzance.

Alors que Rune regardait par la baie vitrée le Golden Gate Bridge étinceler au-dessus des eaux noires du détroit, il songea qu'il s'agissait là d'un point de passage à plus d'un titre. Il laissa tomber son sac sur le sol à côté d'un fauteuil en cuir italien noir, lui-même devant un grand bureau de verre immaculé. Il glissa les pouces dans les passants de son jean délavé, adoptant une posture décontractée, et se tourna vers le vampire.

Duncan ne s'assit pas derrière le bureau et n'invita pas non plus Rune à s'asseoir. Au lieu de quoi, il s'approcha de la fenêtre et regarda vers l'ouest. Il mit les mains dans les poches de son costume à deux mille cinq cents dollars et resta parfaitement immobile, comme peuvent l'être les vampires. On aurait dit la couverture retouchée d'un magazine de mode.

Bon, on y est, pensa Rune. *Tonds la pelouse pendant les mille prochaines années.* Une faveur, énoncée en une phrase simple. *Ouais, Dragos, je sais foutrement bien ce que j'ai promis.*

— Elle a encore une fois disparu, murmura Duncan.

— Quoi ? demanda Rune.

— L'île. Elle a encore disparu.

Rune observa à son tour. La lueur rouge sang du coucher de soleil s'était quasiment estompée, mais grâce à l'acuité de ses yeux de prédateur, il était en mesure de distinguer les détails dans la nuit aussi bien que le vampire. L'île s'était en effet évanouie.

— Oui, et alors ? fit-il en haussant les épaules.

— C'est là que vous êtes censé vous rendre, expliqua Duncan.

— Quand j'ai reçu votre e-mail, fit Rune en soupirant, j'ai pensé que vous me donneriez des instructions concernant cette faveur.

Duncan se retourna pour lui faire face.

— D'après ce que j'ai compris, les instructions que je serais susceptible de vous donner ne vous libéreraient pas de votre obligation magique. Votre contrat est avec Carling et elle doit vous donner un ordre en personne. Elle est actuellement dans sa maison sur l'Autre Île, et bien entendu le temps ne s'y écoule pas au même rythme. Je suis simplement censé vérifier que vous êtes arrivé en respectant la date butoir et vous expliquer comment vous y rendre.

— Carling vit donc sur la Venelle du Sang.

Rune secoua la tête. *Voilà un excellent moyen de se bâtir une réputation terrifiante, Carling.* À l'instar de la société féodale wyr, Carling avait longtemps régné sur le domaine des Créatures de la Nuit, avant de céder sa couronne à Julian. Elle avait abdiqué afin de profiter d'une faille qui existait alors dans la loi intra-domaine et qui lui avait permis de devenir la Chancelière des Créatures de la Nuit pour le tribunal des Anciens. Le vide juridique avait été comblé depuis.

Les anciens dirigeants de domaine n'avaient désormais plus le droit de siéger au tribunal, mais Carling maintenait sa position unique. Elle n'était pas une simple chancelière du tribunal des Anciens. Étant donné que Julian était la progéniture de Carling, celui-ci pouvait régner sur le domaine, mais Carling régnait toujours sur Julian.

— La Venelle du Sang est une appellation tout à fait malheureuse et erronée. Le passage et l'île ont été découverts aux alentours de 1769 et dès qu'elle a connu leur existence, Carling les a revendiqués. À différentes reprises, alors qu'elle était reine, elle a dû intervenir contre des familles de vampires qui étaient entrées en guerre. Sa sanction a dû être suffisamment sévère pour réprimer la montée de la violence.

— Ouais, marmonna-t-il. Je connais, je suis passé par là. Je suis même sûr que j'ai un tee-shirt quelque part pour le prouver. Bon, et si vous me filiez ces indications ?

— Il faut que vous voliez vers l'ouest pendant un kilomètre et demi environ, puis que vous effectuiez un cercle comme si vous reveniez sur vos pas, enfin vos ailes. En vous dirigeant vers la baie, gardez le cap sur le Golden Gate, c'est-à-dire à peu près dix degrés sur votre droite, et restez juste au-dessus de l'eau. Vous devriez alors percevoir le passage. Il suit une fissure au fond de l'océan, il faudra donc que vous plongiez et la suiviez à la nage. Pour ceux d'entre nous qui n'ont plus besoin de respirer, le parcours n'est pas désagréable. J'ai un réservoir d'oxygène prêt pour vous si vous en avez besoin. La technologie en est suffisamment passive pour lui permettre de fonctionner.

Duncan faisait allusion à la concentration de magie qui régnait dans les Autres Contrées et qui neutralisait certaines technologies, en particulier celles qui dépendaient d'un principe de combustion. Entre autres choses, l'électricité, les pistolets et les autres armes à feu modernes n'y fonctionnaient pas, ou bien de manière éphémère et avec des conséquences imprévisibles et destructrices ; c'était d'ailleurs pour cette raison que l'amie de Niniane et de Rune, Cameron, avait perdu la vie en abattant Naida Riordan.

Les technologies dites « passives », telles que les toilettes sèches, les systèmes de chauffages hypocaustes, les filtres à café Melitta, les arcs modernes et ceux à poulies, ou tous les appareils et l'équipement qui utilisaient la chaleur solaire, marchaient parfaitement bien dans les Autres Contrées. Une bouteille d'oxygène n'était rien de plus qu'un réceptacle d'air comprimé libéré de manière lente et contrôlée par le biais d'un tuyau. Remplir une bouteille d'oxygène en revanche nécessitait un compresseur et ces appareils ne fonctionnaient pas dans les Autres Contrées, mais Rune pourrait utiliser la sienne en toute sécurité pour traverser, tant que sa réserve d'oxygène ne serait pas épuisée.

Rune réfléchit.

— Quelle est la longueur du passage sous-marin ?

— Je peux la parcourir en un peu plus de dix minutes, répliqua Duncan.

— Je n'ai pas besoin de bouteille. Ça ira.

Il se pencha pour prendre son sac.

— J'aimerais toutefois avoir quelque chose d'étanche dans lequel mettre ce sac. Il n'y a pas grand-chose dedans, deux ou trois changes, une brosse à dents, un rasoir, un roman de Stephen King, etc. Sans oublier un iPod, un iPhone, quelques barres vitaminées, mon Glock et des munitions, des couteaux, un lacet étrangleur, quelques étoiles métalliques, etc.

Le Glock, le téléphone et l'iPod feraient le voyage sans encombre du moment qu'il ne s'en servait pas avant son retour.

— Nous avons quelque chose que vous pouvez utiliser, fit Duncan.

Rune se tourna à mi-chemin vers la porte et regarda le vampire avec attention.

Bon, on passe à la prochaine étape. Faut que je me présente à l'heure pour mon premier jour de travail. À tous les coups, je vais couper l'herbe avec une paire de ciseaux à ongles. Tondre l'île tout entière ? Ouais, c'est mille ans garantis, mec.

Duncan était plongé dans la contemplation du bout de ses chaussures cirées et il plissait le front.

Peut-être qu'un humain aurait juste vu un homme plongé dans ses pensées, mais Rune était un prédateur et sillonnait déjà le ciel avant que l'espèce humaine ne fasse ses premiers pas. Il se concentra et observa la manière dont le vampire prenait une profonde inspiration, retrouvant une ancienne habitude dont il n'avait pas eu besoin depuis plus de cent vingt ans, puisqu'il ne respirait plus. Il remarqua le pli légèrement plus marqué autour des yeux sombres et amènes de Duncan et la minuscule ondulation, presque invisible, qui parcourut la soie lisse de la cravate du vampire quand celui-ci déglutit.

Rune avait gagné sa place de premier lieutenant de Dragos des siècles plus tôt grâce à une myriade de prouesses plus Puissantes les unes que les autres. Mais s'il avait été nommé aussi haut dans la hiérarchie, c'était aussi pour d'autres raisons qui n'avaient rien à voir avec la Force.

— Tu veux me dire quelque chose, fiston ? demanda doucement Rune, passant naturellement au tutoiement.

Duncan leva vivement les yeux.

— Il y a beaucoup de choses que je voudrais vous dire. Mais je me rends compte que je n'en ai pas le droit.

— À cause du secret professionnel entre l'avocat et son client ?

— Oui, mais aussi des contraintes venant de mon créateur.

— Qui est ton créateur ? demanda Rune, même s'il était à peu près sûr de connaître la réponse.

— Carling.

Duncan lui décocha un sourire de travers un peu gêné qui s'avéra touchant, ce qui était inattendu.

— Je suis sa plus jeune progéniture.

Vraiment, wow.

— Eh bien, Duncan, fit Rune. Y a-t-il quelque chose que tu souhaites me dire et que tu puisses me dire ?

Le sourire de Duncan s'effaça et il n'eut soudain plus l'air jeune du tout, mais vieux, chagriné, et terriblement effrayé.

— Faites attention, dit-il enfin.

Carling déplia un morceau de papier froissé et le posa sur le comptoir en granit poli à côté de la cuisinière. Elle consulta les instructions rédigées à la main notées pour elle par une de ses assistantes humaines.

« Première étape, s'assurer que la cuisinière à bois est allumée et que le brûleur est chaud. » Oui. Est-ce qu'elle devait mettre ensuite la poêle sur le brûleur ? Elle vérifia sur la liste. Non. « Deuxième étape, ajouter un peu de matière grasse. » Elle le fit, puis posa la poêle sur le brûleur. « Ajouter maintenant de la viande crue. Remuer avec l'ustensile. » Elle le saisit et le regarda. Comment s'appelait cette chose déjà ? Ah oui, une spatule.

Un matin ensoleillé brillait dehors. La cuisine où s'affairait Carling était un vaste espace aux murs de pierre qui lui semblait étranger. Il y avait de longues tables en bois et des comptoirs en granit, des éviers de taille industrielle et une cheminée suffisamment grande pour y faire rôtir un cochon entier. Le soleil déversait sa lumière jaune à flots par les fenêtres aux volets métalliques. La pièce était paisible et tranquille, désertée par les flagorneurs bavards qui la remplissaient d'habitude. Elle l'aimait beaucoup mieux quand elle était presque vide.

Un petit chien geignit aux pieds de Carling. Rhoswen faisait la tête un peu à l'écart, loin des rayons du soleil.

— Je ne comprends pas pourquoi vous vous obstinez à faire ça, grommela Rhoswen. Nous avons des boîtes de nourriture pour chien dont il raffole. De la nourriture très bonne et très chère. Je l'ai personnellement vérifié avec son vétérinaire.

— Je ne te demande pas de comprendre, murmura Carling.

Elle scruta la matière organique qui se trouvait dans la poêle. Celle-ci avait commencé à frémir. La chair rose devenait blanche.

— Qu'est-ce que nous faisons cuire déjà ?

— Du poulet, répliqua Rhoswen. Pour une raison incompréhensible, nous faisons cuire du poulet.

— Oui, fit Carling.

Elle poussa la viande avec le bout de la spatule. *C'est de la nourriture.* Une odeur chaude emplit l'air. Elle la huma. Les créatures vivantes appréciaient cette odeur. Elles la trouvaient aromatique, appétissante. Elles salivaient et leurs estomacs gargouillaient.

Le petit chien aboya.

Oui, et certaines d'entre elles jappaient.

« Le poulet doit devenir totalement blanc. Ce n'est pas grave si l'extérieur devient brun. D'ailleurs de nombreuses créatures le préfèrent comme ça. » Avec un sentiment de satisfaction, Carling retira la poêle du feu. À l'aide de l'ustensile, elle servit la matière brûlante sur une assiette destinée à une minuscule créature vivante.

Elle regarda le chien, qui la regarda lui aussi. Elle se remémora les détails du compte rendu du vétérinaire. Le chien était un loulou nain de trois kilos. Il avait un pelage exubérant qui était brun et sable avec une touche de crème sur sa queue un peu ridicule qui rebiquait. Ses yeux brillants étaient noirs et il avait un museau étroit et rusé qui se terminait par une truffe, noire elle aussi. Quand elle s'amusait avec lui, il se mettait debout sur ses pattes postérieures et il tournoyait. Un tel bonheur et un tel enthousiasme pour quelque chose qui s'appelait le petit déjeuner.

Elle vérifia la dernière étape de sa liste. « Attendre que la viande ait un peu refroidi afin de pouvoir être consommée, sans risquer de se brûler au moment de poser l'assiette par terre. »

Elle scruta la matière qui fumait sur l'assiette. Elle regarda de nouveau le chien. Il lui fit la fête, la langue rose pendante tandis qu'il se dressait sur ses pattes arrière et donnait des coups de patte dans l'air. Elle prononça un mot rempli de Force. L'air autour du poulet brilla fugacement. Quand elle toucha la viande du doigt, celle-ci était parfaitement fraîche. Ah, c'était mieux.

Une cloche retentit du côté de l'immense maison de pierre qui donnait sur l'océan.

Rhoswen et elle levèrent toutes deux les yeux.

— Fais entrer la sentinelle, ordonna-t-elle à Rhoswen.

La jeune vampire blonde baissa la tête et quitta la cuisine.

Carling ramassa le bas de son caftan égyptien en coton noir comme elle s'accroupissait pour poser l'assiette de poulet devant le chien. La suite ne manquait jamais de l'interloquer. Elle avait observé de nombreuses formes de convoitise au fil des siècles, mais quel que soit le degré d'excitation, et même de frénésie que la cuisson du poulet engendrait en lui, lorsqu'elle posait l'assiette devant le chien, celui-ci marquait toujours une pause afin de regarder son repas avant de se jeter dessus.

Carling était un succube, une vampire qui perçoit les émotions des créatures vivantes et s'en nourrit. Le petit chien avait des émotions. Celles-ci prenaient la forme d'étincelles de couleurs vives qui clignotaient comme des lucioles. Carling savait ce que le chien ressentait quand il la regardait ainsi.

Une reconnaissance éperdue.

Rhoswen revint quelques minutes plus tard. Carling leva les yeux qu'elle avait gardés rivés sur le chien. Il avait fini son repas et s'était couché sur ses pieds nus.

— Le Wyr attend une audience avec vous dans le hall, fit Rhoswen.

Carling fit un signe de tête. Elle poussa doucement le petit animal pour dégager ses pieds, puis poussa la porte tambour de la cuisine avant qu'il ait le temps de la suivre. Ne prêtant pas attention à son aboiement plaintif, elle descendit le long corridor dallé et silencieux qui menait au grand hall, dans le seul bruissement de son caftan sur ses chevilles.

La maison reprenait la configuration générale d'un manoir médiéval avec, d'un côté, la cuisine, l'office et le cellier et, de l'autre, des appartements privés et le grand hall sur deux étages doté d'une immense cheminée au manteau sculpté et dont l'âtre faisait presque deux mètres de haut. Contrairement à un véritable manoir médiéval, le grand hall et les pièces avec vue sur l'océan avaient des baies vitrées qui donnaient sur le promontoire où se dressait la maison.

Elle était bordée d'un mur de pierre qui arrivait à la taille et qui suivait le contour du précipice. Une profusion de fleurs coloraient le terrain : des étoiles de Bethléem jaunes, des tulipes Mariposa écarlates, des tournesols, des orchidées géantes, des pâquerettes des bords de mer, et des gueules-de-loup des îles. Des rosiers grimpants se pressaient sur une treille qui encadrait la porte d'entrée, leurs énormes fleurs diffusant un parfum exquis.

L'île elle-même était en forme de haricot et faisait plus de six kilomètres de long. La maison perchée sur l'à-pic avait été bâtie dans la courbe intérieure du haricot. Un chemin étroit descendait le flanc de la falaise en zigzags et débouchait sur une large plage où étaient ancrés deux ou trois voiliers. Plusieurs autres maisons, moins vastes, piquaient la zone qui entourait le grand manoir, mais elles étaient vides. Une forêt de séquoias se dressait à l'autre bout de l'île ; les arbres gigantesques étaient âgés de plusieurs millénaires et les brumes transportées par l'océan venaient s'enrouler autour de leur cime. Des créatures ailées timides et secrètes vivaient parmi les branches les plus élevées de ces vénérables arbres.

Elles se cachaient dès que d'autres créatures s'approchaient.

Carling perçut la présence du Wyr avant même d'entrer dans le hall et de poser les yeux sur lui. Elle marqua une pause devant la porte afin d'absorber le choc de sa présence.

Il se tenait devant les baies vitrées, légèrement déhanché, dans l'attitude décontractée de celui qui a tout pour lui et n'a plus rien à prouver. Il lui tournait le dos, les mains glissées dans les poches de son jean délavé, les yeux rivés sur l'océan. Ses cheveux humides tombaient en désordre sur ses larges épaules. Elle capta l'odeur d'eau salée mêlée à celle chaude et virile d'un Wyr éclatant de santé. Des milliers d'années plus tôt, il avait dominé les humains tel un dieu étrange, formidable et farouche. Maintenant encore, il était plus grand que la majorité des hommes et sa silhouette puissante incarnait parfaitement la force et la grâce masculines.

Plus que l'impact physique toutefois, c'était l'aura de sa force qui saisissait le plus. Même debout dans une posture nonchalante, il palpitait d'une vitalité féroce. Une couronne d'énergie et de Force irradiait de lui en une série de vagues invisibles pour la plupart des gens, mais que Carling voyait émaner de lui comme des ondes de chaleur qui se lèvent d'une autoroute cuite par le soleil dans le désert. Tous les Wyrs immortels apparus au moment de la formation de la terre étaient investis de cette force de vie primale. Ils portaient en eux des étincelles du premier feu de la création.

Carling inspira profondément, réflexe anachronique d'une époque lointaine. Elle nota la réponse involontaire de son propre corps à l'assaut de la présence de Rune lorsqu'il pencha la tête en entendant le bruit qui venait de révéler son entrée dans la pièce. Il se retourna pour lui faire face.

Et c'est en posant les yeux sur ses traits réguliers, volontaires, qu'elle eut son second choc. Le raffinement de son visage s'accordait à l'élégance masculine de son corps qui captait le regard et faisait battre le cœur un peu plus vite. Il avait une très belle bouche, des lèvres sensuelles et mobiles, mais ce qu'il avait de plus magnifique, c'étaient ses yeux, son regard profond, intense de lion.

Ces yeux extraordinaires lui souriaient. Ils la tiraient littéralement vers lui.

— Vous avez une baraque fabuleuse, fit Rune. Sacré look gothique, Carling. Qu'est-ce qui se passe si on s'éloigne de l'île à la voile ?

— On finit par perdre l'île de vue et on se retrouve à naviguer vers le continent. Ce lieu est simplement une petite poche d'Autre Contrée qui ne comporte qu'un seul point de passage sous-marin. Il n'y a rien d'autre ici que l'île et l'océan.

— Cool.

Elle s'avança lentement vers lui, vers ce mâle qui irradiait comme un soleil. La Force de sa présence picotait sa peau. Chaque pas qu'elle faisait le rapprochait de lui et la vivifiait. À côté de ses émotions épanouies, éclatantes, celles de toutes les nombreuses créatures qu'elle avait perçues et dont elle s'était nourrie n'étaient que flétries et fades, comme du lait dilué. Rune était une source riche et fluide de nourriture comme le vin le plus capiteux. Elle éprouva le soupçon de quelque chose qui devait être la faim. Son sang avait sûrement un goût extraordinaire, spectaculaire, aussi brûlant et intense que la liqueur la plus rare.

L'expression dans les yeux du Wyr changea lorsqu'il la regarda se diriger vers lui. Son sourire devint plus marqué et laissa même voir l'éclat de dents blanches. Sa palette émotionnelle se transforma également, le rouge bordeaux qui coulait dans ses veines contenant des complexités attirantes mais inexplicables.

Elle s'arrêta quand elle se trouva près de lui au point de toucher ses chaussures. Avec son mètre soixante-huit, elle avait été une femme relativement grande à une époque. Désormais, elle était considérée comme étant de taille moyenne. Elle dut pencher la tête en arrière pour plonger les yeux dans ce regard de lion. Elle remarqua qu'il respirait plus fort et que ses pupilles se dilataient. Quelle était cette émotion qu'elle percevait chez lui ? Le fantôme insaisissable d'un souvenir lui traversa l'esprit. Elle l'avait ressenti très longtemps auparavant. Et ce sentiment l'avait rendue ivre et impétueuse, rieuse et vive.

Elle se tourna et se mit à marcher autour de lui, pensive. Il pivota au fur et à mesure pour ne pas la quitter des yeux. Il pencha la tête vers elle et s'approcha au point de presque lui toucher le nez : deux prédateurs, sûrs de leur Force et se jaugeant ouvertement.

Dénué de peur ? Oui, il était dénué de peur, mais ce n'était pas l'émotion qu'elle avait captée et qui tiraillait les pans de sa mémoire. De la fascination ? Oui, il exsudait aussi cela, mais ce n'était pas ce qu'elle essayait de se souvenir si fort.

Ce griffon se faisait appeler Rune Ainissesthai. Rune, comme un glyphe tracé sur une page, mais plus que cela, rune pour évoquer le mystère, la magie. Ainissesthai venait du grec ancien et signifiait « parler par énigmes ». L'énigme magique et mystérieuse.

— Rune Ainissesthai, murmura-t-elle. Quelle est l'énigme ?

Son expression sembla traversée par une lueur électrique. *Oh, j'ai ton attention maintenant, hein, Wyr ?* se dit-elle en esquissant un sourire. *Pensais-tu que tout le monde avait oublié la signification de ton nom ?*

— Vous devriez savoir qu'il est dangereux de poser une question pareille, fit Rune.

Sa voix avait pris un timbre rocailleux et n'était plus qu'un murmure qui semblait rôder sur sa peau.

— Rune Ainissesthai, chuchota-t-elle une deuxième fois. (La Force qu'elle détenait et qu'elle exerçait avec autorité fit résonner le nom de la sentinelle comme le chant d'un bol bouddhiste.) Pourquoi es-tu venu jusqu'à moi ?

— Je viens payer ma dette, fit Rune, et le cri de l'aigle retentit dans sa réponse.

— Rune Ainissesthai, souffla-t-elle une troisième fois. Feras-tu ce que j'exige en remboursement de ta dette ?

— Vous savez que la réponse est affirmative, répliqua le griffon, et le grondement du lion se glissa dans sa voix.

Elle frappa la réverbération entre eux d'un unique coup de sa Force qui résonna comme un gong contre les murs de pierre du vaste hall. Le décret magique en était jeté.

— Le marché est conclu et accepté.

Il était désormais lié et n'avait plus d'autre choix que d'obéir à son ordre. *Tu es à moi*, fit-elle silencieusement en regardant sa haute silhouette puissante. *Je peux faire ce que je veux de toi. À partir de maintenant, tu es à moi. Et que vais-je te demander de faire, à toi le mâle alpha insouciant, fier, et serein ? Quelle tâche vas-tu devoir compléter avant de prendre congé de moi et retourner à ta vie éternelle ?*

Que faire d'un cadeau aussi rare et extravagant que celui-ci lorsqu'on se savait mourant ?

Son sourire s'estompa. Ses instincts de prédatrice s'aiguisèrent et se prolongèrent en crocs invisibles. Ses yeux sombres étincelèrent et se couvrirent d'une carapace d'obsidienne ; la ligne de sa bouche durcit.

— Agenouille-toi.

Elle perçut sa surprise au moment où son ordre le traversa.

Mais il fit alors quelque chose qui la surprit à son tour. Il haussa les sourcils, lui décocha son sourire narquois et dit :

— Ça roule, Raoul.

Et il s'agenouilla devant elle avec grâce.

Que se passait-il ? Il était devant elle, à terre, ses larges épaules dans une posture de soumission. Il baissait même la tête. Toute son attitude donnait l'apparence de la docilité la plus totale et il suivait à la lettre ce qu'elle lui avait ordonné, et pourtant…

Dans les tréfonds de cette âme étonnante, remarquable, le mâle alpha régnait toujours. Elle tourna autour de lui et le frôla afin d'avoir la bouche contre son oreille.

— Tu ne t'es pas vraiment mis à genoux dans ta tête, murmura-t-elle.

Il la regarda par-dessus une épaule avec des yeux rieurs.

— Vous ne m'avez pas ordonné de le faire, murmura-t-il à son tour. Pour que je m'agenouille vraiment devant vous, il faudrait conclure un marché totalement différent.

Prise dans l'énigme, elle demanda :

— Quel marché ?

— Il faut me donner un baiser, fit-il en ébauchant un sourire.

— Juste un baiser ? dit-elle en levant l'arc élégant de ses sourcils.

— Juste un baiser.

— Marché conclu.

— Et accepté, gronda-t-il.

Carling posa une main sur une de ses épaules en s'approchant nonchalamment de lui. Puis elle glissa les mains le long de la ligne de sa mâchoire bronzée par le soleil. Elle lui fit lever son beau visage farouche et il la laissa faire. Puis elle se pencha et posa ses lèvres fraîches sur ces lèvres chaudes et ciselées.

Elle eut de nouveau l'impulsion de respirer et elle se l'autorisa. Sa Force masculine, chaleureuse et épicée de sensualité, l'enveloppa et la caressa comme une brise portée par le soleil.

Elle leva la tête et le toisa. Puis étrécit les yeux.

— Tu n'es toujours pas agenouillé en ton for intérieur, fit-elle.

Elle tapait du pied sur le sol. *Tap, tap, tap.*

Il haussa un sourcil.

— Qu'attendiez-vous d'autre, Carling ? répliqua-t-il. Ce n'était pas un vrai baiser.

3

Les yeux de la vampire s'étrécirent encore davantage.

— Qu'est-ce que tu veux dire par « ce n'était pas un vrai baiser » ?

Rune recula un petit peu afin de l'examiner plus attentivement. Elle ne pouvait que savoir, non ? Elle était beaucoup trop âgée et sophistiquée pour ne pas savoir. Elle avait, après tout, passé sa jeunesse parmi les humains. Elle avait dû avoir de nombreux amants. Cette seule idée fit feuler et montrer les crocs au lion tapi en lui.

Des étincelles de colère avaient commencé à trembler dans les longs yeux en amande de la vampire. Rune dilata ses pupilles. Il voulait absorber tous les détails de cette magnifique femme fatale. Il ne voulait pas ciller et manquer un moment.

Carling bouleversait les notions de beauté et de perfection. Il s'emplit les yeux de ses long et lâches cheveux noirs qui tombaient jusqu'à sa taille fine. Au soleil, ils avaient des reflets auburn qui donnaient l'impression qu'elle brûlait d'un feu intérieur. Il contempla la colonne gracieuse de son cou plongeant vers des clavicules bien dessinées qui se déployaient vers des épaules harmonieuses et faisaient penser aux ailes d'une colombe. Il percevait la plénitude de ses seins libres sous le caftan noir, et clic, l'obturateur dans sa tête le ramena à la rivière le soir où il avait posé le regard sur la nudité de ces globes voluptueux, marqués de cicatrices blanches et couronnés de mamelons sombres qui se dressaient sensuellement. Quand il l'avait vue ainsi, il avait ressenti un besoin tellement saisissant que c'en était devenu une douleur physique et un tourment spirituel.

Du plus loin qu'il se souvienne, Carling avait toujours été singulière, unique. Même si elle avait constamment eu un cortège de vampires beaux et mortellement élégants prêts à la servir, et même si ces assistants comprenaient souvent des hommes, elle éclipsait toutes les autres étoiles de sa constellation, resplendissant comme une supernova. Les femmes la considéraient comme une menace tandis que les hommes la regardaient avec avidité, et elle leur apprenait à tous la mesure de leurs propres limites.

La soif de Rune fit vrombir un moteur puissant qui l'aurait emporté sur une Harley-Davidson. Il se mit debout et le regard tempétueux de Carling l'accompagna dans son mouvement.

— Peut-être que vous avez oublié, dit-il d'une voix douce. Permettez-moi de vous montrer.

Puis ce fut son tour d'encadrer l'arc pur de sa mâchoire entre ses larges mains rugueuses. Et elle le laissa faire. Sa peau couleur de miel était fraîche au toucher et sa Force palpitait contre ses paumes. Comment arrivait-elle à la contenir sans exploser ?

Il caressa ses lèvres avec son pouce. Elles avaient une texture soyeuse ; leur chair pulpeuse céda sous la pression légère. Les combats et les tâches manuelles avaient trop durci ses mains pour qu'il puisse vraiment prendre la mesure de cette exquise douceur. Il fallait qu'il le fasse avec sa bouche.

— Si je peux me permettre, fit-il.

Il pencha la tête vers l'incomparable visage, lui donnant amplement le temps de réagir et de refuser. Puis il lutta pour dissimuler le frisson qui le parcourut au plus profond de son être quand il couvrit ses lèvres des siennes, glissant sur la surface extraordinairement satinée de sa bouche, savourant pleinement cette expérience inestimable.

Et elle le laissa faire.

Il fut attentionné avec elle. Car il convient de traiter une créature d'exception avec respect. Il guida l'inclinaison de sa tête afin d'obtenir l'angle qu'il cherchait et ajusta sa posture de manière à effleurer tout juste son corps. Il posa une main sur sa nuque gracile. Il avait des doigts si longs que ceux-ci l'enveloppèrent facilement.

Il l'invita à s'abandonner dans ses bras, la guidant dans les premiers pas d'une danse intime. Elle le suivit, se déplaçant imperceptiblement comme il l'avait incitée à le faire, pas plus, laissant sa tête reposer dans sa main, cambrant langoureusement son dos. Dieu qu'elle serait une amante perceptive, la plus ingénieuse de toutes, celle qui comprendrait toutes les nuances de la danse, saisirait le soupir le plus subtil et saurait quand y répondre et quand s'abandonner sans la moindre retenue.

Sa chair se réchauffa sous sa bouche et entre ses mains, et elle inspira. C'était la troisième inspiration qu'elle prenait depuis leur rencontre. Chacune d'entre elles, parfaitement inutile et donc révélatrice de son émoi, lui avait donné envie de rugir de triomphe.

Il osa prendre la partie renflée de sa lèvre inférieure entre ses dents et la suça tout doucement.

Ses lèvres tremblèrent et s'ouvrirent.

Le griffon qui l'habitait gronda.

Il prit son temps pour investir l'intimité de sa bouche. Il pencha la tête et enroula sa langue autour de la sienne. Elle émit un son rauque d'une telle sensualité que son âme s'en trouva bouleversée et le précipita sur un autre plan. Elle lui entoura le cou de ses bras, se pressa contre lui et lui rendit son baiser.

Le contrôle de Rune quitta la planète, l'abandonnant à son immense surprise. Il la saisit et l'écrasa contre lui, les bras autour de sa taille, et la souleva du sol en la harponnant aveuglément de sa langue. Son cœur frappait violemment dans sa poitrine et sa peau devint un fin vernis qui contenait avec peine une colonne de feu. Il posa une main sur sa hanche et serra, fort, puis il remonta sa main le long de son buste jusqu'à la rondeur pleine de son sein. Le globe épanoui remplit sa paume avide et tint parfaitement dans son creux comme un mot de passe décrypterait un code indéchiffrable. Elle émit un gémissement qui ressemblait à une exclamation de surprise et l'avala. Les doigts tremblants de Rune cherchèrent et trouvèrent le mamelon qui se dressait sous le tissu de son caftan.

Elle l'embrassa avec la même sauvagerie. Elle le fit, il en aurait juré. Carling tremblait aussi et se cambrait, saisie par un désir fou.

Puis elle détourna brutalement le visage. Il rejeta la tête en arrière pour la regarder d'un air interrogateur. La bouche de la vampire était gonflée, très rouge, et ses yeux sombres écarquillés de surprise avaient une expression lointaine.

Il réussit à articuler avec le lambeau de voix qui lui restait :

— Ça, c'était un vrai baiser.

Elle plongea son regard dans le sien et ses lèvres remuèrent comme si elle allait dire quelque chose. Puis il se souvint du stupide marché qu'il avait proposé comme l'abruti parfait qu'il était.

Il la reposa, puis se mit sur un genou afin de s'incliner avec révérence devant celle qui avait été la reine des Créatures de la Nuit. Elle incarnait l'acmé du désir d'un homme et de ce qu'il se devait de redouter, et elle méritait d'avoir le monde à ses pieds.

Carling ne le quitta pas des yeux. Rune était de nouveau agenouillé comme elle le lui avait ordonné, mais cette fois-ci, elle percevait, d'après ses émotions, qu'il s'agenouillait de tout son être. Il lui rendait un hommage sincère, gracieux, et total. Elle le voyait clairement, sauf qu'au lieu de diminuer cet insouciant mâle alpha la posture, d'une courtoisie toute chevaleresque, l'anoblissait en quelque sorte.

C'est alors qu'elle comprit l'émotion émanant de lui qu'elle avait perçue, parce qu'il venait de lui apprendre à l'éprouver de nouveau elle-même.

Du désir. Il la regardait et ressentait du désir.

En tant que succube, Carling était devenue une experte dans la lecture de toutes les nuances et tonalités des émotions, mais cela faisait tellement longtemps qu'elle n'avait pas été regardée ainsi et tellement longtemps qu'elle n'avait pas ressenti le moindre désir qu'elle eut l'impression qu'elle éprouvait cette émotion pour la première fois. C'est alors que la flambée sauvage de quelque chose qui ressemblait à de la rage la parcourut et prit la forme d'une violente tempête. Quand il leva la tête, elle le gifla avec une telle force qu'il retomba sur ses talons. Elle incurva à dessein ses doigts afin d'en faire des griffes et enfonça cruellement ses ongles dans sa chair, le labourant de la pommette à la mâchoire. Le sang jaillit des sillons.

— C'est terminé, fit-elle les dents serrées. Sors de chez moi, maintenant.

Il la dévisagea et son expression devint dure. Posément, calmement, il leva une main pour essuyer le sang qui coulait le long de sa joue. Elle vit que les plaies commençaient déjà à se refermer.

Elle ne pouvait plus supporter de le regarder davantage. Elle fit volte-face et sortit à la hâte. Elle savait à peine où elle allait.

N'importe où, loin, alors qu'une trombe traversait le cimetière de sa mémoire en tourbillonnant, soufflant les feuilles des pierres tombales.

Il lui procurait des sensations qu'elle n'avait pas eues depuis une éternité. Combien de siècles s'étaient écoulés depuis qu'elle avait ressenti du désir ? Cela faisait tellement longtemps qu'elle avait oublié. Elle n'était pas censée éprouver de telles émotions, ni considérer, ne serait-ce qu'un instant, la possibilité d'un embranchement dans sa vie vers quelque chose de mortellement beau qu'elle venait d'entrapercevoir, et qui resterait à jamais hors d'atteinte.

Le désir n'était pas un cadeau pour quelqu'un comme elle. Non, c'était une somptueuse agonie.

— Je suis une femme coupable, murmura-t-elle.

Deux larmes glissèrent le long de ses joues.

Elle était une femme coupable qui vivait les derniers moments d'une très longue vie coupable.

Rune resta immobile et essuya le reste du sang en regardant Carling sortir. Excité et furieux, il respira fort et s'efforça de se contrôler tandis que le prédateur qui l'habitait rugissait et voulait la poursuivre. Il était tellement tendu qu'il sentait son corps vibrer et secouer le monde.

Mais c'était terminé, avait-elle dit. Et non, c'est non.

Je dois te tirer mon chapeau, Carling, pensa-t-il. *Avec toi, ce n'est jamais banal.*

Il était libre de s'en aller, sa dette payée. Elle avait gaspillé la faveur, comme un enfant gâté qui ne sait que faire de ses jouets. Sa lèvre se retroussa sur ses dents serrées.

À la fin, ce ne fut pas le prédateur, son bon sens ou son intelligence qui l'emporta, mais sa fierté. Il ramassa son sac. Il avait laissé sur la plage le conteneur étanche que lui avait donné Duncan. Il était temps de quitter l'île. Il pourrait prendre quelques jours de vacances avant de revenir à New York. Retrouver son équilibre avant de rentrer et reprendre ses fonctions auprès de Dragos. Il avait bien gagné ça, au moins.

Il ouvrit la porte à double battant en forme d'arche et s'engagea sur le chemin qui le ramènerait vers le reste de sa vie. La chaleur du soleil matinal sur son visage lui fit du bien. La morsure froide de l'océan quand il retournerait à la nage vers la santé mentale serait encore plus agréable. Il y avait plein de trucs sympas à faire à San Francisco. Il retrouverait sa suite au Fairmont Hotel, profiterait du luxe cinq étoiles, puis il partirait en quête de scotch et d'une assiette de bœuf bourguignon pendant qu'il déciderait combien de jours de vacances il pourrait s'accorder avant de contacter Dragos. Peut-être que le

Fairmont avait du bœuf bourguignon sur son menu de service en chambre. Un repas chaud, de l'alcool, un service cinq étoiles, et un bon jeu sur un écran plasma. Ou il pourrait peut-être trouver un vieux film japonais de science-fiction sur le câble. Il adorait cette énorme tortue volante. Oh oui. Tout ça n'attendait que lui.

— Sentinelle, attendez ! s'écria Rhoswen derrière lui.

Son appel pressé était accompagné d'un aboiement effréné.

— Putain, espèce de petite merde, reviens tout de suite !

Pardon ? Incrédule, il pencha la tête et pivota lentement.

Rhoswen se tenait dans l'ombre de la porte d'entrée ouverte, en retrait des rayons meurtriers du soleil tandis qu'une petite boule de fourrure dotée de deux yeux noirs farouches et de minuscules dents blanches se précipitait vers lui.

Rune leva les sourcils. S'il ne se trompait pas, la boule de fourrure était un loulou. Vivant à New York, il en voyait souvent.

Bon, récapitulons.

Il leva les yeux vers Rhoswen. Vampire. Puis il les baissa sur le clebs. Loulou.

Il vérifia une seconde fois. Vampire. Loulou.

— Vous avez un chien ? demanda-t-il à Rhoswen.

— Non.

Le regard de haine qu'elle jeta au clébard était éloquent, même de loin.

— Carling a un chien. J'ai juste la malchance de devoir m'en occuper de temps à autre.

Elle cria après lui.

— Viens ici !

L'animal gronda en plantant ses dents dans l'ourlet de sa jambe de pantalon.

La bonne humeur habituelle de Rune refit surface et un sourire se dessina sur ses lèvres.

— Carling a un chien, murmura-t-il. Non, Carling a un loulou mal élevé. (Il éleva la voix et dit à Rhoswen :) Je ne crois pas qu'il puisse vous entendre par-dessus le bruit qu'il fait.

— Le petit salaud ne m'écoute jamais, de toute façon, fit Rhoswen.

La frustration faisait vibrer sa voix magnifique. Elle adressa un sourire contrit à Rune.

— Est-ce que cela vous dérangerait de le ramener ?

— Pas du tout, fit Rune.

Il saisit le petit chien d'une main et le leva pour l'examiner de plus près.

Quatre pattes minuscules griffèrent l'air tandis qu'il grondait. Il remarqua que deux des pattes étaient tordues.

— Quel petit Napoléon tu fais, dit-il au chien.

Il retourna vers la porte.

— Pourquoi est-ce que Carling a un chien ?

— Je n'en ai pas la moindre idée. Il faudrait lui demander. Il y a sept mois, nous revenions d'une cérémonie et retournions dans la maison de ville de Carling à San Francisco quand elle a vu ce machin au bord de la route. Il avait été heurté par une voiture. J'allais lui briser le cou pour mettre un terme à ses souffrances, mais Carling lui a jeté un sort de guérison et a insisté pour que nous l'emmenions chez le vétérinaire.

Rhoswen regarda Rune avec un air indigné.

— Elle lui fait préparer du poulet qu'elle cuit elle-même.

Rune lui tendit le petit Napoléon. Rhoswen serra le chien qui gigotait contre sa poitrine et ses yeux se remplirent de larmes.

Il fronça les sourcils. Il avait toujours vu Rhoswen parfaitement posée.

— Vous ne pleurez pas parce que Carling lui prépare du poulet, quand même ?

Rhoswen secoua la tête et enfouit son visage dans la fourrure du petit animal.

Bon, c'est le moment où tu la fermes et où tu t'occupes de tes oignons, mec. C'est le moment où tu tournes gentiment les talons. Alors magne-toi le train et mets les voiles. Ce n'est pas le moment où tu lèves la tête en te disant que tu avais remarqué que quelque chose clochait.

Il pencha la tête et prêta l'oreille. Mais il n'entendit rien d'autre que le vent soufflant dans les arbres et le cri aigu des mouettes. Quand avait-il vu Carling sans tout un entourage l'escortant comme la queue d'une comète ?

— Pourquoi Carling et vous êtes les deux seules personnes sur l'île ?

— Parce qu'elle est mourante et que tout le monde a peur, répondit la vampire d'une voix étouffée.

Le temps sembla suspendu, et cette immobilité ténébreuse coula en Rune comme de l'encre noire.

Il rentra dans la maison, referma la porte derrière lui et posa son sac contre le mur.

— Je crois que vous feriez mieux de tout me raconter, fit-il à Rhoswen.

Carling était assise dans un fauteuil placé devant la fenêtre, si bien que la bande de soleil matinal tombait sur le sol à quelques centimètres seulement de ses pieds nus.

Elle avait les yeux rivés sur les rayons transparents qui fendaient l'air devant elle. Ils fusaient partout, un trésor de lumière plus extravagant encore que le trésor d'un roi et plus mortel que les ténèbres. Elle abandonna le bouclier de Force qu'elle gardait toujours enveloppé autour d'elle comme une pèlerine. Il lui permettait de marcher en pleine lumière, le jour. Sans lui, elle brûlerait vive comme n'importe quel autre vampire.

Elle se rappelait le plaisir de se laisser dorer par le soleil. Elle se rappelait l'action, mais pas la sensation. Était-ce similaire à se laisser caresser par la douce chaleur d'un feu ? C'était ainsi qu'elle l'imaginait en tout cas.

Maintenant, le soleil ne lui promettait que souffrance et immolation.

Serrant les dents, elle tendit la main et toucha un rayon.

Une douleur atroce la saisit. Elle vit de la fumée s'élever de sa peau et sentit sa propre chair brûler. Un centième de seconde, c'était presque plus qu'elle n'en pouvait supporter. Une exposition plus longue et sa main s'enflammerait. Elle la ramena vers elle et observa les cloques qui se formaient le long de ses doigts et sur le dessus de sa main. Elles se résorbaient déjà.

Elle s'arma de courage et baigna l'autre main dans la lumière en fusion.

Une voix grave et familière poussa un juron non loin d'elle. Quelqu'un lui saisit le bras avec force et la poussa, fauteuil compris, plusieurs mètres en arrière, hors de portée du soleil. Elle cligna des yeux jusqu'à ce que sa vision s'éclaircisse.

Rune était accroupi devant elle, les longs muscles de ses épaules contractés. Il la tenait par les poignets.

Tremblant de douleur, les doigts repliés, elle essaya de se dégager mais il refusa de la lâcher. Aussi puissante fût-elle, il l'était plus encore. Des émotions extrêmes assombrissaient son regard et les traits de son beau visage étaient tendus par un masque sévère. La peau autour de sa bouche blanchit quand il vit les cloques s'estomper sur ses mains.

Carling le considéra d'un air las. Après la tempête émotionnelle qu'elle avait traversée un peu plus tôt avec lui et les deux décharges d'atroce douleur, elle ne savait pas si elle avait l'énergie d'affronter le tempérament volcanique de Rune. Sa simple présence écorchait ses nerfs hypersensibles.

— Désolé, dit Rune d'une voix calme. (La prise qu'il avait sur ses bras se détendit et se fit douce.) J'ai eu une réaction épidermique, c'est le cas de le dire, quand j'ai vu votre main brûler. Est-ce que cela aide ?

Le regard las de Carling devint interrogateur. Le contrôle dont faisait preuve Rune n'était pas aussi rassurant qu'il le semblait car il était associé à un violent bouleversement interne qu'elle pouvait percevoir en lui.

— Comment ça, est-ce que cela aide ? Quelqu'un aurait-il eu la langue trop bien pendue ? Je t'ai dit de t'en aller. Qu'est-ce que tu fais encore ici ?

— Oui, quelqu'un a parlé, répondit Rune. Je sais tout. Ou du moins tout ce que Rhoswen sait. (Il fit glisser ses mains le long des bras de la vampire et lui prit les doigts avec délicatesse.) Allons, dites-moi. Pourquoi brûliez-vous ?

Elle tourna son regard par-dessus ses larges épaules en direction de la lumière du jour et choisit de ne pas lutter pour libérer ses mains. Les siennes étaient chaudes, rugueuses, larges, et ses doigts étaient très longs.

— Parfois, la douleur m'aide à combattre un épisode et à l'éviter.

— Rhoswen a parlé d'effacement. Est-ce qu'il s'agit bien de ça ?

— Pas exactement. C'est une dissociation de la réalité. Parfois je vais dans le passé. Parfois je ne sais pas où je vais.

Rune posa une des mains de Carling sur ses genoux et la lâcha. Il prit la longue cascade sombre de ses cheveux et la repoussa derrière l'une de ses épaules.

Elle baissa les paupières et lui jeta un regard de côté. Ce Wyr faisait preuve de témérité, elle devait le reconnaître. Une impulsion de violence la traversa. Elle l'avait déjà frappé une fois. Peut-être qu'elle allait recommencer. Elle observa son visage. Quatre lignes pâles zébraient toujours sa joue creuse. Elles disparaîtraient d'ici une demi-heure environ.

Elle voyait dans ses yeux qu'il avait perçu son impulsion de violence. Cela ne l'empêcha pas de lever plus haut la main et de repousser une de ses mèches de cheveux derrière son oreille en laissant glisser un doigt le long de la coquille de chair. Il la touchait comme il l'avait touchée plus tôt, comme s'il pensait qu'elle était sublime, conservant une expression calme, tranquille, dénuée de peur. Pourquoi faisait-il une telle chose ? Pourquoi le contact de sa main lui faisait-il ressentir une douleur mystérieuse d'une telle intensité ?

Pourquoi son autre main reposait-elle toujours dans la sienne ?

— Je ne crois pas que tu sois un homme très prudent, murmura-t-elle.

— Vous avez raison, sans le moindre doute. Et je suis toujours ici parce que j'ai une question à vous poser. Pourquoi avez-vous un chien ?

— Rhoswen m'a posé cette question de nombreuses fois. Je ne sais pas pourquoi. Il était grièvement blessé quand nous l'avons trouvé. Il était terriblement maigre et le véto pensait que c'était un chien qui avait erré un bon moment avant d'être heurté par une voiture. Il était cassé de partout et il refusait de mourir. (Elle haussa les épaules.) Et je l'ai ramené chez moi.

Le regard de Rune était trop pénétrant. Que pensait-il voir en elle ?

— Et maintenant vous lui faites cuire du poulet.

— Il est tellement heureux de manger.

Elle baissa les yeux. Sa main était toujours dans celle de Rune. Il frotta avec son pouce ses doigts qui avaient déjà guéri.

— J'essaie de me rappeler la sensation de la faim, dit Carling. Je fais cuire le poulet, je le sens et je me dis : « C'est de la nourriture. » Je crois que je cherche à me rappeler la sensation d'être en vie avant de mourir, murmura-t-elle.

Les mots hantèrent le silence de la pièce.

Rune était toujours accroupi à ses pieds comme un lion terrible. Sa présence était plus intense que celle d'un feu. Il ne l'avait pas seulement réchauffée intérieurement, elle se sentait nourrie et revitalisée. Il leva sa main vers ses lèvres et l'embrassa.

— Je préférerais plutôt essayer de trouver un moyen de vous garder en vie, fit-il.

— Rune, dit-elle en tressaillant.

Le regard sauvage du griffon captura et soutint le sien.

— Vous avez gaspillé la faveur que je vous devais.

— J'ai fait pire.

Elle posa un doigt sur sa joue.

— Et je vais peut-être faire pire encore.

Il leva les yeux au ciel. *Quel homme magnifique.*

— Et alors ? Je vous ai embrassée et vous m'avez giflé. Quel héroïsme !

— Tu te fiches de moi, ce n'est pas possible.

— Quel. Héroïsme.

Elle se pencha afin de mieux pouvoir le défier du regard.

— Tu portes les vêtements les plus affreux qui soient. Regarde-toi avec ton jean déchiré aux genoux. Et quelle personne porte un tee-shirt pareil, avec un homme poilu à lunettes comme motif ? C'est ridicule.

— Ne critiquez pas mon tee-shirt Jerry Garcia. (Son visage ciselé se fendit d'un sourire de chat.) Vous pouvez parler, vous qui déambulez dans ces caftans égyptiens sans rien dessous. Je vous observe depuis un moment et je l'ai remarqué.

— Tu m'observes depuis que je suis sortie de la rivière, murmura-t-elle. Je l'ai remarqué.

— Je n'ai pas pu détourner le regard depuis, murmura-t-il à son tour, décidant soudain de la tutoyer, parce que tu es éblouissante. D'ailleurs, tu peux y aller et me gifler une seconde fois si tu veux. Autant le faire maintenant parce que je pense que je vais devoir t'embrasser de nouveau et que cela vaut bien une gifle.

Le désir était de retour. Il rugissait littéralement de lui. Ou était-ce d'elle ? Elle n'arrivait pas à le déterminer. Il se pencha et elle se rejeta en arrière dans son fauteuil, posant une main contre son torse afin de l'empêcher d'aller plus près.

— Rune, répéta-t-elle d'une voix froide et claire. Arrête.

— Pourquoi ? fit-il en étrécissant les yeux. Tu étais totalement avec moi pendant ce baiser.

— Et tu es fou.

Elle le repoussa avec une telle violence qu'il voltigea plusieurs mètres en arrière et s'affala dans la lumière éclatante du matin. Il se redressa sur les mains et la regarda comme s'il l'évaluait, cet homme d'une beauté extraordinaire avec une peau richement bronzée couvrant un corps aux longs muscles souples. Le regarder faisait presque mal.

Elle se leva et s'approcha du soleil, et le sourire de Rune s'effaça. Il se releva en bondissant littéralement, plus vite qu'elle ne l'avait jamais vu se mouvoir, puis il s'interposa entre elle et la lumière du soleil.

— Regarde-nous, fit-elle. (Son visage et ses yeux étaient durs. Elle fit un geste pour les désigner tous deux, lui en pleine lumière, et elle dans l'ombre.) Voilà pourquoi. Et l'un de nous est mourant.

— Je retire ce que j'ai dit tout à l'heure, fit Rune. Tu ne donnes pas dans l'héroïsme mais dans le mélodrame. (Il la frappa sur les épaules du plat des mains et la fit reculer d'un pas. Elle le regarda avec stupéfaction alors qu'il quittait la zone éclaboussée de soleil pour la rejoindre dans la pénombre.) Regarde un peu. C'est une ligne totalement perméable. Tu peux la franchir toi aussi dès que tu te protégeras de nouveau.

— Comment oses-tu ? siffla-t-elle.

— Les gens oublient toujours cette facette de ma personnalité. Je ne sais pas pourquoi. Tu pourrais être surprise par ce que je peux oser. (Il s'avança vers elle d'un air furieux.) Qu'est-ce qui t'a prise ? Tu allais rester assise sur ton île au milieu de nulle part et attendre de disparaître ?

La colère le rendait encore plus magnifique et le voir ainsi la révolta. Elle se précipita sur lui à une vitesse aveuglante, le frappa, et fut de nouveau choquée quand il esquiva le coup. Dieu qu'il était rapide.

— J'ai du nouveau, princesse, fit-il d'un ton hargneux. Le moment est venu de te réveiller et de faire quelque chose pour ne pas crever.

— Tu crois que je n'ai pas essayé, cria-t-elle. (La rage l'aveuglait. Elle le frappa de nouveau.) Espèce de salaud impudent. Cela fait presque deux siècles que je cherche un moyen de survivre. Je me suis gavée de mes propres potions et elles ont marché un temps, mais c'est fini. Je ne sais plus *QUOI FAIRE.*

Elle s'écarta de lui et se rua en avant pour s'éloigner à tout prix.

Il sursauta et se jeta sur elle, l'attirant contre sa poitrine.

Elle se figea, prenant conscience de ce qu'elle venait de faire. Elle avait failli plonger, sans protection, en pleine lumière.

Elle riva les yeux au sol sur la ligne qu'elle venait presque de franchir. Rune l'enveloppa de ses bras par-derrière et la serra si fort qu'elle sentit les battements de son cœur contre son dos. Ils haletaient tous les deux.

— C'était incroyablement idiot de ma part, lâcha-t-elle. (Elle dut s'éclaircir la voix avant de pouvoir articuler les mots.) Heureusement que je suis rarement aussi stupide, sans quoi je n'aurais pas survécu longtemps.

Elle rétablit le sort de protection et sa peau rayonna de Force.

Il avait dû sentir qu'elle avait jeté le sort, mais il ne fit aucun geste pour la lâcher. Il se contenta de poser la tête sur son épaule.

— Je te dois toujours une faveur, fit-il, la bouche contre sa chevelure.

— Tu ne me dois rien, soupira-t-elle. Tu es totalement libre, comme la nature veut que tu le sois.

— Alors oublie cette foutue faveur. Je ne vais pas partir. Nous allons trouver un moyen de changer le cours des choses, parce que je ne veux pas, Carling, que tu te résignes à disparaître dans les ténèbres.

Elle se raidit, considérant ce qu'il venait de dire. Pouvait-elle retrouver l'envie de vivre alors qu'elle s'était accoutumée à l'idée de mourir ? Que pouvait faire Rune qu'elle n'avait pas déjà tenté ? Elle était une sorcière à l'apogée de son pouvoir, mais aussi ancienne et aussi accomplie qu'elle fût, il était une créature bien plus ancienne qu'elle. Il était possible qu'il connaisse ou pense à des options qu'elle n'avait pas envisagées.

La tension quitta son corps et elle se laissa aller contre lui dans une acceptation tacite.

— Je n'ai jamais été résignée, fit Carling en tournant la tête pour poser sa joue contre la sienne. Je ne vois pas pourquoi la mort changerait ma nature.

4

Rune ne bougea pas, savourant le contact du corps souple et docile de Carling dans ses bras, la fraîcheur de sa joue contre la sienne.

Elle éveillait tous ses sens. Il étreignait sa silhouette voluptueuse et pouvait sentir sa peau incroyablement douce contre sa joue burinée. Le parfum épicé qu'elle dégageait titillait son imagination et lui évoquait des lieux lointains et, surtout, la délicieuse odeur d'une femme sensuelle. La vivacité dangereuse de son esprit affûtait sa propre vigilance, et l'effluve légèrement fumé de la Force de la vampire glissait le long de son pouvoir comme un chat noir se faufilant entre ses chevilles. La sensation lui donnait envie de sortir ses griffes. Il voulait saisir le lobe délicat de son oreille entre ses dents et le sucer. Il voulait griffer les murs.

Il savait qu'il devait maîtriser la fascination qu'il avait développée pour elle. D'ailleurs, dès qu'il aurait un peu de temps dans son planning surchargé, il avait l'intention de s'atteler au problème. Il avait tellement de raisons de le faire que la simple idée de les énumérer l'épuisait. Le geste de Carling qui l'avait amenée à la lisière de la lumière et de l'ombre l'avait peut-être mis en colère, mais son symbolisme renfermait aussi tout le poids des différences complexes qui les séparaient : en termes d'espèce, de style de vie et d'allégeance politique.

Il savait aussi qu'il ne s'était pas trompé. Il sentait encore la sensualité avec laquelle les bras de Carling s'étaient noués autour de son cou. Elle lui avait rendu son baiser et la sensation l'avait déconcertée, parce qu'elle avait ressenti quelque chose, justement. Cela expliquait le choc qu'il avait lu dans ses yeux et surtout la gifle qu'elle lui avait donnée.

Et elle était mourante. Tout en lui refusait cette réalité et criait sa révolte. Cela semblait impossible. Tout paraissait indiquer qu'elle était en parfaite santé. L'énergie qu'elle dégageait était trop vitale, trop vive.

Et puis il n'y avait pas que cela. Elle faisait partie intégrante du paysage de son existence depuis trop longtemps. Au début, il ne la connaissait que par la rumeur ; il avait entendu parler d'une reine tribale du désert, au nord du Sahara. Puis elle avait acquis une solide réputation au fur et à mesure de son ascension dans les communautés de vampires de la Méditerranée antique. Au cours des derniers siècles, en Amérique du Nord, alors que diverses Forces parmi les Anciens se définissaient au plan politique et établissaient des limites géographiques claires à leur territoire, elle était devenue une figure incontournable des relations intra-domaines.

Il perçut son intention quand elle se mit à bouger. Il la lâcha avant qu'elle ne puisse penser qu'il l'avait tenue un moment de trop.

Son esprit s'aiguisa, devenant des lignes cristallines de logique comme il abordait le problème qui l'occupait.

— J'aimerais savoir quelles mesures tu as prises et quelles recherches tu as faites. Il est inutile de passer en revue ce que tu as déjà couvert.

— Bien sûr, fit Carling. (Elle le regarda en fronçant les sourcils. Puis elle prit apparemment une décision.) Suis-moi.

Il lui emboîta le pas. Elle lui fit traverser d'autres pièces. Rhoswen avait disparu avec le chien, peut-être pour se reposer. Si les vampires pouvaient rester éveillés toute la journée et le faisaient souvent, parfois pendant plusieurs jours de suite, c'était en général aussi fatigant pour eux que de rester debout toute la nuit pour la plupart des humains.

Carling l'emmena derrière la maison, lui faisant traverser un potager baigné de soleil où des tomates trop mûres, des poivrons et des concombres retombaient jusqu'au sol. Elle l'escorta le long d'un petit chemin jusqu'à un cottage en pierre, niché dans un bosquet d'eucalyptus et de palmiers. Il sentit la Force émaner de la structure quand ils s'en approchèrent. Celle-ci était saturée de sa présence féminine.

Elle s'arrêta devant la porte en bois, saisit la poignée et prononça un mot. Un petit clic métallique retentit et elle poussa la porte.

— J'ai un autre bureau dans ma maison de ville, mais je préfère travailler sur des questions de magie ou de Force ici, où je suis plus à même de contrôler les conséquences d'événements imprévisibles et où il n'y a pas trop de gens aux alentours, expliqua-t-elle en l'invitant à entrer.

Il entra et regarda autour de lui avec beaucoup d'intérêt. Le cottage était plus vaste qu'il ne l'avait cru au premier abord. Il était propre et le sol était recouvert d'un parquet de chêne ciré. La pièce principale et le vestibule étaient peints dans un vert sauge, bordé de crème. Deux fauteuils étaient placés devant une cheminée et il y avait aussi une table et des bancs en bois, des comptoirs propres et dégagés, une cuisinière à bois et des placards.

Carling longea un couloir et il la suivit. Ils passèrent devant une petite salle de bains moderne carrelée en bleu et deux autres pièces, l'une peinte en orange vif, l'autre d'un jaune d'or. De hautes étagères en bois chargées de livres occupaient les murs des deux pièces. Rune aperçut un rangement qui consistait en de petits logements remplis de rouleaux de papyrus. Il était à peu près sûr qu'il avait devant lui l'une des plus rares collections de magie du monde, amassée sans le moindre doute au cours de nombreux siècles de recherches et d'efforts patients.

Carling entra dans une troisième pièce où un bureau en acajou et un fauteuil de cuir étaient disposés devant des portes-fenêtres. Les tons neutres mettaient en valeur le petit jardin privé, dehors, où poussait une profusion de plantes en fleurs. Le reste de la pièce était occupé par des classeurs à tiroirs et une grande armoire ancienne en bois gravée de symboles qui semblaient diffuser de la lumière. Ses portes étaient munies d'un verrou en métal terni par l'âge.

Quand il posa les yeux sur l'armoire, il sentit que quelque chose susurrait à son esprit. C'était comme un murmure pernicieux et languide. Ses lèvres se retroussèrent instinctivement tandis qu'un grondement naissait dans sa gorge.

Carling donna un coup de poing dans le bois du meuble en passant devant et s'exclama :

— Taisez-vous !

Le murmure cessa immédiatement.

Bon, là, il lui fallait une explication.

— Qu'est-ce qu'il y a dans l'armoire ? demanda-t-il.

— Des livres qui ne savent pas se tenir tranquilles.

Des livres qui ne savaient pas se tenir tranquilles ? Sans même chercher à dissimuler son scepticisme, il marmonna :

— Humm, si tu le dis...

Elle lui jeta un regard agacé et retourna devant l'armoire pour la déverrouiller en prononçant un autre mot imprégné de Force. Puis elle ouvrit les battants du meuble, se mit sur le côté, claqua des doigts et lui montra l'intérieur en disant :

— Regarde par toi-même.

L'intérieur était rempli d'étagères et de livres, apparemment en tout cas. Rune s'approcha, tournant la tête pour lire les tranches des ouvrages. Il n'y avait pas de titres. Ces livres étaient cousus à la main et extrêmement vieux.

Celui-ci... est-ce que c'était... ? Les murmures reprirent, très bas, à la lisière de sa conscience. Il tendit la main et Carling lui saisit le poignet. Après l'avoir serré fort, elle le repoussa doucement.

— Ceux-ci doivent être manipulés avec des gants, fit-elle. Leur magie est trop sombre et envahissante.

— Tu sembles sous-entendre qu'ils sont infectieux, fit-il. Celui-ci n'est pas en cuir, ajouta-t-il.

— Disons que c'est un cuir un peu particulier, fit-elle.

Ses narines se pincèrent de dégoût.

— Ta magie ne donne pas l'impression d'être noire comme celle-ci.

— C'est parce qu'elle ne l'est pas. (Elle ferma et verrouilla les battants.) J'ai commis nombre d'erreurs au cours des siècles, mais pas celle de me tourner vers des Forces aussi maléfiques. Le prix à payer est trop élevé. Elles dévorent tout ce que vous leur donnez, puis elles prennent votre âme.

— Pourquoi les garder alors ?

Carling lui lança un regard perplexe. Elle s'approcha de son bureau.

— Est-ce que tu n'étudies pas les armes que tes ennemis utilisent ?

Il croisa les bras sur la poitrine en plissant le front.

— Si, mais en général ces armes ne sont pas... infectieuses.

— Comment trouver un traitement contre le virus Ébola, si on ne l'étudie pas ? Ce n'est pas différent. Et crois-moi, je prends des précautions. Heureusement, j'ai rarement besoin de consulter ces ressources, c'est pourquoi elles s'impatientent de temps à autre. Les objets empreints de magie noire ont faim et ne sont jamais satisfaits.

— Tu parles de ces choses comme si elles étaient douées de sentiments.

Il jeta un regard noir en direction du meuble et un frisson lui parcourut l'échine.

— Je crois qu'elles le sont. Il reste une trace de leurs créateurs et aussi quelque chose des âmes des victimes qui leur ont été sacrifiées au moment de leur création. (Elle s'assit à son bureau et ouvrit le dernier tiroir qui n'était pas verrouillé. Il pouvait voir qu'il contenait des dossiers marqués d'une écriture nette. Elle sortit quelques cahiers et referma le tiroir.) C'est le condensé des études que j'ai menées ces derniers siècles sur un éventuel moyen de juguler la progression du vampirisme.

Il la regarda avec attention.

— Et stopper la progression de la maladie est préférable à la découverte d'un remède parce qu'un remède te rendrait de nouveau humaine ?

— Théoriquement, oui. Malheureusement, beaucoup trop de données ne sont encore que des hypothèses parce qu'il n'existe pas d'antidote connu. Et si un tel « remède » était découvert un jour, de graves questions se poseraient, fit-elle en lui tendant les cahiers.

Il ouvrit celui qui se trouvait sur le dessus de la pile. L'écriture était la même que celle qui figurait sur les étiquettes des dossiers.

— Je voudrais savoir comment un remède pourrait être testé, remarqua-t-il. Et où, et sur qui.

Elle haussa les épaules.

— Peut-être qu'un grand centre hospitalier particulièrement orienté sur la recherche pourrait s'y intéresser, celui de l'université Johns Hopkins par exemple. Il y a peut-être suffisamment de vampires inquiets et révoltés contre leur sort qui seraient prêts à prendre un certain nombre de risques, mais aucun code éthique n'a été développé pour des essais cliniques parce qu'aucune piste n'a suffisamment abouti pour justifier des essais.

— Quelles sont les autres questions à prendre en compte ?

Elle le considéra un moment comme si elle rassemblait ses pensées.

— Quelles seraient les conséquences d'un remède potentiel ? finit-elle par dire. Est-ce qu'un vampire guéri pourrait être de nouveau transformé, et quels seraient alors les résultats ? Ou est-ce que ce serait irréversible pour un vampire, au même titre que le vampirisme l'est maintenant pour les humains ? Un vampire redeviendrait-il tout simplement humain ? Dans quel état de santé se retrouverait-il une fois humain ? Redeviendrait-il comme il était avant ? Certains vampires souffraient de maladies à un stade terminal avant de se transformer. Ou y aurait-il d'autres complications, telles, par exemple, un vieillissement avancé ou accéléré, ou un système immunitaire déficient ? Et est-ce que ces complications s'aggraveraient en fonction de l'âge des vampires ?

— Dans tous ces scénarios, fit-il en secouant la tête, le remède serait également synonyme de mort.

— Oui.

Carling rassembla ses longs cheveux en une torsade qu'elle enroula de façon à former une sorte de chignon bas qu'elle fixa à l'aide de deux crayons trouvés sur son bureau. Ses gestes étaient rapides et précis.

Le regard de Rune s'attarda sur la lourde chevelure et le cou gracieux de Carling. Il avait envie de la voir remonter ses cheveux une seconde fois et il dut lutter contre le désir puéril de retirer les crayons. Ses cheveux tomberaient le long de ce magnifique dos, les extrémités soyeuses cascadant comme de l'eau de minuit contre la courbe féminine de son joli petit postérieur. Elle lui lancerait ce regard agacé qu'elle pouvait avoir ou bien elle serait encore plus en colère. Peut-être qu'elle essaierait de le gifler et il lui saisirait alors le poignet et l'attirerait violemment vers lui...

L'excitation s'empara de lui et il sentit son sexe durcir. Il dut se retourner pour dissimuler son érection naissante.

Se dirigeant vers les portes-fenêtres, il ouvrit le cahier du dessus et le feuilleta, puis fit de même avec les autres. Il y avait peut-être deux cent cinquante pages en tout, ce qui était concis, vu le temps et les efforts qu'elle avait consacrés à ses recherches. Elle avait parlé de « condensé », ce qui voulait dire qu'à un moment donné elle avait tout revu et tout épuré pour ne garder que l'essentiel.

Il rouvrit le premier cahier et en lut quelques lignes. Il tapota la page du doigt et murmura :

— C'est une lecture plutôt ardue.

— Je pourrais te le résumer verbalement, fit Carling, mais je ne crois pas que ce soit une bonne idée.

Il ne voulait pas écouter un résumé avant d'avoir eu l'occasion de se pencher lui-même sur les détails de sa recherche et d'en tirer ses propres conclusions, mais son raisonnement l'intriguait.

— Pourquoi cela ?

— Je ne fais plus confiance à mon intellect et tu ferais bien de ne pas t'y fier non plus.

La douleur dans ses yeux sombres était terrible. Il remarqua la manière raide dont elle se tenait et se garda d'offrir un geste de réconfort. Il inspira profondément et laissa échapper doucement son souffle.

— Je comprends, fit-il après un moment. Est-ce que tu veux que je lise ici ?

— Peu importe, fit-elle. (Elle regarda par la fenêtre.) Nous sommes les seuls sur l'île. Tu peux lire où bon te semble.

— Très bien.

Il aurait tout donné pour qu'elle se détende et que sa douleur s'apaise. Plus pour la distraire que parce qu'il avait faim, il lui dit :

— Est-ce que tu as encore de ce poulet que tu as fait cuire pour le chien ?

Rune était tout simplement trop... quelque chose.

Carling jeta plusieurs gros morceaux de viande dans la poêle et les regarda fixement. Pour la seconde fois de la journée, l'odeur et le grésillement du poulet en train de cuire envahit la pièce.

Il était trop quoi ? Quels étaient les mots qui devaient suivre ?

Elle jeta un coup d'œil par-dessus son épaule et le regarda. Il était assis à l'énorme table campagnarde de l'immense cuisine. En sa présence, la salle et les meubles paraissaient presque de taille normale. Avec ses longues jambes, son torse musclé, et sa démarche rapide et assurée, il dominait chacune des pièces où il entrait.

Il était trop grand, trop imposant. Case cochée.

La tête appuyée contre la paume, il lisait le premier cahier. Ses longs cheveux qui lui arrivaient aux épaules avaient séché. Ils étaient en désordre et leur apparence négligée lui donnait envie de prendre sa brosse et de démêler leurs boucles. Son visage bronzé aux traits ciselés affichait une expression concentrée. Ses hautes pommettes saillantes étaient équilibrées par un nez droit, un menton volontaire et puis cette élégante bouche dont la sensualité reflétait aussi la sagesse.

Oui, bon, il était trop beau. Il était la star des Wyrs, connu chez les Anciens, mais aussi chez les humains, pour son physique d'Adonis, donc, oui, case cochée.

Des petits plis encadraient les coins de ses yeux et de cette bouche ensorcelante. Elle se rappela la sensation de ses lèvres quand elles s'écrasaient contre les siennes, comment il l'avait transpercée de sa langue chaude. Elle s'abandonna fugacement à ce souvenir, fermant les yeux tandis qu'une vague de désir traversait son corps, aussitôt doublée par une vague de stupéfaction. Le simple souvenir de ce baiser l'ébranlait au plus profond de son être.

Oui, d'accord, il était beaucoup trop sexy et charismatique pour son bien ou le bien de quiconque, alors case cochée. Carling avait toujours trouvé ridicule et même exaspérant, pour ne pas dire enrageant, la manière dont un si grand nombre de femmes habituellement pleines de bon sens perdaient apparemment la tête dès qu'elles se trouvaient près de lui. Alors peu importait l'effet qu'il lui faisait, *jamais, au grand jamais*, elle ne rejoindrait les rangs de cette horde écervelée. Elle préférait encore se jeter d'une falaise.

Elle soupira. En fait, ce serait un geste passablement vide de sens. Même si elle était au stade terminal de la maladie, il lui faudrait plus qu'un simple plongeon du faîte d'une falaise pour qu'elle meure.

Le poulet crépita et grésilla, puis quelques gouttes de graisse sautèrent et atteignirent sa joue. La douleur n'était rien comparée à l'atroce brûlure du soleil, mais suffit toutefois à la tirer de ses pensées. Elle ouvrit vivement les yeux. La petite brûlure s'était déjà estompée quand elle leva la main et essuya la goutte d'huile. Elle poussa le poulet avec… l'ustensile – la spatule, bon sang ! et retourna les morceaux de façon à faire brunir l'autre côté.

Pour en revenir à Rune.

Il était trop silencieux. Il se déplaçait avec la grâce souple et prédatrice d'un chat. En outre, il était suffisamment vif pour la surprendre et lui glacer le sang, si celui-ci n'avait pas déjà été froid. Elle se mit à mordiller et sucer sa lèvre inférieure tout en réfléchissant.

Pourrait-elle le terrasser dans un combat direct ? Elle était plus rapide et plus forte que la plupart des êtres. Elle était même capable de terrasser sa progéniture, Julian, le roi officiel des Créatures de la Nuit, et peu de gens pouvaient s'en vanter. Elle avait transformé Julian à l'apogée de l'Empire romain et il était lui-même un vampire vénérable et Puissant. Mais elle ne pensait pas pouvoir triompher de Rune sans un combat acharné et le déploiement d'une magie considérable.

Elle suça sa lèvre plus fort. Il était ici en tant qu'allié, pour l'aider. Il n'y avait aucune raison de penser que la situation pourrait en arriver là. Mais au cas où, elle ferait quelques recherches afin de déterminer quels étaient les sortilèges les plus efficaces pour combattre un griffon. Être préparé ne faisait jamais de mal et donner des coups bas n'avait rien de honteux si la situation l'exigeait. La meilleure façon de vaincre les créatures les plus vénérables et les plus Puissantes était d'utiliser l'effet de surprise.

Elle entendit le bruit léger d'une page que l'on tourne, le seul son dans la cuisine, à part le grésillement de la viande qui cuisait et la respiration calme et presque inaudible de Rune. Il avait tourné dix fois la page depuis qu'il avait commencé sa lecture et elle connaissait la complexité de ces carnets.

Aristote en personne lui avait enseigné les lois de la logique. Elle avait étudié chaque savant qui avait approfondi le développement de la méthode scientifique. Les cahiers que Rune lisait contenaient ses réflexions les plus sagaces, les plus ésotériques. Ils étaient remplis d'épisodes historiques, de transcriptions exceptionnelles de témoignages oraux et de bribes d'informations venues de tout ce qu'elle avait jugé susceptible de nourrir ses recherches.

Elle avait acquis une richesse fabuleuse au cours de sa vie. Elle possédait diverses propriétés un peu partout dans le monde, à New York, à Londres, en France sur la Côte d'Azur, au Maroc et à Alexandrie en Égypte. Elle détenait des objets anciens irremplaçables, des diamants et des saphirs gros comme des œufs de canard, mais son trésor le plus inestimable était pour le moment étalé devant lui sur la table.

Une autre page fut tournée. Il en était à la page onze et il ne lui avait pas encore posé une seule question. Il était donc également beaucoup trop intelligent. Un mâle intelligent était dangereux et ne se laissait pas surprendre facilement. Elle ferait bien de s'en souvenir.

Elle coupa le plus gros morceau de poulet et vérifia sa cuisson. La viande était blanche jusqu'au cœur et grillée à l'extérieur. Il apprécierait certainement. Elle mit tous les morceaux sur une assiette et retira la poêle de la cuisinière.

Elle jeta un coup d'œil par-dessus son épaule. Rune s'était redressé et il était adossé à sa chaise, ses longues jambes étendues devant lui ; il l'observait avec attention. Dans la solitude tranquille de la cuisine inondée de soleil, il offrait un tableau stupéfiant. Il l'attirait comme un aimant. Elle prit l'assiette de viande fumante. Elle la regarda, puis leva les yeux vers lui et prononça un mot. La viande refroidit instantanément. Elle s'approcha et posa l'assiette devant lui.

Elle eut alors une expérience étrange qui fut amorcée par cette pensée : quelle notion exotique que de poser de la viande cuite devant un mâle qui a faim et qui attend. Bien sûr, c'était ce que faisaient chaque jour des millions de femmes, mais elle qui vivait depuis des milliers d'années ne l'avait jamais fait.

Rune lui décocha un sourire tranquille, l'appréciation se lisait dans ses yeux et il avait un regard d'homme, de mâle ; cela remua quelque chose en elle. Mais quoi ? Interloquée, elle tenta d'analyser la sensation. C'était encore une fois une sensation étrange, qu'est-ce que c'était ?

Du plaisir.

Il lui avait souri quand elle avait posé un repas devant lui, et elle ressentait du plaisir.

Elle sentit son ventre se nouer comme les anneaux d'un serpent prêt à attaquer. Elle ouvrit la bouche, pour dire quoi, elle ne le savait pas. Quelque chose de blessant, une réplique cinglante, quelque chose qui ne soit pas stupide et vide, ou bien elle devrait se jeter du haut de la falaise la plus proche, ne serait-ce que par principe...

Le sourire de Rune s'était élargi, il était marqué d'une pointe d'étonnement.

— Qu'est-ce que tu viens de faire ? demanda-t-il. C'était un sort, je l'ai senti, j'ai entendu l'incantation, mais je ne l'ai pas comprise.

Troublé, le serpent au creux de son ventre hésita et se détendit. Elle cilla et regarda en direction de la cuisinière. Qu'avait-elle fait ?

— J'ai refroidi la viande.

— Tu... as refroidi la viande pour moi ? fit Rune, le visage éclairé par l'envie de rire.

— Raspoutine ne peut pas manger le poulet quand il est trop chaud, répliqua-t-elle en fronçant les sourcils. Cela me semblait logique que tu ne le puisses pas non plus.

— Bien sûr. C'est très... prévenant de ta part. (Il feignit de tousser pour couvrir un éclat de rire.) Tu as appelé le toutou Raspoutine ?

Son amusement était enivrant comme le champagne devait l'être pour les humains. Elle regrettait de ne jamais avoir eu l'occasion de boire du champagne quand elle était humaine. Elle était vampire depuis déjà très, très longtemps la première fois qu'elle avait entendu parler de ce vin pétillant.

Elle leva un sourcil.

— Ta tentative de dissimuler ton amusement est futile. Et Raspoutine semblait un nom adéquat, vu qu'il est apparemment si attaché à la vie.

Elle avait rencontré le vrai Grigori Raspoutine lors d'un voyage en Russie pour consulter une sorcière irascible qui vivait à l'écart du monde. Elle avait trouvé que c'était un homme étrange et intense. Il était indéniablement humain et très certainement fou, mais quelqu'un capable de survivre, d'après la légende, à des coups de couteau, du poison, des blessures par balles, et un passage à tabac avant de finalement mourir noyé méritait un certain respect.

— D'ailleurs ce clebs est carrément enragé, murmura Rune.

— Je ne trouve pas, fit-elle en levant les sourcils avec étonnement.

— Bien sûr que non, reprit Rune d'un ton enjoué. Tu lui as sauvé la vie, tu es une femme et tu lui fais cuire du poulet. Il t'est dévoué corps et âme.

— C'est une créature ridicule, fit-elle d'un ton pincé.

— C'est un chien. Ils sont ainsi.

Elle croisa les bras et se rendit compte trop tard que ce geste était défensif.

— Je n'ai pas demandé sa dévotion.

Le regard de Rune s'assombrit et elle n'arriva pas à comprendre l'expression qu'il prit soudain.

— Tu sais, il n'y a rien de répréhensible à faire preuve de gentillesse sans arrière-pensée, pas plus qu'à répondre à cette même gentillesse, lui dit-il avec douceur.

Bon, non seulement la conversation la mettait mal à l'aise, mais elle était hors sujet. Carling détourna les yeux de son regard pénétrant.

— Est-ce que tu as besoin d'autre chose qui pourrait t'aider à lire ? fit-elle d'un ton glacial.

— Non, répondit-il d'un ton aussi tranquille et détendu que l'était sa posture. Rien du tout. Merci pour le poulet.

— Parfait.

Elle fit volte-face et s'apprêta à sortir, mais se trouva incapable de franchir le pas de la porte.

Faire preuve de gentillesse sans arrière-pensée.

Désormais, c'était dans sa poitrine qu'elle sentait un nœud se former. Elle posa la main sur son sein, éberluée. Elle ne reconnaissait plus son propre corps. Il la trahissait de mille manières inexplicables chaque fois qu'elle se trouvait à proximité de ce mâle.

Elle se força à dire :

— Merci d'être resté et d'essayer de m'aider.

Il inspira et répondit avec calme :

— Je t'en prie, Carling. Je suis heureux de faire quelque chose pour toi.

Ces mots… Il les lui donnait si facilement, comme un cadeau. Ils étaient beaucoup plus courtois qu'elle ne le méritait. Elle sortit en ayant le sentiment de s'enfuir avant que son corps ne la trahisse d'une autre manière encore.

Dès que Carling, dont la présence était captivante et enivrante, eut quitté la pièce, Rune fut en mesure de se concentrer sur le texte et d'aller plus vite.

Il dévora également chaque morceau de la viande froide qu'elle avait préparée pour lui, et pourtant Dieu que c'était infect. Elle avait réussi à rater la tâche au demeurant simple de faire cuire du poulet dans une poêle. L'extérieur était brûlé et l'intérieur suintait un jus rose. S'il avait été humain, il aurait craint l'intoxication alimentaire. Et Rune n'était pas difficile et avait avalé quelques repas peu savoureux dans sa vie. Ses goûts avaient changé quand il avait appris à se métamorphoser et à vivre en société avec d'autres espèces, mais il pouvait manger de la viande crue quand cela s'avérait nécessaire et il avait enduré un certain nombre de désastres culinaires en campant.

Il se remit à rire en pensant qu'elle avait refroidi la viande pour lui comme elle le faisait pour le chien. Puis il se souvint de la manière dont elle s'était raidie et avait détourné les yeux quand il avait mentionné la gentillesse, et son rire s'éteignit.

Les sociétés wyr et vampire pouvaient être terriblement brutales. La seule issue de certains conflits était parfois la violence. Toutes les sentinelles faisaient appliquer les lois des Wyrs, mais en tant que premier lieutenant de Dragos, Rune était celui qui les faisait appliquer jusqu'au bout. Si Dragos se trouvait un jour dans la position de ne pas pouvoir le faire, la responsabilité de traquer et éliminer, y compris les autres sentinelles si elles devenaient des renégats, incombait à Rune. Les autres sentinelles étaient ses amies, ses partenaires, et ses camarades. Heureusement, il n'avait jamais eu besoin de recourir à une telle extrémité, mais il ne perdait jamais de vue les responsabilités qui allaient de pair avec sa position.

Autrement, Rune était un mâle facile à vivre, enjoué et prompt à montrer son affection. Il était cet oiseau rare, c'était le cas de le dire, un homme viril qui reconnaissait sans le moindre complexe aimer les bluettes et la mode féminine. Elles faisaient naître des trucs qu'il adorait chez les femmes, depuis la spirale d'émotions permettant d'explorer des sentiments mystérieux jusqu'à l'éclosion du plaisir émerveillé que ressentait une femme qui essayait de nouvelles tenues et découvrait en se regardant dans le miroir qu'elle était belle.

D'après ce qu'il avait vu, Carling n'avait pas d'inclination pour le rire ou l'affection. Elle n'inspirait pas des pensées de réconfort ni l'envie de câliner. Avait-elle possédé un jour ces qualités, ou l'expérience qu'elle avait eue de la vie avait-elle été à ce point cruelle et impitoyable ? Il fronça les sourcils. Les cicatrices qui couvraient son corps étaient suffisamment éloquentes.

Quand il essaya de l'imaginer prise d'un fou rire en compagnie d'une copine, il secoua la tête. C'était impensable. De toute évidence, Rhoswen l'adorait, et Duncan aussi ressentait quelque chose pour elle, mais d'après ce qu'il avait pu observer, ces relations, ces rapports n'avaient rien de profond et surtout n'étaient pas sur un pied d'égalité. Il avait l'impression que la plupart des femmes se sentaient menacées par elle, ce qui était d'ailleurs justifié. La vie avait fait de Carling une arme aussi élégante que meurtrière. Une lame à double tranchant prête à couper la main de l'imprudent qui voudrait s'emparer d'elle.

Saisir une telle arme nécessiterait une main sûre et puissante, celle de quelqu'un qui saurait quand la tenir avec fermeté et quand la laisser libre de frapper où elle le souhaitait. Personne ne pouvait domestiquer une telle arme. Avec un peu de chance, on pouvait peut-être gagner son respect, sa confiance, et espérer travailler de concert.

La carapace de Carling semblait faite d'airain et elle avait établi ses défenses au cours d'une période de temps extrêmement longue, il doutait donc que quelque chose puisse la faire changer, il était trop tard. En parvenant à ce constat, il trouva enfin le cadre conceptuel dont il avait besoin pour juguler la fascination qu'elle lui inspirait. De toute façon, cette fascination ne menait nulle part et ne pouvait s'accrocher à rien sur le long terme. Carling était brillante, splendide, létale, originale, voire excentrique, mais elle ne laisserait personne s'approcher de trop près, pas même un chien.

Bon, c'était comme ça. Les sommets étaient parfois tellement élevés et tellement étroits qu'il y avait seulement de la place pour une personne. Si elle arrivait à vivre depuis tellement longtemps dans un isolement pareil, elle devait se satisfaire de sa propre compagnie. En ce qui le concernait, il était heureux de l'aider s'il le pouvait et il serait heureux d'aller de l'avant quand ce serait fini. Ce qui arriverait tôt ou tard, d'une manière ou d'une autre. Ils trouveraient un moyen pour elle de survivre ou ils n'y parviendraient pas, point. Comme l'avait souligné justement Duncan, les gens mouraient tout le temps. Parfois, les créatures anciennes et vénérables mouraient aussi.

Ces réflexions lui serrèrent le cœur, mais il n'y prêta pas attention outre mesure. Cet arrêt sur l'île n'était qu'un petit détour sur sa route et il ferait bien de ne jamais l'oublier. Sa vraie vie l'attendait à New York où il avait des amis et des gens qui l'aimaient.

Il lut jusqu'à tard dans l'après-midi, puis il partit en quête de quelque chose à boire. Il remarqua deux chaînes fixées au puits, dans la cuisine. L'une était reliée à un seau vide. Il tira sur l'autre par curiosité et remonta une réserve de Corona dans un panier en métal. Les bouteilles de bière entreposées au fond du puits étaient très fraîches. Un point de marqué pour le Wyr assoiffé.

Il en prit quelques-unes, redescendit les autres, et reprit sa lecture. Les journaux scientifiques étaient plutôt le truc de Dragos. Les recherches de Carling étaient d'un abord difficile. Quand il tombait sur une formule chimique ou une équation magique, il se contentait de la mémoriser sans essayer de la déchiffrer ou de la comprendre tout de suite. Mais s'il avait d'abord pensé qu'attaquer la lecture des notes de Carling serait une tâche fastidieuse, ce n'était pas le cas. Le processus qu'elle avait vécu le captivait, presque malgré lui.

De nombreuses créatures, humaines ou non, abordaient les questions liées à la magie de différentes manières. Au cours de l'histoire, la magie avait été enveloppée, pour ne pas dire couverte, de mysticisme, voire de religion, et nombre de ces pratiques avaient encore cours. Certains s'adonnaient à la magie dans le cadre d'un rituel, disons plus folklorique, à l'instar des sociétés indigènes où elle se transmettait de génération en génération, suivant une tradition orale, la connaissance des plantes, par exemple.

Comme les racines de Carling remontaient à l'ancienne Égypte, il supposait qu'elle avait au départ été initiée à la magie d'un point de vue religieux. Au XIXᵉ siècle, le vampirisme avait cessé d'être perçu comme une malédiction pour être considéré en tant que maladie ; la Chancelière abordait le problème de manière rationnelle et scientifique, ce qui allait dans le sens de l'évolution des mentalités quant à cet « état ».

Ses analyses étaient rigoureuses. Elle avait étudié avec stoïcisme les symptômes des stades terminaux de la maladie et les épreuves qu'elle aurait à affronter. Il n'arrivait pas à appréhender, lui, comment les humains pouvaient vivre en sachant qu'ils étaient mortels. Il essaya de s'imaginer ce qu'il ressentirait en apprenant qu'il l'était, que ses jours étaient comptés et que la fin était inéluctable, mais il n'y parvint pas. S'il était tué un jour, il accueillerait la mort avec stupéfaction et incompréhension. Parmi toutes les réactions qu'elle éveillait en lui, Rune devait admettre ressentir une certaine admiration pour le courage de Carling.

Mais chaque piste de recherche qu'elle avait empruntée était une impasse. Ses tentatives pour isoler l'origine de l'infection avaient échoué.

Qu'est-ce qui n'allait pas, alors ? Quelle hypothèse n'avait-elle pas envisagée ? Rien ne lui sautait aux yeux quand il réfléchissait à l'élégant lacis de pensées et de réflexions agencé si méticuleusement sur les pages. Pourtant quelque chose le gênait. Mais quoi ? Il n'allait pas essayer de reproduire les processus qu'elle avait déjà suivis. Et il n'avait pas les aptitudes nécessaires pour reproduire les expériences dont elle avait établi le compte rendu. C'était elle, la scientifique, l'experte dans ce domaine. Il était persuadé qu'elle avait été aussi rigoureuse dans ses expériences que l'était son écriture. Si une théorie avait échoué, c'était parce qu'elle était vouée à l'échec.

C'était donc autre chose qui le troublait. Était-ce une prémisse ou une conclusion ?

La lumière du jour déclinait dans la cuisine quand il s'avoua qu'il avait besoin de faire une pause. Il se leva et s'étira. Il lui restait presque cent pages à lire, mais il était arrivé au point où il n'absorbait plus les informations. Un peu d'air frais lui remettrait les idées en place, et puis son corps avait besoin de bouger.

Il sortit et traversa les jardins, contournant la maison pour se diriger vers la falaise. Le crépuscule approchait et les ombres projetées par les arbres s'allongeaient. Les torsions et les angles des branches se découpaient en noir sur la pelouse.

Il marcha le long du muret qui suivait le bord de la falaise et lui arrivait à la taille, et il regarda l'eau. Le soleil était une énorme boule de feu orange qui semblait grossir à mesure qu'elle se rapprochait de l'horizon. Tout comme Carling, l'île était drapée dans sa propre existence étrange et solitaire. Cette parcelle d'Autre Contrée donnait l'illusion parfaite que rien d'autre n'existait en dehors d'elle, de l'océan bleu cobalt et du ciel infini. Il inspira profondément l'air salé et imagina qu'il était là-haut, dans les airs, survolant l'eau jusqu'à ce que tout signe de terre disparaisse.

C'est alors qu'il sentit quelque chose frémir, comme si une brise légère soufflait contre sa peau, et tout parut trembler. Il cligna des yeux et regarda autour de lui en essayant de discerner ce qui avait changé.

Le soleil flamboyant continuait à descendre à l'ouest, un Icare qui rencontrait sa mort quotidienne après avoir volé trop haut. L'océan était du même ton de bleu, s'assombrissant au fur et à mesure que le jour baissait. Il se retourna. Falaise, muret, jardin, ombres, immense demeure gothique... et au-delà de la maison, plus loin à l'est, brillaient des lueurs électriques qui faisaient penser à une traînée de gouttelettes d'étoiles, bannies du ciel pour avoir commis quelque péché mortel. Elles semblaient éparpillées sur le tapis calciné d'une terre distante, à peine visible.

Wow, c'était donc la vue que l'on avait de ce côté-là, lorsque le voile qui séparait cette Contrée et la région de la baie perdait de son épaisseur. Il se dirigea vers l'est en longeant toujours le muret, admirant le spectacle insolite. L'illusion de terre était saisissante, esquissée en lignes transparentes tout le long de la zone qui se trouvait à l'est, et l'océan était clairement visible à travers. Ce double horizon était vertigineux.

— Sentinelle ?

L'appel de Rhoswen venait de la direction de la porte de la cuisine, soit du côté est de l'arrière de la maison.

— Sentinelle ?

La vampire avait un ton angoissé, urgent même. Il se dirigea d'un pas rapide vers la maison, puis se mit à courir.

Rhoswen se tenait dans l'embrasure de la porte, Raspoutine sous un bras. La boule de poils se mit à aboyer furieusement en le voyant. Exaspéré par le cirque du chien, Rune se pencha, montra les dents et poussa un grondement d'avertissement.

— *Sois sage.* (Rhoswen ne le quittait pas des yeux. Raspoutine se figea et cessa brutalement d'aboyer. Ses petits yeux noirs étaient écarquillés, on aurait dit un animal en peluche stupéfait.) C'est mieux, marmonna Rune. (Il caressa le petit animal sur la tête.) Bon garçon. (Il se redressa.) Qu'est-ce qui ne va pas ?

— Je me suis réveillée il y a quelques minutes seulement, expliqua Rhoswen. (Elle avait les cheveux en désordre et la marque d'un oreiller imprimée sur une joue.) Je suis allée voir comment allait Carling. Je me suis dit que vous devriez être averti : elle s'est de nouveau effacée.

— Montrez-moi, fit Rune d'un air sombre.

5

Rhoswen passa de pièce en pièce d'un pas rapide. Rune la suivit sans effort, ses longues jambes avalant la distance.

Les annales de Carling indiquaient que les épisodes mystérieux augmentaient en fréquence et en intensité lorsque la fin d'un vampire était proche. Il n'était pas encore sûr de savoir ce qu'était « la fin » ni ce qui était censé se produire au moment où un vampire arrivait à ce stade. Il était d'ailleurs possible que Carling elle-même ne le sache pas. En tout cas, elle l'ignorait quand elle avait rédigé la page où il avait interrompu sa lecture.

Le texte de Carling suivait un ordre chronologique et elle était particulièrement rigoureuse quand il s'agissait de noter la date et l'heure de chaque événement ou de chaque découverte. Elle ne sautait pas d'étapes et ne revenait pas en arrière non plus. Chaque fois qu'elle faisait allusion à un événement qu'elle avait déjà consigné, elle rappelait simplement en abrégé la date et l'heure. En l'absence d'un logiciel permettant d'insérer des notes de bas de page, c'était une méthode toute simple de recoupement qui le ralentissait juste un peu quand il devait revenir en arrière pour revoir certaines entrées.

— Quelle est la fréquence de ces épisodes ? demanda-t-il à Rhoswen.

— Presque quotidienne, fit-elle d'une voix étranglée. C'est pour cela que je n'aime pas la laisser seule. Que se passera-t-il si elle a une crise alors qu'elle est en train de cuire de la viande pour ce fichu chien, ou si elle annule le sort qui la protège du soleil ? Elle s'assoit si près de la lisière de l'ombre chaque fois qu'elle le fait. Que se passera-t-il si son esprit est ailleurs et que l'angle du soleil change ?

Il jura dans sa barbe. Des épisodes quotidiens n'étaient pas bon signe. Dans l'une des histoires rapportées par Carling, un vampire avait atteint ce stade et il avait disparu au bout de quelques semaines. S'était-il tout simplement effondré, tombé en poussière ? En général, les organismes des créatures mortelles se rebellaient au moment de mourir. Le rythme cardiaque devenait irrégulier, la respiration difficile. Si les vampires étaient tués par le soleil, ils prenaient feu et mouraient dans d'atroces souffrances. Quand ils étaient tués d'autres manières, ils se désintégraient et tombaient en poussière.

Ils arrivèrent au pied d'un escalier et le montèrent quatre à quatre. Raspoutine, calé sous le bras de Rhoswen, ne faisait aucun bruit, mais il suivait tous les mouvements de Rune de sa petite tête effilée.

— À partir de maintenant, nous ne la laisserons plus seule, d'accord ? fit Rune.

Elle opina.

— D'accord. Sentinelle, je ne vous ai peut-être pas semblé très accueillante quand vous êtes arrivé, mais je veux que vous sachiez... que je suis contente que vous soyez là.

Rhoswen ne semblait même jamais accueillante ou aimable, mais il n'allait pas prendre un ton narquois alors qu'elle paraissait désarmée.

— Ne vous inquiétez pas. Simplement arrêtez de m'appeler sentinelle, d'accord ? Ça me donne l'impression d'être un insecticide contre les puces ou les tiques.

La vampire lui jeta un regard surpris. Il lui fit un clin d'œil et elle eut un petit rire hésitant. En haut des marches, Rune posa une main sur son bras. Quand elle s'arrêta, il la regarda d'un air grave dénué de tout humour.

— Il faut nous préparer à l'éventualité que Carling ne survive pas, dit-il. (L'énoncer à haute voix le tétanisa presque, mais il s'efforça de parler d'un ton calme.) Mais je vous promets que nous allons faire tout ce que nous pouvons et plus encore pour qu'elle survive.

— Merci, répondit Rhoswen d'une voix tremblante.

Il fit un signe de tête et la lâcha. Elle se tourna et ouvrit la marche, traversant le hall en direction d'une double porte en bois travaillé qui se trouvait au fond. Elle commença à ouvrir un des battants et le soleil – enfin ce qui semblait être l'éclat du soleil – s'immisça par l'entrebâillement.

Rune ne réfléchit même pas. Il saisit Rhoswen par l'épaule et la tira violemment en arrière afin de la soustraire à la lumière.

Elle trébucha et serra le chien contre sa poitrine en regardant autour d'elle d'un air hagard.

— Qu'est-ce qu'il y a ? Qu'est-ce qui s'est passé ?

— Je suis désolé, fit-il d'une voix tendue. Écoutez, c'est une réaction instinctive. On dirait la lumière du soleil, mais c'est impossible, puisque le soleil est en train de se coucher et que la maison est presque complètement plongée dans l'obscurité. Qu'est-ce que c'est ?

— De quoi vous parlez ? (Rhoswen le dévisagea.) Quelle lumière ?

Il inspira profondément. Expira. Puis il indiqua la porte entrouverte.

— Il y a de la lumière qui sort de cette pièce, une lumière très brillante, jaune vif, comme lorsque le soleil est à son zénith. Est-ce que vous êtes en train de me dire que vous ne la voyez pas ?

— Non, je ne la vois pas, fit Rhoswen. (Le blanc de ses yeux se voyait maintenant. Elle avait perdu tout son calme et son maintien habituel un peu hautain. Elle avait l'air effrayé et très jeune.) Il fait très sombre en fait, mais je me suis dit que vous étiez un Wyr, que vous aviez probablement une très bonne vue, et donc que la pénombre ne vous dérangerait pas outre mesure.

— OK, fit Rune. Faisons extrêmement attention.

Il s'approcha de la porte et l'ouvrit en la poussant lentement, veillant à ce que la lumière qu'il voyait – ou croyait voir – ne touche pas Rhoswen. Le hall s'éclaira encore davantage au fur et à mesure que la porte s'ouvrait. Il continuait à avoir l'impression que c'était la lumière du soleil et il la sentait saturée de magie.

Il traça une ligne dans l'air.

— C'est là que finit la lumière que je vois. Je veux que vous traversiez cette ligne, mais juste avec le bout du doigt.

C'était au tour de Rhoswen de le regarder comme s'il était devenu fou, mais elle fit ce qu'il lui demandait et tendit le doigt jusqu'à ce qu'il ait traversé la démarcation qu'il lui avait indiquée. Ils contemplèrent tous les deux le doigt, intact.

— Est-ce que vous voyez encore la lumière ? demanda-t-elle.

— Absolument. Mais au moins vous ne semblez pas courir le danger d'être brûlée. Nous devons faire preuve de beaucoup de prudence toutefois. (Il la regarda d'un air pensif.) Est-ce que vous avez de la Force ou des aptitudes de magie ?

Elle secoua la tête.

— Je n'ai que les caractéristiques basiques propres à tous les vampires, ce qui suffit pour la télépathie ou passer dans une Autre Contrée, mais c'est tout. C'est un des effets dérivés du virus. Quand j'étais humaine, j'étais une complète Tête-Morte.

Cette expression désignait quelqu'un dépourvu de Force ou de toute aptitude de magie. Rhoswen ne devait donc avoir aucune capacité de résistance aux sorts.

— Je vois. Bon, cette pièce déborde de magie et ça ne m'inspire rien qui vaille. Je veux que vous restiez ici.

La vampire releva le menton avec défi.

— Carling pourrait avoir besoin de moi.

Il se retint de lever les yeux au ciel. Il n'était pas responsable du fait que Rhoswen choisisse de risquer sa vie, et qui sait, elle avait peut-être raison et Carling *aurait* besoin d'elle.

— Bien, mais je rentre en premier.

Il franchit le seuil, marchant dans la lumière. Les semelles de ses bottes entrèrent en contact avec une substance souple et malléable. Il baissa les yeux. On aurait dit du sable.

Il fit un autre pas, puis un autre. Les contours à peine visibles d'une pièce plongée dans la pénombre l'entouraient, mais une réalité plus chaude, plus brillante, venait s'y superposer. Il leva les yeux et les

plissa en voyant un ciel bleu pâle sans nuages où brûlait un soleil presque blanc.

— Sentinelle ? s'écria Rhoswen d'un ton qui était
désormais paniqué. Rune ! *Vous êtes en train de vous
effacer.*

Il la voyait à peine. Elle était devenue une
silhouette fantomatique, pâle, sans substance,
comme le reste de la pièce.

— Je suis là, lui cria-t-il. Est-ce que vous
m'entendez ?

— À peine, hurla-t-elle. (Elle avait l'air très loin.)
Vous disparaissez devant mes yeux. Qu'est-ce qui se
passe ?

— Je ne sais pas. Je vais regarder un peu et voir ce
que je peux découvrir. Je ne sais pas combien de
temps cela va me prendre.

— Je préférerais que vous évitiez de faire ça.
J'aimerais que vous reveniez, tout de suite, s'il vous
plaît.

Mais le mystère qui l'environnait était trop irrésistible pour qu'il lui tourne le dos. Un désert s'étendait
devant lui, de la verdure, et le reflet aveuglant du
soleil sur une étendue d'eau au loin. Derrière lui se
trouvaient Rhoswen, la porte et l'île.

Purée, cela faisait penser à un point de traversée
vers une Autre Contrée. Des passages dimensionnels
semblables séparaient la terre et les Autres Contrées.
Ils avaient été formés au moment de la création de la
terre quand le temps et l'espace s'étaient gondolés.
Les points de passage suivaient des failles physiques
dans le paysage. Le point de traversée qui menait à
l'île, par exemple, coïncidait avec une fissure au fond
de l'océan. Mais il n'avait jamais entendu parler
auparavant d'un passage existant dans une structure

construite par l'homme, comme dans une chambre située au premier étage d'une maison.

Mais ce lieu était différent d'un passage normal. Il n'arrivait pas à mettre le doigt sur l'anomalie, sur ce qu'il percevait. C'était difficile à décrire. Cela donnait l'impression de… former un coude, il n'avait jamais ressenti cela dans d'autres passages. Car il s'agissait bien de cela, pourquoi Rhoswen ne le percevait-elle pas elle aussi et ne traversait-elle pas ? Était-ce à cause de sa Force ou plutôt de l'insuffisance de sa Force ? Carling en avait une immense. Elle aurait forcément remarqué l'existence d'un passage dimensionnel au milieu de sa chambre et aurait jugé important de le mentionner. Si c'était un passage, où menait-il ? Ou bien était-il victime d'une illusion complexe ?

Et dans tout ce mystère, où se trouvait Carling ?

Il se frotta la nuque. Il avait toujours estimé qu'il s'apparentait davantage au Chat du Cheshire qu'à Alice, mais ce qu'il se passait était vraiment de plus en plus étrange.

Il n'y avait qu'un moyen de tenter de le comprendre.

Il s'avança dans la lumière écrasante d'un désert brûlant.

Il n'entendit d'abord rien, si ce n'était la mélopée solitaire et éternelle du vent, puis l'appel perçant d'un oiseau au-dessus de sa tête. La chaleur l'accablait et le sable lui cinglait le visage. Il s'arrêta afin de choisir trois repères en vue de trianguler sa position et de pouvoir retrouver ce point, à condition qu'il s'agisse vraiment d'un point de passage, et que la zone s'avère être la seule voie pour revenir dans la chambre sur l'île.

Il détermina à midi un promontoire aride qui dominait le reste du paysage. Le miroitement argenté de l'eau se trouva ainsi à dix heures, un peu trop près du promontoire pour une triangulation parfaite, mais il faudrait faire avec. Il regarda par-dessus son épaule droite et ne vit que des dunes. Il choisit la plus haute, à cinq heures. La dune serait inutile pour une longue navigation, bien entendu, puisqu'au fil du temps le vent modifierait son tracé, mais il espérait que pour l'heure ce repère suffirait. Il n'avait pas l'intention de rester... dans ce lieu, quel qu'il soit... pendant très longtemps.

Ensuite, comme s'il retirait ses vêtements, il abandonna son apparence humaine et prit sa forme wyr. Il déploya ses ailes immenses et se ramassa en vue de prendre son envol, sa queue de lion battant l'air, puis il s'élança à la verticale, traversa la chaleur brutale, et se dirigea vers le promontoire. Lorsqu'il survolait une zone urbaine, il se cachait en s'enveloppant d'une sorte de voile de pouvoir, histoire d'éviter des complications avec les systèmes de contrôle aérien, mais ce paysage avait l'air vraiment rural et il décida de rester visible.

Depuis le ciel, il avait une vue d'ensemble des environs. Le miroitement de l'eau était en réalité un grand fleuve sinueux bordé d'une végétation luxuriante et de champs dorés de céréales qui s'arrêtaient net à la lisière du désert.

Il s'arrêta, stupéfait. Vingt dieux. À moins de se fourrer vraiment le doigt dans l'œil, ce ne pouvait être que le Nil. Il avait plusieurs fois survolé le fleuve majestueux au cours de son existence. Il l'avait vu aux trois différentes étapes de son ancestral cycle de crues avant que le barrage d'Assouan en 1970 mette un terme aux inondations saisonnières. En contemplant les champs couverts d'orge et de blé mûrs, il se dit que c'était certainement *Shemu*, la saison des moissons qui tombait approximativement entre les mois de mai et de septembre sur un calendrier moderne. Il vira sur un côté et décrivit un vaste cercle en observant le paysage. Avec sa vue d'aigle, il pouvait scruter l'espace sur des kilomètres.

Il ne vit ni câbles électriques, ni antennes paraboliques, ni bateaux à moteur sur le fleuve. Aucun véhicule, pas plus que de routes pavées. Aucun signe non plus de techniques d'irrigation modernes ou de machines. Pas de volutes de fumée s'élevant de raffineries. Pas d'avions.

Les berges du fleuve étaient constellées de bâtisses simples en briques crues. Un nuage de poussière enveloppait un groupe d'hommes à la peau sombre juchés sur des chevaux. Ils remontaient la rive ouest et se trouvaient à un peu plus de un kilomètre. D'après ce que Rune pouvait observer, ils portaient des *shentis* ou pagnes et étaient armés de lances à pointe de cuivre et de boucliers en bois.

Bon, il fallait continuer à chercher quelque chose qui fasse sens.

Il pencha sa tête d'aigle afin d'étudier le sol sous lui.

Il aperçut, à cinq cents mètres environ, à l'écart d'un groupe de huit bâtisses, une minuscule silhouette qui se tenait debout et regardait dans sa direction en se protégeant les yeux du soleil. Une botte de céréales et un couteau étaient posés à ses pieds.

Et Rune était là, sans atlas, sans GPS. Or non seulement il aimait les bluettes et la mode féminine, mais il savait également s'arrêter et demander son chemin quand il était perdu. Il était à l'aise avec sa masculinité et il avait beau être l'un des quatre seuls griffons au monde, il se disait que si l'on ajoutait ces qualités à tout le reste, il était franchement unique.

Ne perdant pas la silhouette des yeux, il descendit en effectuant une spirale.

C'était soit un enfant, soit un adulte de petite taille. Oui, bon, s'il mettait de côté toute son incrédulité et s'en tenait aux preuves empiriques – ce qui était manifestement impossible, bien qu'il essayât vraiment de garder l'esprit ouvert –, les adultes qu'il était susceptible de rencontrer seraient de petite taille, en tout cas plus petits que ceux du XXIe siècle.

L'être portait lui aussi un pagne et rien d'autre. Le morceau de tissu sale était noué autour de hanches étroites. Enfant ou adulte, chaque ligne de sa posture trahissait une stupéfaction totale, mais au moins il ne s'enfuyait pas en courant. Pour le moment, tout baignait.

Rune se transforma en se posant à une vingtaine de mètres. Il marqua une pause pour donner le temps à l'autre personne de réagir. Il pariait que c'était une petite fille. Elle avait l'air paralysé par le choc. Sa peau brunie par le soleil avait la couleur d'une noix de cajou. Elle était toute menue, et ses pieds étaient crasseux.

Les cheveux sombres et emmêlés de l'enfant avaient de beaux reflets auburn au soleil, comme si elle brûlait d'un feu intérieur. Elle laissa retomber sa main sur le côté et il vit qu'elle avait de longs yeux sombres en amande qui brillaient d'intelligence.

Il eut l'impression de recevoir un coup en pleine poitrine en la reconnaissant. Ses traits enfantins annonçaient déjà une physionomie extraordinaire. Elle avait la bouche légèrement ouverte et la courbe de ses lèvres laissait deviner la beauté sensuelle à venir.

Nom de Dieu.

— Bonjour darling, murmura-t-il sans la quitter des yeux.

Impossible. Il ne pouvait pas être en train de regarder l'enfant que Carling avait été. Et pourtant c'était le cas. Était-il pris dans ses souvenirs ? Comment était-ce possible ? Et la scène semblait bien trop réelle pour n'être qu'une illusion. À moins qu'il ne soit abusé par un charme prodigieux ?

La petite fille dit quelque chose d'une voix tremblante, haut perchée. Les mots aux sonorités liquides qui sortaient de sa bouche étaient étrangers et incompréhensibles.

Pendant un moment, son cerveau ébahi refusa de répondre. Puis, comme lorsque l'on tend un muscle rarement utilisé, il saisit ce qu'elle venait de lui dire. Elle avait parlé dans une langue morte depuis longtemps.

— Est-ce que tu es Atoum ?

Atoum, en Égypte ancienne, était le dieu de la création, l'être dont étaient issues toutes les autres divinités. Rune secoua la tête et chercha les mots et les concepts qui lui permettraient de répondre pour que l'enfant puisse le comprendre.

— Non, fit-il, essayant de toutes ses forces de prendre une voix réconfortante et rassurante.

Que ce soit la réalité ou une illusion, il pourrait le déterminer par la suite. Pour le moment, cela n'avait pas d'importance. Tout ce qu'il voulait, c'était que la petite Carling ne prenne pas ses jambes à son cou.

— Je suis autre chose.

La petite fille indiqua un point d'une main tremblante.

— Mais je t'ai vu sortir de l'eau.

Rune se retourna et regarda dans la direction qu'elle indiquait. Le fleuve. D'après le mythe, Atoum avait jailli d'un abysse liquide primordial qui entourait le monde. Quand Rune avait pris sa forme wyr et s'était élancé dans les airs, il avait dû donner l'illusion, de loin, de sortir de l'eau.

— Je ne suis pas un dieu, répéta-t-il doucement. Je suis autre chose.

Il ne s'attendait pas à ce qu'elle le croie. Elle l'avait simplement vu voler sous sa forme de griffon. Comment pouvait-elle le percevoir autrement ? De telles choses abondaient dans les anciennes religions, surtout à la période où les Wyrs avaient commencé à se métamorphoser et à interagir avec les humains. Le panthéon égyptien en particulier abondait en formes hybrides humaines et animales.

Il n'entendait rien à tout ce qui avait trait aux humains, mais s'il avait dû deviner l'âge de l'enfant, il aurait dit que cette Carling avait moins de dix ans. Était-ce vraiment ainsi qu'elle avait été petite fille, ou était-ce une projection de l'esprit de la vampire ? Était-ce l'être qu'elle pensait avoir été un jour ? L'émerveillement faisait briller ses yeux vifs. Elle était si délicate que la regarder le bouleversa. Elle était si jeune. Elle avait devant elle une vie très longue, étrange, et qui serait souvent difficile. Et cette Carling était à cent lieues d'imaginer tout cela.

Se déplaçant lentement, il s'accroupit pour ne pas la dominer de sa haute taille. Elle frissonna quand il s'avança, mais ne bougea pas. Quelle brave petite bonne femme.

— Comment tu t'appelles, darling ? dit-il après s'être éclairci la voix.

Darling. Il ne connaissait pas l'équivalent dans la langue de l'Égypte ancienne.

Avec ce geste qu'ont les enfants un peu timides, elle leva une de ses épaules vers son oreille en lui faisant un petit sourire.

— Khepri, murmura-t-elle.

Rune tomba fou amoureux. Il eut l'impression d'avoir reçu une ruade en pleine poitrine. Puis il rit, émerveillé.

— Khepri, répéta-t-il. (Si ses souvenirs étaient bons, le mot signifiait « soleil du matin ».) C'est un très joli nom. (Il indiqua du doigt le groupe de cahuttes situées au bord du fleuve.) Est-ce que ta famille vit là-bas ?

Elle opina. La curiosité prit le pas sur son étonnement émerveillé et elle osa s'approcher un peu.

— Comment t'appelles-tu ?

Le souffle manqua à Rune. Il lui enjoignit télépathiquement de lui faire confiance et de s'approcher un peu plus.

— Je m'appelle Rune.

Il observa sa bouche former le mot étrange comme elle tentait de le dire d'abord silencieusement. C'était manifestement une enfant vive qui n'avait pas besoin qu'on lui dise les choses deux fois. Il se demanda quand elle allait adopter le nom de Carling et ce qui lui ferait abandonner celui de Khepri.

Il indiqua la botte de céréales et le couteau.

— Tu aides à la récolte ?

Elle regarda les céréales et poussa un soupir agacé.

— C'est dur comme travail. Je préférerais pêcher.

Il sourit.

— Où est-ce que ton village amène les céréales ?

Elle pointa vers le nord, en aval du fleuve.

— À Ineb Hedj, fit-elle. C'est un endroit très important.

Ineb Hedj. La Muraille Blanche. La cité devait son nom au barrage qui l'entourait et qui empêchait le fleuve de l'inonder, l'un des premiers barrages de l'histoire de l'humanité. Établie aux alentours de 3000 avant J.-C. à dix-huit kilomètres de la côte méditerranéenne, la cité avait eu une longue et riche histoire. Elle s'appellerait plus tard Memphis et serait pendant un temps la plus grande ville du monde. Khepri avait raison, c'était un lieu très important.

Il entendit le martèlement de sabots au loin et se souvint des hommes à cheval qu'il avait aperçus. Si le village de Khepri était en mesure de livrer des céréales à Ineb Hedj, la ville ne devait être à guère plus d'une journée de marche. Les cavaliers venaient probablement de là-bas.

Il sourit. Tout en cette petite fille l'enchantait, de la manière dont elle tirait sur sa lèvre inférieure avec son pouce et son index à sa posture, un pied sale posé en équilibre sur l'autre. Comment avait-elle pu voir le jour dans la pauvreté et l'anonymat, et devenir l'une des dirigeantes les plus Puissantes des Anciens ?

— Tu es déjà allée à Ineb Hedj ?

— Je n'ai pas le droit, répondit-elle en secouant la tête.

— Cela changera un jour, fit-il.

Khepri tourna la tête du côté d'où venait le bruit des sabots.

— Tu entends ? demanda-t-elle.

— Oui.

— Il se passe quelque chose.

Elle avait l'air excité et troublé de nouveau.

Le village devait être suffisamment éloigné de la ville pour que l'arrivée d'hommes à cheval soit un événement notable. Il fronça les sourcils et se redressa afin de regarder vers le nord. Khepri se rapprocha de lui.

Des villageois sortirent des huttes quand les cavaliers apparurent. Personne ne remarqua Rune ni ne regarda vers eux. Ils avaient tous les yeux rivés sur les cavaliers. Rune serra les dents. Il n'aimait pas la manière dont les hommes juchés sur leurs chevaux tenaient leurs lances, ni leur allure agressive.

Il posa une main sur l'épaule de Khepri. Elle semblait tellement frêle, ses os aussi légers que ceux d'un oiseau. Elle le regarda avec inquiétude.

— Écoute, darling, fit-il à mi-voix. Je crois que nous devrions aller dans le champ et y rester cachés jusqu'à ce que nous puissions savoir ce que veulent ces hommes.

Ce fut du moins ce qu'il essaya de lui dire, car alors que les mots sortaient de sa bouche, le contact solide de l'épaule de la petite fille fondit soudain. Il tenta instinctivement de la retenir, mais ses doigts se refermèrent sur du vide. Khepri regarda son poing et tendit vers lui ses petits doigts qui étaient devenus transparents. La main de l'enfant traversa la sienne. Elle leva les yeux vers lui et ils se regardèrent.

Rune jeta un coup d'œil rapide autour de lui. Les contours d'une pièce étaient apparus, esquissés par-dessus l'après-midi chaud du désert. Une ligne verticale de rideaux taillada les cavaliers qui avaient levé leurs lances. Celui qui se trouvait à la tête du cortège visa et lança l'arme sur le villageois le plus proche, un homme d'âge moyen, mince. Le fer ressortit du dos de l'homme dans un jaillissement cramoisi.

Oh, bordel, non.

Il baissa les yeux sur Khepri et vit ses lèvres former un autre mot. Il le reconnut même s'il ne pouvait plus l'entendre. *Papa.* Elle ouvrit la bouche pour hurler.

Non. Il ne savait pas ce qu'il se passait vraiment, si ce qu'il vivait relevait du souvenir, d'une illusion ou de la réalité, mais il ne voulait pas laisser ainsi l'enfant, pas maintenant, pas tout de suite. Il essaya de se jeter devant elle pour qu'elle ne puisse pas voir ce que les cavaliers allaient faire d'autre. Il essaya de la prendre dans ses bras et de s'enfuir en courant avec elle, mais elle le traversa, sans substance, comme un fantôme.

Khepri et le reste de la scène s'estompèrent jusqu'à disparaître totalement. Il perçut une seconde fois une espèce de passage, ce coude étrange, insolite, ce sentiment de prendre un virage, mais son esprit eut beau tenter de comprendre ce qu'il se passait, il n'y parvint pas.

Puis il se retrouva debout, trempé de sueur, dans une vaste chambre fraîche plongée dans l'obscurité. Un immense lit à baldaquin occupait toute une partie de la pièce. Un coin salon meublé de fauteuils, de repose-pieds et de tables basses était installé de l'autre côté, devant une cheminée agréable qui servait manifestement souvent.

Carling était assise dans l'un des fauteuils, un livre ouvert posé sur l'un des accoudoirs. Raspoutine avait sauté sur ses genoux et lui léchait les joues. Rhoswen était agenouillée par terre à côté d'elle ; elle agrippait sa main et l'appelait par son nom. Carling repoussa le chien en grimaçant. Raspoutine se mit à lui lécher la main en agitant frénétiquement la queue. Carling vit Rune. Elle le regarda, puis le chien, et enfin Rhoswen, comme si elle ne les avait jamais vus auparavant.

— Il s'est passé quelque chose, dit-elle.

Carling luttait contre un sentiment de désorientation. Elle avait essayé de lire un essai plutôt mal ficelé sur l'Âge des Ténèbres dont l'auteur était tantôt amusant, tantôt agaçant. La dernière chose dont elle se souvenait, c'était d'avoir reposé son livre et admiré la lumière de la fin d'après-midi. Or sa chambre était maintenant presque totalement plongée dans l'obscurité. En dépit de ses efforts, elle s'était apparemment de nouveau effacée.

Elle sentait une détresse, un grand désarroi dans l'air. Raspoutine était toujours affecté quand elle avait un épisode. Comment le chien pouvait sentir ce qu'il se passait restait pour elle une énigme. Elle renonça à essayer de le calmer et se contenta de le maintenir en place en posant avec fermeté une main sur son cou dans l'espoir de l'empêcher de gigoter dans tous les sens.

L'angoisse de Rhoswen était elle aussi palpable. Chaque fois que sa maîtresse s'effaçait, la jeune vampire était prise de panique. C'était d'ailleurs pour cette raison que Carling ne lui avait pas tout de suite parlé des crises qu'elle avait eues pendant le voyage à Adriyel.

Si la panique de Rhoswen était lassante, elle n'était pas nouvelle. L'attention de Carling se tourna donc vers la source de ses récentes et sauvages émotions. Rune flamboyait dans l'œil de son esprit comme un volcan en éruption. Il respirait bruyamment et sentait la sueur et l'effort. Que lui était-il arrivé ?

Il sembla se reprendre pendant qu'elle le toisait. Il s'approcha d'elle en affichant le calme le plus complet, mais il ne la leurrait pas.

— Bon, fit Rune. Que s'est-il passé ?

— Je ne sais pas.

Elle fronça les sourcils en essayant de retrouver ce sentiment fugitif, mais il s'était déjà dissipé.

— Quelque chose s'est passé, insista-t-elle. Quelque chose a changé, s'est déplacé.

Rhoswen se mit à bredouiller en pleurnichant. Carling était tellement assommée de devoir souffrir les émotions de la vampire qu'elle se contenta de se couvrir les yeux avec une main.

— Rhoswen, arrête, lui ordonna sèchement Rune, ayant décidé de la tutoyer.

La vampire s'arrêta au milieu d'une phrase. Elle regarda Rune avec un air de stupéfaction indignée.

— Ce n'est vraiment pas le moment de faire ton cirque, continua Rune d'un ton cassant. Si tu ne peux rien ajouter de neuf à la situation ou l'éclairer, sors.

Carling leva les sourcils derrière sa main. Elle avait presque envie de rire.

Rhoswen répondit d'une voix étranglée :

— Je vais donner à manger au chien et le sortir.

— Merci, fit Carling en lui touchant la main.

Rhoswen renifla et fit un signe de tête. Elle prit Raspoutine dans ses bras et partit en baissant la tête.

Rune attendit qu'elle ait fermé la porte. Puis il se mit à faire les cent pas dans la pièce. Ses mouvements étaient contrôlés et il marchait lentement comme s'il voulait donner l'apparence de la décontraction, mais l'aura de violence qui l'environnait empêchait Carling de voir ou sentir autre chose dans la pièce.

— Les épisodes ne sont pas douloureux, n'est-ce pas ? Est-ce que tu souffres ? demanda Rune d'une voix égale.

— Non. Je suis juste fatiguée.

Elle était plus que fatiguée. Elle était mortellement épuisée. À cet instant, même l'extraordinaire vitalité des émotions de Rune n'était même pas en mesure de lui redonner de l'énergie. Elle n'arrivait plus à se rappeler quand elle avait dormi pour la dernière fois ou s'était même suffisamment reposée pour se sentir bien. Tout cela faisait partie de la progression de la maladie : la personne perdait l'aptitude à se nourrir physiquement et commençait à se nourrir d'émotions, puis, quelques siècles plus tard, elle n'arrivait plus à dormir et les crises devenaient plus fréquentes et plus longues. Elle se recroquevilla dans un coin du fauteuil.

Rune lui jeta un regard inquisiteur. Il s'arrêta devant l'une des petites tables afin d'allumer une lampe à huile et une lumière douce les éclaira. Il jeta un coup d'œil à l'horloge posée sur le manteau de la cheminée et continua à faire les cent pas.

— Rhoswen s'est réveillée et a voulu voir comment tu allais. Le soleil n'était pas encore couché, tu as donc pu glisser dans une phase d'effacement à n'importe quel moment entre la fin de l'après-midi et le début de la soirée. Il est presque minuit maintenant. Est-ce que c'est la durée habituelle de l'un de ces épisodes ?

— Cela varie, murmura-t-elle. J'en ai eu un récemment qui a duré deux jours. Celui-ci seulement quelques heures, a priori.

— Bon. (Il se planta devant les grandes fenêtres et regarda dehors. Il s'immobilisa, puis marmonna :) Intéressant.

Elle le regarda avec lassitude. Aussi fascinant qu'elle puisse le trouver, pour le moment elle voulait juste qu'il s'en aille et la laisse tranquille.

— Quoi ?

— Tes fenêtres sont orientées à l'est.

Elle haussa une épaule et remarqua que le geste attirait son attention. Une expression étrange passa sur ses traits et une émotion qui ressemblait à une douleur le transperça.

— J'aime regarder le soleil du matin, fit-elle.

— Khepri, chuchota-t-il.

Un choc glacé parcourut la peau de Carling lorsqu'elle l'entendit prononcer un mot, un nom qu'elle n'avait pas entendu depuis des millénaires.

— *Qu'est-ce que* tu viens de dire ?

Il s'approcha de l'autre fauteuil et s'accouda sur son haut dossier en la regardant avec une intensité inébranlable.

— La baie de San Francisco était visible tout à l'heure. Elle ne l'est plus maintenant. J'étais dehors quand elle est apparue juste avant le coucher du soleil, ce qui semble correspondre au moment où tu t'es effacée. C'est une coïncidence ? (Il marqua une pause pour lui donner le temps de répondre. Elle resta coite.) Alors ? insista-t-il.

— Peut-être pas, finit-elle par dire avec réticence.

Il se redressa et croisa les bras sur sa poitrine. Il avait l'air courroucé.

— Il semblerait qu'on ait à discuter de beaucoup de choses.

— C'est le moins qu'on puisse dire, oui, répliqua Carling d'un ton irrité.

6

— Comment as-tu su dire ce… mot ? fit-elle en le fusillant du regard.

Elle se sentait tellement vulnérable et déstabilisée qu'elle ne pouvait même pas reconnaître à haute voix que Khepri était un nom et encore moins avouer que cela avait été le sien, il y avait de cela tellement longtemps qu'elle était alors, littéralement, une autre créature. Elle n'arrivait pas à comprendre comment Rune pouvait le connaître.

Il fit un geste d'impatience.

— J'y viendrai dans un instant. Pourquoi ne m'as-tu pas parlé du rapport de cause à effet entre ce qui t'arrive et ce qui arrive à l'île ?

— Parce que je ne comprends pas pourquoi ça se produit, répondit-elle sèchement. Je ne suis même pas certaine qu'il y ait un lien.

— Ne me mens pas, répliqua-t-il sur le même ton. J'ai dit que j'allais t'aider, mais je ne peux pas le faire si tu ne me dis pas toute la vérité sur ce qui se passe.

— Je ne t'ai pas demandé de rester, riposta-t-elle.

La colère de Rune explosa et sa force eut le même effet qu'un airbag se gonflant au moment d'une collision : il la repoussa contre le dossier de son fauteuil.

— Tu veux vraiment qu'on perde du temps à s'engueuler là-dessus ? Parce que, d'après ce que j'ai lu jusqu'à présent, tu t'en tires vraiment super bien toute seule depuis tout ce temps. Je suis même sûr que tu vas trouver une solution, un antidote d'une seconde à l'autre, avant que tu meures, *bordel de merde*, dans *quelques putains de semaines* ou moins.

Elle laissa sa tête tomber contre le dossier du fauteuil.

— Bon. Il y a peut-être un lien. L'île a commencé à devenir visible quand j'ai eu les premiers épisodes. (Elle se rendit compte qu'elle respirait fort et elle s'efforça de se calmer.) Mais je n'arrive pas à déterminer ce qui pourrait bien relier les deux choses, donc je ne comprends toujours pas pourquoi cela se produit.

— Peut-être un lien ? Peut-être un lien ?

Bordel. Un frisson lui parcourut l'échine. Si les épisodes de Carling étaient Puissants au point d'affecter la terre autour d'elle, qu'étaient-ils susceptibles d'affecter d'autre ? Quel était l'effet que ses épisodes pouvaient avoir sur le monde qui l'entourait quand elle ne se trouvait pas dans une Autre Contrée ?

Il passa impatiemment une main dans ses cheveux en désordre.

— Est-ce que tu as eu des crises pendant le voyage jusqu'à Adriyel ?

— Quelques-unes, reconnut-elle à contrecœur.

L'intensité du regard de Rune la cingla.

— Je ne me rappelle pas avoir remarqué des anomalies dans le paysage et je n'ai certainement pas, euh, perçu quoi que ce soit s'apparentant même de loin à ce qui s'est passé ici aujourd'hui.

Elle haussa les épaules et secoua la tête.

— Nous ne pouvons même pas être sûrs qu'il y ait une corrélation. *Si il* y en a une, Adriyel reste l'une des Autres Contrées les plus vastes de l'hémisphère Nord et elle a plusieurs points de passage non seulement avec la terre, mais aussi avec d'Autres Contrées. Je pense qu'il faudrait quelque chose d'une taille et d'une portée inimaginables pour l'affecter. Cette île en revanche est l'une des plus petites Autres Contrées connues et elle comprend un seul point de passage. En ce qui te concerne, tu n'étais jamais là quand je me suis effacée lors de ce voyage. J'étais sur le point d'avoir un épisode quand Niniane a été enlevée, et Tiago blessé ; devoir me concentrer pour guérir Tiago m'a aidée à le retarder un moment. Quand je l'ai finalement eu, j'étais de retour à notre camp en train de « me reposer ». J'en avais eu un autre à l'hôtel, mais je ne crois pas que tu étais arrivé à Chicago.

Sa mâchoire se crispa.

— J'ai encore une centaine de pages de tes notes à lire. Est-ce que tu as consigné tout ça ?

— Non, fit-elle en baissant les yeux.

— Bien que ce ne soit pas l'envie qui m'en manque, nous n'allons pas perdre notre temps à discuter le pourquoi de cette omission, fit-il entre ses dents.

— Il n'y avait pas lieu de le consigner, se défendit-elle. Ce n'est ni scientifique ni productif de noter que cette chose semble se produire au même moment qu'un autre événement apparemment sans rapport. Je n'y comprends rien.

— Face à tout ce qui se passe, dit-il avec incrédulité, c'est la rigueur scientifique de tes notes qui te préoccupe le plus ?

Le fugitif accès de colère qu'elle avait eu s'évanouit. Elle se frotta le visage.

— Il est important que je laisse derrière moi le meilleur travail possible de sorte que quelqu'un puisse continuer les recherches. Ils pourront alors peut-être trouver un remède ou le moyen d'interrompre la progression de la maladie. Cela n'apportera rien à personne de laisser derrière moi des spéculations stériles qui contiendront, en fin de compte, plus de détresse et de désenchantement que de sens.

Le silence envahit la pièce. Un silence rempli d'une telle tension qu'elle se raidit. Rune repoussa le fauteuil qu'il avait devant lui et le contourna. Elle le regarda soulever un pouf, le poser devant elle et s'asseoir dessus. Son expression se glaça quand il tendit la main pour saisir la sienne, mais elle le laissa faire. Pour l'instant.

Il regarda ses doigts et elle fit de même. Ils avaient l'air tellement fins et délicats dans sa grande main carrée. Les apparences étaient trompeuses. Elle ne savait plus combien de créatures elle avait tuées de ses mains nues.

La colère et l'agressivité de Rune s'étaient dissipées. Elle aurait voulu que ce beau visage mâle cesse de tourmenter ce qui restait de son cœur fatigué, usé et inutile. L'émotion était encore une autre chose qu'elle ne comprenait pas et qu'elle ne savait pas comment juguler. Elle aurait voulu profiter au maximum du peu de temps qui lui restait. Elle voulait contempler la beauté de Rune comme elle méritait d'être contemplée : avec un plaisir sans nuances.

Quand il s'adressa à elle, sa voix s'était radoucie :

— Tu t'es trop habituée à l'idée de mourir. (Peu disposée à répondre verbalement, elle se contenta de lever un sourcil.) Je sais, mais écoute bien ce que je vais te dire, Carling, et ne le prends pas à la légère. Je pense que cet état d'esprit peut nuire à la réflexion. Tu n'as plus le luxe d'avoir des siècles, ni même des années devant toi pour faire des recherches. Tu ne peux pas te permettre d'être passive ou de taire certains événements parce que tu ne les comprends pas ou qu'ils n'ont apparemment pas de sens.

Elle le toisa un long moment. Puis elle les choqua tous les deux en levant sa main libre et en la posant contre sa joue chaude. Il se figea, étonné.

— Je pense que tu es un homme bon, fit-elle.

Elle avait eu une longue, longue existence, mais elle avait rencontré trop peu d'hommes comme lui. Elle avait beaucoup de Pouvoir, ce qui avait tendance à attirer les hommes ambitieux. L'ambition n'était pas nécessairement une mauvaise chose, mais ce désir ardent de réussite dénaturait souvent l'éthique et faussait les relations. En fin de compte, elle n'avait jamais connu quelqu'un qui soit suffisamment sûr de son propre pouvoir pour ne pas se sentir menacé par le sien et qui soit en même temps plus intéressé par elle que par la réalisation de ses objectifs. Et il n'y avait jamais eu d'homme suffisamment fort, solide, pour lui faire croire en lui au-delà de tout le reste. Elle sourit à Rune.

— J'apprécie que tu veuilles m'aider et je suis heureuse de lutter pour ma vie, mais je crains que tu ne te battes contre des moulins.

Il lui adressa un sourire du coin des lèvres et elle sentit sa joue tressaillir sous sa paume.

— Un peu plus tôt, j'étais convaincu d'être Alice au pays des merveilles, dit-il. Mais maintenant que j'y pense, j'ai disparu pour quelques personnes, j'étais donc le Chat du Cheshire également. Je ne crois pas que ce sera tellement difficile d'incarner Don Quichotte.

— Tu dis n'importe quoi, fit-elle, amusée.

Une fossette se creusa au coin de sa bouche sensuelle.

— C'est seulement parce que tu ne sais pas de quoi je parle.

— Je dois t'accorder que c'était une remarque tout à fait digne du Chat du Cheshire, ajouta-t-elle.

— Bon, en parlant de chats, dit-il, nous en avons d'autres à fouetter.

Elle laissa retomber sa main, mais il la saisit et déposa un baiser sur sa paume. Il la relâcha avant qu'elle ait le temps de réagir. Troublée, touchée, et même un peu déçue quelque part, elle croisa les mains sur ses genoux avec raideur.

— Je lirai le reste de tes notes quand je serai seul. Pour l'instant, je voudrais que tu me dises tout, même si ce ne sont que des spéculations ou quelque chose que tu ne comprends pas.

— Tu dis que nous ne devrions pas gaspiller de temps, mais je ne vois pas comment…

— Il faut que tu commences à me faire un petit peu confiance, coupa-t-il en la regardant avec gravité. Pas beaucoup. Pas au point de te mettre mal à l'aise. Mais je suis un excellent investigateur et j'ai de l'expérience quand il s'agit de déterminer quelles sont les informations susceptibles d'être utiles ou non. (Puis la gravité disparut de son regard et il lui décocha un sourire cajoleur.) Et je peux être tellement charmant pendant que je le fais. Tu verras. Ce sera formidable.

— Oh, pour l'amour du ciel, fit-elle, d'accord.

— Bien, nous progressons.

Quand il la regarda, son expression était remplie d'une telle chaleur languide et caressante qu'elle aurait voulu s'y prélasser toute la nuit. Il la regardait comme si elle était la seule chose au monde à avoir de l'importance. C'était grisant, exotique, dangereux, et totalement hors de propos. Elle se redressa, essayant de retrouver un semblant de solennité.

— D'abord, continua-t-il, je veux que tu me décrives ce que tu éprouves quand tu as un épisode.

— Épisode, épisode, épisode, fit-elle avec hargne. Dieu que je hais ce mot.

— Bon, fit Rune, s'adaptant avec aisance au changement de ton. Nous allons devoir trouver d'autres mots pour décrire ce qui t'arrive. Disons que tu souffres d'un cas extrême de trouble du déficit de l'attention.

— C'est ça, moque toi, grommela-t-elle en lui jetant un regard noir.

— Tu préférerais qu'on dise que tu as laissé la lumière allumée quand tu es sortie de la maison ? suggéra-t-il.

Non. Il n'était pas drôle. Elle ne s'abaisserait pas à répondre à cette question. Mais elle se mit à sourire malgré elle.

— Ne sois pas ridicule.

— Tu as une araignée au plafond ? Tu travailles du chapeau ?

— Quoi ?

Elle sentit un rire naître dans sa gorge. C'était une sensation étrange, exubérante et légère. Elle ne savait plus quand elle avait ri pour la dernière fois à gorge déployée, ni pourquoi.

— Je sais, c'est trop long à dire au milieu d'une phrase, fit-il en souriant. Je lance des idées, c'est tout. Tu perdais les pédales, beauté.

— Tu sais quoi, le mot « épisode » ne me semble plus si terrible, fit-elle en riant. Je pense que nous devrions nous en tenir à quelque chose de neutre.

— D'accord, répliqua Rune en la regardant de manière caressante. Dis-moi quand tu as perdu la boule.

Perdu la boule… elle essaya une nouvelle fois de le fusiller du regard, mais elle n'en était plus capable. Le rire l'en empêchait, au même titre que son épuisement et le poids persistant du découragement.

Puis elle revint vite sur terre en pensant à ce qu'il s'était passé plus tôt dans la journée et Rune posa une main sur son genou. Il aimait la toucher apparemment. Il le faisait souvent. Elle sentait sa main à travers le caftan, ses longs doigts un peu rugueux autour de son genou. Elle décida qu'elle aimait ce contact. Elle ne broncha pas. Pour le moment.

— Je lisais, dit-elle. J'ai posé le livre et j'ai regardé le soleil décliner. Puis j'ai senti ma Force flamboyer en quelque sorte. C'est ainsi que je le qualifie, en tout cas.

— Tu as dit que cela se passait chaque fois que tu t'effaçais, murmura-t-il.

— Oui. Je n'ai jamais connu l'expérience de la ménopause, mais je me demande parfois si cela ne ressemble pas à des bouffées de chaleur. C'est un bon signal d'alarme. Si j'arrive à réagir suffisamment vite, je peux parfois contrer un épisode.

— Pourquoi penses-tu que la douleur aide ?

— Je ne sais pas. Le choc semble me faire revenir, pendant un moment au moins. (Elle le regarda et se mordit la lèvre.) Bon, je dois t'avouer quelque chose. Peut-être que je ne voulais pas te parler des sursauts de Force, ou de la manière dont l'île semble apparaître ou disparaître, parce que je ne voulais pas que tu changes d'avis et que tu t'en ailles. Très franchement, je ne sais pas s'il n'est pas dangereux d'être à mes côtés durant les épisodes. C'est la raison pour laquelle tout le monde est parti, à l'exception de Rhoswen.

— Est-ce qu'ils étaient en mesure de percevoir ce qui se passait ?

Rhoswen ne l'était pas, mais il ne savait pas si elle était une référence. Car elle avait peu de Force ou de magie, et en plus, elle était relativement jeune.

— Personne ne l'a jamais reconnu. (Carling ferma les yeux.) Ils avaient peur.

— Bon débarras dans ce cas. (Il lui serra le genou plus fort et ne baissa pas les yeux.) Mais je ne vais pas partir. Je suis juste content que tu m'en parles maintenant. Continue.

Ce regard la toucha plus profondément que tout ce dont elle pouvait se souvenir. Il faisait des promesses qu'elle n'avait jamais entendues avant et lui disait qu'il n'avait pas peur et ne la quitterait pas, qu'elle pouvait compter sur lui, de manière absolue.

Il disait qu'elle valait la peine qu'on se batte pour elle.

Elle ne savait pas si elle le croyait, mais quelque chose la brûlait au fond des yeux lorsqu'elle pensait qu'il était peut-être sincère. Elle posa ses mains sur les siennes, ses doigts serrant les siens avec force.

— Donc, ma Force a flamboyé et je me suis dissociée de la réalité. Te souviens-tu que j'ai dit aller de temps en temps dans le passé et que, parfois, je ne savais pas où j'allais ? (Il acquiesça. Sa posture et son expression ne changèrent pas, mais son attention s'aiguisa.) Aujourd'hui, continua-t-elle, je suis allée dans le passé. Je n'arrête pas de revisiter de très anciens souvenirs. Je ne sais pas pourquoi. Peut-être parce qu'ils ont été des moments fondateurs pour moi. Peut-être aussi qu'il n'y a pas de raison particulière et que cela arrive, c'est tout.

— Parle-moi de cet ancien souvenir, murmura-t-il.

— Est-ce que c'est important ?

Elle pencha la tête, l'observant avec la même intensité que lui.

— Je ne sais pas encore.

— Soit. (Elle haussa les épaules.) Je suis retournée à l'époque de mon enfance. Je vivais dans un petit village au bord du Nil. C'était une vie simple, primitive, et pauvre. Nous vivions au rythme du fleuve. Nous pêchions et faisions sécher le poisson, et nous plantions et récoltions des céréales. Nous étions à une journée de marche de Memphis. Bien entendu, à l'époque, la ville ne s'appelait pas Memphis.

— Ineb Hedj, murmura Rune.

— Oui.

Elle lui sourit, surprise. C'était parfois un réconfort indicible de parler à des créatures au moins aussi vénérables qu'elle. Certains de ces événements remontaient à tellement longtemps qu'ils avaient disparu de l'histoire même. Ils étaient devenus distants pour elle, comme des mots sur une page, quelque chose qui était arrivé à quelqu'un d'autre, sauf que cette fois-ci elle s'abandonna à cet ancien souvenir et dit :

— Ce jour-là fut mouvementé. J'ai rencontré un dieu et ma vie en a été bouleversée.

Rune sembla se figer. Sa main se raidit. Seules ses lèvres bougèrent lorsqu'il répéta :

— Tu as rencontré un dieu.

— J'aidais à la récolte d'orge quand j'ai vu un lion géant et ailé voler au-dessus du village, murmura-t-elle. Il avait des reflets de cuivre et d'or dans la pâle lumière du matin. Il était tellement beau que j'ai eu l'impression en le regardant que mon âme quittait mon corps, et il avait la tête d'un aigle... (Elle regarda Rune avec intensité.) Bien sûr, murmura-t-elle. Bien sûr, c'était un griffon.

Les yeux de Rune débordaient de tout ce qu'il ressentait, une joie sauvage quand elle mentionna le vol au-dessus du village, mais aussi une sorte de douleur qu'elle ne comprenait absolument pas. Elle vit sa pomme d'Adam bouger quand il déglutit.

— C'était moi, Carling.

Elle le dévisagea.

— Comment peux-tu en être sûr ? C'est arrivé il y a des milliers d'années. Tu étais la chose la plus extraordinaire que j'aie jamais vue. Je n'avais *jamais* imaginé une créature comme toi, mais je n'étais, moi, qu'une petite fille humaine parmi tant d'autres. Je devais être banale.

— Khepri, fit-il d'une voix douce. Tu n'as jamais été banale.

La tristesse de l'expression de Rune lui tordit le cœur. Elle se pencha vers lui et toucha son bras.

— Qu'est-ce qu'il y a ? Qu'est-ce qui ne va pas ?

— Peu importe pour le moment, fit-il. C'est ton histoire. Il est important que tu la racontes.

— Bon. (Elle fronça les sourcils, mais continua.) Je ne me souviens pas de grand-chose d'autre. Je me rappelle la couleur de tes cheveux. Dorés au soleil, comme le lion. Tu étais très grand et très étrange, et nous avons discuté un moment, mais j'étais sous le choc et je ne me souviens pas de notre conversation. Puis tu es parti.

Il regarda leurs mains.

— Est-ce que tu te souviens de mon départ ?

— Non. Est-ce que tu t'es envolé ? J'aurais voulu me rappeler cela.

Il secoua la tête, mais garda le silence. Il frotta doucement son pouce contre son genou et sembla absorbé par ce mouvement.

— Bref, fit-elle au bout d'un moment. Le même jour, des soldats de la ville ont investi le village pour se procurer des esclaves. Ils ont pris les jeunes, ceux qui étaient en bonne santé et qui étaient beaux, et ils ont tué tous ceux qui s'interposaient. Je les ai vus tuer mon père. C'était horrible, bien entendu. J'avais peut-être sept ans. Mais j'ai eu le temps de m'en remettre et la réalité brutale, c'est que je n'aurais sans doute pas vécu bien longtemps dans la boue du Nil si je n'avais pas été enlevée ce jour-là. Je n'ai cependant jamais oublié ce moment où tu as survolé mon village.

Il hocha la tête, les yeux toujours baissés.

— Qu'est-ce qui t'a fait changer de nom ? dit-il au bout d'un moment.

Elle haussa les épaules avec impatience.

— J'ai retrouvé ma liberté et j'ai pris le contrôle de ma vie et de mon identité. Je voulais un nom plus moderne, quelque chose qui soit complètement à moi, que j'aurais créé. Carling n'était pas si éloigné que ça de Khepri au plan des sonorités, alors la transition n'a pas été trop difficile. Un jour, il a été temps d'enterrer cette petite fille esclave. Ce qui a été en fait un soulagement.

— J'aurais voulu pouvoir vous aider, toi et ta famille, confessa-t-il d'une voix tendue.

Elle fronça les sourcils. Qu'avait-elle dit ? Il avait l'air de souffrir.

— Comme je le disais, c'est arrivé il y a très longtemps.

Il se leva si vite qu'elle sursauta. Il croisa son regard pendant un moment puis détourna les yeux.

— Oui, c'est un fait, dit-il d'une voix rauque. Bon, je vais faire une pause et me dégourdir les jambes. On reprend tout ça dans dix minutes.

— Si c'est ce dont tu as besoin, répondit-elle lentement.

Il lui fit un petit signe de tête et sortit rapidement de la pièce.

Elle regarda le pouf où il était assis et pianota sur l'accoudoir du fauteuil. La tourmente intérieure qui agitait Rune pesa dans la pièce quelques minutes encore.

Quelque chose n'allait pas du tout, manifestement, mais elle n'avait absolument aucune idée de ce que cela pouvait être.

Rune essaya de reprendre son souffle tandis qu'il traversait la demeure plongée dans l'obscurité. Un roc brûlant, invisible lui écrasait la poitrine. L'adulte Carling l'avait regardé avec le même plaisir et le même enchantement que la petite Khepri. Elle était encore plus ravissante quand ses traits ne reflétaient aucun cynisme, aucun calcul et que la distance qu'elle mettait entre elle et le reste du monde disparaissait.

Comment pouvait-il regarder ses traits merveilleux et lui annoncer qu'il ne l'avait pas rencontrée en Égypte il y avait des milliers d'années, mais ici même, quelques heures seulement auparavant ? Que s'était-il donc passé ? Comment pourrait-il supporter de voir son ravissement se transformer en expression d'horreur quand elle se rendrait compte à quel point son esprit et sa magie – les deux choses dont elle s'enorgueillissait le plus – l'avaient trahie ?

Il n'en était pas capable. Alors qu'elle affrontait la fin de sa vie avec un tel courage et une telle dignité, même si elle pouvait se montrer sèche par moments, lui s'enfuyait comme un misérable pleutre. Il se dégoûtait et sa fuite le décevait, mais il n'arrivait pas non plus à faire demi-tour pour paraître devant elle. Pas tout de suite. Pas avant d'avoir eu le temps de réagir à ce qu'il s'était passé et d'avoir suffisamment retrouvé ses esprits pour pouvoir être présent pour elle, lui apporter quelque chose comme il l'avait dit à Rhoswen, et non l'accabler d'un autre fardeau.

Il vit un trait de lumière sous la porte de la cuisine. Il trouva Rhoswen assise à la table, le front appuyé sur une main pendant qu'elle regardait Raspoutine manger son dîner dans une écuelle posée par terre, à côté de la cuisinière. Elle leva les yeux en l'entendant entrer.

— Il faut que je réfléchisse et j'ai besoin d'air, dit Rune. Est-ce que tu peux rester avec Carling jusqu'à mon retour ?

— Bien sûr, fit Rhoswen en s'essuyant la joue.

Il s'arrêta. Le visage de la vampire était mouillé de larmes. Il se retint de sortir en courant et de se perdre dans la nuit avant de prendre son envol.

— Est-ce que ça va ? demanda-t-il à contrecœur.

Une petite étincelle éclaira le regard vide de Rhoswen. Elle opina.

— Je suis désolée pour tout à l'heure, fit-elle. Cela ne se reproduira plus.

— Personnellement, j'estime que tu es deux coudées au-dessus de tous les autres, dit-il en balayant la cuisine vide du regard.

Rhoswen rit.

— Il faut quand même reconnaître que certaines personnes seraient ici si elles le pouvaient.

— Duncan, par exemple ?

Elle hocha la tête.

Il pensa à autre chose et fronça les sourcils. Il n'y avait pas d'humains sur l'île. Et il n'y avait pas non plus de réfrigération.

— Comment fais-tu pour te nourrir ?

— Nous avons une bonne réserve de vin de sang. Je n'aurais pas besoin de sang frais avant deux ou trois semaines.

Le vin de sang était exactement ce que son nom indiquait : du sang qui avait été mélangé à du vin et mis en bouteille. Rune ne savait pas exactement en quoi consistait sa préparation. Tout ce qu'il savait, c'était que le processus impliquait une alchimie élémentaire et qu'il fallait que le vin ait une haute teneur en alcool.

Le vin de sang ne s'affinait pas au fil du temps comme les autres vins. Il avait au mieux une durée de conservation de deux ans et n'avait pas les qualités nutritives du sang frais, mais un vampire pouvait survivre plusieurs mois en se nourrissant exclusivement de vin de sang. Ce breuvage pouvait également être utilisé pour compléter l'approvisionnement en sang frais lors des périodes maigres. Inventé aux alentours du milieu du XIᵉ siècle, on disait que c'était grâce à lui que les vampires européens avaient réussi à survivre à la peste noire au XIVᵉ siècle quand soixante pour cent de la population humaine avait été décimée.

En tant que succube, Carling pouvait se nourrir des émotions des créatures vivantes, mais elle n'avait que Rhoswen et Raspoutine avec elle sur l'île.

— Et Carling ? demanda-t-il d'un air soucieux.

Les yeux de Rhoswen se remplirent de larmes.

— J'essaie de la convaincre de retourner à San Francisco, mais elle ne veut pas en entendre parler.

— Tu veux dire qu'elle se laisse mourir de faim, gronda Rune.

Anxieux de se débarrasser de l'étrange tristesse qui l'oppressait, il était prêt à exploser de colère au moindre prétexte.

— Cela ne fait que quelques jours que nous sommes seules et elle a l'air d'aller beaucoup mieux depuis votre arrivée, souligna Rhoswen.

Raspoutine finit son repas et elle s'approcha de lui pour le prendre. Il essaya de lui échapper, mais elle fut plus rapide. Il lui lança un regard méfiant en griffant l'air de ses pattes.

— Tu es vraiment un petit monstre, fit-elle.

Rune faillit faire demi-tour pour aller retrouver Carling, mais s'il le faisait, il savait qu'il lui faudrait affronter le regard intrigué qu'elle lui avait lancé quand il était sorti aussi précipitamment. Carling avait renoncé à vivre avant qu'il n'arrive, mais ça, il le savait déjà et c'était du passé. Si elle essayait de nouveau de renoncer, il allait lui botter les fesses et s'assurer qu'elle s'en souvienne.

Et puis il n'était pas prêt à lui parler. Il avait besoin de réfléchir à trop de choses avant de retourner la voir et il ne savait tout simplement pas ce qu'il pouvait ou devait lui dire.

— Je vais faire un tour dans les airs, fit-il. Voir si je peux m'éclaircir les idées. Je serai bientôt de retour.

— Bien, dit Rhoswen en le regardant partir.

Voler. S'éclaircir les idées.

Oui, comme si cela l'avait aidé ces dernières semaines.

Enfin, il fallait bien tenter le coup.

En tant que vampire, Carling ne ressentait pas le froid comme un humain, mais elle n'y était pas indifférente pour autant. Le sort de protection qui lui permettait de marcher au soleil était un immense triomphe, mais parfois la victoire lui semblait vide de sens parce qu'elle ne connaîtrait jamais plus la chaleur réconfortante du soleil sur sa peau.

Elle avait soif de chaleur et de lumière. Dans presque toutes les pièces de toutes les maisons qu'elle possédait il y avait une cheminée. La présence de Rune s'était finalement dissipée de la chambre, laissant celle-ci légèrement humide, obscure et vide. Carling s'accroupit devant l'âtre pour mettre du bois et allumer un feu. Elle empila beaucoup de bûches. Elle voulait une belle flambée qui égaierait la pièce.

Elle l'alluma et regarda les flammèches lécher le bois. Avec un soupir de soulagement, elle annula son sort de protection afin de pouvoir savourer la chaleur du feu.

Qu'est-ce qui avait bien pu bouleverser Rune à ce point ? Elle se releva vivement, agacée par sa propre attitude. Cela ne servait à rien de s'abandonner à des conjectures. Elle ne pourrait pas savoir ce qui le troublait tant qu'il ne se déciderait pas à le lui dire. Attendre son retour lui donnait l'impression d'être impuissante et elle détestait se sentir impuissante.

Elle s'approcha des hautes fenêtres orientées à l'est et les ouvrit. Une brise s'engouffra dans la pièce et souleva ses cheveux tandis qu'elle contemplait une gigantesque pleine lune. Une lune de sorcière. Elle donnerait l'illusion de rétrécir au fur et à mesure qu'elle s'éloignerait de l'horizon, mais pour l'instant, elle semblait suspendue, énorme, au-dessus de l'océan noir ourlé d'ivoire. Elle avait la couleur du champagne. Joyau le plus brillant du ciel nocturne, serti au milieu d'un filigrane d'étoiles, on aurait dit le pendentif du collier d'une déesse.

Depuis qu'elle avait revendiqué l'île, Carling avait dessiné à chaque saison les positions des étoiles. C'était un passe-temps oisif et inutile. Elle n'avait jamais été en mesure de savoir si les étoiles étaient en fait les mêmes que celles vues depuis la terre. Leurs positions étaient trop différentes les unes par rapport aux autres. Il n'y aurait jamais de télescope en mesure de capturer leur imagerie spatiale et de la comparer avec celle de la terre.

Peut-être que ce n'était pas du tout les mêmes étoiles. Carling se disait que c'était les mêmes, mais au bout du compte, cela n'avait pas d'importance. Ici, les étoiles n'étaient rien de plus qu'un mystère et un décor. Il n'y avait pas de mythes liés aux constellations, ni le poids de croyances historiques attaché à leur configuration. Il n'y avait pas lieu de naviguer quelque part en s'orientant grâce aux étoiles. Quelle que soit la direction prise par celui qui partait en bateau, il revenait toujours vers l'île. Cette petite bulle de réalité dimensionnelle n'était rien de plus qu'une minuscule perle enfilée à côté du pendentif lunaire de la déesse.

Ce lieu avait été un endroit propice pour se retirer du monde, trop peuplé, trop bruyant, pour trouver une certaine quiétude chaque fois qu'elle arrivait à se ménager du temps pour s'occuper de ses recherches et de ses études.

Elle supposait que c'était ce qui s'approchait le plus d'un chez-soi. Elle avait fait la paix avec les timides créatures ailées qui vivaient au faîte des séquoias. Elle établissait des sorts de protection autour de la forêt et interdisait à quiconque de les chasser. En retour, elle trouvait parfois des présents sur le rebord de sa fenêtre : une plume noire irisée, un joli coquillage ou une pierre veinée d'or, ou encore une poignée de baies acidulées sur une feuille, et une fois même, des perles en bois étrangement sculptées.

L'endroit n'avait pas changé, mais la paix qu'elle avait réussi à y trouver l'avait désertée et elle lui manquait. Elle lui manquait même terriblement.

Il avait simplement fallu la présence d'un Wyr insouciant pour briser cette sérénité, une créature étonnante et ancienne qui, au fond, était un homme plein de compassion.

Elle capta un mouvement du coin de l'œil et son attention se fixa sur autre chose.

Rune apparut dans la nuit de champagne et d'ivoire. Alors qu'elle l'observait, il tourna et se dirigea vers la falaise, puis se mit à courir. Chaque poussée puissante de ses longues jambes lui faisait gagner de la vitesse, tant et si bien que son corps vigoureux atteignait une extraordinaire vélocité plus il se rapprochait de l'abîme. Puis il bondit comme le magnifique félin qu'il était, atterrit sur le muret de pierre qui longeait la falaise et s'élança dans les airs, les bras largement écartés, son corps athlétique adoptant la posture parfaite d'un plongeur.

Et au moment où il fendit l'air, il se métamorphosa. D'immenses ailes se déployèrent tandis que le clair de lune miroitait sur son large dos musclé et que son corps prenait la forme de celui d'un lion. Des pattes colossales prolongèrent les colonnes de ses quatre membres. La ligne de son cou et de sa tête forma l'arc pur d'un aigle au bec redoutable, tranchant comme un rasoir, qui devait être aussi long que l'avant-bras de Carling. Ses prunelles brillaient d'un farouche regard de rapace. Dans la lumière crue du désert, il avait étincelé de couleurs, de cuivre et d'or. À la lueur de la lune de sorcière, ses couleurs étaient plus sombres et plus nettes aussi ; un éclat argenté venait rehausser le bronze de son pelage et de ses plumes.

Les humains n'étaient pas nés pour supporter le poids de l'immortalité. Chaque vampire devait trouver en lui-même les ressources pour vivre extrêmement longtemps, sinon il finissait par perdre la raison. Au bout du compte, le meilleur moyen de survivre au fardeau des souvenirs qui s'accumulaient indéfiniment était de les cloisonner. Carling avait ainsi un nombre incalculable de portes fermées dans les couloirs de son esprit, des portes qui étaient barricadées pour la préserver du poids vertigineux et implacable du passé. Inévitablement, ces portes étaient devenues des barricades qui bloquaient aussi d'autres choses.

Quand Rune prit son envol, les milliers et les milliers de portes de tous les couloirs de son esprit s'ouvrirent les unes après les autres jusqu'à ce qu'elle se retrouve seule, totalement nue, et qu'elle ressente ce qu'elle éprouvait petite fille.

Rune était l'un des mystères les plus anciens de la terre. Son existence avait précédé le langage. Elle le regarda monter en flèche dans les airs contre la toile de fond étoilée de la nuit et, comme Khepri si longtemps auparavant, elle sentit son âme quitter son corps.

Quand les dix minutes devinrent une heure, elle cessa d'attendre et s'occupa de diverses choses.

Les livres hurlèrent quand elle les brûla. Leurs cris perçants lui martelèrent l'intérieur du crâne.

Elle s'y était préparée. Elle avait fait jurer à Rhoswen de ne pas sortir de la maison principale. Cela avait donné lieu à une scène pénible qu'elle n'avait pas anticipée et franchement, elle était lasse que tout soit devenu un combat perpétuel. Il allait falloir que cela change.

Elle avait ensuite entouré son cottage d'un cercle de protection en versant du sel autour de la cheminée. Elle se boucha les oreilles à l'aide de cire ramollie avec de la myrrhe et frottée d'herbes fines et de sauge blanche puis elle enfila des gants de cuir sur lesquels elle avait jeté un autre sort pour qu'aucune magie, noire ou blanche, ne puisse s'y accrocher.

La tâche n'en restait pas moins épuisante et nocive, mais elle l'avait reportée depuis beaucoup trop longtemps. C'était tout aussi bien qu'elle n'ait pas besoin de respirer. Les émanations provenant du feu étaient toxiques. Une fois qu'elle eut fini de brûler les livres, elle était de très méchante humeur, et couverte de suie.

Rune avait souligné quelque chose de très intéressant et sa remarque était juste. Il fallait qu'elle pense avec vigueur et détermination si elle voulait lutter pour vivre. Mais il fallait également qu'elle agisse comme si elle était sur le point de mourir. Les livres de magie noire étaient trop dangereux pour qu'elle puisse les laisser sans gardien, et elle ne connaissait personne susceptible de pouvoir les conserver sans risquer de céder à la tentation de les utiliser.

Si elle ne faisait rien, leur magie, un jour ou l'autre, viendrait à bout des attaches qu'elle avait sculptées dans le placard. Ou bien un abruti fini trouverait le moyen de les sortir. Il y avait toujours un abruti qui pensait être suffisamment fort et en mesure de manipuler la magie noire sans la laisser prendre le dessus. L'orgueil démesuré, la cruauté, la cupidité, et la stupidité expliquaient pourquoi la magie noire avait survécu tellement longtemps. Les Puissances du Mal se délectaient de ces vices comme s'ils étaient les mets les plus exquis.

Elle avait fait le feu avec du cèdre afin d'y ajouter un élément purificateur de plus puis l'avait alimenté de Force pour qu'il brûle beaucoup plus vite et que sa chaleur soit anormalement élevée. Quand le dernier livre fut réduit en cendres, elle retira son caftan et les gants puis les jeta dans le feu. Ensuite elle prit les pichets d'eau qu'elle avait disposés sous la lune de sorcière. Elle versa l'un de ces pichets sur les cendres afin qu'elles soient purifiées trois fois, par le sel, le feu, et enfin l'eau.

Sa tâche enfin accomplie, elle porta les deux autres pichets dans la salle de bains du cottage. Elle lava la suie qui couvrait ses cheveux et son corps à l'aide d'un savon doux qu'elle avait préparé en vue d'une telle occasion en y mêlant de l'eucalyptus, de l'encens et de la lavande. Elle sortit de la salle de bains vêtue d'un caftan de coton propre. Elle dégageait une odeur plutôt âcre, mais au moins, elle s'était débarrassée de toute trace de magie noire susceptible de s'être accrochée à sa peau.

Après avoir vérifié une dernière fois les cendres détrempées, elle laissa le cottage ouvert afin de l'aérer et retourna à la maison principale.

La nuit touchait à sa fin et l'aube imminente éclairait le ciel à l'est. Dans la cuisine, elle trouva Raspoutine endormi sur un coussin, et Rhoswen en train de boire du vin de sang. Il n'y avait pas signe de Rune, mais elle n'en fut pas surprise. Il ne l'aurait certainement pas interrompue pendant qu'elle brûlait les livres, mais s'il était revenu, il l'aurait attendue devant le cottage.

Elle laissa la porte de la cuisine ouverte. Un air frais et vivifiant flotta dans la maison alors qu'elle prenait place à la table. Un Raspoutine somnolent se leva, trottina vers elle, et se coucha sur ses pieds nus. Elle le souleva et il se lova sur ses genoux en poussant un petit grognement et en glissant son museau sous sa queue touffue.

Puis elle sourit à Rhoswen.

— Tu m'as donné plus que ce que j'avais le droit de demander et beaucoup plus que ce que j'attendais. Je te remercie pour ta dévotion et pour tout ce que tu as fait. J'ai besoin que tu fasses une dernière chose.

— Bien sûr, fit Rhoswen.

— J'ai besoin que tu prennes Raspoutine et que tu retournes à San Francisco. Je sais que tu n'aimes pas t'en occuper, je veux donc que tu embauches quelqu'un. Veille à ce que la personne en question passe toutes les vérifications de sécurité, qu'elle s'entende bien avec le reste du personnel, et qu'elle puisse demeurer dans la maison de ville. Ensuite, tu décideras de ce que tu veux faire du reste de ta vie.

— Non.

Des larmes montèrent aux yeux de Rhoswen.

— Tu devrais prendre ton temps, fit doucement Carling. J'ai conscience du bouleversement que cela va être pour toi. J'ai demandé à Duncan d'ouvrir un compte à ton nom et d'y mettre beaucoup d'argent.

— Je ne partirai pas.

— Si, tu partiras, dit Carling en conservant un ton doux mais ferme. Il est plus que temps, Rhoswen. Cela fait un moment que tu n'es pas heureuse et j'ai été égoïste en te laissant rester avec moi aussi longtemps.

— Mais je ne peux pas partir, fit Rhoswen. Je vous aime.

— Je t'aime aussi, répondit Carling et elle fut surprise de se rendre compte qu'elle était sincère. Mais je te sers d'excuse pour éviter de mener ta propre vie depuis trop longtemps et je ne t'ai jamais donné la permission d'essayer de restreindre mes actes ou mes décisions. Je ne t'ai jamais promis non plus que tu pourrais être avec moi tout le temps. Je dois affronter un certain nombre de choses seule désormais, et toi aussi.

— Je vous en prie, ne me renvoyez pas, supplia Rhoswen. Je jure que je peux changer. Je m'occuperai de ce fichu chien pour vous. Vous venez de dire que vous aviez besoin de moi pour embaucher quelqu'un, de toute façon.

— Non, Rhoswen, fit Carling. Ce n'est pas ce qu'il te faut et j'ai été égoïste suffisamment longtemps. Je suis désolée.

— Vous ne pouvez pas me faire ça. Vous ne pouvez pas me jeter ainsi, pas après tout ce que j'ai fait pour vous.

— Je ne te jette pas, fit Carling qui peinait à garder un ton égal. (Pourquoi cette conversation devait-elle être aussi difficile, comme tout ce qui avait trait à Rhoswen ?) Je te mets à l'abri du besoin et je te donne beaucoup de temps pour te faire à cette nouvelle vie.

La demi-heure qui suivit fut aussi pénible qu'elle l'avait redouté, mais il fallut y mettre un terme car elle ne céderait pas malgré toutes les protestations et supplications de Rhoswen.

La patience de Carling finit par s'émousser et elle dit enfin avec une inflexion catégorique :

— Assez.

Elle envoya Rhoswen et le chien se coucher.

La jeune vampire sortit en courant et Carling sentit le soulagement l'envahir et l'atmosphère dans la cuisine s'alléger considérablement. Puis elle ouvrit une bouteille de cabernet sauvignon et s'en servit un verre. Elle ne pouvait plus tolérer le sang ou le vin de sang, et l'alcool n'affectait pas les vampires, mais au moins elle pouvait en apprécier le goût. Elle but son verre lentement et écouta les oiseaux qui commençaient à gazouiller joyeusement.

Puis ils se turent soudain et elle entendit un énorme bruissement d'ailes. Aussitôt, elle sentit son esprit s'animer. Elle posa le verre de vin sur la table et se leva pour faire face à la porte ouverte.

Un instant plus tard, Rune se tenait dans l'embrasure, présence chaude comme le soleil. Il s'était rasé, changé et portait un tee-shirt noir qui épousait son long torse musclé et un jean délavé déchiré aux genoux. Le vent avait rejeté ses cheveux en arrière et il sentait le mâle éclatant de santé et l'air salé de l'océan. Ses yeux de lion croisèrent les siens et elle ressentit au plus profond de son être le choc de leur connexion.

— Je remarque que dix minutes sont devenues une éternité, fit-elle comme si elle ne s'adressait à personne en particulier.

Elle entendit le cœur de Rune se mettre à battre plus vite, nourri par l'énergie farouche de son corps.

— Apparemment, j'avais besoin de plus que dix minutes, fit Rune.

Elle leva un sourcil impérieux.

— Est-ce que tu boudes à propos de quelque chose ?

— Non. Je réfléchissais.

— Et cela t'a pris toute la nuit ?

Il croisa les bras et les muscles bronzés par le soleil de ses biceps se tendirent. Il pencha la tête en la regardant.

— Réfléchir, dit-il d'une voix égale, nécessite beaucoup de réflexion.

— Eh bien, voilà une remarque tout à fait digne du Chat du Cheshire. Ça et ta manie de disparaître à des moments qui gênent tout le monde, sauf toi.

Elle essaya de froncer les sourcils. Cela semblait être l'expression appropriée.

— Est-ce que tu essaies de provoquer une querelle ? demanda-t-il. (Il lui décocha un sourire éclatant qui fit luire l'émail de ses dents blanches.) Si c'est le cas, cool.

— Je ne sais pas, je n'ai pas encore décidé, fit-elle.

Il s'avança dans la cuisine.

— Décide-toi. Une bonne dispute ne me déplaît jamais.

Elle se mit à tapoter le sol de son pied nu et il baissa les yeux pour suivre le mouvement.

Le visage de Rune se figea, il guettait la suite avec la nonchalance d'un prédateur, un peu comme un chat pelotonné dans un coin trop confortable pour en bondir, mais susceptible de changer d'avis d'une seconde à l'autre.

— Tu es parti alors que nous étions au beau milieu d'une conversation.

— Je sais très bien quand je suis parti, fit-il en cessant de sourire.

— C'était une conversation qui m'intéressait, l'informa-t-elle.

— C'était une conversation qui m'intéressait aussi, je te le garantis, dit-il tandis que sa bouche prenait un pli contrarié.

— Je suis particulièrement curieuse de connaître les choses qui n'ont pas été dites, ajouta-t-elle. Pourquoi étais-tu aussi chamboulé et pourquoi es-tu parti aussi abruptement ? Tu étais tout retourné aussi quand je me suis réveillée. Je m'en suis rappelée après ton départ. Tu étais plein d'agressivité, comme si tu voulais te battre. J'aimerais savoir pourquoi et qui a pu te mettre dans un état pareil.

— J'ai des choses à te dire, reprit Rune. Elles ne seront pas faciles à dire ni à entendre.

— Très bien. (Elle lui fit un petit signe de tête et marmonna un vers tiré de *Macbeth* :) « Si c'était fait, lorsque c'est fait, il faudrait le faire tout de suite[1]. »

---

1. *Macbeth*, acte I, scène VII, traduction de Maurice Maeterlinck. *(N.d.T.)*

7

Elle se détourna et s'approcha de son siège. Son regard tomba sur la cuisinière.

— Tu n'as pas mangé depuis longtemps. Tu dois avoir faim. (Elle avait constaté lors de réceptions intra-domaines la quantité de nourriture considérable que les Wyrs pouvaient absorber. Elle l'avait de nouveau observé lors du voyage à Adriyel. Ils étaient en mesure de dévorer d'énormes repas, surtout les plus athlétiques d'entre eux.) Tu as besoin de te restaurer ?

— Ça va, merci. J'ai chassé quand j'étais sorti.

Elle se retourna, consternée. Si quelqu'un pouvait briser les protections qu'elle avait placées autour des séquoias, c'était bien lui.

— Pas dans la forêt ?

L'expression de Rune changea.

— Non, s'empressa-t-il de dire. Pas dans la forêt. J'ai senti tes protections et je ne suis pas entré dedans. Non, j'ai pêché.

Elle se détendit et s'installa en bout de table. C'était la place la plus proche de la porte ouverte. Il s'assit à sa droite après avoir marqué une hésitation. Elle prit son verre de vin à moitié vide tandis que Rune posait les coudes sur la table. Elle lui lança un regard en biais. Il contemplait fixement les rayures du bois ; les profondeurs de ses yeux étaient aussi turbulentes et ombrageuses qu'un océan agité par une tempête.

Elle prit conscience qu'elle l'avait vu dans de nombreux états : prédateur, amusé et rieur, en colère, dangereusement concentré, intense. Cette contemplation rêveuse ajoutait une nouvelle dimension à ses traits ciselés. Elle voulait lui demander à quoi il pensait, qui avait inscrit ces lignes entre ses sourcils, pourquoi sa bouche élégante avait un pli si sévère. Elle se rendit compte, avec réticence, à quel point il la fascinait désormais. Que ferait-elle s'ils découvraient un moyen de stopper la progression de la maladie et qu'il s'en allait tout simplement afin de retrouver sa vie à New York ? C'était tellement étrange qu'elle se soit habituée si vite à sa présence. Il lui… manquerait quand il s'en irait.

Elle baissa à son tour les yeux, troublée par la direction que prenaient ses pensées et par l'intensité de ses réactions à son égard.

Rune prit la parole.

— J'étais dehors hier soir quand Rhoswen m'a appelé. Le soleil était sur le point de se coucher et tu t'étais de nouveau effacée. Nous sommes montés te trouver dans ta chambre pour que je puisse voir de mes propres yeux ce qui se passait.

Elle savait déjà tout cela. Ils étaient dans sa chambre quand elle était revenue de son effacement. Mais il était clair qu'il avait besoin d'aller doucement, à son rythme, avant d'aborder la partie délicate de ce qu'il devait lui dire. Elle refréna donc son impatience et se contenta de hocher la tête.

Il passa le pouce le long d'une marque laissée par un couteau.

— Quand nous sommes arrivés au premier étage, j'ai vu du soleil filtrer sous la porte de ta chambre.

Oh. Quel que soit ce qu'elle avait pu imaginer de son récit, ce n'était pas cela. Elle se pencha en avant, les yeux rivés sur lui.

— Rhoswen ne le voyait pas, poursuivit Rune. Nous avons vérifié afin de nous assurer que la lumière du soleil que je voyais – ou pensais voir – ne pouvait pas la brûler. Elle ne la brûlait pas en effet, et nous sommes donc entrés dans ta chambre. Je suis allé autre part. Rhoswen, non.

Il continua son récit d'une voix égale, en choisissant soigneusement ses mots. Quand il eut fini, elle avait tellement serré ses deux mains l'une contre l'autre que ses articulations étaient blanches par rapport au reste de sa peau couleur de miel. Il posa une main sur les siennes. Sa large paume et ses longs doigts couvraient facilement les deux siennes. Il la tenait d'une poigne solide, rassurante.

Il avait songé ne pas tout lui raconter, alors qu'il volait au-dessus de l'océan par cette nuit battue par les vents et qu'il essayait de déterminer ce qu'il devait faire. À la fin, il s'était rendu compte qu'il ne pouvait pas garder le silence. Il refusait de cacher à cette femme fière et digne des informations qu'elle avait le droit d'entendre, aussi difficile qu'il fût de les lui apprendre. Sans compter qu'il avait besoin de son expertise pour l'aider à analyser ce qu'il s'était passé. Mais il était atroce de la voir souffrir et de ne pouvoir rien y faire.

Elle murmurait. Il se pencha plus près d'elle pour comprendre ce qu'elle disait :

— ... N'a pas de sens. Rien de tout ça n'a de sens. (Elle leva la tête. Ses yeux humides brillaient, mais leur intelligence était vive, claire.) Ma Force s'est développée de manière notable au cours des dernières années. J'en ai tellement que j'ai parfois l'impression de m'y noyer. Et chaque fois que je m'efface, elle a un sursaut. Mais je n'ai tout simplement pas le *type* de Force nécessaire pour créer ce que tu décris. Ma magie se fonde sur des compétences, des talents et des études. Elle est totalement différente de la Force que tu as. Et je n'ai ni les connaissances ni les sorts qu'il faudrait pour construire quelque chose d'aussi énorme et d'aussi complexe.

— Comment vois-tu la Force que j'ai ? demanda-t-il avec curiosité.

— Les Wyrs ont des attributs. Vous pouvez vous entraîner et les parfaire, et vous pouvez les porter à un niveau élevé d'expertise, mais ils font intrinsèquement partie de vous.

— Ta Force fait intrinsèquement partie de toi, et tu étudies et t'entraînes toi aussi pour la parfaire, souligna-t-il.

— Oui, je sais. Comment puis-je mieux expliquer les choses ? (Elle fronça les sourcils.) Bon, voici un exemple. Tiago est un oiseau-tonnerre, une créature de l'orage. Il peut convoquer une tempête ou un éclair sans recourir à des mots ou à des sorts. C'est une caractéristique, une partie de lui-même, tu comprends ?

— Bien sûr.

— Je pourrais peut-être arriver à convoquer un éclair, mais pour cela, je devrais d'abord l'étudier. J'aurais besoin d'un sort spécifique et de suffisamment de temps pour prononcer l'incantation. Tu peux te métamorphoser, changer de forme. Cela fait partie de toi. Je ne le peux pas. Je n'ai pas l'attribut pour le faire et je n'ai pas de sort me permettant de le faire. Tout cela est une question de Force et de magie, et il est certes possible de les améliorer, de les rehausser par la pratique, mais les deux choses dépendent de notions très différentes. Dragos a étudié la sorcellerie. Il est en mesure d'utiliser à la fois la magie des sorts et ses dons de Wyr. C'est entre autres pour cela qu'il est si dangereux. Tu saisis ? (Il opina, jouant avec ses doigts tout en l'écoutant. Il était content de noter qu'au fur et à mesure que son intellect prenait le contrôle la douleur dans ses yeux s'estompait. Elle n'avait pas complètement disparu, mais cela allait mieux.) Je ne peux pas faire ce que fait Dragos, reprit-elle, et accéder aux deux types de magie, parce que je ne suis pas wyr, évidemment. Je ne peux que pratiquer la magie des sorts et je ne peux absolument pas créer la sorte de réalité alternative que tu as décrite. Les illusions les plus parfaites que je serais en mesure de créer ne seraient que des suggestions, des tours de passe-passe, des choses que tu verrais du coin de l'œil et qui seraient susceptibles de t'attirer ou de t'inciter à t'écarter. Ou je pourrais les échafauder sur quelque chose qui existe déjà.

— Comment ça ?

— Prends mon cottage par exemple. Je peux donner l'illusion qu'il est délabré et abandonné. Cette illusion se dissiperait au moment où tu déciderais d'entrer dedans et de l'explorer. Ou bien je pourrais t'envoyer un rêve, mais ce serait vraiment un rêve et un certain nombre de facteurs pourraient l'interrompre ou en modifier le cours. Tu pourrais par exemple ne pas croire ce qui s'y passe. Les gens sortent tout le temps de leurs rêves. Ou alors leur alarme les réveille.

— D'après la manière dont tu le décris, tout ce que tu pourrais faire nécessiterait en fait beaucoup de préparation et de travail ?

153

— Oui, cela demande beaucoup de travail. (Elle retira l'une de ses mains de sous les siennes afin de faire un geste pour illustrer son propos.) Cela ne pourrait pas se passer spontanément, comme par enchantement. Si tu veux, cela reviendrait à dire que le sursaut de Force serait en mesure d'entrer un code informatique sur une porte de sécurité, puis de pénétrer dans la salle des coffres, de choisir le bon coffre, de sélectionner la bonne clé sur un trousseau complet et de l'introduire dans la serrure, de sortir le bon dossier de la pile de documents, de tout remettre ensuite en place et de porter les papiers chez le notaire. Bref, il y aurait trop d'étapes compliquées, sans parler de l'interaction de haut niveau avec la personne sur laquelle on souhaiterait pratiquer l'illusion.

Il prit le verre de vin et le but d'un trait. Elle saisit la bouteille, remplit le verre et le lui offrit.

— Bon, si je comprends bien ce que tu me dis, ce qui s'est passé a impliqué une différente sorte de magie.

— Oui, fit-elle. Peut-être qu'il s'agissait malgré tout d'une illusion ou d'une hallucination partagée, mais ce n'était pas une magie de sorts que mon esprit aurait pu produire fortuitement parce que – oh, comment l'as-tu si poétiquement exprimé ? – j'aurais perdu la boule.

Il laissa échapper un petit rire.

— Tu vois, on progresse.

Il but la moitié du verre, puis le poussa vers elle.

Elle le prit et but à son tour, puis elle le regarda par-dessus le bord du verre.

— C'était comment ? demanda-t-elle avec curiosité.

— Je n'avais pas l'impression qu'il s'agissait d'une illusion, mais que c'était aussi réel que toi et moi assis à cette table. Quand j'ai marché sur le sable, j'ai eu l'impression qu'il s'agissait d'une espèce de point de passage, sauf que…

— Sauf que ? fit-elle en se penchant.

— Sauf que c'était courbé en quelque sorte, dit-il d'un air soucieux.

Elle attendit, mais il n'ajouta rien.

— Je ne comprends pas, fit-elle.

Il secoua la tête avec impatience.

— Je ne comprends pas non plus. Mais s'il s'agissait d'un point de passage, de croisement, pourquoi ai-je pu l'emprunter et pas Rhoswen ? Elle peut traverser normalement. Et puis comment un point de passage pourrait apparaître et disparaître en un claquement de doigts ? Tous les autres passages que j'ai vus font toujours partie du paysage.

Carling plissa le front avec perplexité.

— Vous pouvez tous les deux traverser des points de passage. Il semble donc logique que si tu pouvais traverser celui-ci et elle non, c'est à cause de différences qui existent entre vous.

— Tu veux dire que j'ai pu traverser à cause de mes attributs wyrs ?

— Oui, même si je ne sais pas exactement ce qu'ils sont, mis à part que tu te transformes en un griffon tout à fait magnifique.

Il ne se laissa pas distraire par le compliment, même si la partie aigle de sa nature se rengorgea. Il tendit la main vers le verre de vin et elle le lui donna. Il posa ses lèvres à l'endroit où elle avait mis les siennes. Il pensait qu'elle était trop préoccupée pour le remarquer.

— Disons que j'ai une affinité avec les lieux de transition entre les mondes, fit-il.

— C'est vrai ? souffla-t-elle. Je me demande ce qui se serait passé si tu avais tenu la main de Rhoswen.

Même si Rhoswen pouvait traverser des passages « normaux », son incapacité à suivre Rune la veille la rapprochait des Têtes-Mortes ou des individus qui n'avaient pas assez de Force pour passer seuls dans d'Autres Contrées. Il fallait qu'ils traversent avec quelqu'un ayant suffisamment de Force pour les faire passer et le seul moyen pour cela était un contact physique. Quand quelqu'un qui n'avait pas de Force suivait la voie d'un point de passage, il se contentait de suivre le ravin, ou l'endroit du paysage où était situé le point de passage, tout comme Rhoswen était entrée dans la chambre de Carling au lieu de se retrouver dans le désert avec Rune.

Il réfléchit à la question de Carling, puis secoua la tête.

— C'est peut-être une bonne chose que cela ne se soit pas produit, car nous ne nous serions probablement pas touchés quand la scène a disparu – ou quand j'ai disparu de la scène –, et alors que lui serait-il arrivé ? Serait-elle revenue aussi, ou aurait-elle été coincée là-bas à l'instar des Têtes-Mortes qui se retrouvent bloquées dans d'Autres Contrées s'il n'y a personne pour les ramener ?

Ils échangèrent un regard grave.

— Bon, alors que savons-nous ? s'interrogea Carling. Si ce qui s'est passé était une illusion, elle n'a pas pu être créée à partir de ma magie.

— D'une manière ou d'une autre, elle doit de toute façon faire partie de toi. C'était une scène très intime et très importante de ton passé.

Elle baissa la tête et parut mécontente, mais elle finit par faire un signe d'assentiment.

Rune se rappela la conversation qu'il avait eue avec Rhoswen.

— Tu n'es peut-être pas wyr, fit-il, mais tu es comme Dragos, au sens où tu possèdes comme lui une autre sorte de magie : la magie vampirique. Rhoswen m'a expliqué qu'une des conséquences du virus était le gain d'une certaine dose de Force, suffisamment en tout cas pour communiquer par télépathie et se rendre dans d'Autres Contrées, mais le virus est également magique en lui-même. Il y a tous les célèbres attributs qui viennent du vampirisme, tels que la longévité, la force, et la rapidité.

Elle leva la tête et lui lança un regard intrigué.

— Oui, bien entendu, et aussi tous les inconvénients qui vont avec, comme le besoin de boire du sang, l'incapacité à manger de la nourriture solide et la vulnérabilité à la lumière du soleil, mais je n'ai jamais entendu parler d'une telle chose qui serait arrivée à un autre vampire au stade terminal de la maladie.

— Comment peux-tu le savoir ? Les histoires transmises oralement notent que d'autres vampires ont fait l'expérience d'espèces d'épisodes. Tu en fais l'expérience, toi aussi, outre tous les autres symptômes que tu as relevés. Il semble clair qu'ils doivent être liés au vampirisme. Quelle que soit la nature de ce qui s'est passé hier – qu'il s'agisse d'une illusion, d'une hallucination partagée ou d'une espèce de réalité alternative –, j'ai interagi avec ce qui t'arrivait et cela ne s'était jamais produit auparavant. Apparemment, j'ai été en mesure d'établir un contact avec ton épisode en raison de mes attributs wyrs. Ce que j'ai vécu s'apparentait beaucoup à une étrange, mais très réelle expérience de traversée. Voilà ce que nous savons pour l'instant.

Carling secoua lentement la tête.

— Nous savons aussi que nous n'étions ni l'un ni l'autre maîtres de la situation. Je ne sais absolument pas à quel point cela pourrait être dangereux pour toi. Je n'ai pas le choix ; je suis obligée de vivre ces épisodes, que cela me plaise ou non. Mais toi, tu as le choix, et il faut que tu te protèges.

— Nous ne savons pas assez de choses, fit-il. Et il faut que nous en apprenions davantage. Ce qu'il faut que je fasse, c'est que je reparte lors du prochain épisode, si je le peux, et que je voie ce que je peux découvrir d'autre. Carling, ta vie dépend de la résolution de cette énigme.

— Je sais.

Elle le regarda.

— Mais je ne veux pas que cela tourne mal pour toi.

— Et je ne veux pas que tu meures, dit-il en lui adressant un petit sourire. Il va juste falloir que nous veillions l'un sur l'autre. La prochaine fois que tu as un épisode, j'essaierai de répéter l'expérience, d'accord ?

— D'accord, fit-elle en se redressant.

Elle regarda la table. Rune avait croisé ses doigts autour de l'un des siens pendant qu'ils parlaient. Ils s'étaient passé et repassé le vin de leur main libre.

— Qu'est-ce que cela veut dire pour toi ? murmura-t-elle.

Elle ne remettait plus en question ses gestes tendres. À la liste qu'elle avait établie plus tôt, elle devait ajouter que Rune était trop affectueux. Tendre la main pour la toucher ou même la serrer contre lui semblait aussi naturel au griffon que de respirer. Elle était convaincue que cela ne voulait rien dire pour lui, pas plus que son inclination au marivaudage. Il faisait indubitablement la même chose avec tout le monde.

Les démonstrations d'affection n'avaient jamais été le fort de Carling, et elle ne pouvait s'empêcher de se demander comment elle avait pu le laisser tenir sa main sans protester. La réponse de Rune à sa question était suffisamment ambiguë pour qu'il ait pu l'interpréter différemment :

— Cela veut dire, fit-il en resserrant les doigts sur le sien, que je suis très intéressé de voir ce qui va se passer.

Le jour s'était levé pendant qu'ils discutaient. L'air devenait lourd à mesure que le soleil montait. Carling se leva, dégagea sa main, et alla jusqu'à l'embrasure de la porte. Elle supposait que la température s'était réchauffée aussi. Une brise vivifiante soufflait de l'océan. Une brise qui sentait l'eau salée et annonçait le changement. Les choses qui n'avaient pas été résolues, les choses qui n'étaient pas comprises. C'était irritant de penser à la mort face à de tels mystères. L'irritation, était-ce une motivation suffisante pour rester en vie ? Ou la curiosité peut-être ? Elle soupira, se frotta le visage et se dit qu'elle aurait aimé pouvoir éprouver de nouveau la sensation de repos, de régénération que le sommeil apportait.

Rune s'approcha d'elle et elle sentit la chaleur de son corps contre son dos.

— Rhoswen n'est pas restée avec toi, fit-il.

— Pourquoi, elle était censée le faire ? dit-elle en tournant légèrement la tête.

— Nous avons pensé qu'il serait préférable que l'un d'entre nous reste avec toi au cas où tu glisserais de nouveau dans un épisode.

C'était donc pour cela que Rhoswen s'était montrée si véhémente dans leur discussion.

— Je l'ai envoyée se coucher. Elle et Raspoutine retournent à San Francisco ce soir. (Elle fit volte-face et lui lança un regard noir.) Je peux te renvoyer toi aussi.

Il baissa les paupières, voilant l'éclair de férocité qui brillait dans son regard.

— Tu le crois vraiment ?

Sa voix n'était plus qu'un grondement sourd qui montait de sa poitrine et qui évoquait le mugissement des entrailles de la terre avant le rugissement final qui explosait à la surface et renversait les gratte-ciel.

— Ne prends plus jamais de décisions pour moi derrière mon dos, fit-elle les dents serrées. Je ne suis pas sénile, je ne souffre pas de démence. *Je ne le tolérerai pas*, est-ce que tu comprends ?

Il leva les yeux et étudia les traits tendus de la vampire, et sa colère se dissipa.

— Je suis désolé, Carling. Ce n'était pas notre intention, à Rhoswen et moi. Nous ne voulions pas que tu sois seule et sans défense si une nouvelle crise survenait, c'est tout. Et tu n'étais pas disponible au moment où nous avons pris cette décision, nous n'avons donc pas pu te demander ton avis.

Elle scruta son visage avec méfiance, mais n'y vit que de la sincérité. Après un moment, sa posture se détendit légèrement. Elle lui fit un bref signe de tête et se retourna vers la porte ouverte, les bras enveloppés autour d'elle.

Puis il se déplaça, pour faire quoi, elle n'en savait rien, mais elle se jeta littéralement en avant parce qu'elle ne pouvait pas supporter l'idée qu'il puisse la toucher au moment présent, avoir un de ses petits gestes affectueux. Un de ces jours, pensa-t-elle, il pourrait la toucher une fois de trop et elle se briserait en mille morceaux comme une porcelaine que l'on a manipulée à l'excès.

— Tu as de la lecture qui t'attend, dit-elle sèchement. Et j'ai des saletés à nettoyer.

Elle marcha rapidement jusqu'à son cottage sur le chemin inondé de soleil, s'immobilisa sur le seuil et inspecta l'intérieur pour évaluer le travail effectué la nuit passée. Il y avait un soupçon de suie dans l'air et un écho de magie noire qui s'attardait, mais le soleil et le vent dissiperaient tout cela. Des herbes, les pichets vides, et un bocal de sel marin traînaient sur la table, et l'âtre était toujours rempli de cendres détrempées. Le cercle de sel qu'elle avait tracé maculait le sol, le blanc pur initial désormais souillé.

Elle ferait bien de commencer par le sel, sinon elle allait le traîner dans tout le cottage. Elle sortit un balai du placard et sentit la présence solaire et chaude de Rune. Un mot ou un geste de trop et elle jurait qu'elle lui donnerait un coup de balai sur la tête.

— Tu n'as pas chômé, fit-il d'un ton léger. Ça te dérange, si je lis ici ?

Elle lutta intérieurement avant de dire :

— Non, du moment que tu ne fais pas de bruit et que tu ne dis rien.

— Je te le promets, fit-il doucement. Je serai sage comme une image.

Sa voix semblait effleurer sa peau comme une caresse légère. Elle se raidit.

— Tais-toi, répliqua-t-elle d'un ton cassant.

Il rit d'un petit rire voilé qui remplit de chaleur tous les recoins froids et sombres de la pièce et qu'on aurait pu imaginer sans peine entre des draps de soie. Elle le fusilla du regard, puis se mit à balayer rageusement.

Il tint parole. Elle l'aurait giflé, autrement. Il tira l'un des fauteuils au soleil jusqu'au seuil. Puis il s'installa, une cheville posée sur le genou de son autre jambe et il ouvrit un carnet. Elle lui jeta un regard à la dérobée. Le soleil faisait étinceler d'or ses cheveux en désordre et la concentration figeait ses traits ciselés.

L'âme assoiffée de Carling but la scène. Elle se força à se retourner et se mit au travail. Petit à petit, un calme fragile se faufila dans le cottage et dans sa tête. Quand la pièce fut impeccable et toutes ses fournitures rangées, elle disposa plusieurs branches de sauge blanche séchées dans l'âtre vide. La sauge chasserait toute trace maléfique susceptible de s'accrocher encore aux pierres.

Comme le matin laissait place à l'après-midi, les contours de sa vision se mirent à trembloter, signe révélateur que sa Force s'intensifiait, et elle sut qu'elle allait bientôt glisser dans un nouvel épisode. Elle n'accepterait pas de sentir son estomac se nouer et sa bouche se dessécher. Elle refusait de se sentir piégée et elle ne laisserait pas la peur la dominer. Avec Rune, ils avaient la possibilité d'en apprendre davantage qu'elle ne l'avait fait en deux siècles.

Le mieux était de s'occuper en attendant la crise. Elle entra dans son bureau et fronça les sourcils en regardant l'armoire vide où avaient été entreposés les livres de magie noire.

Elle se mordilla la lèvre. C'était un beau meuble en cèdre. Elle avait elle-même gravé sa surface afin d'y apposer des sorts de protection et de verrouillage. Cela lui avait pris des jours et elle détestait l'idée de la détruire. Mais les livres étaient restés dedans trop longtemps. Elle percevait encore leur malveillance. Le bois l'avait absorbée.

Elle dut se résoudre à la seule décision possible. Elle aurait pu essayer de purifier l'armoire, mais cela prendrait du temps et elle ne voudrait jamais y ranger des objets fragiles, délicats. Il n'y avait qu'un moyen en réalité de s'assurer que toutes les énergies maléfiques s'étaient bel et bien dissipées. Il fallait détruire aussi l'armoire.

Elle poussa un soupir, sortit un marteau et un tournevis de la petite boîte à outils qu'elle gardait dans le placard de son bureau et se mit à démonter l'armoire en commençant par faire sauter les charnières.

Rune apparut au premier coup de marteau. Elle était désormais tellement sensibilisée à son énergie qu'elle sut sans avoir à lever les yeux qu'il était entré dans la pièce.

— C'était donc ce que le bordel dans l'autre pièce signifiait, dit-il. Tu as décidé de te débarrasser des livres qui n'étaient pas sages.

— Il était grand temps.

Il lui jeta un regard pensif, mais s'abstint de faire un commentaire.

— L'armoire est contaminée, si je comprends bien ?

— Oui, il vaut mieux prévenir que guérir, donc la brûler.

Elle positionna la pointe du tournevis sur l'emboîture d'un panneau et frappa le tournevis avec le marteau. Les pièces de bois se séparèrent en craquant.

Il se mit à côté d'elle, trop près.

— Je peux t'aider ?

Voilà bien un mâle, tiens. Il suffisait de sortir trois outils et de se mettre à taper sur quelque chose, et ils accouraient de tous les côtés. Elle repoussa les cheveux qui lui tombaient dans les yeux et le regarda d'un air renfrogné.

— Je suis parfaitement capable de la démonter moi-même.

— Bien sûr, fit-il en souriant. Ce n'est pas ce que j'ai dit. J'ai dit : « Je peux t'aider ? »

Elle haussa les épaules avec agacement et recula. Rune étudia l'armoire un moment, puis saisit le meuble par les côtés.

— Je pourrais la disloquer à mains nues, moi aussi, si je le voulais, gros bras, mais je ne veux pas abîmer les murs du bureau.

— Aie un peu confiance, fit Rune.

— Bon, bon.

Elle leva les mains avec impatience. Le calme fragile qu'elle avait réussi à rassembler vola en éclats. Elle voulait le balai. Elle allait finir par lui en donner un coup sur la tête.

— Si tu érafles mes murs, tu repeindras le bureau.

Il lui lança un regard amusé par-dessus l'épaule.

— Tu es de bon poil, dis donc.

Les muscles de son dos puissant se tendirent et il poussa en contrôlant son geste et sa force. L'armoire se fendit à ses points d'emboîture. Il la désossa rapidement sans érafler une seule fois les murs, puis il se pencha pour empiler les morceaux de bois.

— Tu as de la ficelle ?

Elle alla fouiller dans la boîte à outils ouverte et posée juste devant l'armoire. Elle rangea le marteau et le tournevis, trouva une pelote de ficelle et la lui lança avec force.

L'objet siffla dans l'air, le fendant à une telle vitesse qu'un être humain n'aurait pas pu le voir, mais il tendit la main et l'attrapa d'un geste qui semblait presque nonchalant. Évidemment. Il attacha ensemble

164

les morceaux de cèdre, sortit un couteau, coupa la ficelle et le rempocha. Puis, sans lever les yeux, il lui lança la pelote de ficelle. Fort.

Elle eut un mouvement de recul, mais la rattrapa. Elle jeta un regard hargneux à la pelote et la laissa tomber dans la boîte, et soudain Rune fut devant elle. Trop près. Bien sûr. Il était toujours trop près, et il s'avançait encore, encore plus près, jusqu'à ce que leurs corps se frôlent.

— Tu envahis mon espace, fit-elle en étrécissant les yeux.

— Je sais.

Il pencha vers elle son visage sensuel dont l'expression était amusée. Puis dans un murmure proche du ronronnement, il demanda :

— Est-ce que tu veux que je te dise ce qui pourrait te mettre de meilleure humeur ? Je serais heureux de te rendre service de la manière que tu le souhaites.

Elle le contempla, les pupilles légèrement dilatées. Le désir rugissait entre eux : leur désir à tous les deux. Il palpitait au creux du ventre de Carling et lui engourdissait les membres au point qu'elle ne voulait plus qu'une chose : s'allonger. Son imagination lui envoya l'image chauffée à blanc de Rune couché sur elle, les muscles de son corps nu se contractant, son magnifique visage à la sauvagerie fascinante tendu par le désir.

Le corps de Carling insistait, soutenait qu'il avait besoin d'air. Elle lutta, en vain, et finit par inspirer, tous ses sens aiguisés par la présence chaude de la sentinelle. Le léger frôlement de son torse contre ses mamelons éveilla des sensations qui sommeillaient en elle depuis si longtemps qu'elles auraient dû rester mortes et enfouies.

C'était une folie grave. Il lui faisait ressentir trop de choses. Ce n'était plus une distraction frivole et vaguement dangereuse, non, cela tournait à l'obsession. Elle ne pouvait pas gérer tout cet afflux d'émotions, celles de Rune comme les siennes. Gérer l'espoir et la peur était déjà suffisamment difficile.

Elle se fit violence et détourna les yeux, puis elle empoigna son tee-shirt.

— Est-ce que tu as fini ta lecture ?

L'amusement sensuel de Rune s'estompa.

— Oui, juste avant d'entrer dans ton bureau.

Elle concentra le regard sur ses petits poings, maintenant posés sur la poitrine du Wyr.

— Et ?

Il posa les mains sur ses épaules.

— Et je ne sais pas. Ton travail est brillant, mais tu le sais déjà. Quelque chose me gêne cependant, mais je n'arrive pas à mettre le doigt dessus, comme lorsqu'on a un mot sur le bout de la langue et qu'on n'arrive pas à le retrouver.

— Fais un effort.

— Qu'est-ce qui ne va pas ? fit-il en serrant les doigts.

Elle essaya de sourire, mais ne parvint qu'à ébaucher une grimace.

— Je commence à perdre de nouveau les pédales.

Il soupira et l'attira dans ses bras.

— Ça va aller, dit-il d'une voix aussi calme et posée que son regard l'avait été plus tôt. (Il appuya sa joue contre le sommet de sa tête.) Nous savions que c'était imminent. Nous allons l'affronter ensemble et nous apprendrons davantage de choses.

Elle s'efforça d'articuler :

— C'est ce que je me dis.

Il lui caressa les cheveux, et d'autres sensations, d'autres sentiments s'éveillèrent, accompagnés de pensées qui l'amollissaient.

Quel mal y aurait-il à se détendre un tout petit peu, juste une fois, juste pour quelques minutes ? Elle essaya et se retrouva appuyée contre lui. Il guida sa tête pour qu'elle repose au creux de son épaule. Elle s'y lovait tellement parfaitement que le choc de cette prise de conscience l'étourdit un peu. Une énergie traversait le corps élancé de Rune, un puits de Force qui l'enveloppait de chaleur. Il l'entoura de ses bras et, sans trop s'en apercevoir, elle lui ceignit la taille, puis ils restèrent ainsi étroitement enlacés.

Carling sentit ses yeux la picoter de nouveau. Ils se remplirent d'un liquide brûlant qui se mit à couler sur ses joues. Elle n'avait pas pleuré depuis tellement longtemps qu'il lui fallut un moment pour identifier la source du liquide.

Voilà ce qu'il lui faisait. Il ouvrait des portes en elle qui n'auraient plus jamais dû être ouvertes. Il était un sirocco qui bouleversait la topographie de son esprit et de son âme au point d'en transformer le relief, et surtout, il la confrontait à des sentiments et des sensations qu'elle avait pensé ne plus jamais éprouver : l'émerveillement et le désir, l'espoir et la peur.

Et puis il lui apprenait comment ressentir d'autres choses ; des choses si fraîches, fragiles, frêles qu'elle craignait qu'elles la brisent. *Lutte pour vivre*, lui disait-il, et c'était difficile parce qu'elle ne pouvait regagner la volonté de se battre sans retrouver en même temps la crainte de tout perdre. Avant son arrivée, elle pensait qu'elle n'allait perdre que sa vie. Elle avait pris ses distances afin de pouvoir envisager et même voir sa propre fin avec détachement.

Maintenant, elle avait le sentiment qu'elle allait perdre quelque chose de tout aussi précieux : la compréhension de qui elle était.

— Parfois je pense que je te hais, murmura-t-elle.

— Pourquoi, darling ? fit-il en frottant sa joue contre ses cheveux.

Carling entrouvrit les lèvres. Ne l'avait-il pas appelée ainsi, il y avait longtemps de cela, tellement longtemps... ou du moins ce qui lui semblait longtemps ? Sauf qu'elle n'avait pas su ce que le mot signifiait ni compris ce qu'il disait. Elle avait pensé qu'il était un dieu étrange et magnifique qui lui donnait un nom sacré...

Rune la serra encore davantage en sentant son tee-shirt se mouiller. Il respirait l'encens qui parfumait ses cheveux et l'odeur délicate de la lavande. Et sous ces odeurs, il humait sa féminité, et elle était tellement parfaite que ses instincts révoltés rugirent en lui une nouvelle fois quand il se dit qu'elle était mourante.

Attends. Sa respiration siffla. Le voilà, le mot sur le bout de la langue, sauf que ce n'était pas un mot, mais un concept. Une prémisse, pas une conclusion.

Il enfouit son visage dans le creux délicat de son cou, l'écrasant contre lui. Elle remua et murmura quelque chose, une protestation, une question ?

— Attends juste une minute, marmonna-t-il.

Il l'enveloppa de sa Force wyr et ouvrit tous ses sens, tout en humant l'odeur de Carling.

Les Wyrs, surtout les plus anciens et les plus Puissants, étaient en mesure de percevoir les maladies de la même manière que les animaux en étaient capables. Ils arrivaient ainsi à savoir si la nourriture était gâtée ou empoisonnée. Ils pouvaient sentir lorsqu'une blessure était infectée ou lorsque la sueur d'un individu indiquait qu'il était malade.

Les recherches de Carling avaient suivi la voie de la médecine moderne. Elle s'était intéressée de près aux recherches effectuées par Louis Pasteur et Émile Roux. Elle avait rapporté par le menu détail la correspondance qu'elle avait échangée avec les deux médecins dans les années 1880, posant des questions précises sur le développement de leur vaccin contre la rage. Et les deux savants avaient à leur tour étudié le vampirisme avec fascination.

Le vampirisme avait toutes les caractéristiques d'un pathogène transmissible par le sang. Il se trouvait dans celui-ci et d'autres fluides corporels et son taux d'infection était de 98,9 % lors d'un échange direct de sang. Il ne pouvait pas être transmis par l'air et une peau intacte faisait office de barrière efficace. La conviction que le vampirisme était une maladie infectieuse était devenue tellement ancrée dans la pensée moderne que l'on ne se posait même plus la question. Maintenant, au XXIᵉ siècle, toutes les recherches médicales et scientifiques sur le vampirisme se fondaient sur ce postulat.

Mais tous les instincts de Rune lui disaient que l'énergie de Carling était robuste. Il ne sentait pas la maladie chez elle. Il se rappela la femme qu'il avait vue et devant laquelle il était passé au Bureau de l'Immigration des Créatures de la Nuit. La maladie de cette femme avait été évidente. Sous le parfum de lilas flottait la puanteur de la mort.

Carling, elle, avait une odeur sexy et féminine mâtinée de la chaleur enivrante de sa Force et de l'exhalaison métallique que partageaient tous les vampires.

En fait, pour Rune, elle respirait la santé.

— Je sais, j'ai compris ce qui me gênait, fit-il. (Il se redressa et la fit reculer afin de pouvoir la regarder tout en parlant.) Et si tout ce que tu as essayé n'avait pas marché parce que le vampirisme n'est pas une maladie ?

Il baissa les yeux en souriant sur ce magnifique visage envoûtant qui était devenu pour lui une addiction. Elle avait une expression vide ; ses longs yeux en amande étaient rivés sur quelque chose qu'elle seule pouvait voir.

Il sentit son estomac se nouer. Il la guida vers le fauteuil et l'encouragea à s'asseoir en la poussant légèrement. Elle ne protesta pas, aussi passive qu'une poupée.

Une ondulation traversa le bureau, puis la scène changea. Il se détendit et se laissa emporter.

Il est temps de perdre de nouveau les pédales, beauté.

8

Cette fois, il ne suivit pas une sorte de chemin, mais le changement dans les énergies lui fit une nouvelle fois l'effet d'un point de traversée, une traversée qui n'était pas droite, mais incurvée en quelque sorte. C'était un peu comme gravir une volée de marches qui se retournerait sur elle-même, ou prendre un virage et découvrir un paysage différent, totalement inattendu. Il essaya de s'accrocher à la sensation afin de l'étudier de plus près. Il eut le sentiment de la saisir du bout des doigts, mais elle lui échappa avant de s'évaporer.

Le bureau de Carling s'estompa et une soirée chaude et humide l'enveloppa. Désorienté, il ne bougea plus et absorba les impressions de ce nouvel environnement.

Le coassement rauque de grenouilles retentissait non loin de lui. Il leva les yeux. Les cimes en épis de palmiers plongées dans l'ombre se découpaient contre le ciel nocturne constellé d'étoiles ; celles-ci brillaient avec une intensité que la pollution lumineuse des villes modernes ne permettait plus de voir ni même d'imaginer.

Il se tenait dans l'ombre d'une structure à colonnes composée de blocs de granit et environnée de bâtiments plus grands. Ici et là, le reflet de torches tremblotait. L'odeur pestilentielle du fleuve tout proche se mêlait aux effluves de mets riches. Il humait de la nourriture préparée avec de la levure, de la bière et du pain, de la viande et du poisson épicés. La soirée n'était pas encore très avancée.

Il flairait aussi des gens et il entendait des voix sonores. Un homme qui hurlait de rage. Une voix féminine, plus jeune, plus légère, qui égrenait des mots d'un ton éperdu. Trop accoutumé aux langues modernes, il avait l'impression que son cerveau était rouillé comme il essayait de comprendre ce qu'il entendait.

Le son mat d'un coup et celui plus aigu d'un cri de douleur ne pouvaient pas être confondus avec autre chose. Pas plus que le sifflement d'un fouet fendant l'air.

Un fouet.

Bordel de merde.

Mué par l'instinct et la panique, Rune bondit en avant. Il heurta violemment un mur et sauta par-dessus, puis gravit quatre à quatre de larges marches sculptées en suivant la projection de l'écho afin d'en retrouver la source.

Allez, accélère, putain. Il se déplaça plus vite qu'il ne l'avait fait de sa vie, mais le sifflement brutal du fouet déchira l'air une seconde fois et il eut l'impression d'être écorché vif.

Il fit irruption dans une vaste salle luxueuse. Préparée en vue d'une scène de séduction, elle était devenue le théâtre d'une torture. Des braseros en métal projetaient une lumière tremblante. Sur trois côtés la pièce s'ouvrait sur un balcon. Des pans de gaze légère encadraient les ouvertures et empêchaient les insectes de rentrer. Il vit une sorte de lit soigneusement apprêté qui n'avait pas encore été touché. Un festin de viandes, de poissons, de légumes épicés, de bière, de pain et de miel était disposé sur une table basse.

Une fillette était affalée à terre, son dos couleur de miel déchiré et ensanglanté par des coups de fouet. Un homme brun se tenait au-dessus d'elle. Il portait un *shenti*, des sandales, et un collier de cuivre martelé ; il avait une barbe taillée et un regard étincelant de fureur. Il releva le bras et agita son arme.

Une véritable explosion nucléaire annihila toute pensée rationnelle en Rune et ne laissa plus la place qu'à un monstre meurtrier. Des griffes apparurent. Le rugissement rocailleux qui jaillit de sa poitrine fendit la nuit avec la force d'un lance-roquettes.

Le monstre bondit. D'un seul coup de patte, il sectionna quasiment l'homme en quatre morceaux. Le fouet tomba. L'individu était mort avant de toucher le sol.

La tuerie avait été trop rapide pour apaiser la rage du monstre. Il rugit une nouvelle fois, ramassa le cadavre et le projeta avec violence. Des gouttelettes de sang se dispersèrent dans les airs et le corps se fracassa contre le mur. Les os craquèrent sous le choc tandis que la dépouille broyée laissait des traces cramoisies le long du mur en glissant jusqu'au sol.

Un silence total remplit la nuit. Même les grenouilles et les insectes se turent en présence de ce prédateur roi. On aurait dit que le monde entier retenait son souffle.

À l'exception des hoquets et des gémissements aux pieds du monstre.

Il baissa les yeux en haletant. La fillette était aplatie au sol, qu'elle griffait des ongles de ses deux mains comme si elle voulait arracher les pierres et disparaître. Elle portait un vêtement transparent dont il ne restait que des loques, un collier de cuivre et de lapis-lazuli, et des bracelets en os sculpté. Son corps menu trembla.

Un nouveau sanglot.

Le monstre redevint Rune.

— Pauvre petite, murmura-t-il.

Il se pencha pour lui toucher l'épaule.

Elle cria et eut un mouvement de recul puis le monstre refit surface juste le temps de griffer de l'intérieur. Il s'agenouilla à côté de la tête de la fillette. Elle était plus âgée que la petite fille de sept ans qu'il avait rencontrée une fois, mais ne devait pas en avoir plus de douze ou treize. Sa beauté naissante avait été soigneusement soulignée, ses longs yeux fardés avec du khôl et de la malachite verte, et sa bouche harmonieuse peinte avec de l'ocre rouge. La malachite et le khôl avaient coulé sur son visage mouillé de larmes et la peinture rouge la barbouillait. Sous le gâchis de couleurs, le choc avait fait blêmir la chaleur de miel de sa peau.

Son estomac se retourna. Se dire qu'il s'agissait d'une époque reculée, presque primitive, et que les filles étaient alors souvent mariées à l'âge de douze ans n'aida guère. Elle avait l'air d'une victime d'un réseau de pornographie infantile. Pendant quelques horribles secondes, sa raison vacilla. Il ne savait pas ce qu'il aurait fait si une odeur de sexe avait imprégné la pièce.

Elle était trop paniquée. Ne sachant quoi faire, il hésita, puis fit la seule chose qui lui vint à l'esprit et se mit sur le ventre à côté d'elle, la tête sur le sol, la face tournée vers elle afin d'être à sa hauteur.

— Khepri, je m'appelle Rune, dit-il à mi-voix d'un ton apaisant. Nous nous sommes rencontrés il y a quelques années. Est-ce que tu te souviens de moi ? Moi, je me souviens très bien de toi. Je volais au-dessus de ton village quand j'ai vu que tu me regardais, alors je suis descendu te parler. Tu travaillais à côté d'un champ d'orge.

La panique aveugle qui marquait le visage juvénile de Khepri venait-elle de s'estomper un petit peu, ou était-ce son imagination ? De ses lèvres tremblantes, la jeune fille tenta de former un mot.

— A-Atoum, chuchota-t-elle.

Rune sentit ses yeux se mouiller.

— Oui, murmura-t-il aussi doucement qu'il le put. Tu as cru que j'étais Atoum et je t'ai dit que je ne l'étais pas. Est-ce que tu t'en souviens ?

Le regard trop brillant de l'enfant se concentra sur lui. Elle lui fit un petit signe d'assentiment.

Il se rendit vaguement compte que des gens arrivaient en courant. Le monstre était toujours aux aguets et suivait leurs mouvements avec une précision glaciale. S'ils approchaient d'un centimètre de trop, ils seraient morts, mais ils restèrent sur le pas de la porte. Après avoir poussé des exclamations, ils se prosternèrent devant lui sans s'avancer davantage.

Très bien. Après tout, pour eux, il était un dieu ; et cette fois-ci il n'essaya pas de le nier.

Il sourit à Khepri.

— Je t'en prie, darling, n'aie pas peur de moi. L'homme qui te faisait du mal ne t'en fera plus jamais.

Elle leva la tête et son regard se posa sur le cadavre déchiqueté. Rune se déplaça pour lui cacher le carnage.

— Il est mort ? murmura-t-elle.

Cette enfant n'était pas une enfant des temps modernes, protégée. Il savait qu'elle avait déjà vu la mort de près.

— Oui, il t'a blessée. Cela m'a mis très en colère et je l'ai tué.

Elle inspira profondément, puis laissa échapper un long soupir tremblant. Un éclair de férocité passa dans ses yeux. Pendant un moment, elle eut l'expression sauvage d'un tigreau.

— Tant mieux, fit-elle.

Et aussi simplement que cela, il tomba une deuxième fois éperdument amoureux de la fillette.

— Est-ce que je peux t'aider maintenant ?

L'étincelle de férocité disparut. Elle fit un signe de tête, les lèvres tremblantes et les yeux voilés.

Le monstre faillit jaillir en voyant ses larmes. Rune se mit à quatre pattes et la prit dans ses bras avec précautions en veillant à ne pas toucher les plaies sur son dos. Il la porta jusqu'à la couche et l'y étendit sur le ventre. Il tourna ensuite la tête vers les humains toujours prosternés. Ils étaient quatre, une femme, deux hommes armés de lances, et un autre plus âgé. D'après la richesse de ses vêtements, le vieil homme devait être le plus important.

Rune se retint de leur donner des coups de pied.

— Levez-vous, ordonna-t-il.

Les humains se tordirent le cou pour voir s'il s'adressait bien à eux, puis se redressèrent avec crainte, mais restèrent à genoux et jetèrent des coups d'œil en direction du cadavre avant de se regarder les uns les autres.

— Je veux de l'eau chaude, des onguents, des linges et quelque chose de propre qu'elle puisse porter. Faites vite, ordonna-t-il à l'homme plus âgé.

— Oui, mon seigneur.

L'homme dit quelque chose à la femme d'un ton impérieux et elle sortit à reculons. Rune l'entendit ensuite dévaler l'escalier.

Il s'installa à côté de Khepri. Elle avança un peu la tête afin de pouvoir poser sa joue contre son genou et il lui caressa les cheveux en luttant pour garder son calme.

— De la bière aiderait à atténuer ta douleur. Est-ce que tu en veux ?

Elle opina. Il fit un signe au vieil homme qui se leva à la hâte pour chercher deux coupes pleines et les lui apporter ; le riche liquide capiteux menaçait de se renverser tant il tremblait. Rune prit l'une des coupes et ignora l'autre, puis aida Khepri à boire pendant que l'homme s'agenouillait à ses pieds et attendait d'autres ordres. La bière aurait une forte teneur en alcool, mais elle devait probablement en boire depuis l'âge de deux ou trois ans. C'était une bière blanche, à base de blé donc, et le grain avait certainement dû moisir un peu. Ce qui signifiait que le breuvage contiendrait de la tétracycline. C'était une bonne chose, cela aiderait à prévenir l'infection des plaies. Il l'encouragea à finir la coupe.

Lorsque l'étincelle affolée au fond des prunelles de Khepri commença à se dissiper, il s'adressa de nouveau à l'homme :

— Tu es un prêtre ?

— Oui, mon seigneur.

Il ne fut pas étonné. La cité de Memphis était remplie de temples et de nécropoles.

— Est-ce que tu as de l'autorité, du pouvoir ?

177

L'homme s'inclina.

— Oui, mon seigneur.

— Tu vas m'écouter et faire ce que je vais t'ordonner.

— Je vis pour vous servir.

L'homme osa lever les yeux, une lueur de dévotion fanatique dansait au fond de ses pupilles.

Rune retroussa la lèvre. C'était délirant, cette histoire. Il réfléchit un moment, choisissant des mots, puis les rejetant. Il y avait tellement de choses qui n'auraient tout simplement pas de sens pour l'homme.

— Ce qui s'est passé ce soir est une abomination, fit-il enfin.

— Mon seigneur, je vous promets que l'esclave n'était pas punie sans raison, répliqua l'homme. Elle ne s'est pas acquittée de son devoir qui était de donner du plaisir à un autre dieu qui était ici...

Un autre dieu ?

Un éclair de jalousie brilla dans ses prunelles. Il balaya la pièce du regard et posa les yeux sur les mets si soigneusement disposés, sur la scène de séduction qui avait été préparée. L'homme tremblait devant lui. Khepri lui toucha la main et il se rendit compte tardivement qu'il s'était mis à gronder.

Il se reprit. Il inspira profondément plusieurs fois en analysant les nombreuses odeurs qui flottaient dans la pièce et prit conscience de ce que la panique et la rage l'avaient empêché de percevoir jusque-là : un autre Wyr était récemment passé en ce lieu.

Il enveloppa les doigts de Khepri dans sa main avec douceur tout en se penchant au-dessus du prêtre.

— Regarde-moi.

Le prêtre leva les yeux avec effroi et Rune dénuda ses crocs, exhibant une agressivité pure.

— Un dieu choisit de faire ce qu'il veut. Comment as-tu osé placer la responsabilité de ses actes sur les épaules d'une fillette ?

Le prêtre tomba en avant et se prosterna une nouvelle fois.

— Mon seigneur, pardon ! Nous ne savions pas que nous transgressions. Pardonnez-nous !

— Voici mon décret, dit Rune. Tu vas recueillir cette esclave et la traiter comme si elle était ta fille préférée. Tu l'éduqueras aussi bien qu'un homme et la protégeras tout en veillant à ce qu'elle ait la vie la plus agréable possible. Tu le feras, *toi*, et personne d'autre. Si tu négliges un seul petit détail, je te trouverai. Je t'arracherai les entrailles et te laisserai les regarder cuire au soleil. Est-ce que tu me comprends ?

Comme le prêtre bredouillait son accord, la femme revint avec des onguents et des pièces de lin glissées sous un bras. Deux autres femmes chargées d'urnes remplies d'eau chaude la suivaient. Elles hésitèrent à entrer, les yeux écarquillés de peur, jusqu'à ce que Rune leur fasse impatiemment signe de s'avancer.

— Occupez-vous d'elle, ordonna-t-il.

Elles s'empressèrent d'obéir. Il les observa. Quand il vit avec quel soin elles s'occupaient de Khepri, il voulut s'écarter.

La fillette agrippa sa main et l'immobilisa. Il se pencha et écarta les cheveux qui tombaient sur son front. Elle le regardait avec une supplication muette. Il ne comprenait pas ce qu'elle voulait. Peut-être qu'elle ne le savait pas elle-même et qu'elle s'accrochait à la seule personne qui lui redonnait un sentiment de sécurité.

— Je ne sais pas exactement quand ni comment, fit-il, mais je te promets une chose, darling. Nous nous reverrons. Est-ce que tu le voudras bien ?

Elle hocha la tête, son visage barbouillé à moitié caché par la soie sombre de sa chevelure. Il se pencha spontanément et pressa ses lèvres sur son front. Elle serra les doigts sur sa main, puis le lâcha.

Il se leva et regarda autour de lui en se redressant. Dieu. La scène était tellement intense, tellement réaliste, qu'il était totalement plongé dedans.

Était-il possible que cela soit une illusion ou une hallucination ? Était-il possible que cela soit autre chose, quelque chose de plus réel ? Était-il possible qu'il soit en train de changer le passé ? Il eut presque envie de rire, de repousser l'idée. Puis il regarda les marques de fouet sur le dos de Khepri et redevint grave.

Quand il se retourna, le prêtre l'observait avec attention. Rune dévisagea l'homme d'un regard sombre. Dans l'Ancien Testament, Gédéon étendait une toison pour réclamer un signe de Dieu.

Rune haussa les épaules. Il n'était peut-être pas chrétien, mais demander une preuve lui semblait une sacrée bonne idée, c'était le cas de le dire. Il tourna le dos à Khepri et aux femmes qui s'occupaient d'elle, plongea la main dans son jean et sortit son couteau. C'était un couteau suisse très résistant et résolument moderne. Il se demanda dans quel état il serait après quatre mille cinq cents ans et des brouettes.

— Comment t'appelles-tu ? demanda-t-il au prêtre.

— Akil, mon seigneur.

— Qui est ton roi, Akil ?

Le prêtre le regarda avec étonnement. Il était clair qu'il n'arrivait pas à concevoir qu'un dieu puisse ignorer une telle chose, mais il répondit sans hésiter :

— Djoser.

Rune se détendit. Il avait entendu parler de Djoser, en particulier de son architecte, Imhotep, qui avait fait bâtir l'une des structures les plus imposantes et les plus célèbres de l'Antiquité. Il leva le couteau pour le montrer au prêtre et sortit toutes les lames sous son regard abasourdi et émerveillé.

— Ceci est le cadeau que je te fais. Ne le montre pas à Khepri, ne le montre à personne. N'en parle pas dans des écrits et ne laisse aucune trace de son existence. Comme preuve de ta dévotion, je veux que tu l'ensevelisses à l'entrée du temple de Djoser à Saqqarah.

Saqqarah était la nécropole géante qui avait servi de cimetière à Ineb Hedj, et plus tard à Memphis.

— Il se peut que je ne revienne pas le chercher avant très, très longtemps, mais je reviendrai.

Il referma le couteau et le lui tendit. Akil le prit avec révérence.

— Je le ferai, mon seigneur. Je vous le jure.

Ouais, bon, pensa Rune. *On verra bien.*

Le regard de Carling se focalisa sur l'intérieur de son bureau.

Elle était assise dans son fauteuil. L'armoire en cèdre reposait contre un mur, démantelée. Le soleil indiquait que l'après-midi avait laissé place au début de soirée. Ses rayons pénétraient par la fenêtre sous la forme de barres meurtrières d'or brûlant. Elle frissonna et détourna les yeux.

La pièce résonnait de ricochets émotionnels d'agression et de violence. Rune allait et venait dans le bureau comme un animal en cage. Ses traits étaient tendus et une foule de pensées défilait dans son regard. Sa démarche athlétique donnait l'impression que la pièce était étouffante et trop petite. Il déplaça le lourd tas de planches pour regarder dessous. Puis il se mit à chercher le long des plinthes, autour des classeurs à tiroirs, et il tâtonna par terre entre le bureau et le mur.

Elle s'éclaircit la gorge et demanda d'une voix rouillée :

— Mais qu'est-ce que tu fais ?

Il se retourna vivement, puis s'accroupit à ses pieds.

— Comment te sens-tu ?

— Très bien, fit-elle. (C'était une remarque ridicule étant donné la situation.) On dirait que tu as perdu quelque chose.

— Je cherche mon couteau. Je l'avais avec moi dans cette pièce et je n'arrive plus à le retrouver.

Il la scruta avec une intensité singulière qui lui fit l'effet d'un contact physique.

— Est-ce que tu te rappelles l'avoir vu quelque part ?

— Bien entendu que je me rappelle l'avoir vu, fit-elle avec agacement. Je t'ai vu couper la ficelle avec. Pourquoi me poses-tu cette question ?

— L'après-midi a été riche en événements, se contenta-t-il de dire.

— Ça ne répond pas à ma question.

— Je n'ai pas de réponse. (Il agrippa les accoudoirs du fauteuil de Carling.) Je suis moi-même obsédé par trop de questions. Est-ce que tu te rappelles avoir glissé dans un épisode ?

— Oui, murmura-t-elle. Bien sûr, oui.

Elle se tut et l'étudia. Elle pensa au souvenir qu'elle avait revisité quand elle s'était effacée, loin, loin dans le passé. Elle avait revisité l'un des moments les plus douloureux, traumatisants et essentiels des premières années de sa vie. On l'avait gardée pure, vierge, en vue de l'offrir un jour à un personnage important.

Puis un dieu immense, sombre et terrifiant avait fait une halte sur terre pour contempler Ineb Hedj, la ville à la muraille blanche, et ses habitants. C'était une curiosité passagère. À la fin, il était resté indifférent à la ville, à ses prêtres dévots et à sa religion, et Khepri ne l'avait pas intéressé quand on la lui avait offerte. Il était parti et elle avait été punie.

Puis, avec la clarté du cristal que le passage d'innombrables siècles n'avait pas ternie, elle se souvenait du sifflement du fouet vrillant l'air avant de la précipiter dans un abîme de douleur atroce.

Et alors qu'elle n'avait plus la force de crier, un énorme monstre doré avait fait irruption, rugissant comme si c'était lui qui avait reçu les coups de fouet et apportant avec lui à la fois la mort et le salut.

Le monde s'entrechoqua. Carling ouvrit la bouche et essaya de former des mots.

— Tu trembles comme une feuille, marmonna Rune. Parle-moi.

— J'essaie, articula-t-elle péniblement.

Elle saisit ses poignets puissants. Il semblait être la seule chose stable autour d'elle. Leurs yeux se rencontrèrent.

— Je v... v... vois. Tu es reparti une seconde fois.

Il tourna ses mains afin de s'accrocher lui aussi à ses poignets.

— Oui. Peux-tu me dire ce qui t'est arrivé ? Il y avait un autre Wyr, ou en tout cas il y en avait eu un avant mon arrivée. Est-ce que tu sais de qui il s'agissait ?

L'autre Wyr avait été Tiago, bien entendu, mais il ne s'était jamais souvenu de l'incident parce qu'il l'avait jugé sans importance. Il n'avait jamais su ce que son indifférence et son départ avaient signifié pour elle, n'avait jamais eu vent des conséquences.

Elle secoua la tête. Elle était en colère contre Tiago et lui en voulait depuis longtemps, mais pour une fois, elle était parfaitement sincère quand elle dit à Rune :

— Cela n'a pas d'importance. C'était juste un Wyr curieux qui s'était arrêté brièvement pour découvrir Memphis, avant de repartir. Les prêtres voulaient qu'il reste, bien sûr, et c'est pourquoi ils m'ont offerte à lui, mais il n'était pas intéressé.

Quelque chose d'imprévisible rôdait dans ses yeux de lion.

— Il n'est pas revenu, donc.

— Non. En tout cas pas tant que j'ai vécu dans la ville.

— Bien. (Rune sembla se détendre imperceptiblement.) Est-ce que… ce qui s'est passé… t'a semblé aussi réel que la première fois que je suis apparu ?

Le monde se remit à s'entrechoquer. Elle acquiesça.

Il serra ses poignets en murmurant :

— À moi aussi. Carling, il faut que je regarde ton dos.

— Pourquoi ? fit-elle en le dévisageant.

— Il faut que je voie tes cicatrices. C'est important.

Avec un haussement d'épaules perplexe, elle se pencha et courba la tête. Elle maintint le caftan contre ses seins et lui permit de dégager son cou en tirant légèrement sur le tissu souple. Puis, en l'effleurant à peine, il rassembla ses cheveux de sorte qu'ils tombent d'un côté. Ses gestes étaient d'une grande douceur, il la traitait comme si elle était en verre filé, et son corps immense était si proche lorsqu'il s'agenouilla devant elle qu'elle se laissa aller un peu plus en avant afin de reposer la joue sur son épaule. Il caressa sa nuque tout en faisant glisser le caftan et en dénudant son dos.

Elle perçut le moment où le souffle le quitta, car ses doigts tremblèrent imperceptiblement contre sa peau nue. Elle leva la tête pour regarder la ligne épurée de son profil. Elle était tellement proche de lui qu'elle discernait les petits plis qui marquaient les coins de ses yeux et qu'elle sentit l'ondulation des muscles de sa gorge lorsqu'il déglutit.

— Qu'y a-t-il ? demanda-t-elle.

Elle se tordit le cou pour regarder par-dessus son épaule. Elle n'arrivait à voir que les extrémités des longues cicatrices blanches qui sillonnaient sa colonne vertébrale comme deux serpents s'enroulant autour d'un bâton. Cela faisait des milliers d'années qu'elle vivait avec ces cicatrices. Elle les connaissait par cœur. Elle n'oublierait jamais la nuit où elle avait été fouettée ni comment Rune avait surgi dans la pièce afin d'empêcher un troisième coup de fouet de la déchirer...

Elle se raidit. Non. Cela ne s'était pas passé il y avait plusieurs milliers d'années, mais quelques minutes auparavant seulement, cet après-midi. Que s'était-il passé avant l'intervention de Rune ? Que lui était-il réellement arrivé quatre mille cinq cents ans plus tôt ?

— Quelque chose d'autre s'est passé avant ton arrivée, murmura-t-elle. Je ne me souviens plus. Je ne me souviens plus de ce qui m'est arrivé initialement.

Avant l'entrée de Rune dans la pièce, le prêtre s'était dressé devant elle, fou de rage. Il avait agité le fouet. Il l'aurait frappée une nouvelle fois, sauf que Rune l'avait tué sauvagement.

Rune la regarda.

— Tout ce que je sais, c'est qu'il y a moins d'un mois, tu t'es baignée dans la rivière Adriyel et lorsque tu es sortie de l'eau, tu n'avais pas juste deux marques de fouet sur le dos. Ton corps entier était couvert de cicatrices.

Elle se souvenait très bien. Elle était sortie nue de la rivière alors que Niniane et Rune attendaient sur la berge. Rune l'avait regardée avec un tel feu au fond des yeux que ses iris avaient étincelé comme des diamants jaunes. Son beau visage s'était figé et on aurait dit un masque tandis que son corps magnifique semblait avoir été sculpté dans la pierre.

— Tu me *changes* ? souffla-t-elle.

— Je crois que ce que nous faisons ensemble change quelque chose, oui. Parce que je te jure devant tous les dieux, Carling, que ton dos était différent avant.

Elle le regarda avec horreur.

Elle l'avait comparé au sirocco. Elle ne s'était pas doutée à quel point elle avait vu juste. Le sirocco était une tempête qui venait du Sahara. En Égypte, le vent brûlant du désert était appelé *khamsin* et il pouvait atteindre la vitesse de cent-vingt kilomètres heure. Elle se rappelait le hurlement du vent la nuit. C'était un son surnaturel, inhumain. Il arrachait la chair et remodelait, littéralement, le paysage.

Elle avait cru d'abord qu'elle mourrait. Puis elle avait eu peur de perdre tout le reste. Sa Force, sa raison. Sa dignité.

Elle n'avait pas su qu'il pouvait y avoir autre chose à perdre, que des bribes de son passé pourraient tomber comme de la chair se détachant des os. Le changement était plus énorme et plus Puissant que ce qu'elle avait jamais pu éprouver, et pourtant elle ne l'avait pas perçu.

Elle n'avait jamais imaginé qu'elle courait le danger de perdre l'essence même de son être.

9

— Écarte-toi de moi, va-t'en.

Elle le repoussa avec violence et bondit de son fauteuil.

Il se leva comme s'il était mû par un ressort et s'avança, une main tendue.

— Pas alors que tu as un accès de panique.

Elle se mit derrière le fauteuil, l'empoigna et lui jeta à la tête.

— Sors, je te dis !

Il leva un bras et envoya le siège valdinguer sur le côté. Son expression était résolue.

— Réfléchis un instant, Carling. Tu viens d'avoir un épisode. Tu ne vas pas en avoir un autre avant plusieurs heures au moins, peut-être même un jour ou plus. Nous avons le temps de discuter de tout ça et de réfléchir aux implications…

Elle le toisa avec incrédulité. Elle n'arrivait pas à se souvenir de la dernière fois où quelqu'un avait désobéi à un de ses ordres.

— Très bien, maudit sois-tu, siffla-t-elle. C'est moi qui sors alors.

Elle arriva à la porte avant que la main de Rune s'abatte sur son épaule. C'en était trop. Elle le repoussa encore une fois et cracha un mot rempli de Force qui glaça l'air.

Rune se figea en plein mouvement, le bras encore tendu vers elle. Puis la Force du Wyr jaillit, brûlante comme le flamboiement du soleil. Carling avait beau avoir infusé suffisamment d'énergie dans le sort pour plonger la moitié des vampires de San Francisco dans un état de stase, elle savait qu'il n'allait pas pouvoir le retenir longtemps.

Elle n'avait jamais pris le temps de faire des recherches sur les sorts et les sortilèges susceptibles d'être efficaces contre les griffons. Elle le regretterait peut-être un jour.

La fureur qui émanait de lui évoquait le souffle d'une explosion thermonucléaire. Il se remit à bouger avec lenteur.

Elle recula d'un pas, n'en croyant pas ses yeux. Puis elle fit volte-face et partit en courant.

Elle se dirigea d'abord vers la maison. Puis elle pensa à la dévotion étouffante et pleine de ressentiment de Rhoswen, à l'adoration frénétique de Raspoutine, et elle changea de direction, fonçant sur le chemin à la vitesse d'un éclair, plus vite qu'aucun être humain n'était en mesure de le faire, le long du chemin qui suivait la falaise vers l'autre extrémité de l'île où se trouvait la forêt de séquoias. Le soleil déclinant projetait des barres de lumière obliques tout autour d'elle, transformant le paysage idyllique en une prison lumineuse et meurtrière.

Dans sa jeunesse, on lui avait enseigné qu'elle était constituée de plusieurs parties : ses âmes, son cœur, son ombre, son nom, et son esprit.

Combien de parties de soi pouvait-on perdre et continuer à survivre ? Enfant, elle avait perdu sa famille et sa liberté, puis elle avait perdu son nom. Quelques courtes années plus tard, elle avait perdu son souffle et son cœur avait cessé de battre. Puis elle avait perdu presque tous les êtres qui l'entouraient, qui avaient été proches d'elle, et ce, un nombre incalculable de fois. Avec chaque décision qu'elle avait prise et qui se fondait sur sa Force, sur l'opportunisme, la politique, la survie, et la guerre, elle avait perdu des parcelles de ses âmes, siècle après siècle. Quant à son esprit, elle avait l'impression qu'il était plus fragile, plus fin qu'une toile d'araignée, et qu'il ne lui en restait que des lambeaux.

Elle regarda le sol. Son ombre fragile s'enfuyait vivement devant elle, comme si elle essayait d'échapper au spectre cauchemardesque qu'elle était devenue.

Et si son ombre était la seule chose réelle qui restait d'elle ? N'était-elle plus, à la fin, que l'exercice de la Force, que la volonté de survivre ? Si elle retirait le sort de protection, elle s'enflammerait, mais contrairement au Phénix, elle ne renaîtrait pas de ses cendres. Non, comme une allumette que l'on craque, elle brûlerait avant de s'éteindre, tout simplement.

Elle pouvait le faire. Elle pouvait s'en aller, non pas en douceur dans la nuit bienveillante, mais dans un brillant embrasement éclairé par le soleil, sans témoin. Sa mort serait peut-être solitaire, comme l'avait été l'essentiel de sa vie, mais ce serait son choix, sa décision. Ce serait *à elle*. Au même titre qu'elle avait revendiqué sa vie, elle revendiquerait sa mort.

Un nuage voila le soleil, si dense qu'il éclipsa son ombre. Elle leva les yeux.

Ce n'était pas un nuage, mais un immense griffon d'or et de bronze, haut dans le ciel. Elle n'arrivait pas à concevoir la force nécessaire pour faire glisser sur l'air ce corps immense, tout en muscles, et pourtant la fluidité et la grâce de son vol donnaient l'impression qu'il ne produisait aucun effort.

Elle serra les poings. Il était une impossibilité sur pattes, une aberration de la nature.

Et un emmerdeur de première.

Elle inspira une grande goulée d'air et poussa un hurlement vers le ciel. Le cri sévère et empreint de colère d'un aigle lui répondit.

La fichue île n'était pas assez grande pour eux deux. Bon, très bien. Elle avait déjà juré qu'elle le ferait et de toute façon, elle était tout à fait capable d'être celle qui partirait s'il refusait de le faire. Tournant abruptement sur la gauche, elle accéléra et se jeta du haut de la falaise.

Le vent sifflait à ses oreilles et, alors qu'elle tombait, elle faisait déjà des plans. Elle retournerait à San Francisco à la nage. Julian n'apprécierait pas son retour. Ils étaient parvenus à un accord, le roi des Créatures de la Nuit et elle, quand elle s'était rendue sur l'île pour y mourir. Mais Julian n'aurait qu'à s'accommoder de la situation et Rhoswen était tout à fait capable d'effectuer toute seule la traversée avec le chien.

Carling modifia sa position afin d'arriver tête la première et regarda l'eau se précipiter vers elle. Elle tendit les bras vers l'océan, anticipant le choc du plongeon glacé avec une satisfaction lugubre.

Des griffes l'arrachèrent avec une force hallucinante avant qu'elle ne touche l'eau. *Ah, le salaud.* Sa tête fut rejetée en arrière. Comme l'univers se renversait, elle aperçut les gigantesques pattes de lion serrées autour de son épaule et de sa cuisse. Le bord des ailes gigantesques battait de chaque côté d'elle.

— Tu n'as pas osé faire une chose pareille ! hurla-t-elle à Rune.

— Toujours aussi incrédule, hein ? demanda-t-il d'une voix grave.

Le besoin de commettre un acte violent fit trembler les poings de Carling. Il l'emporta au sommet de la falaise et la posa sur le sol. Elle se mit sur le dos d'une torsion des hanches et projeta son poing vers le haut de toutes ses forces. Avant qu'elle puisse le frapper, il lui prit les mains et les écarta, puis la cloua au sol en enfonçant profondément ses griffes dans la terre, de chaque côté de ses bras.

Il emprisonna le reste de son corps en se couchant tout bonnement sur elle. Elle avait l'impression d'avoir un camion sur la poitrine. Si elle avait peut-être la force de déplacer un camion – même si elle n'en était pas sûre, dans la mesure où elle n'avait jamais essayé –, elle était en revanche parfaitement certaine qu'elle ne pouvait y arriver sans avoir recours à un levier quelconque.

L'indignation l'étouffait. Personne n'avait jamais osé lever une main – ou une patte en l'occurrence – sur elle depuis des milliers d'années. Elle avait le sentiment qu'elle allait exploser.

— *Espèce de SALAUD !* Lâche-moi !

— Tais-toi, bordel.

Elle ressentit au plus profond de son corps son grondement qui fit vibrer la terre sous elle.

Le soleil l'aveugla quand elle leva la tête pour le fusiller du regard et il ne fut plus qu'une gigantesque masse floue. Elle fouilla son esprit à la recherche d'un sort et inspira profondément…

… Et la gigantesque masse floue plongea vers elle et devint l'immense tête d'un aigle de la taille de son bras avec un long bec acéré qui claqua dans sa direction. Rune la regarda d'un œil étincelant et féroce aussi gros qu'un phare.

— N'Y PENSE MÊME PAS ! rugit-il.

Elle eut l'impression qu'un bombardier F-16 décollait à quelques centimètres de son visage. Ses cheveux volèrent en arrière.

Le sort mourut sur ses lèvres tandis qu'elle dévisageait le griffon enragé. Elle ne l'avait jamais vu de si près sous sa forme wyr. Son extraordinaire taille et sa barbarie majestueuse étaient écrasantes.

Elle refusa de se laisser impressionner par cette étrange perfection.

— Je n'hésiterai pas une seconde s'il le faut, fit-elle d'une voix froide et calme.

Il leva la tête. Elle le sentit se débattre avec sa propre colère, puis il dit :

— Est-ce que tu peux te calmer suffisamment pour que nous puissions au moins discuter de ce qui s'est passé ? Quand tu t'y mets, tu peux vraiment être une royale emmerdeuse. Tu as sorti le grand jeu cette fois-ci, hein, bravo Carling.

Elle serra les dents. Comment osait-il lui faire la leçon ?

— Si tu essaies encore de faire la moindre chose pour restreindre mes mouvements, tu verras aussi comment je sais être rancunière, fit-elle en desserrant à peine les dents. J'ai même un véritable talent pour ça.

— Oh, je n'en doute pas.

Dans un geste d'exaspération étonnamment humain, il secoua la tête et la libéra. Il ne daigna pas jeter un coup d'œil vers le bas lorsqu'il retira ses griffes du gazon avec précaution et déplaça ses pattes. Elle l'observa. Ses griffes rétractables étaient courbes comme des cimeterres et suffisamment tranchantes pour percer l'acier. Il s'installa sur le sol à côté d'elle et contempla l'océan, offrant le spectacle d'un colosse à l'air farouche.

Elle ne bougea pas. Elle leva de nouveau les yeux vers lui, regarda cette poitrine puissante de félin, la longue, gracieuse et solide colonne de son cou, et elle oublia ce qu'elle était sur le point de dire. Même s'ils ne se touchaient pas, son corps massif irradiait une chaleur qui commença à se diffuser en elle.

Le temps passa et elle se calma, se mit à voir les choses autrement. Alors que Rune, sévère et silencieux, contemplait l'océan, elle se sentit soudain étrangement jeune. Ou peut-être que ce n'était pas si étrange que cela. Pour lui, elle *était* jeune. Quelle pensée stupéfiante. Sous sa forme humaine, quand il portait son tee-shirt et son jean déchiré, et qu'il blaguait en utilisant un argot moderne, il vivait beaucoup plus dans l'air du temps qu'elle. Le poids des années ne pesait pas sur lui. Il n'était pas touché par la mortalité.

Lorsqu'il l'avait saisie entre ses griffes alors qu'elle tombait comme une pierre et qu'il l'avait clouée au sol, Rune ne l'avait même pas égratignée. Elle se souvint comment il avait doucement embrassé son front après l'avoir sauvée du fouet. Des larmes brûlantes lui montèrent encore une fois aux yeux.

— Je t'ai donné la permission de revenir, murmura-t-elle. Je ne t'ai pas donné la permission de me changer.

Le griffon baissa la tête et elle ne savait pas comment, mais cet aigle géant réussit à avoir l'air déférent et chagriné.

— J'ai entendu le fouet, fit-il d'une voix triste. Et je t'ai entendue crier et je ne pouvais plus penser. Tout ce que je savais, c'était que je ne pouvais pas laisser cet instrument de torture te frapper encore une fois.

Les larmes se mirent à couler, glissant le long de ses tempes et trempant ses cheveux. Elle jeta un regard à ses énormes pattes. Elle ne l'avait pas vu tuer le prêtre qui la fouettait, mais elle avait vu son cadavre. Le corps disloqué avait été déchiqueté. Elle toucha l'une de ses pattes.

— OK, fit-elle d'une voix un peu tremblante. OK. Mais je ne me souviens pas de ce qui m'était réellement arrivé avant que tu ne modifies le cours des choses.

Il soupira et souleva ses ailes de géant afin de les étendre plus confortablement le long de la cambrure élégante de son dos musclé. Ce n'est qu'alors qu'il leva suffisamment la tête pour la regarder.

— Je ne pense pas avoir la Force de te changer, dit-il d'une voix toujours aussi tranquille. Pas *toi*, pas ton âme ou ton esprit, ou ton *ba*, si tu préfères. Nous ne savons pas encore ce que le reste signifie.

Sans réfléchir, elle se mit sur le côté et enfouit les doigts dans sa fourrure au niveau de son torse. La fourrure était aussi épaisse et douce qu'elle le semblait. Sous les poils, sa peau chaude était tendue sur des muscles tellement énormes que c'était autant un choc de les toucher que de les voir. Elle remonta la main et sentit soudain des petites plumes douces. Sur son cou et sa tête, les plumes étaient plus longues et fonçaient jusqu'à former un élégant capuchon de bronze.

Il se mit à ronronner pendant qu'elle le caressait. Carling sentit les vibrations traverser son corps. Elle gratta doucement la fourrure épaisse et les plumes soyeuses. Il était étendu dans la position connue sur les blasons comme étant celle du lion couchant, tranquille, mais sur le qui-vive, tandis que Carling l'étudiait.

Comment pouvait-il croire qu'il n'avait pas la Force de la changer ? Sous ses doigts, ce qui palpitait était indescriptible. Elle se rendit compte que la personnalité de Rune devait beaucoup au sens du jeu qu'avaient les chats. Sous sa forme de griffon, il révélait quelque chose de beaucoup plus ancien et mystérieux.

Comment pouvait-il exister en tant que fusion de deux créatures ? Il avait dit qu'il avait une affinité pour les points de passage, les croisements. Elle avait opiné et cru comprendre. Maintenant, alors qu'elle l'observait, elle pensait qu'elle n'avait rien compris du tout.

La Force de l'entre-deux rugissait dans son corps. De par sa définition même, c'était une puissance créatrice en perpétuel mouvement, saturée de tension. Mais cette tension ne menaçait pas de le détruire, car il la canalisait. Son esprit immortel stabilisait cette énergie transformatrice et la Force qu'un tel *exploit* demandait, Carling n'arrivait même pas à l'imaginer. Cela semblait la définition même de l'impossibilité.

Une énigme mystérieuse, magique.

Elle eut alors une illumination.

— Le mystère est écrit dans la forme que tu prends, fit-elle. Ton corps est la rune.

Il pencha son énorme tête et la regarda avec une tranquillité née du soleil éblouissant et de l'infini du ciel.

— Tu es l'énigme, fit-elle d'un ton émerveillé.

— Bien sûr que je le suis, répondit le griffon.

Elle se mit à genoux et, comme il semblait enclin à autoriser son examen, elle poursuivit l'exploration de son corps fabuleux. Cela lui apporta un plaisir tellement simple, évident, qu'elle s'en trouva apaisée. Elle passa les mains le long de l'arc gracieux d'une aile. Son duvet était de la couleur du bronze, mais un bronze foncé. Au soleil, il avait des reflets d'or. Elle passa un doigt le long d'une plume rémige. Elle était aussi longue que son torse.

— Est-ce qu'il t'arrive d'en perdre ? fit-elle.

La plume avait l'air si solide qu'on aurait pu la croire faite de métal.

— Parfois, fit Rune. Pas souvent.

— La prochaine fois que tu en perds une, pense à moi au Festival du Masque ou à Noël.

Les Anciens célébraient les sept puissances primales lors du solstice d'hiver en organisant une fête appelée le Masque des Dieux. Si le Masque était traditionnellement un bal, c'était aussi une occasion de s'offrir des cadeaux comme pour Noël ou Hanoukka.

Il lui lança un regard sceptique.

— Tu veux dire : te donner quelque chose qui m'appartient pour que tu puisses m'ensorceler quand tu auras une autre de tes crises à la con ?

Elle le regarda avec de grands yeux.

— Je n'utiliserai jamais un cadeau pour ensorceler quelqu'un.

Ses fascinants yeux de la couleur du lion s'étrécirent.

— Je crois que ton nez est en train de s'allonger.

Elle éclata de rire.

— Peut-être qu'il est un peu plus long, concéda-t-elle.

Une partie d'elle-même était stupéfaite de constater qu'elle pouvait arriver à rire et surtout qu'ils soient parvenus en si peu de temps à totalement changer d'humeur et d'état d'esprit.

Elle remit la plume en place en la lissant et Rune se mit à chatoyer puis reprit une forme d'homme. Il était assis en tailleur et Carling avait les mains posées sur ses épaules. Il était la même créature. Son incroyable Force rugissait encore sous ses doigts. Sa peau bronzée irradiait de chaleur. Toutes les couleurs de sa forme wyr se retrouvaient dans ses cheveux.

Elle n'était pas prête à cesser de le toucher simplement parce qu'il avait décidé de changer de forme. Elle entreprit de discipliner ses longs cheveux qui étaient en désordre en les démêlant de ses doigts.

— Tu ne te brosses donc jamais ? grommela-t-elle. (Sa chevelure était splendide. Elle refusait de le dire. Cela suffisait qu'elle ait laissé échapper qu'elle trouvait sa forme de griffon magnifique.) Et ça t'arrive de porter des jeans qui ne soient pas troués ?

— Je m'achèterai un jean neuf quand je retournerai en ville, rien que pour toi.

Il tourna son visage dans ses mains et ferma les yeux. Elle se mordit les lèvres et laissa ses mains glisser sur son visage, ses doigts explorant ses traits dont la beauté et l'harmonie lui serraient le cœur.

— J'ai peur, avoua-t-elle. (Les mots tombèrent de sa bouche, puis d'autres suivirent.) Avant, je ne m'autorisais pas à sentir, à éprouver. J'en étais arrivée à un stade où j'acceptais ce qui m'arrivait et j'étais prête à en affronter l'issue finale, mais maintenant j'ai retrouvé mes sensations, toutes mes sensations, et j'ai vraiment, vraiment peur.

Il l'entoura de ses bras pendant qu'elle parlait. Il la tira vers lui jusqu'à ce qu'elle soit sur ses genoux. Sa tête se rappela la manière dont elle se nichait parfaitement au creux de son cou et de son épaule, et elle s'y pelotonna. Il la tint avec tout son corps, une de ses mains enveloppant sa nuque. C'était étrange d'être ainsi entourée par sa force. Elle se sentait à la fois vulnérable et chérie. Elle s'aventura à le prendre timidement par le cou avec un bras et se retrouva agrippée à lui.

— C'est normal, fit-il, et pendant un moment elle crut qu'il allait sortir des platitudes. C'est normal d'avoir peur. Ce qui se passe est effrayant.

— Je préférerais affronter des monstres, marmonna-t-elle. (Elle enfouit son visage dans la peau chaude de son cou et inspira son odeur masculine.) Les monstres, c'est facile. Ça, non.

— Tu as raison, fit-il en la berçant doucement.

Voilà, cela recommençait, ces nouveaux sentiments déstabilisants qu'il éveillait en elle, l'impression que toutes les portes et les barrières s'ouvraient à l'intérieur. Son caftan avait beau la couvrir jusqu'aux chevilles, elle se sentait nue et exposée.

— Je ne sais pas comment gérer l'idée que mes souvenirs se transforment, souffla-t-elle. Même lorsque j'ai tout perdu, j'ai toujours su que je pouvais compter sur moi. Je n'ai même plus ça désormais. Je ne sais pas sur qui compter.

— Compte sur moi, fit Rune. (Il pressa les lèvres contre sa tempe.) Écoute-moi. Je ne regrette pas de t'avoir sauvée de ce châtiment ni d'avoir essayé d'améliorer pour toi une horrible situation, mais je suis profondément désolé de l'avoir fait sans réfléchir aux conséquences éventuelles. Toutefois, je ne crois pas que *toi*, intrinsèquement, tu aies changé. Et tu sais qu'il *faut* que les choses changent si tu veux espérer survivre, n'est-ce pas ? (Elle fit un signe d'assentiment.) Tu pourrais essayer de t'abandonner à l'expérience et laisser le changement se produire.

— Changer ou mourir ?

— Oui. Changer ou mourir.

— Tu as dû le remarquer : me soumettre, ce n'est pas mon truc, fit-elle d'une voix blanche.

— Non, et moi non plus. (Il poussa un soupir et resta silencieux un moment.) Est-ce que tu as choisi de devenir vampire ou as-tu été transformée contre ta volonté ?

Elle frissonna. Elle ne se reconnaissait pas, ainsi blottie contre la poitrine de Rune.

— Je l'ai choisi, fit-elle. En fait, j'ai entendu des rumeurs et je suis allée au-devant.

Elle le sentit faire un signe de tête.

— Tu as embrassé un jour un changement tellement profond qu'il a altéré la définition de ton existence. Tu peux le faire de nouveau si tu le dois.

— J'étais plus jeune alors, marmonna-t-elle.

Il laissa échapper un petit rire. Du moins, elle sentit sa poitrine se soulever.

— Tu as désormais l'expérience pour te guider. Pense à cette époque si lointaine et pense à la manière dont tu as embrassé le changement. Je crois en toi. Je sais que tu peux le faire.

Elle s'imprégna de son humour, appuyée contre lui, appréciant son soutien. Quand est-ce que chacun de ses faits et gestes étaient devenus si importants pour elle ? Comment avait-elle laissé une telle chose se produire ?

— Pourquoi as-tu une telle foi en moi ? Qu'ai-je fait pour la mériter ?

Son petit rire se transforma en un rire franc et sonore, et elle le sentit vibrer contre sa joue.

— Oh, je ne sais pas. Peut-être que cela a quelque chose à voir avec le fait que tu vis depuis plus de quatre mille cinq cents ans alors que tu es née à une époque où c'était déjà miraculeux de vivre jusqu'à quarante ans. Tu as survécu à l'apogée et au déclin des Égyptiens, des Empires romain et islamique. Dieu seul sait ce que tu as fait pour t'amuser pendant les croisades ou l'Inquisition espagnole. Et tu as été l'un des architectes principaux de l'accord passé entre les domaines des Anciens et le gouvernement américain.

— Tu l'as vécu, toi aussi, marmonna-t-elle. (Elle retira l'un de ses longs cheveux qui s'était accroché à son tee-shirt.) L'Inquisition, le chaos, les guerres, tout ça...

Il attrapa sa main et la porta à ses lèvres pour embrasser ses doigts.

— Oui, mais il y a une différence fondamentale entre nous. Je n'ai fait que ce qui était déjà dans ma nature, et j'ai vécu. *Tu étais humaine.* Non seulement tu as transcendé ta nature, mais tu as trouvé les moyens d'exceller, de te distinguer, durant les époques les plus misogynes de l'histoire de l'humanité. Je n'arrive tout simplement pas à comprendre comment tu peux avoir une telle fierté, un tel orgueil même, mais aucune estime de toi.

— Eh bien, fit-elle en fronçant les sourcils. Je ne crois pas que les gens m'aiment beaucoup.

Elle n'avait pas cherché à plaisanter et elle fut donc surprise quand Rune la serra contre lui et hurla de rire. Il se rejeta en arrière pour la regarder avec des yeux pétillants. L'impact de son beau visage alors qu'il riait à gorge déployée lui fit l'effet d'un coup de poing imprévisible. Elle essaya de retrouver un semblant d'aplomb, mais échoua lamentablement. Le regarder lui faisait perdre tous ses moyens. Tout ce qu'elle pouvait faire, c'était s'accrocher à lui et le boire des yeux.

— Tu sais pourquoi je t'ai attrapée en réalité lorsque tu as sauté de la falaise ? Je savais que tu allais traverser à la nage. Je voulais juste sauver Tokyo, beauté.

Elle le regarda, stupéfaite.

— Je ne comprends rien à ce que tu dis.

L'expression enthousiaste de Rune se transforma en déception.

— Tu connais quand même Godzilla ?

Elle leva les yeux au ciel.

— Bien sûr, comment n'y ai-je pas pensé. Ta référence à Tokyo était tellement limpide. J'aurais dû saisir immédiatement l'allusion. De même que j'aurais dû connaître le nom du bonhomme poilu à lunettes sur ton affreux tee-shirt.

— Bon, manifestement, cette séance de taquineries est mal barrée, fit-il. Il faut que tu commences à regarder des vieux films de monstres à la télé. Oh, et le football aussi. Sinon, on va rapidement être à court de sujets de conversation.

Elle leva un sourcil.

— Je m'en souviendrai la prochaine fois que j'ai cinq minutes à perdre.

— En fait, dit-il avec un sourire de connivence, j'avais surtout peur que tu fondes en touchant l'eau.

— J'ai compris celle-ci, répliqua-t-elle en le pointant du doigt. Tu crois que je ne sais pas que les gens m'ont affublée du surnom de la Méchante Sorcière de l'Ouest ? Tout le monde a vu *Le Magicien d'Oz*.

Il sourit et embrassa le bout de son doigt.

— On peut dire que c'était une dame très talentueuse, un peu agressive peut-être.

— Tu es ridicule.

Sa main glissa, elle ne savait trop comment, et caressa sa joue. Elle avait l'impression qu'elle pourrait passer l'éternité lovée ainsi contre lui, à discuter et à rire dans la chaleur d'une fin d'après-midi. Elle ne sentait pas la chaleur du soleil directement sur sa peau, mais elle pouvait sentir qu'elle réchauffait Rune, et la chaleur de son corps se communiquait au sien.

Le rire s'effaça des traits de Rune et fut remplacé par une expression tendue, presque brutale. Son regard s'assombrit, sa bouche prit un pli dur. Il la scrutait avec une telle faim que cela en devenait une force palpable. Elle passa sa langue sur ses lèvres et vit dans le sursaut au fond de ses prunelles qu'il suivait le mouvement.

Il allait l'embrasser et elle le voulait. Dieu qu'elle le voulait. Un baiser profond, bouche ouverte, tous deux buvant avidement l'autre comme si leur dernière heure était arrivée, parce que cela pouvait bien être leur dernière heure ensemble et que seul le moment présent leur était promis.

C'était un trésor si fragile, si précieux, ce moment éphémère, ce tourment magnifique, où les passions de l'esprit devenaient charnelles. C'était cela, être vivant, être humain : mettre ses mains en coupe autour de la lumière du pendentif d'une déesse, mais ne jamais pouvoir la saisir.

Elle inspira et trembla.

Il tourna la tête et la lumière s'échappa des mains vides de Carling. La mâchoire de Rune se crispa.

— Est-ce que tu es prête à parler de nouveau sérieusement ? demanda-t-il.

Elle laissa retomber sa main. La déception avait un goût de cendres. Elle lui avait fait cela. D'abord elle l'avait frappé si cruellement qu'elle l'avait fait saigner. Puis elle l'avait repoussé avec une telle violence qu'il était tombé. Elle lui avait jeté des sorts et l'avait menacé alors qu'il ne lui avait montré que générosité et gentillesse.

On peut dire que c'est une dame très talentueuse, un peu agressive peut-être.

Vraiment, il valait mieux que ça s'arrête là. Elle n'avait ni le temps de cultiver des attirances importunes, ni le luxe d'explorer des sentiments nouveaux, ni celui de s'offrir des après-midi paresseux au soleil. Si quelque chose ne permettait pas de changer le déroulement des événements, bientôt elle n'aurait plus de temps, tout simplement.

— Bien sûr, fit-elle d'une voix atone.

Elle se laissa glisser sur le sol et se dit que, non, elle n'était pas encore plus déçue de voir qu'il n'essayait pas de la garder sur ses genoux.

Il se leva et lui tendit une main. Elle la prit et il la souleva. Elle se retrouva debout. Le vent et leur lutte avaient emmêlé ses longs cheveux qui lui arrivaient à la taille. Elle les empoigna avec agacement et les tordit, puis les enroula afin de former un nœud peu soigné, qu'elle fixa en coinçant l'extrémité des cheveux dans le nœud lui-même. Rune l'observa, les mains sur les hanches, avec une expression impénétrable.

— Tu te rappelles la conversation que nous avions juste avant que tu t'effaces ?

La question la fit sortir de ses pensées. Elle se concentra, tentant de se souvenir. Oh oui. « Parfois je pense que je te hais », avait-elle dit. Elle avait oublié d'ajouter cela à la liste des horreurs qu'elle lui avait faites. Elle devait reconnaître qu'elle avait vraiment un sac à malices bien rempli, et qu'aucune n'était charmante. Elle se frotta le front.

— Écoute, je suis désolée pour…

Il la coupa avec impatience.

— Est-ce que tu te souviens de ce que j'ai dit ? Parce que je ne crois pas que ce soit le cas. Je pense que tu étais déjà ailleurs. (Elle secoua la tête, l'esprit vide. Il observa son expression avec attention.) Je t'ai dit que j'avais trouvé ce qui me chiffonnait. J'ai dit : et si le vampirisme n'était pas une maladie ? Et si c'était autre chose ?

— Autre chose ? fit-elle en écarquillant les yeux.

— Tes recherches rapportent en détail l'histoire, ajouta Rune. En lisant tes écrits, j'ai pu voir tout ce qui s'était passé de manière accélérée en quelque sorte, comme si je faisais avancer un film rapidement. Mais toi, tu étais plongée dedans. Tu as tout vécu de manière beaucoup plus lente, forcément. Tu as participé aux discussions scientifiques débattues au XIXe siècle avec des savants brillants qui étaient engagés dans une médecine de pointe, pour l'époque. Et ce que vous discutiez semblait tellement logique que maintenant tout le monde ou presque accepte la vérité du postulat. Le vampirisme compte un nombre important des caractéristiques d'un pathogène transmissible par le sang, mais Carling, tu sembles en parfaite santé.

— Comment est-ce possible ?

Elle tenta d'intégrer ce qu'il venait de dire. Il n'arrêtait pas de la désarçonner, de lui donner le tournis avec ses déductions.

— Tu es sûr ? ajouta-t-elle.

— J'en suis certain, fit-il. Enfin, je suis certain de ce que je perçois. Les Wyrs ont des instincts et des sens extrêmement développés – et plus ils sont anciens, plus ils sont sensibles. Les Wyrs les plus anciens peuvent sentir la maladie et les infections, la nourriture avariée, et de nombreux poisons indétectables pour les autres. Or tu ne portes aucune odeur de maladie. Ton odeur a une nuance particulière commune à tous les vampires, mais je n'enregistre pas d'odeur de maladie.

— Si tu dis vrai, fit-elle en le dévisageant, tout ce que j'ai fait – et tout ce que d'autres ont fait depuis cent cinquante ans – se fonde sur un postulat qui est faux.

— Exactement.

Pas une maladie. S'il avait raison, cela expliquait pourquoi ses recherches ne cessaient de caler, d'aboutir à des impasses. Tous les vaccins sur lesquels elle avait travaillé, toutes ses expériences avaient été des efforts vains.

Elle laissa échapper un petit rire courroucé.

— Tout ce temps perdu…

Elle vivait depuis tellement longtemps qu'elle avait oublié jusqu'à maintenant, alors qu'il ne lui en restait quasiment plus, à quel point le temps était quelque chose de précieux. Elle se retourna et prit la direction du cottage.

Il marcha à côté d'elle.

— J'ai eu plusieurs heures de plus que toi pour réfléchir à tout ça et je ne sais toujours pas quoi penser. J'ai réfléchi à tous les médecins avec lesquels tu avais travaillé et que tu as mentionnés. Y avait-il des Wyrs parmi eux ?

Elle secoua la tête.

— Non. En fait, je ne connais pas de pathologistes wyrs qui aient fait du vampirisme le sujet de leurs recherches. Les humains et les Créatures de la Nuit sont les seuls à étudier sérieusement le sujet. Parce que nous y avons un intérêt personnel.

Il opina. L'après-midi touchait à sa fin et le soleil faisait flamboyer sa chevelure fauve.

— Il est possible que même un médecin wyr soit passé à côté, surtout s'il s'agissait d'un Wyr assez jeune avec des sens moins affûtés, parce que le vampirisme correspond effectivement en de nombreux points à un pathogène transmissible par le sang. J'ai dû me pencher sur la question et y réfléchir en profondeur, recouper le bilan de toutes ces recherches qui ne menaient nulle part et essayer d'établir la raison de ces échecs répétés – et puis bien sûr entrer en contact étroit avec toi, plusieurs fois, avant de penser à ce qui me semble maintenant une évidence.

— La portée de cette découverte est monstrueuse…, marmonna-t-elle.

— Qu'avons-nous alors ? demanda Rune.

— Nous sommes revenus à la case départ, dit-elle amèrement, et nous n'avons plus beaucoup de temps.

— Tu te trompes. (Il lui lança un regard de réprimande.) Nous avons avancé. Si tu faisais une croix sur toutes tes recherches, tu ferais une croix sur toutes les conclusions qui en ont découlé, y compris celle à laquelle nous venons d'arriver. Une réponse, même négative, reste une réponse.

— Bon, bon, fit-elle en serrant les dents et en s'évertuant à dépasser l'impression d'avoir reçu un grand coup de bambou sur la tête. Si la recherche n'existait pas, la logique voudrait malgré tout que nous déduisions que le vampirisme est une maladie.

— Donc, nous ne sommes pas de retour à la case départ. (Ils étaient arrivés au cottage et il lui tint la porte, la laissant entrer en premier.) Nous sommes sur une case qui n'a encore été visitée par personne. Nous devons maintenant déterminer quoi faire.

Elle s'assit à la table et mit sa tête dans ses mains. Les échanges d'un Wyr immortel et d'une vampire, disons ancienne, faisaient un sacré cocktail. Avec des glaçons.

Rune s'appuya contre la table à côté d'elle. Naturellement. L'autre chaise était trop loin, à l'autre bout, et apparemment, il n'avait pas l'intention de la chercher. Aussi quand il posa une main sur son épaule, elle s'y attendait déjà. S'y attendait et aspirait au contact.

— Mais en parlant de case départ, il y a quelque chose à creuser de ce côté-là, fit-il.

— Comment ça ?

Elle se surprit à s'abandonner à sa prise sur son épaule. Elle lutta avec elle-même, capitula, et posa sa joue contre le dos de sa main.

Il la serra doucement.

— S'il s'agissait d'un crime et que j'étais chargé de l'enquête, je reprendrais tout depuis le début et je reviendrais sur la scène du crime. Des indices auraient pu être négligés. Des informations auraient pu être mal consignées. Bref, il faut examiner la scène du crime au peigne fin une nouvelle fois, et il nous faut nous faire une seconde opinion.

Il tira sur le chignon lâche qui reposait contre sa nuque et ses cheveux s'échappèrent et glissèrent le long de son dos.

— Arrête, fit-elle en le poussant.

— Mais je ne veux pas.

Il prit une longue mèche soyeuse et l'enroula autour de ses doigts.

Elle leva la tête et lui lança un regard exaspéré.

— Mais enfin tu es aussi immature qu'un enfant de cinq ans, ma parole.

Il lui décocha un sourire nonchalant et frotta la pointe de ses cheveux contre ses lèvres. C'était un geste si ouvertement sexuel qu'elle eut la sensation que ses genoux étaient en coton et qu'elle fut heureuse d'être assise.

Flirter avec elle était donc acceptable, mais l'embrasser, non ?

Désorientée, courroucée et à vrai dire passablement excitée, elle le fusilla du regard et lui arracha ses cheveux des mains, et il rit. Elle tordit une nouvelle fois sa masse de cheveux et les fixa sur sa nuque.

— Reprendre depuis le début, fit-elle. Tu veux dire en Égypte, au moment où j'ai été transformée en vampire ?

Il haussa les épaules, la regardant pensivement.

— Peut-être cela aussi. Mais je parlais de manière plus générale : je crois qu'il nous faut réfléchir aux origines du vampirisme. Il n'a pas toujours fait partie de l'histoire humaine. D'où vient-il ? Si nous pouvons répondre à cette question, nous serons alors peut-être en mesure de le définir plus précisément et de trouver un moyen de contrer ce qui t'arrive.

— Le commencement... eh bien, cela commence par une légende. Le vampirisme est également appelé « le baiser du serpent », tu le savais ?

— J'avais entendu l'expression, oui. Je pensais que le terme faisait allusion aux crocs que les vampires ont et qui s'allongent quand ils ont faim.

Écouter sa voix grave, profonde les yeux fermés évoqua des images encore plus sensuelles ; une image de lui, murmurant des mots de velours contre sa peau nue dans la nuit du désert. Elle se raidit et baissa les mains, les mettant à plat sur la table d'un geste vif qui claqua dans l'air tandis qu'elle s'efforçait de se concentrer sur le sujet.

— Oui, il y a de ça aussi, mais cela fait très, très longtemps qu'on parle du baiser du serpent.

— Est-ce que c'était appelé ainsi dans ta jeunesse ?

— Oui. À une époque, on croyait qu'une morsure était une étape nécessaire pour transformer quelqu'un. Nous savons maintenant qu'il est fort peu probable que les morsures de vampires soient en mesure d'entraîner la transformation, car si c'était le cas, ils infecteraient tous ceux dont ils absorbent le sang. Pour réussir à propager le pathogène, il faut qu'il y ait un échange de sang, or les vampires n'ont pas besoin de boire le sang de ceux qu'ils transforment, il suffit juste qu'ils offrent leur propre sang. L'humain peut soit boire le sang du vampire, soit le laisser couler dans une coupure qu'il s'est faite. Du moment que le sang du vampire est frais et que l'intégrité de la peau de l'humain est compromise, qu'il y a une plaie donc, dans la plupart des cas, c'est tout ce qui est nécessaire pour initier la transformation. Tout ce qu'on a brodé autour de ça, c'est simplement...

Elle agita la main d'un geste vague.

— Un choix personnel, fit-il. Le folklore. La religion. La superstition.

— Tout cela à la fois même, parfois.

Quand elle avait transformé Rhoswen et Duncan, elle avait déjà cessé de se nourrir. Elle fronça les sourcils à son tour en repensant au moment où elle avait été transformée.

Ces souvenirs qui remontaient à la nuit des temps n'étaient pas plaisants. Dès qu'elle avait appris qu'il existait une possibilité de *se transformer* et de devenir immortel, cette idée l'avait littéralement obsédée. Elle avait eu besoin de savoir si les histoires narrées autour des feux de camp avaient un fondement. Elle savait alors depuis longtemps que les mythes et les légendes n'étaient trop souvent qu'un fouillis inextricable ; les récits en révélant beaucoup plus en réalité sur les personnes qui les rapportaient que sur le monde dans lequel celles-ci vivaient.

Rune garda le silence comme s'il sentait qu'elle avait besoin de réfléchir.

Elle soupira. Puis elle reprit la parole parce qu'il attendait.

— Cela a commencé pour moi quand j'ai entendu des histoires. Tu sais, le genre d'histoires à dormir debout racontées tard le soir à la lueur tremblotante d'un feu. Je suppose que j'ai entendu la même histoire à de trop nombreuses reprises. Celle d'un étranger s'aventurant dans un campement, affamé, et dont le regard brûlant était ensorcelant, ou encore celle d'une caravane retrouvée et tous les nomades morts et couverts de traces de morsures. Le récit d'un peuple rare et étrange qui évitait le soleil et ne mourait jamais, celui d'un miracle mystérieux appelé le baiser du serpent, capable de transformer quelqu'un et d'en faire un dieu. J'ai commencé à demander aux conteurs où ils avaient entendu leur histoire. J'ai traversé le désert, suivant chaque piste aussi loin que je le pouvais. J'ai perdu le fil de la plupart des histoires, mais j'ai été en mesure d'en remonter une à son commencement, et bien sûr, c'était tout ce dont j'avais besoin.

— Qu'as-tu découvert ? demanda Rune en la regardant avec fascination.

Elle lui décocha un sourire ironique.

— Un vampire, évidemment. Une vampire en fait. Elle vivait en ermite dans une immense caverne. Non loin de là se trouvaient les vestiges d'une ville. Elle m'a parlé d'une déesse serpent qui avait vécu dans la caverne et l'avait honorée du baiser de la vie, qui était aussi celui de la mort.

— Déesse serpent, répéta Rune.

Elle hocha la tête.

— L'ancienne colonie était composée de fidèles qui vénéraient cette déesse serpent. D'après la femme, une fois la déesse partie, la colonie s'était éteinte progressivement. Les humains avaient été tués ou s'étaient enfuis et les vampires avaient déserté le lieu, tous, à l'exception de cette dernière prêtresse qui était restée dans l'espoir du retour de sa déesse.

Rune pensa à Rhoswen qui survivait en absorbant du vin de sang. Mais le vin de sang n'avait pas été inventé il y avait si longtemps que cela.

— Comment survivait-elle seule ? demanda-t-il.

Carling haussa les épaules.

— D'après ce que j'ai pu comprendre, elle se nourrissait du sang des rats et d'autres petits mammifères du désert. Le sang animal n'a pas pour nous la même valeur nutritive que le sang humain, elle devait donc être sous-alimentée. J'ai donc pris tout ce qu'elle m'a dit avec des pincettes parce qu'elle était passablement folle. J'aurais même pu ne pas croire un mot de toutes ses histoires, s'il n'y avait pas eu toutes ces choses que mes gens ont trouvées dans la cité en ruines, comme les sarcophages vides dans les maisons et les gravures sur les parois de la caverne dépeignant une énorme créature mi-serpent, mi-humaine. Puis la femme m'a montré comment ses crocs s'allongeaient quand elle avait faim et comment elle brûlait au soleil, et j'ai été convaincue. Rétrospectivement, je me dis que je devais être un peu dérangée moi-même pour la laisser me mordre, sans parler de consentir à un échange de sang, mais j'étais encore jeune, et la jeunesse est toujours folle.

— Est-ce que tu pourrais dessiner ce qui était gravé sur les parois pour que je puisse voir à quoi ressemblait la créature ?

— Pas de mémoire, pas après si longtemps. (Elle vit les épaules de Rune s'affaisser sous la déception. Puis elle sourit :) C'est donc probablement une bonne chose que j'aie reproduit un grand nombre des dessins, à l'époque.

Le regard du griffon s'éclaira d'une lueur ardente qui se communiqua à ses traits.

— Non. C'est vrai ? Où sont-ils maintenant ?

Elle indiqua l'entrée.

— Dans l'autre pièce.

— Ils sont *ici* ? (Il sourit.) Tu es une sacrée blagueuse. J'aime beaucoup cela chez toi.

— J'apprends d'un expert en la matière.

— Allez, ne reste pas assise, fit-il avec un sourire encore plus large.

Il la saisit par la main et l'arracha de son siège avant qu'elle ait eu le temps de se rendre compte de ce qu'il allait faire. Elle le guida en riant vers la partie de la bibliothèque qui contenait les parchemins les plus anciens. Dans l'un des coins de la pièce, elle se mit à genoux pour chercher le long de la rangée de petits logements dans lesquels étaient entreposés les rouleaux de papyrus si vieux qu'il avait fallu leur jeter un sort pour les empêcher de tomber en poussière.

Rune l'observa passer les doigts le long de la dernière rangée. Il trouvait chaque aspect de son érudition absolument fascinant, depuis ses recherches scientifiques jusqu'aux notations soignées qu'elle inscrivait sur les étiquettes de chaque logement. Plus que fascinant, il trouvait cela adorablement geek, très efficace et sexy en diable.

Il se frotta la bouche. Bien entendu, tout ce qui avait trait à Carling lui semblait sexy en diable.

Elle murmura quelque chose et tira un rouleau.

— Voilà. Il faut que nous soyons prudents. Je ne me suis pas souciée de renouveler les sorts de protection depuis longtemps. On dirait que l'humidité commence à les toucher.

Il s'agenouilla devant elle.

— Je suis tout simplement stupéfait qu'il y en ait autant dans cet état de conservation. Cela doit être aussi à cause de ton penchant à établir tes bibliothèques et tes ateliers dans des lieux tranquilles, à l'écart.

— Je suis sûre que cela a aidé, oui.

Il saisit avec précaution les coins du rouleau qu'elle indiquait, la regardant le dérouler de ses doigts fins.

Puis il contempla les lignes passées qui avaient été tracées avec une encre inconnue, et découvrit un visage et une forme qu'il n'avait pas vus depuis très, très longtemps. La créature avait quatre jambes courtes et musclées avec des griffes puissantes et un long corps serpentin. Sa queue formait plusieurs anneaux et son cou se dressait en un capuchon qui évoquait un cobra et qui encadrait un visage humain, indéniablement féminin.

— Salut, Python, fit-il doucement. Espèce de vieille cinglée.

10

Ce fut au tour de Carling de le regarder avec attention.

— C'est quelqu'un qui existe vraiment ?

— C'est quelqu'un qui *a* vraiment existé, la corrigea-t-il. Nos chemins se sont croisés quelques fois. Elle a disparu il y a très longtemps. Aux dernières nouvelles, on disait qu'elle était morte. Elle était l'une des créatures de l'entre-deux.

— Qu'est-ce que tu veux dire ?

Rune lâcha le dessin et il reprit immédiatement sa forme enroulée.

— Quelques créatures se sont formées, non pas sur la terre ou dans d'Autres Contrées, mais dans un lieu intermédiaire, un entre-deux, un peu comme à un point de croisement, de traversée, expliqua-t-il.

L'angle des yeux de Carling et de ses pommettes était accentué par sa position accroupie et lui donnait une expression féline. L'envie de bondir sur elle palpitait en lui, mais il se contint, avec peine.

— Comme toi ?

— Oui, Python était une autre créature de l'entre-deux. (Il se leva, l'envie de lui sauter littéralement dessus le harcelait sans répit.) Elle était l'un de ces êtres bizarres, difficiles à définir, à mettre dans une catégorie. Elle n'était pas wyr. D'après ce que je sais, elle n'a jamais développé de forme humaine. Si nous devions utiliser une terminologie moderne, je suppose que nous la définirions comme faisant partie des démons.

Carling prit le rouleau et se releva à son tour.

— J'ai plusieurs fois reproduit les dessins des parois de la caverne et lorsque j'ai eu fini ma transformation, j'ai essayé de trouver le plus d'informations possible sur elle. Mais il y avait tellement de déesses et de dieux égyptiens, et la vérité était souvent si déformée, qu'il était impossible de mettre le doigt sur leurs origines. Ils étaient nombreux à n'exister que dans le folklore. Je n'ai donc jamais été convaincue de son existence réelle et j'ai fini par renoncer à la chercher, estimant qu'elle ne devait être que le fruit de l'imagination de la prêtresse.

Elle regarda Rune avec curiosité.

— Comment était-elle ?

Il secoua la tête.

— La côtoyer s'apparentait à un bad trip sous LSD. Non que je puisse en connaître les effets. (Il la regarda d'un air innocent. Carling émit un petit rire qui s'apparentait à peine à un souffle et il fit une pause pour savourer cette sonorité voilée.) Elle était remplie d'autant d'énigmes et de psychoses que le Sphinx. Je ne serais d'ailleurs pas étonné que quelqu'un me dise que la légende du Sphinx a été modelée sur elle. Elle mélangeait toujours...

Sa voix se perdit. Carling attendit. Il avait un regard lointain.

— Quoi ?

Il sortit de son espèce de transe et son regard vif, concentré, plongea dans le sien.

— Elle mélangeait toujours… ses temps, fit-il. Le passé, le présent, le futur, elle les embrouillait tout le temps, c'est le cas de le dire.

— Elle mélangeait ses temps ?

Carling tressaillit. Sa main se tendit et il la saisit.

— Et si le vampirisme avait réellement démarré avec elle ? murmura-t-elle. Elle a peut-être souffert des mêmes épisodes.

— Ne te monte pas trop la tête, dit-il gentiment. Son cerveau était peut-être tout simplement confus, et puis elle n'existe probablement plus.

Elle opina, mais il ne savait pas si elle l'écoutait vraiment.

— Il faut que nous essayions de savoir ce qui lui est arrivé.

— Oui. (Elle retira sa main et il recula d'un pas pour la laisser passer. Elle se dirigea vers la pièce principale du cottage et il la suivit, les yeux rivés sur le déhanchement gracieux de la vampire tout en réfléchissant au terrain inconnu sur lequel ils avançaient.) À propos de regard neuf, il y a quelqu'un que j'aimerais consulter, si tu n'y vois pas d'inconvénient.

Carling posa le rouleau sur la table et prit quelques objets sur une étagère : des bougies, un mortier en marbre et un pilon. Elle étendit de nouveau le papyrus et le mit à plat en utilisant les objets pour l'empêcher de s'enrouler. Puis elle s'assit afin d'étudier l'ancien dessin dans la pénombre grandissante du début de soirée avec autant de curiosité que si quelqu'un d'autre l'avait tracé.

— Ça ne me dérange pas, si tu penses que cela pourra nous aider. Du moment que la personne saura faire preuve de discrétion.

— C'est une pathologiste et une gorgone. (Il reprit sa position initiale, appuyé contre la table à côté d'elle.) Donc je pense qu'elle pourrait nous offrir un éclairage intéressant sur la question.

La remarque attira l'attention de Carling. Elle leva les yeux.

— Est-ce que tu parles de cette médecin légiste à Chicago qui a fait les autopsies des agresseurs de Niniane ?

— C'est elle. Dr Seremela Telemar.

— J'ai lu les comptes rendus des autopsies. Elle a fait du bon travail. (Elle se souvint tout à coup de quelque chose survenu alors qu'elle sortait de son effacement plus tôt dans l'après-midi.) Pourquoi est-ce que tu cherchais ton couteau ?

— Je l'ai perdu, fit-il.

— Je me rappelle clairement que tu as coupé la ficelle et que tu l'as ensuite remis dans ta poche.

— Je ne l'ai pas perdu, alors. Quand je me suis retrouvé captif de ton souvenir, je l'ai donné au prêtre Akil.

— Je ne le savais pas, fit-elle en inspirant profondément.

— Tu n'étais pas censée le savoir. Je lui ai demandé de ne le dire à personne. (Il la regarda d'un air sombre.) Je vois deux possibilités. La première, c'est que ce qui s'est passé était indépendant du monde et que nous n'avons changé que ta réalité, ton souvenir – ce qui, crois-moi, est déjà stupéfiant.

Elle posa les mains bien à plat de chaque côté du rouleau.

— Explique-moi, marmonna-t-elle. Théoriquement, cela pourrait se produire. Certains sorts, en particulier les illusions, agissent sur les convictions des gens.

Il est possible de tuer quelqu'un de cette façon, si la personne croit suffisamment fort en quelque chose.

Il lui lança un regard pensif, mais refusa de s'engager sur cette piste.

— Donc, si tu crois que ce qui s'est passé était réel, cela pourrait potentiellement te changer physiquement, c'est bien ça ? (Elle opina.) Peut-être que cela aurait également le pouvoir de me changer. Je n'arrive pas à m'enlever de l'idée que tout cela m'a paru extrêmement réel quand je l'ai vécu. Il est important de ne pas perdre de vue que cela nous arrive à nous deux. Simplement, dans mon cas, les événements surviennent d'une manière plus linéaire.

— Tu n'as pas fait non plus l'expérience de quelque chose de traumatisant physiquement dans l'un des épisodes, comme je l'ai fait, murmura-t-elle.

— Il y a la seconde possibilité alors, et ce n'est pas la peine de tourner autour du pot. Nous avons peut-être modifié le passé. Pour nous en assurer, il suffit de voir si nous avons influencé quelque chose en dehors de nous-mêmes.

Elle le scruta.

— Tu penses que tu as peut-être remonté le temps ?

— Je ne sais pas. Les points de traversée et les Autres Contrées nous ont déjà montré que le temps glissait. Théoriquement, plus vite quelqu'un se déplace, plus le temps est censé ralentir. Le temps n'est pas un phénomène totalement uniforme et nous savons que l'univers doit s'autocorriger de façon à éviter les paradoxes. Peut-être que nous faisons l'expérience d'un glissement tellement déphasé, mal synchronisé si tu veux, que j'en fais l'expérience comme s'il s'agissait d'un voyage dans le passé.

Les paradoxes ne peuvent pas être. L'univers s'autocorrige. Il se courbe à l'instar d'une entité vivante, absorbant les anomalies et s'y ajustant. Comme un mécanisme de défense intégré et automatique. L'opinion générale était qu'on ne pouvait pas retourner en arrière pour modifier le cours de l'histoire. Si l'univers n'était pas en mesure d'assimiler un événement, cet événement ne pouvait pas se produire. Les chaînes d'événements ne pouvaient accommoder le changement que dans une certaine mesure.

— Tu sembles remarquablement calme, fit-elle.

Carling, elle, ne l'était pas. Peut-être qu'elle ne l'avait pas été depuis qu'il était arrivé.

Il lui fit un petit sourire.

— J'analyse juste les faits.

— Tu le fais très bien.

Il était vraiment un excellent enquêteur. Elle se renfonça dans son siège et leva les yeux vers le plafond.

— Et pour le moment, on ne peut pas en dire autant de moi.

— Je sais que cela fait peur, dit-il avec douceur. Remercie Dieu que tout ce que j'ai fait pour l'instant a été de m'arrêter un après-midi pour parler à une petite fille et d'empêcher quelqu'un de continuer à te fouetter. Si j'avais fait plus que cela, les répercussions auraient été bien plus terribles.

Il ne se rendait pas compte de l'effet qu'il avait sur elle.

Elle ferma les yeux. Elle pensa à toutes les fois où elle avait regardé le ciel, espérant contre tout espoir voir l'impossible se reproduire : l'étrange dieu-lion volant pour revenir dans sa vie. Elle se remémora toutes les nuits où elle avait scruté les étoiles en faisant le souhait de le rencontrer encore une fois. Que ces événements se soient passés dans l'histoire où qu'ils aient tous pris place dans sa tête, ils avaient de toute façon été.

Et ils n'étaient pas survenus avant l'arrivée de Rune sur l'île et sa rencontre avec son moi-enfant. Si Rune et elle modifiaient vraiment le passé, quelque chose d'autre s'était produit, quelque chose dont elle ne se souvenait pas et qui devait être assez anodin pour que le flux du temps se soit courbé en vue d'accommoder la différence.

Avait-elle regardé les étoiles une seule fois dans le passé originel en s'accrochant à un espoir avec autant de passion ? Il était presque impossible de souhaiter quelque chose avec autant de ferveur qu'elle avait espéré son retour.

— Le couteau, murmura-t-elle.

Il y eut un silence.

— Oui, le couteau. J'ai demandé à Akil de l'ensevelir à un endroit précis où je savais qu'il résisterait à l'épreuve du temps.

— Donc en plus de consulter le Dr Telemar, il faut que nous déterminions si le couteau se trouve où Akil était censé l'enfouir.

— Oui, fit Rune. (Il avait un drôle de ton qu'elle n'arrivait pas à identifier. Elle leva la tête pour le regarder. Il l'observait avec attention, le front plissé.) Oublie l'incrédulité pendant un moment. Oublie de demander pourquoi ou comment. Que s'est-il passé après mon départ ? J'avais fait jurer à Akil de s'occuper de toi.

— Il l'a fait, affirma-t-elle. (En tout cas, elle pensait qu'il l'avait fait. Puis elle fit ce que Rune lui demandait et repoussa toutes les conjonctures.) Il m'a donné un autre nom et m'a adoptée, exactement comme tu le lui avais demandé. Il m'a offert tout ce qu'il avait de mieux, y compris l'éducation la plus complète, comme il te l'avait promis. Je crois qu'il m'a même aimée, à sa façon. En tout cas, il m'a chérie, même si c'était uniquement parce que son dieu m'accordait de l'importance.

S'ils changeaient vraiment le passé, rien de tout cela ne serait arrivé sans l'intervention de Rune. D'une manière ou d'une autre, elle ne pouvait pas échapper au fait, semblait-il, que les premières années de sa vie aient été modelées par le Wyr. Quelque chose d'autre devait avoir eu lieu, quelque chose de suffisamment similaire pour que l'univers accepte et surtout reconnaisse comme vraie la modification de la trame temporelle. Peut-être que Rune lui avait réellement offert, alors qu'elle n'était encore qu'une enfant, un sort plus doux, dans la mesure de ses moyens en tout cas. Maintenant que sa panique s'était estompée, elle se rendait compte qu'elle pouvait lui en être reconnaissante.

— Il t'a donné un nouveau nom ? Lequel ?

— À ton avis ? murmura-t-elle. Aucun d'entre nous ne te comprenait à l'époque, aucun. Nous savions seulement qu'un dieu avait touché nos vies, avait trouvé quelque chose de précieux en moi et avait prononcé son décret. Aucun de nous ne comprenait vraiment ce que tu disais. (Rune la regarda d'un air si surpris qu'en dépit de l'incertitude à laquelle elle était confrontée elle ne put s'empêcher de sourire.) Tu m'as appelée « darling », tu te souviens ? Et nous avons pensé qu'un dieu m'avait appelée par un nom sacré.

— Carling, souffla-t-il.

— Quoi d'autre ?

De tous les glissements susceptibles de survenir, Rune n'avait pas prévu celui-là, à savoir la possibilité que l'univers se courbe afin d'accommoder son intrusion dans le passé de Carling d'une manière aussi profonde et intime. Avant, c'était elle qui avait choisi son propre nom et s'il avait été chagriné d'apprendre la disparition de Khepri, il avait compris qu'elle veuille changer de nom. Mais maintenant il avait l'impression de lui avoir volé quelque chose de précieux, bien que ce fût sans le vouloir, et cela lui était insupportable. Il se figea alors que Carling rivait les yeux sur la table. Elle passa les mains sur la surface du rouleau comme si elle cherchait à lisser une nappe ; un étrange sourire flottait sur ses lèvres. Un sourire qui évoquait le verre tant il semblait fragile.

Carling avait toujours eu une élégance naturelle qui lui collait à la peau comme un second sort de protection et donnait l'impression qu'elle était à l'épreuve des balles, mais elle avait soudain l'air plus vulnérable que jamais. Elle avait l'air fatigué, perdu, triste même. Sa lourde masse de cheveux reposait contre sa nuque gracieuse en un chignon lâche. Quelques mèches s'étaient échappées. La lueur du soir leur donnait des reflets rubis.

Il avait de nouveau la poitrine oppressée. Quand il reprit la parole, sa voix était cassée.

— Pas étonnant que tu me détestes parfois.

Elle pencha la tête vers lui, mais sans lever les yeux. Elle continua à lisser la nappe invisible de ses longs doigts fins.

— Je ne te déteste pas, fit-elle. J'ai peur de toi. Je n'avais pas peur de toi avant, mais j'ai peur maintenant. Le changement est quelque chose de difficile, Rune.

Elle ne savait pas. Bien entendu qu'elle ne savait pas. Comment aurait-elle pu ? Le sentiment de malaise augmenta au point de se transformer en nausée. Il n'arrivait pas à la regarder tandis qu'il se forçait à parler :

— Tu avais toi-même choisi ton nom. Avant. Je suis profondément désolé d'avoir perturbé ça.

Il perçut plus qu'il ne le vit son regard perçant, l'immobilité inhumaine de son corps rigide. Puis elle fit un geste et dit doucement :

— Nous avons pensé que tu m'avais appelé par un nom sacré, mais c'est moi qui ai choisi d'en faire mon nom, Rune. Je me le rappelle très clairement. Tu ne m'as pas pris ce choix, pas plus que tu ne m'as contrainte à le garder pendant toutes ces années.

À ces mots, il put respirer de nouveau. Il toucha la peau douce du dos de sa main. Il cherchait toujours une excuse pour la toucher. Il ne pouvait pas s'en empêcher. Avant elle le regardait avec indignation, confusion, perplexité, et maintenant elle semblait l'apprécier. Ou en tout cas c'était ce qu'il se disait.

Ils restèrent silencieux, intégrant ce qu'il s'était passé. Au bout d'un moment, il secoua la tête et gronda :

— J'ai toujours envie de me battre contre quelque chose.

Elle fit un signe de tête, comme si elle s'adressait à elle-même.

— Ah, voilà une réaction logique, murmura-t-elle. Pourquoi n'y ai-je pas pensé ?

Il voulait se battre et gagner afin de lui montrer qu'il n'y avait plus rien à craindre, que tout allait bien aller. Mais il n'en était plus si sûr lui-même. Elle avait raison, les monstres, c'était facile.

— Tu sais que je ne peux pas te quitter maintenant, n'est-ce pas ? Même si tu me le demandes, et quelle que soit la manière dont tu me le demandes, je ne le peux tout simplement pas.

Les yeux splendides de Carling plongèrent dans les siens.

— Je ne veux pas que tu t'en ailles, reconnut-elle en soupirant. C'était ma peur qui parlait avant. Même si ce qui se passe est effrayant, c'est tout de même mieux que de se retrouver dans une impasse et d'attendre la mort. Nous allons peut-être trouver quelque chose dans tout ce chaos qui me sauvera la vie. (Elle retourna la main et entrelaça ses doigts avec les siens.) Parce que je veux vivre, ne serait-ce que pour résoudre ce mystère et découvrir ce que la vie peut être d'autre. Peut-être qu'elle va devenir si étrange qu'elle en deviendra intéressante.

— Vivre est toujours intéressant. Tu commençais à t'ennuyer, c'est tout.

Il adorait la voir rire. Chaque fois qu'elle riait, elle avait l'air surpris.

— Je suppose que c'est vrai, fit-elle.

Il hocha la tête, les yeux fixés sur les ovales perlés de ses ongles. Avec une honnêteté brutale, Rune s'avoua la vérité qu'il ne pouvait plus se cacher.

Il en pinçait pour elle. Et pas qu'un peu. Cela le rongeait. C'était une faim qu'il n'avait pas encore trouvé le moyen d'assouvir.

Les Wyrs, quand ils s'unissaient, le faisaient pour la vie. Au-delà d'une certaine ligne, un changement irrévocable s'amorçait. Personne ne comprenait totalement où cette ligne se situait parce que, Rune en était persuadé, c'était différent pour chacun. Pour un Wyr, s'unir dépendait d'une combinaison complexe de choix, de sexe, d'instinct, d'actions, et d'émotions.

Il ne pensait pas qu'il soit possible de s'unir à moins que quelque chose de profond, de fondamental en soi ne l'y invite. Il avait été directement témoin des affres que Dragos et Tiago avaient vécues avant leur union. Il avait parlé à chacun d'eux alors qu'ils traversaient cette période tourmentée et il avait, d'ailleurs, essayé de dissuader Tiago de s'engager dans cette voie, ce qui avait failli lui coûter non seulement l'amitié de Tiago, mais aussi celle de Niniane. Ni Dragos ni Tiago n'avaient choisi de reculer quand ils avaient compris ce qui leur arrivait. Ils avaient au contraire embrassé leur destinée. Plus encore, ils avaient fait tout ce qui était en leur pouvoir pour que l'union se concrétise.

Durant sa vie, Rune avait croisé quelques compagnes potentielles. Il y avait eu deux ou trois femmes, rares, dont les personnalités l'avaient séduit et dont il s'était dit que l'une et l'autre pourrait être celle qu'il lui fallait. Mais il en était finalement resté là.

Il se demandait maintenant ce qui serait arrivé s'il était allé au bout de la relation. Rien peut-être. Ces femmes auraient pu être de fantastiques partenaires sexuelles pendant un temps et rester un bon souvenir. Mais il n'avait pas souhaité avoir de compagne et il n'avait donc pas voulu prendre de risque.

Il pensait qu'il ne courait pas ce danger pour l'heure. Une fascination dangereuse ne se transformait pas toute seule en union. Les barrières de Carling aideraient également.

Il s'était trompé à son sujet. Elle n'était peut-être pas une fille qui piquait facilement des fous rires et elle ne laissait pas beaucoup de gens s'approcher d'elle, mais elle n'était pas juchée sur un piédestal, totalement fermée. Elle se souciait des autres, parfois très profondément, pensait-il, plus qu'elle ne s'en doutait elle-même, ce qui expliquait que Duncan ait éprouvé du chagrin lorsque Rune lui avait parlé. C'était également pourquoi Carling avait toléré pendant si longtemps la dévotion excessive de Rhoswen et pourquoi elle était tellement attachée à soigner et garder Raspoutine alors que ce n'était ni facile ni pratique pour elle de le faire. Il se demanda si elle se rendait compte pourquoi elle faisait cuire du poulet pour le petit chien. Ce n'était pas pour se rappeler ce qu'était l'appétit. C'était pour se rappeler le sentiment de l'amour.

Cela dit, la ligne invisible qu'elle avait tracée entre eux était toujours là. Ils étaient trop différents l'un de l'autre, leurs styles de vie trop éloignés. Il pouvait avancer jusqu'à la ligne, puis choisir de ne pas la franchir.

Un Wyr qui s'unissait confiait sa vie à sa compagne. Aussi, un cadeau aussi extrême demandait en retour une extraordinaire dévotion ou loyauté, surtout de la part de ceux qui n'étaient pas wyrs, puisqu'ils pouvaient toujours choisir de partir alors que le Wyr qui s'était uni à eux ne le pourrait jamais. Même si Rune s'était d'abord inquiété lorsque Tiago s'était lié à Niniane, il avait fini par reconnaître que Niniane portait à Tiago l'amour dont il avait besoin. Rune ne pensait pas qu'il pourrait, quant à lui, se précipiter dans le processus d'union avec quelqu'un. Il n'était tout simplement pas impétueux au point d'être suicidaire.

Mais quelle amante spectaculaire Carling ferait. Cette seule pensée fit durcir son membre. Des images se mirent à défiler à toute allure dans sa tête, des images de son corps voluptueux se tordant sous lui, la tête rejetée en arrière, ses yeux magnifiques brillant de désir et de plaisir tandis qu'il la possédait.

Elle serait réellement une amante ensorcelante. Il voulait sa bouche sur sa peau, ses mains sur son corps. Il le voulait plus qu'il n'avait jamais voulu quelque chose auparavant. La simple pensée de tels ébats couvrit son corps de sueur.

Il la contempla, baissant les paupières pour cacher son émoi. La seule manière de lutter contre une envie folle était d'y succomber. De se gorger de ce que l'on voulait tant, de prendre et de prendre encore jusqu'à ce que la fièvre du désir se consume et laisse place à la satisfaction. C'était la façon dont il pourrait évacuer Carling de son système une bonne fois pour toutes.

Elle l'avait certes fasciné ces dernières semaines, mais il n'avait pas pris la décision de la séduire.

Jusqu'à maintenant.

Et elle y était disposée. Il avait déjà vu la passion qui couvait en elle comme les braises d'un feu mal éteint, et il avait goûté ses lèvres. Plus tôt, sur la falaise, il avait observé le désir lutter en elle avec d'autres émotions. Il avait choisi de ne pas aller plus loin, mais depuis il avait changé d'avis.

Une fois qu'il en aurait fini avec elle, il se jura qu'elle le voudrait.

Troublée, ne comprenant pas, Carling vit le visage et le corps de Rune se raidir et se crisper. Son rythme cardiaque s'accéléra, ses joues creuses s'enflammèrent et des émotions intenses jaillirent de lui.

Quel était ce sentiment ? C'était le même type de sentiment qui coulait de Tiago et Niniane chaque fois qu'ils étaient ensemble, une force motrice qui les avait propulsés dans un nouveau futur incertain. Carling avait connu ce sentiment aussi, il y avait si longtemps de cela…

La faim. Rune la regardait et ressentait de la faim.

Elle s'immobilisa et ouvrit la bouche au moment où il quittait brusquement la table et se mettait à aller et venir dans la pièce, ses mouvements agités empreints d'une grâce fluide, urgente.

— Il faut que nous décidions d'un plan et vite, dit-il. Nous devons aller à San Francisco et appeler Seremela. Elle pourra peut-être prendre un avion et venir pour une consultation.

Carling opina lentement. Plus tôt, elle avait été en colère et prête à tout pour échapper à Rune. Maintenant qu'elle s'était calmée, elle repensa à Julian. Ce dernier considérait son état de santé trop imprévisible et trop dangereux. Même si elle avait convenu au départ de rester sur l'île, il n'y avait plus vraiment d'autre option maintenant.

— Et il faut que nous sachions, continua Rune, si le couteau se trouve où j'ai demandé à Akil de le mettre. Si possible sans que nous gaspillions nous-mêmes du temps ou de l'énergie pour nous en assurer.

— Je peux veiller à ce que ça soit fait. Un djinn me doit trois faveurs. Il est très vieux et Puissant. Je suis sûre que si quelqu'un peut récupérer ton couteau rapidement, c'est bien Khalil, et je n'ai plus de raison d'économiser ces faveurs en gardant une poire pour la soif.

— Un djinn.

Il eut un rire qui ressemblait plus à un rugissement.

— Est-ce que c'est celui qui a enlevé Niniane et a mis Tiago hors de lui ?

— Lui-même.

Il se tourna vers elle. Un étrange sentiment d'énervement le rongeait.

— Qu'as-tu fait pour lui pour qu'il te doive trois faveurs ?

L'expression de Carling se ferma.

— Ce n'est pas une histoire que je peux raconter.

— Cela a dû être un truc incroyable pour qu'un démon aussi Puissant te soit redevable. Tu as dû lui donner quelque chose de rare et de précieux, que personne d'autre ne pouvait lui donner. Et cette chose, il devait vraiment la convoiter, fit-il d'un ton cassant.

Carling leva ses sourcils parfaits.

— Tout cela est vrai.

Il se sentit aiguillonné par son détachement et par ce qui le rongeait intérieurement. Il se mit à gronder.

Elle écarquilla les yeux de surprise.

— Tu *grondes* ? (Son visage se durcit.) Je ne sais pas ce qui t'arrive, mais je te suggère d'y réfléchir à deux fois.

Au lieu d'arrêter, il lui montra les dents, puis tourna la chaise sur laquelle elle était assise. La brusquerie du geste lui fit lâcher un son étouffé. Il posa les mains sur la table de chaque côté d'elle, la clouant à son siège.

— Qu'as-tu fait pour lui ?

Elle regarda ses bras musclés qui l'emprisonnaient. L'angle de ses cils fins devint orageux.

— Tu te souviens de ce que j'ai dit plus tôt ? N'essaie pas de restreindre mes mouvements.

— Bordel, Carling, siffla-t-il. (Il se pencha tellement près d'elle qu'elle se retrouva nez à nez avec son visage courroucé.) Ce n'est pas le moment de monter sur tes grands chevaux.

— Une minute. (Elle lui donna sans douceur une chiquenaude sur le menton.) Qui est en train de monter sur ses grands chevaux ?

L'expression de Rune devint meurtrière.

— Ta vie dépend de ce qui suit et la mienne peut-être aussi. Tu sais à quel point les démons peuvent être capricieux et maléfiques.

— Je sais exactement comment les démons peuvent être. Khalil et moi nous connaissons depuis très, très longtemps.

— Qu'est-ce que tu lui as donné qui t'a valu trois faveurs ?

— Ça ne te regarde pas !

— Ben voyons, s'exclama-t-il avec hargne.

Elle le fusilla du regard, ses yeux sombres lançant des éclairs.

— C'est lui qui est venu me trouver. Il m'a demandé de l'aider et il m'a offert trois faveurs. Il n'a aucune raison de m'en vouloir et maintenant il ne peut pas manquer à sa parole, et c'est tout ce que tu as besoin de savoir. (Elle projeta son visage en avant, de sorte que leurs nez se touchèrent.) Maintenant, écarte-toi, Wyr.

Le son qu'il émit, caverneux, âpre, était exaspérant, fascinant. Est-ce qu'il grondait toujours ? Ou est-ce qu'il *ronronnait* ? Il avait à moitié fermé les yeux et la regardait d'un air endormi, sensuel, fourbe.

— Sinon quoi ? Sorcière.

La force du sentiment qui fusa de lui était plus formidable que tout ce qu'elle avait jamais perçu, le sirocco en fusion qui remodelait son monde.

Violence. Rage.

Pas une simple faim, mais une urgence vorace.

Qui la dépouilla de tout bon sens.

Elle gronda à son tour, le repoussa, puis bondit de sa chaise en se jetant sur lui.

Il tomba à la renverse, stupéfait, avec une violence qui aurait coupé le souffle à un humain. Elle l'accompagna dans sa chute. Grondant toujours, elle atterrit sur les genoux, à califourchon sur lui, et elle planta les mains de part et d'autre de sa tête. Son ample caftan remonta sur ses cuisses nues et ses cheveux se défirent et se répandirent sur elles en une extravagante cascade de soie noire comme la nuit.

Il leva les yeux, subjugué, sa rage évaporée.

Il était tellement beau. Bien plus beau qu'il n'en avait le droit, puis il se mit à rire et son visage magnifique s'anima d'une témérité extraordinairement vivante. Elle serra les jambes autour de son torse ; une telle Force courait dans le corps massif et musclé qui se trouvait entre ses cuisses qu'une flambée de désir effréné la parcourut tout entière, jaillissant des terminaisons nerveuses depuis trop longtemps endormies au creux de sa féminité.

Aussi vénérable, ancienne et disciplinée qu'elle fût, et aussi solitaire qu'elle ait été, par choix autant que par contrainte, c'en était trop pour une seule femme, vampire ou non. Elle émit un son étouffé et tendit les mains vers lui avec avidité.

Il s'assit avec précipitation alors qu'elle enfouissait ses poings dans ses cheveux emmêlés. Il la prit par la taille. Les jambes de Carling étaient toujours de chaque côté de lui et il la tira violemment sur son bassin pour que la partie d'elle qui palpitait si douloureusement entre ses cuisses chevauche son sexe dur et gonflé. Il plaqua sa bouche ouverte sur la sienne.

Puis ils furent collés l'un à l'autre, emportés par le même excès, plongeant leur langue dans la bouche l'un de l'autre. Rien dans leurs gestes n'était doux ou civilisé. Elle lui empoigna les cheveux, les tirant si fort qu'elle ne put que lui faire mal. Il feula contre ses lèvres, puis il la fit remonter en la pressant sur lui tout en se frottant à elle avec fureur.

Elle se retrouva littéralement paralysée, son besoin, son désir si incandescent que lorsqu'elle essaya de desserrer la prise qu'elle avait sur ses cheveux, elle n'y parvint pas. Toutes ses capacités de réflexion se vaporisèrent et elle ne put laisser échapper que le gémissement plaintif d'un animal tremblant.

Les poumons de Rune s'étaient transformés en énormes soufflets et le grondement guttural dans sa poitrine devint un grognement sauvage. Il irradiait une chaleur intense. Il fit remonter une de ses mains le long du dos de Carling afin de pouvoir saisir sa nuque, soutenant sa tête et ses épaules sur son bras. De l'autre bras, il serra ses hanches autour des siennes. Elle comprit le signal et enroula ses jambes autour de sa taille tandis qu'il se mettait sur les genoux. Il se pencha pour la poser sur le sol, puis il s'étendit sur elle, et ce fut enfin le moment qu'elle avait imaginé, dont elle avait rêvé depuis ce qui lui semblait une éternité : l'instant où elle serait allongée et où il pèserait sur elle de tout son corps.

Elle fut alors en mesure de lâcher ses cheveux, mais ce fut pour empoigner son tee-shirt. Elle déchira le coton, dénudant son dos et enfonçant ses doigts dans les muscles tendus. Il poussa un hoquet de saisissement, arrachant sa bouche de la sienne. Elle n'avait aucune idée de ce qu'il venait de tenter de dire, mais cela ressemblait à une question.

— Je déteste tes vêtements, marmonna-t-elle.

Il aplatit sa main sur sa poitrine juste sous sa gorge et la cloua sur place tout en se reculant afin de pouvoir la regarder. Il était tellement excité que le sang lui était monté au visage et que sa peau bronzée avait encore foncé tandis que ses yeux de lion étincelaient et qu'une tension sensuelle marquait ses traits ciselés.

— Je déteste tes foutus vêtements, moi aussi.

Il saisit l'encolure de son caftan et l'arracha, libérant ses seins.

La porte du cottage s'ouvrit et un vent froid entra dans la pièce. Rhoswen se tenait dans l'embrasure, le chien coincé sous un bras. Raspoutine se mit à aboyer et à gronder frénétiquement. Se déplaçant presque plus vite que l'éclair, Rune plongea pour couvrir Carling. Elle enfouit le visage dans sa poitrine, non par pudeur, mais parce qu'elle avait besoin de continuer à le toucher.

Il enveloppa l'arrière de sa tête puis grogna, et cette fois-ci on ne pouvait pas se méprendre sur la menace qu'il exprimait. Les os de sa large poitrine ne semblaient pas à la bonne place, comme s'il avait commencé à se métamorphoser. Elle se remémora la monstrueuse transformation partielle de Tiago lorsqu'il était allé chercher Niniane, à l'hôtel, puis après son enlèvement, et le désir se mit de nouveau à palpiter en elle. Elle ferma les yeux et ouvrit la bouche sur la peau de Rune. Elle but son émotion sauvage comme du vin.

De sa voix précise, rompue aux textes de Shakespeare, mais teintée d'une amertume glaciale, Rhoswen dit :

— Je n'ai apparemment pas choisi le meilleur moment pour dire au revoir.

11

Carling eut un rire incrédule, loin d'être amusé. Quant à Rune, il émit un son hargneux avant de crier :

— Tire-toi et FERME LA PUTAIN DE PORTE.

Tout sembla suspendu un moment ; seuls les aboiements de Raspoutine remplissaient l'espace. Carling ferma les yeux et se lova contre le corps brûlant de Rune. Il la serra de manière possessive. Puis Rhoswen claqua la porte et l'écho traversa le cottage plongé dans la pénombre.

Une parcelle de l'esprit de Carling s'évertuait à saisir ce qu'il venait de se passer tandis que tout le reste de son être tremblait, bouleversé par la tempête de feu qui venait de la ravager. Elle avait l'impression d'être une toxicomane en pleine descente. Rune était sur un genou. Les battements de son cœur tonnaient à son oreille. Son tee-shirt était en lambeaux autour de ses biceps contractés et son corps vibrait d'une telle tension qu'il semblait prêt à attaquer.

Puis il poussa un soupir pour évacuer sa tension et elle sentit son corps reprendre sa forme normale. Il lui caressa les cheveux, passant les doigts dans les longues mèches emmêlées.

— Ça va ? lui demanda-t-il d'un ton âpre.

Elle fit un signe de tête mal assuré. C'était un mensonge presque total. Le désir continuait à palpiter dans son bas-ventre, une sensation vive, insondable, choquante par son intensité. Elle ne se reconnaissait pas dans la créature déchaînée qui s'était jetée sur Rune.

— Je préfère être pendu que de m'excuser pour ça.

Elle réussit enfin à se mouvoir et à retrouver sa voix :

— T'excuser pour quoi ?

— Péter un plomb. Crier après Rhoswen.

— Je vais faire un pacte avec toi, murmura-t-elle. Si tu ne t'excuses pas, moi non plus.

— Marché conclu.

Il l'embrassa sur la tempe.

— Elle nous a interrompus exprès, tu sais, fit-il après une pause.

— Je sais.

Carling soupira. Rhoswen n'avait pas été surprise. Elle les avait entendus avant même d'arriver à la porte du cottage, ce n'était pas possible autrement.

— Elle a fait preuve d'une effarante inconvenance.

La jeune vampire avait atteint son objectif en tout cas, elle avait détruit le moment de perte de contrôle absolu que Carling et Rune vivaient.

Rune s'assit sur ses talons. La nuit était maintenant tombée et la lune seule éclairait le cottage. Elle avait commencé à décroître, mais sa Force restait toujours phénoménale. Elle se déversait par les fenêtres et soulignait délicatement les contours de leurs corps de sa lueur argentée. Pendant un long moment, Carling resta immobile et le laissa la contempler, la courbe gracile de ses épaules, les globes épanouis de ses seins nus et leurs mamelons fièrement dressés, ainsi que le renfoncement ombragé de son buste étroit.

Il était ramassé au-dessus d'elle comme le félin géant qu'il était, semblant prêt à bondir. Son regard argenté par le reflet de la lune brillait d'un éclat extraordinaire tandis qu'il se tenait là, ses larges épaules inclinées, un poing planté dans le sol juste à côté de la hanche de Carling. Comme après un tremblement de terre, une réplique de désir fusa de la sentinelle jusqu'à elle, mais leur moment de déchaînement avait volé en éclats avec une telle violence qu'elle se sentait légèrement nauséeuse.

Elle baissa les yeux et remonta son caftan déchiré sur sa poitrine. Il l'aida à ramener les bords du tissu et à les nouer pour la couvrir ; le geste était si tendre que des larmes traîtresses embuèrent de nouveau son regard.

Pendant si longtemps elle avait vu son corps comme une arme alors que lui le voyait comme un temple. Cette délicatesse la faisait se sentir ridiculement fragile, comme si elle allait se briser en mille morceaux s'il n'était pas là.

— Il faut que nous allions à San Francisco, fit-il doucement. Et que nous mettions en branle tout ce dont nous avons discuté.

Elle se sentait si lasse. Ne souhaitant pas replonger dans l'absurde dispute, elle se contenta de hocher la tête et de garder un ton neutre.

— Oui.

Il l'observa attentivement.

— J'étais jaloux.

Elle se figea et le regarda, bouche bée.

— Tu étais – quoi ?

Il se pencha et lui murmura à l'oreille, son souffle chaud caressant sa joue :

— Tu m'as entendu. J'ai dit que je m'étais montré jaloux. Je ne te fais pas des excuses. Je t'explique seulement. (Elle tourna la tête afin de le dévisager et c'est alors qu'il bondit. Ses mains la saisirent alors qu'il descendait sa bouche à hauteur de la sienne, effleurant délibérément les lèvres de Carling dans un souffle :) J'étais jaloux de ce démon, de ton djinn, que tu connais depuis tellement longtemps et avec lequel tu as conclu un marché qui donne la sale impression que vous étiez passablement proches, ton djinn qui avait besoin de toi et auquel tu as rendu un si grand service qu'il a lâché *trois putains de faveurs*. Et je ne te demande pas de te justifier ou de dire quoi que ce soit parce que je sais déjà à quel point mon discours est débile. J'ai juste agi comme un crétin. Un crétin stupide de chez stupide, cinglé, irrationnel, insensé, horriblement jaloux.

Elle lui saisit les poignets et se remit à trembler.

— Rune.

— Et j'étais jaloux, reprit le griffon d'une voix rauque et en formant des mots qui résonnèrent comme une caresse brûlante, parce que je te veux tellement que j'en perds la raison. C'est un crochet qui me transperce le ventre et que je ne peux pas retirer. Je te veux depuis ce soir au bord de la rivière Adriyel. Je rêve de te posséder. Et dans mon rêve, tu me possèdes aussi. Exactement comme ce qui a failli se passer à l'instant.

Le désarroi de Carling augmenta et sa bouche trembla sous la sienne. Les poignets de Rune étaient durs sous ses doigts grelottants.

— Ça suffit maintenant, arrête. Il faut que nous – il faut que nous nous en allions.

— D'accord, fit-il tranquillement. Je voulais simplement t'expliquer ce qui avait failli se passer. Ce n'était pas un moment de folie. Et je vais de nouveau vouloir te prendre.

Elle inspira profondément.

— Cette... cette chose entre nous..., murmura-t-elle.

— Ce n'est pas une « chose ». (Il posa un baiser fugace sur ses lèvres.) C'est de l'attirance.

Elle se mit à trembler comme une feuille.

— C'est complètement déplacé.

— Je sais.

— Ça ne peut pas durer. Ça ne mène à rien.

— Je le comprends. (Il mordit sa lèvre inférieure avec tant de douceur et de retenue qu'elle aurait voulu lui arracher ses vêtements, ou du moins ce qu'il en restait.) Mais pense aux délices que ce sera le temps que cela durera. Parce que cela arrivera, Carling.

« Arrivera », disait-il. Pas « pourrait arriver ». Parce qu'il allait de nouveau vouloir la prendre, à un moment ou à un autre, quelque part, et le simple fait de l'imaginer rôder autour d'elle, prêt à se jeter sur elle, lui fit émettre un gémissement plaintif. Puis il ouvrit les mains et la lâcha. Tout simplement.

Tout simplement ? Elle s'accrocha à ses poignets alors qu'il lui lâchait la tête ; elle se retrouva penchée en avant, sa bouche cherchant la sienne alors qu'il reculait, son regard tombant sur les traits harmonieux de son visage où passaient des ombres grises et noires et dont les contours étaient à peine esquissés d'un trait d'argent brillant, comme si les bénédictions ésotériques de la lune, à peine visibles à l'œil nu, le faisaient chatoyer.

— Rune, murmura-t-elle de nouveau.

— Darling, Carling, fit-il d'une voix à peine audible. (Il marqua une pause et frissonna, puis quelque chose qui ressemblait à de la douleur contracta son visage.) Dis-le, bordel.

Le désir, c'était la vulnérabilité. Mais ils étaient seuls tous les deux. Il n'y avait que la lune avec eux et la lune ne trahissait jamais les secrets. Alors Carling rassembla son courage à deux mains et prononça les mots qu'il attendait :

— Je te veux, moi aussi.

L'astre de la nuit déploya ses voiles invisibles et s'éleva au-dessus de la forêt de séquoias de l'île en traversant le ciel étoilé.

Il faisait de nouveau nuit, déjà. Carling lutta contre un sentiment de désorientation. Quand elle avait perdu l'aptitude à dormir, la vélocité du temps avait augmenté. Il passait beaucoup plus vite. La méditation l'aidait, mais ne suffisait pas. Le cours de sa vie ne connaissait plus de pauses, juste la cascade implacable des événements, jusqu'à ce qu'elle ait l'impression d'être propulsée dans l'avenir par une force immense et invisible, de plus en plus vite au point d'approcher la vitesse de la lumière.

Elle s'avança entre les arbres. Loin au-dessus de sa tête, le clair de lune filtrait à travers les branches. Au niveau du sol, la forêt était plongée dans les ténèbres et seule sa vision perçante, propre aux vampires, lui permettait de suivre le chemin. Elle s'arrêta pour écouter les minuscules bruits nocturnes. Il y avait eu un temps où seul le silence le plus total l'accueillait quand elle marchait dans cette forêt, mais les créatures qui y vivaient s'étaient depuis longtemps accoutumées à sa présence.

Rune avait convenu de l'attendre sur la plage. Il avait voulu l'accompagner, mais elle avait besoin d'être seule pour faire cette dernière chose avant de quitter l'île. Il lui avait dit qu'il lui donnait une demi-heure. Si elle n'était pas revenue au bout de ces trente minutes, il présumerait qu'elle avait eu un épisode et s'était effacée, et il viendrait la chercher. Carling n'avait pas protesté. Rien dans la forêt ne pouvait lui faire du mal ; elle n'aimait pas, malgré tout, l'idée de s'y retrouver seule et vulnérable.

Elle avait glissé ses notes ainsi que les dessins tracés sur les rouleaux de papyrus et quelques autres objets dans un sac en cuir usé qu'elle avait confié à Rune. Une fois qu'il avait été parti, elle avait fouillé dans un placard afin d'y choisir un autre caftan propre. Elle avait jeté celui qui avait été déchiré. Ainsi, il détestait ses caftans ? Elle avait émis un reniflement de mépris. Combien en avait-elle gâchés ces derniers jours ? Elle les portait pour une raison. Ils étaient faciles à enfiler et faciles à retirer. Or elle abîmait beaucoup ses vêtements quand elle s'adonnait à la magie.

Elle s'était ensuite rendue dans la forêt pour y trouver « son » endroit, une pierre sombre, tellement vieille que les siècles avaient poli ses arêtes pour en faire un siège parfait.

Elle s'installa sur la surface fraîche et dure, puis attendit.

C'était un de ses endroits préférés. Les fougères et les orchidées qui s'épanouissaient avec bonheur sous les immenses séquoias offraient une scène de générosité et d'extravagance à quelqu'un comme elle dont les racines étaient dans le désert. Ce lieu était investi de sa propre Force : des rêves anciens de verdure remplis d'un défilé infini de journées ensoleillées et de nuits sous la protection de la lune, sans oublier le bruit sauvage des tempêtes marines.

Elle écouta jusqu'à ce qu'elle sente un petit tiraillement au niveau de sa conscience. Pas tant un son qui aurait pu se distinguer de tous les autres bruits peuplant la nuit, mais plutôt une présence qui effleurait la lisière de sa Force avec des doigts délicats et timides, et elle sut qu'elle n'était plus seule.

— Je suis venue vous dire, fit-elle doucement aux créatures ailées qu'elle ne voyait jamais tout à fait le jour, que je dois partir, mais que j'essaierai de revenir. J'aimerais pouvoir dire avec certitude que je reviendrai, mais je ne sais pas si je serai en mesure de le faire, j'ai donc laissé pour vous autant de protections que je le pouvais.

Elle avait travaillé avec Duncan et avait laissé en place des protections qui avaient une valeur juridique et des sortilèges, mais ni les lois ni la magie n'étaient immuables. Des choses arrivaient sur la terre, puis la quittaient ; enfin, elle savait au moins qu'elle avait fait de son mieux.

C'était une obligation de plus dont elle s'était acquittée. Elle pourrait s'habituer à ce sentiment de liberté, s'il n'avait été accompagné d'une mort sans doute imminente. Puis, sans qu'elle l'ait vraiment décidé, une évidence s'échappa de sa bouche et les mots s'éparpillèrent dans l'obscurité comme des libellules soudain libérées :

— Vous allez me manquer, murmura-t-elle les larmes aux yeux.

Elle s'était sentie morte depuis tellement longtemps, régie seulement par son intellect et non par ses émotions. Et désormais, après de si nombreux siècles arides, son âme commençait à renaître. Mais la renaissance, au même titre que le changement, était difficile et n'allait pas sans larmes.

Quelque chose bruissa dans l'air, puis d'autres sons ténus se firent entendre, et elle entendit le froissement d'ailes au-dessus de sa tête. Elle leva les yeux et quelque chose de doux lui toucha la joue, puis tomba dans sa main.

C'était une plume, comme celle qu'elle trouvait parfois sur le rebord de sa fenêtre. Elle ne voyait rien dans les ténèbres, mais elle savait que la plume serait d'un noir iridescent. Puis elle sentit d'autres frôlements doux sur son visage, son cou, ses mains. Les créatures de la forêt volaient au-dessus d'elle et laissaient tomber autour d'elle des plumes qui évoquaient la caresse d'une pluie de minuit.

Elle s'essuya les yeux et se redressa. Son passé était devenu aussi incertain que son futur. Le temps était devenu un creuset qui consumait tout. Il ne pouvait pas y avoir de crise identitaire plus grave ou plus profonde.

Mais elle était certaine d'une chose. Dans les deux versions de son passé, elle était née pauvre et avait été asservie. Et dans les deux versions, elle avait aspiré à l'immortalité et était devenue reine.

« Je ne t'ai pas changée, avait affirmé Rune. Pas toi, pas ton âme ou ton esprit. »

Elle comprit enfin ce qu'il voulait dire.

— Je sais de nouveau qui je suis, chuchota-t-elle.

Et j'assumerai cette nouvelle vie également, aussi longtemps que je la vivrai.

Rune jeta le sac de Carling sur une épaule, récupéra son sac de voyage dans la demeure principale, puis descendit sur la plage pour l'attendre. Une brise marine soufflait. L'air frais et humide apaisait sa peau brûlante. Il retira son tee-shirt déchiré et le laissa tomber à côté de ses sacs et du conteneur étanche qu'il avait laissé sur la plage en arrivant. Puis il fit rouler ses épaules dans l'espoir d'éliminer la tension qui bandait ses muscles au point de les rendre aussi raides que des cordes de piano.

Il était agité, comme fou. Il n'aimait pas être séparé d'elle. Ne se rendait-elle donc pas compte de sa vulnérabilité quand elle s'effaçait ? L'imaginer dans cet état dans une rue animée de San Francisco ou d'une autre ville le faisait quasiment suer à grosses gouttes. Elle était l'une des Créatures de la Nuit les plus dangereuses, mais désormais, à certains moments, elle était aussi la plus vulnérable. Ce serait tellement simple de lui glisser un poignard entre les côtes lorsqu'elle était figée, l'esprit verrouillé dans une autre époque.

Et si le fait de se trouver à proximité de Carling lorsqu'elle sombrait dans l'un de ses épisodes pouvait affecter Rune à ce point, qui ou quoi d'autre risquait également d'être affecté ? Quelles autres créatures ou quelles autres Puissances étaient peut-être en mesure de s'infiltrer dans son esprit ou son passé et d'y rencontrer ce tigreau courageux, féroce et douloureusement fragile qu'avait été l'enfant Carling ?

« Est-ce que tu n'étudies pas les armes dont se servent tes ennemis ? » avait-elle dit un jour, et cette question avait fait allusion à une perspective dissimulée de tensions magiques et de bras de fer entre des êtres doués de Force. Il pensa aux Puissances des ténèbres dont elle avait parlé, ces forces voraces qui dévoraient les âmes des victimes aussi bien que de ceux qui pratiquaient la magie noire. Il imagina quelque chose s'enroulant autour de la jeune Carling comme des volutes de fumée noire, et c'est alors qu'il se mit à transpirer pour de bon.

Il ne s'inquiéta plus de garder sa promesse et il se retourna pour partir à sa recherche… et tomba sur Rhoswen qui descendait le chemin de la falaise. Elle portait une combinaison de plongée et avait selon son habitude remonté ses cheveux pâles en un chignon sévère. Elle avait les bras chargés d'une paire de palmes, d'un sac étanche, et de la forme inerte et silencieuse de Raspoutine. Elle le toisa, puis posa les yeux sur les sacs posés par terre, s'arrêtant sur le sac en cuir de Carling.

— Carling s'en va ? demanda-t-elle.

— Nous allons en ville faire quelques recherches.

Alors que Rune s'apprêtait à lui demander des explications sur l'inhabituelle immobilité de Raspoutine, elle jeta par terre ce qu'elle tenait, chien compris. Il se jeta en avant pour rattraper l'animal.

— Qu'est-ce qui te prend, bordel ?

La vampire lui jeta un regard hargneux.

— Calmos, Wyr. La petite merde est en stase. Il n'aurait rien senti.

Rune examina le chien. Le corps de Raspoutine était détendu et chaud sous sa fourrure épaisse. Il ne respirait pas, mais Rune sentait sa force vitale ; elle luisait sous ses doigts comme une luciole. Autour de son cou, un collier métallique qu'il ne portait pas d'habitude bourdonnait de magie. Rune manipula l'une de ses pattes avec douceur. La chair était souple et l'os ainsi que les muscles délicats répondirent facilement lorsqu'il vérifia que la patte se pliait bien. Le chien n'aurait peut-être pas senti le choc initial, mais l'état de stase ne l'aurait pas empêché d'être blessé par la chute.

— Combien de temps peut-il rester ainsi ?

— Un jour environ, jusqu'à ce que le collier perde de son pouvoir et doive être rechargé. C'est le même sort que Carling a utilisé pour maintenir Tiago en stase lorsqu'il se vidait de son sang. Le chien n'a aucune idée de ce qui se passe. Il va parfaitement bien, hélas.

Il remarqua que la patte dont il avait vérifié l'articulation était l'une de celles tordues de l'animal. Il se pencha pour le poser avec précaution sur le sable.

Puis il se jeta sur la jeune vampire en grondant. Stupéfaite, elle tenta de sauter en arrière, mais il était beaucoup trop rapide pour qu'elle puisse lui échapper.

Il la saisit par le cou d'une main, la souleva, et la secoua violemment. Le corps de Rhoswen claqua d'avant en arrière, ses iris devinrent rouges, sa bouche s'ouvrit en grand et ses crocs s'allongèrent, et ses griffes aussi. Elle frappa son avant-bras, y creusant de profonds sillons, le sang gicla et éclaboussa le sable.

Il n'y prêta aucune attention et la tira sans ménagement encore plus près de lui.

— Grandis un peu, espèce de sale garce, hurla-t-il au visage tordu par la rage de la jeune vampire.

Elle enfonça ses griffes encore plus profondément. Il les entendit racler sur un os.

— Je lui ai tout donné, cracha-t-elle.

— Certainement pas, fit-il avec exaspération. (Il la projeta à terre avec une telle force qu'il entendit quelque chose craquer dans son corps. Elle lâcha un son étranglé et se cambra, essayant de se dégager.) Ferme-la, tu vas guérir. Ce qui n'aurait pas été le cas de Raspoutine si tu lui avais brisé le cou en le jetant comme tu l'as fait.

— Vous vous fichez de cette horrible bestiole autant que moi, hoqueta-t-elle en lui griffant de nouveau le bras.

— Je le comprends mieux que tu ne le penses. C'est un chien alpha. Il n'y a aucun problème avec lui. Il a juste besoin d'être dressé. (Il se pencha sur elle.) Et je ne tue pas n'y n'estropie des créatures simplement parce que je suis contrarié à propos de quelque chose. On t'a virée. Assume.

— Elle m'a littéralement jetée à la poubelle.

Des larmes brillaient dans son regard rouge.

— Allons bon. Tu ne crois pas que tu pousses un peu ? (Il leva les yeux au ciel.) Plus j'y pense et plus je trouve qu'elle a fait preuve avec toi d'une infinie patience. Nous interrompre au cottage ? Claquer la porte comme une adolescente boudeuse ? Tu aurais été contente à l'instant si tu avais blessé son chien, j'en suis sûr. (Rhoswen resta coite, mais il lisait la vérité dans ses yeux. Elle avait voulu faire du mal à Carling et avait sérieusement espéré blesser Raspoutine.) Tu veux que je te dise quelque chose ? reprit-il. Dragos t'aurait déjà découpée en petits morceaux si tu t'étais comportée avec lui comme tu l'as fait avec Carling.

Rhoswen le regarda avec haine.

— Elle s'est débarrassée de moi quand vous êtes apparu, cracha-t-elle.

— Tu étais son amante ? Elle t'a trompée ? (Il marqua une pause. Rhoswen le fusilla du regard, mais garda le silence.) Je vais prendre ça pour un non. Est-ce qu'elle devait vraiment se débarrasser de sa servante simplement parce que je suis arrivé ? Tiens, tiens, la réponse est encore négative.

— Elle avait besoin de moi. Elle n'avait personne d'autre. Vous avez changé tout ça.

Il modifia la prise qu'il avait sur elle et la saisit par le bras et la jambe. Elle essaya de lui échapper en se raidissant autant qu'elle le pouvait, mais il se leva en la tenant comme si elle ne pesait rien. Puis il la jeta à terre et s'approcha d'elle tandis qu'elle roulait dans le sable. Elle réussit à stopper le mouvement et se retrouva à quatre pattes. Elle le regarda d'un air fourbe et bestial. Toute trace d'humanité avait disparu de ses traits défigurés par la haine.

Il les avait affrontés si souvent, ces enfants Puissants qui saccageaient tout autour d'eux comme des sales gamins éméchés, dilapidant leurs dons comme ils brutalisaient des créatures plus vulnérables, simplement parce qu'ils étaient de mauvais poil. Il n'avait aucune patience pour ce genre d'attitude. Il s'accroupit devant elle, posant sur son genou son avant-bras blessé, dont les plaies commençaient toutefois à se refermer. Il la dévisagea tranquillement. Petit à petit, l'expression hargneuse de Rhoswen s'estompa et fut remplacée par une étincelle de peur.

Elle n'était pas suffisamment sotte pour l'attaquer, même s'il voyait bien à quel point elle en mourait d'envie.

— Tu as été bonne pour Carling par le passé. Aussi, même si ce n'est pas l'envie qui m'en manque, je ne vais pas te tuer. Tu vas partir maintenant et peut-être qu'un jour tu te rendras compte que tu n'es pas le centre de l'univers. Ou peut-être pas. Je m'en balance, de toute façon. Mais ce que tu vas faire, c'est ne plus jamais t'approcher de Carling ou de ce chien, sinon j'arracherai tous tes membres et je les ferai brûler sur un bûcher sous tes yeux. Les vampires peuvent vivre très longtemps dans cet état.

— Vous ne le feriez pas, murmura-t-elle.

— Ce ne serait pas la première fois, répliqua-t-il.

L'étincelle de peur s'embrasa. Il vit qu'il l'avait enfin déstabilisée. Il ne savait vraiment pas pourquoi les gens oubliaient qu'il pouvait être féroce.

— Je ne peux même pas dire au revoir ?

Elle n'essaya pas de jouer la carte de la pitié ou de faire appel à sa générosité naturelle, elle posa la question d'un ton plat tout en continuant à le fixer de son regard rouge.

— Non, fit-il. Pas après ta conduite inexcusable. Je ne te fais plus confiance désormais. Si je te vois de nouveau, je te tuerai. Pas d'excuses, pas de discussions, pas de seconde chance. Est-ce que nous nous comprenons bien ?

Elle soutint son regard, puis porta ses doigts à sa bouche et lécha le sang de Rune.

— Nous nous comprenons très bien, je crois.

Il se leva et regarda la vampire plonger dans l'océan. Elle ne refit pas surface. Après quelques minutes, il prit le chien, le cala au creux de son bras et partit à la recherche de Carling. Il la trouva sur le chemin de la forêt.

Elle l'étudia avec curiosité en s'approchant de lui. Elle commençait à s'habituer au mélange d'émotions singulières qui se mettaient à bouillonner en elle chaque fois qu'elle posait le regard sur lui. Il était torse nu, vêtu seulement de son jean, de ses bottes et de la cascade brillante du clair de lune argenté. Son corps puissant se déplaçait avec la grâce liquide du félin. Le maniement de l'épée avait développé les muscles de son torse et une fine traînée de poils courait le long de son ventre sculpté par l'exercice.

Elle n'avait pas de pouls affolé qu'il puisse détecter et elle mit les mains derrière son dos pour cacher leur tremblement. C'est alors qu'elle huma la riche odeur de fer du sang, de son sang, et qu'elle remarqua la petite forme de Raspoutine dans ses bras. Elle se mit à courir vers eux.

Quand elle arriva à sa hauteur, il lui dit d'une voix calme :

— Ne t'inquiète pas, tout va bien.

Elle toucha le petit animal et fit appel à sa magie pour l'examiner et vérifier son collier tout en scrutant Rune. Le chien allait bien, le collier fonctionnait. Elle essaya de ne pas être troublée par le jeu des ombres le long de son torse nu, mais se rendit compte que c'était impossible. Il n'y avait aucune mollesse sur son corps, pas un soupçon de graisse. Il était une masse de muscles déliés. Il était debout à côté d'elle, détendu, respirant tranquillement, et pourtant la force de sa présence planait sur la plage.

Puis elle vit les marques laissées par les griffes de Rhoswen tout le long de son avant-bras. Elles se voyaient à peine et s'estompaient rapidement, mais elle les vit. Elle les effleura. C'étaient des marques laissées par des griffes et par une main très similaire à la sienne par la taille.

La rage verrouilla son corps.

— Rhoswen a fait ça.

— Ce n'est rien, fit-il.

— Ce n'est pas « rien », murmura-t-elle.

Les blessures avaient été profondes et avaient peut-être même touché l'os. L'odeur lourde du sang flottait dans l'air, et c'était une odeur enivrante, tout comme devait l'être son sang.

— Est-ce qu'elle a goûté ton sang ?

Rune glissa les doigts sous son menton et lui fit lever la tête. Il était penché sur elle et son expression était sereine. Ses yeux de lion étaient clairs.

— Tu es sur le point d'exploser, darling, fit-il doucement.

C'était vrai. Il percevait la fureur qui traversait l'aura de la vampire.

— Est-ce qu'elle a goûté ton sang ?

Il se figea, les yeux rivés sur elle. Puis les commissures de sa belle bouche ciselée se relevèrent imperceptiblement.

— Elle a léché le sang sur ses doigts, fit-il.

Les longs yeux sombres de Carling étincelèrent dans la lueur argentée de la lune et l'éclair qu'ils lancèrent était rouge rubis.

Rune la saisit par le bras comme elle se dirigeait vers la maison.

— Elle est partie. Je lui ai déjà botté le train, crois-moi.

Carling essaya d'intégrer ce qu'il disait. La rage qu'elle ressentait était une force qui dominait tout et lui échappait presque, se rebellant contre les efforts qu'elle déployait pour la contrôler.

— Qu'est-ce qu'elle a fait ?

— Elle s'était autorisé une vengeance mesquine. (Il leva la main pour tourner son visage vers le sien. Il ne souriait plus et avait un air grave.) Je l'ai avertie de ne pas s'approcher, alors si tu la vois, ne lui fais pas confiance, Carling.

— Bien.

Il glissa les doigts dans ses lourds cheveux et pencha la tête. Elle leva à peine la sienne qu'il lui donnait déjà un long et doux baiser. Toute la passion qu'elle avait sentie au cottage était toujours là, toujours incandescente sous sa caresse tendre et nonchalante. Le plaisir que lui procura le baiser permit à Carling de se détendre et de le savourer aussi. Aucun des lointains souvenirs des expériences sexuelles qu'elle avait connues n'avait une telle dimension. Les plaisirs de la chair lui avaient paru superficiels et l'avaient laissée passablement indifférente ; les rares amants qu'elle avait eus lui avaient semblé trop imbus d'eux-mêmes, tant et si bien qu'elle avait fini par s'ennuyer et avait cessé de prendre des partenaires. Intriguée par le concept d'attirance sexuelle, qui lui était étranger, elle bougea les lèvres sous les siennes, curieuse. Le tranchant dentelé de sa rage se transforma en un plaisir serein. Elle constata qu'elle se penchait vers lui et relevait la tête encore davantage.

Il glissa son bras libre autour d'elle et l'attira contre lui sans intensifier le baiser. Elle déploya les mains sur sa poitrine et la sensation de sa peau nue sous ses paumes fut tellement sensuelle qu'elle faillit tomber à genoux.

Aussi brûlante qu'avait pu être sa rage, ce qu'elle ressentait maintenant était encore plus chaud. Elle avait l'impression d'avoir été affamée pendant une éternité, emprisonnée dans une oubliette plongée dans les ténèbres, les sens anesthésiés depuis si longtemps qu'elle commençait seulement à prendre conscience de la véhémence des hurlements de son âme. Elle se mit à trembler de manière incontrôlable et s'agrippa à lui. Elle émit un son et fut de nouveau choquée, car il ne ressemblait à aucun autre qu'elle ait jamais produit, c'était un gémissement primal, chaviré.

— Chut, souffla-t-il en lui frottant le dos pour la calmer tout en embrassant le coin de sa bouche, sa joue, sa tempe.

Il l'étreignit avec force. Il était tellement plus grand qu'elle et tellement solide qu'elle pouvait l'imaginer rester dans une posture aussi détendue alors que des montagnes s'écrouleraient autour de lui.

— Nous y arriverons, darling. Et ce sera meilleur que tout. Je te le promets.

C'était un moment tellement doux, tendre et absolument suffocant. Elle détourna la tête pour se soustraire à sa bouche caressante alors qu'elle ne voulait qu'une chose : se pencher vers lui, s'appuyer contre lui et se gorger de son odeur, de sa présence, de son affection simple et fidèle, de ce rugissement silencieux de Force qui le remplissait continuellement, cette colonne éternelle de la flamme de la création.

Pendant tout ce temps, elle avait travaillé à accroître sa Force. Pendant tout ce temps, elle avait été régie par l'ambition. Tous ces siècles qu'elle avait traversés, ce si long voyage, pourtant si fugace, pour devenir celle qu'elle était, alors que lui incarnait tout ce à quoi elle avait aspiré sans jamais avoir essayé de l'être, sans passer son temps à tenter de se dépasser, sans se battre pour en obtenir davantage. Il était, tout simplement, la rune magique, mystérieuse, l'énigme d'une créature dont la nature avait décrété l'existence impossible, et pourtant il était là.

En prenant conscience de cette vérité, elle se raidit, essaya de rester droite, de ne pas s'appuyer sur lui, et elle finit par y parvenir. Elle lutta pour enrayer la cascade d'émotions, pour réaffirmer son contrôle, et, sans trop savoir comment, y parvint.

Puis elle baissa les yeux.

Rune tenait toujours son chien au creux de son bras.

Le sentiment sauvage déferla avec encore plus d'intensité qu'avant, et elle – la femme qui avait négocié avec des démons et fait reculer des monstres, qui avait conseillé des pharaons et créé des rois, qui avait jeté un jour un œil dans l'obscurité de son propre tombeau vide, en voie de construction, et avait décrété : « Non, je n'irai pas là-dedans » – cette femme craqua et s'enfuit.

Le corps de Rune se contracta en suivant des yeux la fine silhouette de Carling qui s'éloignait. Il inspira de grandes goulées de l'air frais de la nuit, luttant contre l'instinct de se lancer à sa poursuite. Après un moment, il la suivit sans se hâter.

Ce fut une bataille dure à gagner car tous ses instincts lui hurlaient de courir après elle. Il voulait la coucher sur le sol, arracher son affreux caftan et harponner son corps nu. Il voulait la regarder jouir alors qu'il était en elle ; il voulait jouir en contemplant son beau visage. Il se sentait énorme, gonflé au point d'éclater et dur comme un roc. Son érection tirait la fermeture Éclair de son jean et il avait failli éjaculer rien qu'en sentant ses mains effleurer sa poitrine, rien qu'en entendant ce petit gémissement plaintif que Carling – oui, *Carling* – avait émis contre sa bouche.

Et la manière dont ses yeux avaient flamboyé de ce joli et redoutable éclair rouge, lorsqu'elle avait vu qu'il avait été attaqué, était tout simplement adorable. Il aurait voulu voir ses crocs s'allonger aussi. Mais cela ne devait plus arriver, puisqu'elle ne se nourrissait plus que d'émotions.

Mais quand une fille partait en courant en plantant un mec, c'était un indice de taille.

Cela disait quelque chose. C'était un panneau qui indiquait : « Approcher avec prudence. Chute de pierres. Manipuler avec précaution. Tu es arrivé là avec elle, bien plus loin que tu ne le pensais. Ne fous pas tout en l'air maintenant, gamin. »

Il n'avait jamais vu un panneau aussi encombré. Il était couvert de mots. Il se dit que ce serait une bonne idée de faire une pause et de les lire tous.

Il remonta Raspoutine un peu plus haut sur sa poitrine et caressa sa fourrure douce. Rune ne le verrait probablement plus jamais aussi tranquille et silencieux.

— J'ai mangé des bestioles tellement plus grosses et plus enquiquinantes que toi, dit-il au chien.

Puis il écouta le silence. Il soupira, tapota le petit corps chaud de l'animal, et se dirigea vers la plage pour y retrouver Carling.

Elle était au bord de l'eau et contemplait l'océan, les bras croisés. Elle avait rangé tous les sacs dans le conteneur étanche. Elle était si belle, si seule et tellement sur la défensive que Rune sentit son cœur fondre et son membre durcir et, vingt dieux, si cela ne suffisait pas à faire perdre la tête à un mec, il ne savait pas ce qui pouvait le faire.

Il évalua ses options et décida de s'arrêter à quelques mètres d'elle, pas trop loin, mais pas trop près non plus pour ne pas l'effaroucher. Puis il se tourna pour regarder l'eau lui aussi tout en essayant de comprendre si d'autres choix s'offraient à lui. Pour le moment, toute initiative de sa part semblait peu souhaitable parce qu'il ne savait pas ce qui risquait de la faire fuir de nouveau.

Il se contenta donc de rester immobile et d'attendre en essayant de dissimuler son avidité tandis qu'il inspirait profondément pour saisir des effluves de son odeur. Et il voulait de toutes ses forces s'approcher et la prendre dans ses bras, simplement la prendre dans ses bras, poser la tête sur sa jolie épaule et sentir ses mains glisser autour de sa taille et l'enlacer, mais ce foutu panneau n'arrêtait pas de se remplir de texte. Il disait maintenant : « Pas tout de suite, gamin. Tu ne peux pas encore t'approcher. » Alors il caressa le chien et ne bougea pas.

Carling se retourna enfin. Elle regarda Rune d'un air perdu. Elle ne se sentait pas en mesure de le sonder pour l'instant. Les contours de son profil se détachaient clairement de l'écume bouillonnante de la mer. Il avait l'air tellement calme et patient, tellement éloigné du désordre tumultueux qui l'agitait. On aurait dit qu'il était prêt à rester là et à attendre aussi longtemps qu'il le faudrait.

Au lieu de lui faire face, elle se tourna vers l'île et elle leva les yeux sur la silhouette sombre de sa demeure de style gothique quelque peu extravagant. Elle se demanda si elle la reverrait un jour et ressentit un pincement, puis elle tourna la page et fit l'expérience d'un autre moment libérateur.

— Prêt ? demanda-t-elle en regardant Rune.

Elle l'observa inspirer profondément et faire un signe de tête.

— Ouais.

Il se tourna vers elle.

— Et toi ?

Après tout le mélodrame avec Rhoswen, puis son effondrement sous le flot d'émotions, on en arrivait à cela. « Ouais. » Elle se rendit compte qu'elle souriait et fit un signe d'assentiment.

Il s'approcha et elle eut soudain l'image qu'elle voulait garder de lui pour toujours : cette manière nonchalante de se déplacer et cette expression résolue dans ses yeux lorsqu'il la regardait qui contrastait tellement avec la tranquillité trompeuse de son beau visage. Elle comprit que lorsqu'il paraissait détendu, c'était là qu'il était en fait sur le qui-vive et le plus dangereux.

— Je ne suis pas dupe, tu sais, murmura-t-elle.

Il lui décocha son fameux sourire pétrifiant de rock star.

— Tu penses trop. Veux-tu ton chien ?

Elle saisit Raspoutine, l'enveloppa dans le tee-shirt déchiré de Rune et le mit dans le conteneur étanche en le calant avec précaution. Rune se frotta la nuque et fit une grimace en l'observant.

— Tu sais qu'il est parfaitement en sécurité ainsi pour voyager, fit-elle.

— Je sais, je sais. Il n'a pas besoin de respirer pour l'instant. C'est juste un peu dérangeant.

— À part lui mettre un petit masque de plongée, je ne voyais pas d'autre moyen de le faire traverser. (Elle caressa l'oreille du chien.) Et puis il n'aura pas peur pendant le voyage. C'est comme s'il faisait une petite sieste en voiture. Il s'endort et se réveille ailleurs.

— Tu l'aimes, fit Rune d'un ton presque attendri.

Elle garda la tête baissée en vérifiant que la boîte était bien fermée.

— Je ne sais pas, oui, peut-être.

— Tu es folle de lui. C'est ton petit toutou.

Elle pouffa de rire.

— Oui, je suppose que c'est ça.

— Qui s'occupait de lui quand vous êtes allées à Adriyel, Rhoswen et toi ?

Rune prit le conteneur par sa courroie et le mit sur son épaule.

— Le personnel de ma maison s'en occupe quand je voyage. Je trouve que ce n'est pas très juste de leur demander tout le temps de le faire et c'est pourquoi j'avais prié Rhoswen d'embaucher quelqu'un pour prendre soin de lui. Cela dit, je pense que nous devrions le déposer chez moi quand nous arriverons en ville.

— Je suis d'accord. Cela nous permettra de faire tout ce que nous avons à faire sans avoir à nous préoccuper du toutou.

Il lui tendit sa main libre. Elle hésita à peine, puis elle la prit et ils entrèrent dans l'océan main dans la main.

L'eau était glacée et un humain se serait retrouvé en hypothermie en quelques minutes. Rune la trouva agréablement rafraîchissante. Plus efficace qu'une douche froide. Il estima la profondeur du passage qui courait le long de la fissure sur le lit de l'océan, elle devait faire cent quatre-vingts mètres environ. Il y faisait donc très sombre, mais dans son esprit le passage devant lui était inondé de lumière.

Il réfléchit à cette expérience particulière pendant qu'ils traversaient à la nage. Elle n'avait rien d'étrange pour lui. Que ce soit sous l'eau ou sur la terre, il avait traversé d'innombrables fois des passages de ce type. Cela s'apparentait à ce qu'il avait connu pendant les épisodes de Carling, à l'exception de cette sensation de courbe, de virage.

Ou peut-être que c'était plutôt comme plier un morceau de papier. Pour évoquer un événement aussi saisissant, l'image paraissait plutôt terne et prosaïque, mais elle était relativement juste malgré tout et lui plaisait assez. Les deux portions de la feuille pliée étaient tellement proches l'une de l'autre qu'elles se touchaient. L'une était le présent. Lorsqu'il traversait et se retrouvait dans le passé de Carling, il voyageait en fait sur cette minuscule ligne de pliure qui séparait les deux temporalités, à savoir le présent et le passé de Carling.

Sauf que son analogie trouva presque immédiatement ses limites parce qu'il fallait qu'il y ait un nombre infini de pliures potentielles dans le papier pour rendre compte de chaque moment dans le temps. Pourtant Rune sentait qu'il tenait quelque chose avec ce concept de voyager dans le temps où il prenait un virage si serré et exigu qu'il n'occupait absolument aucune place dans l'espace. Et cela lui semblait presque logique d'une certaine manière parce que…

… Parce qu'il sentait qu'il y avait là une piste à suivre.

S'il n'avait pas été déjà en train de le faire, il aurait retenu son souffle.

Ce sentiment pouvait très bien n'être qu'une illusion. Il n'avait rien qui lui permette d'étayer sa théorie. Il aurait tout aussi bien pu se jeter d'une falaise dans le noir le plus absolu tant l'idée lui paraissait hasardeuse. Mais il était impatient de mettre cette théorie à l'épreuve quand Carling aurait son prochain épisode

Il se rendit compte qu'il commençait à croire qu'il avait effectivement des interactions avec le passé, le passé réel, objectif, et pas seulement les souvenirs de Carling. Il avait hâte de voir ce que ce foutu djinn découvrirait lorsque Carling le chargerait de retrouver son couteau.

Carling sentit qu'il était absorbé par ses pensées, à moins qu'elle ne fut elle-même trop préoccupée par les siennes ; en tout cas, le voyage s'effectua dans un silence presque complet. Après avoir suivi la fissure et être parvenus au bout du passage, ils remontèrent à la surface. De l'autre côté, la lumière du jour miroitait. Les poumons de Rune commençaient à le brûler quand ils sortirent la tête de l'eau. Il faisait un jour pâle, voilé de brume.

Ils regardèrent autour d'eux afin de s'orienter.

— Comment les autres vampires peuvent-ils effectuer la traversée en toute sécurité s'ils ne peuvent jamais savoir quelle heure il sera de l'autre côté ? demanda Rune. Le visage, les mains, et une partie des pieds de Rhoswen étaient exposés tout à l'heure.

Carling écarta ses cheveux trempés. Elle se mit à nager vers la rive et Rune la suivit.

— Ils peuvent prendre des précautions et veiller à être complètement couverts avant de plonger. Il y a aussi un tunnel sous-marin ici et une grotte de l'autre côté. Quand ils émergent du passage, ils ont le temps de voir s'il fait jour ou pas. Ils peuvent alors rester sous l'eau et nager jusqu'au tunnel ou jusqu'à la grotte. De ce côté, le tunnel fait partie d'un ancien réseau d'égouts de la ville.

— J'ai entendu des histoires sur des anciens tunnels secrets sous San Francisco, fit Rune. Ils sont censés être des repaires de vampires et de fumeurs d'opium.

— La plupart des gens croient que ces histoires sont des légendes urbaines, qu'elles relèvent du folklore, mais elles sont vraies. Ces tunnels ne sont pas sûrs, et pas seulement à cause des vampires ou des toxicomanes – des créatures dangereuses y vivent.

— Cool. Ça ferait un lieu de vacances sympa.

Carling secoua la tête. Il était incorrigible.

— Le tunnel en question mène directement à un immeuble dont les fenêtres sont condamnées. La plupart des vampires ne prennent pas le risque que quelque chose leur arrive lorsqu'ils sont dans l'eau, ils prennent donc des précautions supplémentaires et se couvrent de la tête aux pieds, de toute façon.

— C'est ce que je ferais aussi, fit Rune. Dis donc, c'est une belle journée pour nager, mais si tu es partante, je peux nous faire accoster beaucoup plus vite.

— Je veux bien, fit-elle en le regardant d'un air interrogateur.

Il battit des pieds de façon à lui tourner le dos.

— Mets tes bras autour de mon cou.

Il grogna presque de plaisir quand elle le fit et que son corps voluptueux effleura le sien. Il lui tendit la courroie du conteneur.

— Décoller quand on est dans l'eau doit être extrêmement difficile.

— Ce n'est pas la manière la plus douce de s'envoler, dit-il. Alors tiens-toi bien.

Elle serra les bras, ce qui pressa ses seins contre son dos et sa queue se raidit une nouvelle fois malgré le froid de l'eau. Il secoua la tête et des gouttes d'eau giclèrent. Puis il se mit à battre des pieds, de plus en plus vite, en prenant sa forme de Wyr. Il attendit qu'elle soit bien calée sur son dos, les bras toujours autour de son cou d'aigle tandis qu'elle serrait les genoux autour de son corps. Puis en effectuant une énorme poussée, il fusa hors de l'eau tandis que ses ailes géantes se déployaient et battaient l'air avec une extraordinaire vélocité.

Il n'avait pas exagéré. Ce n'était pas la manière la plus douce pour un griffon de s'envoler. Il dut en quelque sorte extirper son corps massif hors de l'eau en usant de sa force et de la vitesse qu'il avait pu atteindre, mais ils furent rapidement dans les airs. Carling se mit à rire de plaisir comme il montait presque à la verticale et que les hauts contours fantomatiques du Golden Gate Bridge apparaissaient soudain devant eux, se détachant dans le brouillard. Il sourit. Elle semblait tellement insouciante et joyeuse, tellement éloignée de la femme sinistre et à fleur de peau qui l'avait retrouvé dans le grand hall quelques jours auparavant seulement...

Puis il vira et ils se dirigèrent vers la ville.

12

Carling n'arrivait pas à se rappeler la dernière fois qu'elle avait ressenti un tel sentiment de joie. Sous sa forme de griffon, le dos musclé de Rune était tellement large qu'elle avait du mal à l'agripper comme il fallait avec ses jambes. Elle remonta la courroie du conteneur sur son épaule puis, serrant fort son cou, elle se hissa un peu plus haut jusqu'à ce qu'elle se retrouve perchée sur ses épaules et en mesure de saisir la base de son cou entre ses genoux. C'est seulement alors qu'elle sortit Raspoutine et le cala au creux de son bras, même si elle ne voulait pas retirer le collier qui le gardait dans son état de stase tant qu'ils ne s'étaient pas posés. Elle regarda derrière elle les gigantesques ailes de bronze de Rune qui battaient régulièrement et avec une extraordinaire puissance.

— Ça va derrière ? demanda Rune.

Sa voix grave évoquait le son d'un clairon tambourinant entre ses jambes.

— Impeccable, répondit Carling. Je me mettais juste dans une position plus sûre.

— Ne t'inquiète pas, darling Carling, je ne te laisserai pas tomber.

Darling Carling. Elle se rendit compte qu'elle souriait. Quel petit nom ridicule. Lui seul pouvait trouver un sobriquet pareil et arriver à le dire de sa voix grave en y glissant une note taquine, caressante, tendre qui l'invitait à rire avec lui de son absurdité. Rien qu'avec sa voix, il faisait des promesses extravagantes et intimes. Des promesses tout bas qu'il n'adressait qu'à elle et à personne d'autre. Elle n'en croyait rien, même si elle devait avouer que c'était plutôt agréable de faire semblant d'y croire.

Quand allait-il vouloir la prendre de nouveau ? Quand allait-elle se retourner et lire dans ses yeux le dessein qu'il dissimulait si habilement sous son apparente décontraction ? Elle cessa de sourire alors qu'un désir brûlant la saisissait de nouveau et que ses propres instincts prédateurs se réveillaient, comme un animal s'étire paresseusement en se réveillant d'une longue sieste.

Que ferait-il si c'était elle qui initiait les choses ? Elle aimait bien cette idée, eux deux se guettant, s'observant, l'un faisant un pas, l'autre reculant jusqu'au saut ultime. D'une manière ou d'une autre, ils seraient amants. C'était une autre de ses promesses. La promesse d'un plaisir qui était déjà si surprenant qu'il la touchait jusqu'à l'âme. Elle avait pensé que l'époque où elle prenait des amants était révolue depuis longtemps. Elle découvrait avec émerveillement qu'elle s'était trompée.

Ils étaient trempés et le vent froid était cinglant. Si elle recherchait toujours la chaleur, le froid ne la gênait pas. Mais si le corps de Rune palpitait sous l'effort, le froid le dérangeait peut-être.

264

Elle caressa son cou puissant et murmura un sorti-lège. Une onde de Force passa sur eux et ils furent secs.

— *Mmm.* (Rune se mit à ronronner.) C'était bon.

— J'ai pensé que tu commençais peut-être à avoir froid.

— Non, ça allait, mais j'aime que tu pratiques ta magie sur moi, fit-il d'une voix empreinte de sensualité.

Elle pouffa. Il était apparemment d'humeur joueuse. Son amusement s'estompa toutefois quand elle se rappela son intention d'un pragmatisme gla-cial, peu de temps auparavant, de trouver des moyens de l'attaquer. Cela semblait faire sens alors, mais maintenant l'idée de lui jeter un sort d'attaque lui donnait la nausée. Même si un jour, pour une rai-son ou une autre, Rune devenait son ennemi, elle ne pensait pas pouvoir lui faire une chose pareille, plus maintenant.

À une époque, elle aurait été prête à tout pour sur-vivre. À tout. Préserver son existence était la priorité suprême. Désormais, alors que le temps était devenu plus précieux que jamais, puisqu'il était compté, elle découvrait enfin qu'il y avait des choses plus impor-tantes que la survie.

Ils furent de nouveau rapidement mouillés car ils traversaient un brouillard épais. La ville embrumée demeura indistincte jusqu'à ce qu'ils se retrouvent juste au-dessus d'elle.

Carling sentit soudain quelque chose se poser sur eux en chatoyant. Elle se raidit, mais se rendit compte presque immédiatement que la sensation venait de Rune. C'était étrange, chaud et intime, comme s'il avait dilaté son aura afin de l'en envelopper.

— Qu'est-ce que c'est ? demanda-t-elle. Qu'est-ce que tu fais ?

— Je nous cache, répliqua Rune. J'aurais dû le faire dès que nous avons commencé à voler, mais je pensais à autre chose. Les aiguilleurs du ciel de l'aéroport de San Francisco doivent être au bord de l'attaque.

Elle leva une main et la regarda. Elle pouvait la voir, mais pas de manière bien définie, un peu comme si elle la regardait à travers du verre dépoli. Elle étudia Rune. Il était trouble lui aussi, mais parfaitement visible.

— Tu es sûr que ça marche ?

— Oui, j'en suis sûr, fit-il en riant.

— Je nous vois toujours, ajouta-t-elle.

— C'est parce que nous sommes tous les deux à l'intérieur du voile, si tu veux. Les autres ne peuvent pas nous voir et c'est le plus important.

— Mouais, fit-elle d'un ton sceptique en regardant de nouveau sa main. C'est astucieux, si tu ne te paies pas ma tête.

— Oh, femme de peu de foi, murmura le griffon. Où est ta maison de ville ?

Carling baissa les yeux et lui indiqua le chemin. Ils étaient juste au-dessus du Presidio, à la pointe nord de San Francisco. Initialement un fort espagnol, cet endroit avait servi d'installation militaire pendant près de deux cents ans. C'était désormais un parc public. Auréolés par la brume venue de la mer, les arbres séculaires avaient l'air vaporeux et elle ne distinguait pas le sol.

— J'aimerais bien que nous puissions tout simplement rester chez moi, sauf que je suis presque sûre qu'il y a au moins un espion parmi les membres de mon personnel, et j'aimerais autant que Julian ne soit pas tenu au courant de tous nos mouvements. Il ne va déjà pas être transporté de joie quand je vais l'appeler pour lui dire que je suis revenue. Nous avions décidé que mon état était trop dangereux pour que je puisse être entourée de gens.

— Au diable Julian, fit Rune. Je me fiche qu'il soit content ou pas.

Carling poussa un long soupir.

— Je l'ai affronté de nombreuses fois quand il avait décidé d'être, disons, désagréable, et je le ferai de nouveau s'il le faut, mais nous avons mieux à faire pour le moment que d'être en bisbille avec Julian.

Rune marqua une pause.

— Tu as raison, bien sûr, reprit-il d'une voix plus calme. Nous n'avons pas besoin de nous le mettre à dos. En fait, je ne savais pas à quoi m'attendre en arrivant à San Francisco, j'ai donc réservé une suite à l'hôtel Fairmont. Nous pouvons y aller après avoir déposé Raspoutine. Il y aura sans doute des espions là-bas aussi, mais ce ne sera pas la même chose.

— Je suis sûre que tu as raison, marmonna-t-elle. Peu m'importe où nous allons.

— Donc, ce sera l'hôtel.

Il se mit à monter très haut, volant par-dessus les immeubles, puis il plongea vers le coin d'une rue à côté de la maison de Carling. Toutes les demeures du quartier étaient luxueuses et celle de Carling ne se trouvait qu'à quelques rues de Market Street. Il constata qu'il était facile, depuis chez elle, de se rendre à pied aux bureaux de Turner & Braeburn et au Bureau de l'Immigration des Créatures de la Nuit. C'était trop pratique pour être une simple coïncidence.

Il atterrit avec légèreté et se métamorphosa une fois qu'il eut déposé Carling sur le trottoir.

Seulement alors il dissipa le voile invisible qui les dissimulait.

— Tu vois ? Personne ne nous a remarqués.

Elle regarda autour d'eux et rit. Il y avait de la circulation partout, mais par chance, aucun véhicule n'était passé au moment où ils étaient apparus et les piétons les plus proches leur tournaient le dos. Le brouillard n'était pas très épais, mais suffisait à conférer une atmosphère feutrée à la ville.

— Personne ne nous a vus, mon cher génie de griffon, parce qu'il n'y a personne dans les parages.

— Bon, bon, fit-il après avoir regardé autour d'eux, je vois qu'il en faudra davantage pour te convaincre. Allez, donne-moi ça.

Il prit leurs affaires.

Elle descendit la rue d'un pas rapide, Raspoutine dans les bras, et Rune la suivit en restant quelques pas derrière elle afin de pouvoir l'observer. Elle marchait avec son air d'autorité habituel et surtout cette élégance qui semblait innée chez elle. Elle était pieds nus et débraillée, sa longue chevelure tout emmêlée, son affreux caftan tout froissé, et il ne faisait pourtant aucun doute dans la tête du Wyr – et dans la tête de quiconque la verrait, il en était sûr – qu'elle était une reine. Bordel, elle était franchement sexy.

Elle gravit une volée de marches et se retrouva devant la porte d'une belle maison de trois étages de style méditerranéen. S'inspirant librement de l'architecture d'un palais italien, la façade ocre pâle était simple et discrète et les fenêtres étaient en fer forgé. Elle mit la main sur la poignée de la porte et prononça un mot infusé de Force. Rune entendit le clic du glissement du pêne. Un tour du tonnerre, celui-là. Elle n'avait pas à s'inquiéter de perdre sa clé ni de se retrouver devant sa maison fermée de l'intérieur.

Rune lui emboîta le pas et se retrouva dans un vaste vestibule. Le parquet de chêne brillait et le seul meuble était une table ancienne magnifiquement sculptée qui aurait fait baver d'envie les commissaires-priseurs de Sotheby's. Un vase rempli de lis blancs complétait la décoration. Carling indiqua une porte sur la droite.

— Fais comme chez toi, dit-elle à Rune en traversant le vestibule. Je reviens tout de suite.

— Ça marche.

Il entra dans une pièce qui était aussi élégante que tout ce qu'il avait vu pour l'instant de la maison. Elle avait gardé le thème méditerranéen pour la décoration intérieure. La pièce avait des murs texturés, des tapisseries florentines du XIIIe siècle, des objets d'art et des meubles en cuir bordeaux. La classe, Carling.

Comme il ouvrait la boîte étanche pour en sortir son sac de voyage et celui en cuir de Carling, il entendit un bruit de pas rapides. Ils étaient beaucoup plus lourds que ceux de Carling, qu'on entendait à peine, et devaient certainement appartenir à un homme.

— Chancelière !

Ouais, c'était bien un mec.

— Quelle surprise ! Que puis-je faire pour vous ? Est-ce que vous voulez que je réveille les autres ?

— Pas besoin de les déranger, Rufio, fit Carling. Je ne reste pas.

« Les autres » devaient être des vampires, vu qu'il était assez normal que le personnel des vampires, lorsqu'ils avaient du personnel, compte un humain ou deux pour s'occuper de leurs affaires pendant la journée.

— J'ai congédié Rhoswen, poursuivit Carling. Elle n'agit plus en mon nom et on ne peut plus lui faire confiance. Elle va peut-être passer chercher ses affaires. Je veux donc qu'elles soient emballées et prêtes, mais ne lui autorise pas l'accès à la maison sans surveillance, est-ce que c'est compris ? Je veux savoir si elle te cause des difficultés, et si c'était le cas ou si tu te sentais menacé, avertis-moi et je m'occuperai d'elle.

— Oui, madame.

Tiens, tiens. Captait-il autre chose dans la voix de cet homme, quelque chose comme du soulagement ? Ou bien était-ce l'imagination de Rune ? Il aurait voulu voir l'humain afin de lire son expression. Même si la discrétion devait être de mise parmi le personnel de Carling.

— Deux choses encore avant que je m'en aille. D'abord, il faut que le personnel veille sur Raspoutine pendant que je traite quelques affaires urgentes que je n'avais pas prévues. Rhoswen devait embaucher quelqu'un pour s'occuper de lui, mais j'ai dû la renvoyer avant qu'elle puisse le faire. Demande à Abelard de chercher quelqu'un. Je voudrais qu'il me prépare une liste de candidats d'ici la fin de la semaine. Est-ce que c'est clair ?

— Oui, madame. Et quelle est l'autre chose ?

— Rassemble des vêtements et des affaires pour moi et fais-les livrer à l'hôtel Fairmont.

— Bien, madame. Tout de suite. Est-ce que le petit bonhomme a mangé récemment ?

Petit bonhomme. Rune sourit. Il pourrait bien se faire à ce Rufio.

— Il est temps de lui donner son repas du soir. Quelle est la date et quelle heure est-il, d'ailleurs ?

La question n'avait rien d'insolite, puisque le temps dans l'Autre Contrée n'était pas en phase avec le temps de San Francisco. Rufio lui dit qu'il était lundi matin, bientôt midi. Rune était parti vendredi soir, le glissement temporel n'avait donc pas été très important.

— Parfait. Donne-lui un petit déjeuner tardif et il sera prêt pour son prochain repas du soir. Ne lui retire pas le collier avant notre départ. Inutile de le contrarier au moment où je m'en vais.

— Notre départ ? Toutes mes excuses, Chancelière, j'ignorais que nous avions un invité.

— Nous n'en avons pas. La sentinelle wyr Rune Ainissesthai est avec moi et nous nous apprêtions à partir.

— Très bien, madame. Vos affaires seront amenées au Fairmont d'ici une heure.

Rune leva les yeux au ciel. Il savait exactement ce qui allait lui être livré, des caftans, encore des caftans, toujours des caftans avec peut-être dix pour cent de chance qu'une robe Chanel noire se glisse parmi eux. Des chaussures, c'était facultatif. Des produits de maquillage, certainement pas.

— Donne d'abord à manger à Raspoutine, Rufio.

— Oui, madame. Bien sûr. Souhaitez-vous autre chose ?

— Non, ce sera tout. Merci.

Rune sortit de la pièce, leurs deux sacs à la main, afin d'aller à la rencontre de Carling qui arrivait justement. Il regarda par-dessus son épaule l'homme de grande taille qui câlinait Raspoutine à l'autre bout du vestibule et le regardait lui aussi d'un air curieux. Rufio devait avoir une quarantaine d'années, il était athlétique et impeccablement habillé.

Évidemment, il fallait qu'il soit un beau mâle, n'est-ce pas ? Rune n'était plus aussi certain qu'il apprécierait le gaillard finalement. Il sentit ses lèvres se retrousser en une moue renfrognée et au lieu de suggérer à Carling de ne pas se dépêcher, de prendre une douche chaude par exemple, il gronda :

— Bon, on y va ?

Elle le regarda avec surprise, mais il ne savait pas si c'était à cause de la question ou de son inflexion de voix.

— Bien sûr.

Il l'escorta jusqu'à la porte d'entrée et une fois qu'ils furent sortis, elle se retourna.

— Qu'est-ce qui ne va pas ?

La porte une fois refermée sur eux, il se sentit mieux.

— Rien, fit-il. Rien du tout. Et si je me métamorphosais de nouveau ? Je peux nous emmener au Fairmont plus vite qu'un taxi.

Elle fronça les sourcils. Elle était persuadée que quelque chose n'allait pas. Il avait eu un sursaut d'agressivité dans le vestibule. Elle ne savait pas ce qui l'avait provoqué, mais en tout cas il était redevenu parfaitement calme. Elle décida de ne pas s'en inquiéter.

— Bien, si c'est ce que tu veux faire, répondit-elle en haussant les épaules.

Elle était secrètement ravie. En fait, elle n'avait qu'une envie, c'était de voler de nouveau avec lui. Elle s'efforça de prendre un air indifférent afin de cacher son enthousiasme. Il lui tendit les sacs, puis se transforma, après les avoir rendus invisibles. Elle sentit la vague d'énergie tomber sur eux comme une couverture chaude.

— Et encore une fois personne ne nous a vus, fit-il remarquer alors qu'elle s'accrochait à son cou.

Amusée, elle donna une petite tape sur sa belle tête d'aigle.

— Regarde donc autour de nous. Il n'y a personne pour nous voir.

— Tu veux d'autres preuves ? Il faudra que je te le prouve autrement.

Il se ramassa sur lui-même, puis s'élança et prit son envol.

La puissance de son bond était encore plus spectaculaire lorsqu'il partait de la terre ferme. L'humeur enjouée de Carling s'intensifia au fur et à mesure qu'il s'élevait, sa trajectoire verticale la transportait littéralement au bord de l'euphorie. Après être monté en flèche, il vira et se dirigea vers l'hôtel.

L'hôtel Fairmont était l'un des plus luxueux de San Francisco. Il était situé en haut de Nob Hill et faisait face à la ville et à la baie. Il comprenait des centaines de chambres, trois restaurants et trois lounges, des salles de bal, des salles multimédias pour les conférences, des boutiques, et un spa. Il n'était pas loin de la maison de Carling et quelques minutes plus tard, ils se posaient sur sa vaste pelouse impeccablement entretenue. Rune attendit que Carling se laisse glisser à terre avant de reprendre sa forme humaine.

Elle l'observa avec fascination tandis qu'il abandonnait son apparence de griffon. Elle l'avait vu plusieurs fois se métamorphoser et elle n'arrivait toujours pas à saisir exactement ce qu'il se passait. Cette fois-ci le chatoiement qui accompagnait le changement fut encore plus flou, à cause du voile... enfin, du sort ? Non, ce n'était pas tout à fait un sort, puisqu'il n'y avait pas d'incantation... qu'il gardait active autour d'eux. Puis il retrouva sa forme humaine, large poitrine nue et horrible jean taché de sang compris.

Il s'avança et passa un bras autour d'elle. Elle s'appuya contre lui.

— Au fait, comment te sens-tu ? s'enquit-il. Est-ce que tu sens l'approche d'un épisode ?

— Ça va bien, dit-elle.

— Super. (Il la serra un peu plus contre lui.) Bon, regarde, voilà la preuve. Nous avons atterri, tu te trouves dans un lieu public où il y a des gens. Je suis à moitié nu et personne n'a rien remarqué. Alors, Chancelière, vous devez reconnaître que ce n'est pas normal.

Elle leva les sourcils et éclata de rire en regardant autour d'eux. Le brouillard poussait des vrilles blanches vaporeuses le long des rues. Elle entendait et voyait des gens et des voitures au loin, mais par un hasard inconcevable, une fois de plus, personne n'était tout près d'eux.

— C'est de la chance pure et simple, fit-elle. Personne ne nous a remarqués, parce qu'une fois de plus personne n'est dans le coin. Je ne suis pas du tout convaincue.

— Très bien, fit-il. Viens avec moi. N'oublie simplement pas de ne pas faire de bruit. Le voile n'est que visuel, il n'agit pas sur l'ouïe.

Il saisit les sacs, les jeta sur son épaule, garda l'autre bras autour d'elle et s'avança vers le portique bien éclairé qui se trouvait devant l'hôtel. Elle resta silencieuse tout en observant la rue animée où retentissaient les klaxons et où se pressaient les piétons. Cette fois-ci ils s'approchèrent des gens et personne ne leur jeta un regard.

Même avec le brouillard, la lumière de la fin de matinée était trop vive pour les Créatures de la Nuit photosensibles et il n'y avait pas un vampire en vue. Tous les gens qu'ils dépassèrent étaient des humains.

274

— *Tu es convaincue maintenant ?* lui demanda Rune par télépathie.

Elle sourit intérieurement. Elle aimait bien marcher avec lui dans la rue. Elle aimait bien se délecter de la chaleur de sa Force qui les enveloppait. Elle aimait bien cette odeur propre, masculine. Et peut-être qu'elle aimait bien le taquiner un peu aussi.

— *Je suis peut-être un peu moins sceptique, mais bon, tu sais, à San Francisco, les gens ont l'habitude de voir des drôles de trucs, des défilés de nudistes, le bal Exotica des vampires. C'est peut-être simplement que nous sommes banals.*

— *Jamais*, répliqua-t-il en la serrant un peu plus. *Nous ne sommes jamais banals. Allez, rentrons.*

Ils durent s'arrêter pour laisser passer quelqu'un, puis ils se glissèrent à sa suite, Rune laissant passer Carling devant lui.

Le hall était immense, rempli de meubles recouverts de brocart d'or, d'immenses plantes dans d'énormes pots et de colonnes veinées qui soutenaient un plafond aussi haut que deux étages. Le sol était en marbre moucheté et poli et les éclairages diffusaient une riche lumière crème. Le lieu était également très animé et fourmillait de gens portant des vêtements griffés ou au chic décontracté. Le hall était bruyant, on entendait les bruits venant de la rue, des conversations, des rires, sans oublier les sonneries stridentes des téléphones portables. Après la paix et la tranquillité relatives de l'île battue par les vents, la civilisation écorchait les oreilles.

Rune guida adroitement Carling vers un côté de la pièce, près d'un mur où il y avait une zone tranquille, à l'écart. Il posa leurs sacs et se tint immobile, les bras croisés.

— *Tu peux me féliciter quand tu veux.*

Elle étouffa un rire. La population dans le hall n'était pas seulement humaine. Deux Faes lumineuses, élancées et fines avec leurs cheveux d'un blond pâle si caractéristique et leurs élégantes oreilles pointues, étaient à la réception, occupées à compléter leur enregistrement. Les Faes lumineuses avaient une aptitude à percevoir la magie, mais elles étaient absorbées par ce qu'elles faisaient et ne les remarquèrent pas. Personne ne regarda vers eux. Elle devait reconnaître qu'elle était impressionnée.

Cela ne voulait pas dire qu'elle allait se mettre à faire des compliments aussi facilement. L'aigle en Rune était capable de lisser ses plumes avec fierté.

— *D'accord, je reconnais que tu as un truc, là.*

— *Enfin, le succès.*

— *Mais où est le hic, alors ?*

— *Il n'y a pas de hic. Personne ne peut nous voir. Tu pourrais arracher tes vêtements, te mettre à sauter dans tous les sens en agitant les bras si tu en avais envie. Personne ne peut voir ce que nous faisons.*

— *Il y a toujours un hic,* insista-t-elle. *Et je ne parle pas du son. Au plan de la magie et de la Force, il y a toujours un inconvénient ou des limites à un pouvoir.*

— *Tu es le genre de fille à voir le verre à moitié vide, non ?*

Il pencha la tête d'un air exaspéré.

— *Fille,* répéta-t-elle en retournant le mot dans sa tête.

— *Une fille, oui. Absolument.*

Rune pivota et se mit à tourner autour d'elle. Elle le suivit des yeux. Sa Force changea et se resserra. C'était une sensation un peu étouffante, sensuelle, aussi vivante qu'une caresse physique. Il se glissa derrière elle, tellement près que sa poitrine musclée se pressa contre ses omoplates et que ses mains se posèrent sur les siennes et enveloppèrent ses poignets fins. Elles étaient noueuses, larges et calleuses à cause du maniement de l'épée et d'autres travaux. Il passa ses longs doigts sur les bras de Carling.

— *Une superbe fille au tempérament de feu. La plus belle que j'aie jamais vue.*

Le léger frottement de ses doigts contre sa peau lui donna la chair de poule et elle frissonna.

— *Je parie que tu dis ça à toutes les belles filles au tempérament de feu.*

— *Jamais, je ne l'ai jamais dit avant.* (Il parlait avec une telle conviction qu'elle était tentée de le croire. Il la prit par les épaules et l'attira contre lui. Puis il se pencha et posa les lèvres près de son oreille et lui susurra :) Il y a un hic avec le voile, en effet. Toute personne qui a de la Force peut regarder et voir un chatoiement là où nous nous tenons. On m'a dit que c'était comme lorsqu'une brume de chaleur s'élevait de l'asphalte. Mais cela n'arrive que s'ils regardent dans la bonne direction au bon moment et qu'ils sont suffisamment observateurs pour se demander ce qu'ils voient. Et personne ne nous regarde.

Les Faes lumineuses se dirigeaient maintenant vers l'escalier. Elle les regarda le gravir, puis disparaître. Le murmure de Rune était presque inaudible et sa sensualité en était exacerbée. Son souffle chatouillait sa peau sensible et elle frissonna un peu plus tandis que ses genoux peinaient à la soutenir. Elle s'appuya contre lui.

— Qu'est-ce que tu fais ? haleta-t-elle.

Il eut de nouveau cette impression qu'il existait un mot de passe à taper pour décrypter un code indéchiffrable. Il posa sa bouche sur son cou et articula silencieusement :

— Qu'est-ce que tu crois que je suis en train de faire ? Je t'avais dit que j'allais te prendre.

— Oui, mais ici ? *Maintenant ?*

Elle essaya de se retourner, mais il la maintint en place.

— Que puis-je dire, je suis un opportuniste, murmura-t-il. Et tu me rends fou. J'ai adoré sentir tes jambes me serrer lorsque tu t'es jetée sur moi et m'a fait tomber au cottage. J'adore que tu sois capable de me faire tomber. J'adore ta force et ton assurance. (Il prit conscience de la profonde vérité de ce qu'il venait de dire. Sur l'île, il avait été chagriné de la voir si profondément ébranlée et il était prêt à tout pour éviter que cela se reproduise.) Regarde le couple qui vient d'entrer. Ils n'ont pas la moindre idée que nous sommes là. Ou le portier, là-bas. Il ne voit rien quand je fais ça.

Incapable de résister, Rune glissa une main autour d'elle et prit son sein rond et plein dans sa paume.

Il avait beau l'avoir amplement avertie, le choc la submergea de la tête aux pieds comme une vague rugissante. Elle émit un petit son étranglé et l'autre main de Rune se plaqua sur sa bouche.

— Chut. Nous ne pouvons pas faire de bruit, fit-il.

Il respirait plus vite.

Elle agrippa ses avant-bras, s'y cramponna, tremblante, en regardant le couple, un homme et une femme, passer devant eux comme si de rien n'était. La chaleur de la main de Rune traversait le coton fin de son caftan. Il caressa la chair ferme, gonflée jusqu'à ce que son mamelon pointe entre son index et son majeur. Il le pinça doucement et la sensation se répercuta jusqu'à l'orée de son intimité la plus profonde.

Elle sursauta dans ses bras, prit une inspiration aussi désespérée qu'inutile et enfonça les doigts dans ses avant-bras musclés.

Mais elle ne tenta pas de repousser sa main caressante ni celle qui couvrait sa bouche.

Les lèvres de Rune, appuyées à l'endroit sensible où son cou rejoignait son épaule, étaient dures.

— Dis-moi d'arrêter, souffla-t-il.

Parce qu'il était incapable de s'arrêter de son propre chef. L'obsession qu'il ressentait la poussait vers elle. Il était vaguement conscient de sonnettes d'alarme s'activant quelque part, mais elles étaient loin, étouffées par une brume sensuelle qui voilait tout ce qu'il avait dans la tête.

Carling renversa la tête en arrière. Elle regarda le plafond sans le voir et articula silencieusement le mot contre sa paume. *Arrête ?*

Il massa son sein, faisant rouler le téton entre ses doigts et une fois de plus, bordel, il faillit jouir dans son jean. Sa main épousait parfaitement ce mont charnu et il salivait à l'idée de goûter ce mamelon provocant, mais ce qui achevait de lui faire perdre la tête, c'était la façon dont elle frissonnait dans ses bras et s'agrippait à lui comme s'il représentait la dernière chose stable au monde et le sublime parfum d'excitation féminine qu'elle dégageait. C'était son œuvre. C'était pour *lui*.

Et ce souffle affolé ponctué de petits halètements révélateurs, il lui était lui aussi destiné.

— Il faut que tu prononces de nouveau ce mot, murmura-t-il farouchement contre son cou. Parce que je suis un peu sourd en ce moment et j'ai un peu de mal à penser. Et cette fois-ci, il faut que tu le dises avec conviction.

Les rouages du cerveau de Carling s'emballèrent comme elle tentait de comprendre ce qu'il disait. Un mot. Il voulait qu'elle dise un mot. Qu'est-ce que c'était ?

Fille ? Non.

Elle aperçut un adolescent qui entrait dans l'hôtel d'une démarche traînante, en vêtements de marque déchirés. Il arborait un maquillage gothique et un iPad était glissé sous son bras maigre. Il lançait des regards furieux autour de lui comme si le monde lui devait des explications. Ouais, bonne chance, gamin.

Puis Rune ouvrit la bouche sur la peau sensible de son cou et la suça, et Carling perdit la capacité d'émettre le moindre son. Il l'effleura de ses dents tout en lâchant son mamelon. Ses doigts diaboliquement habiles glissèrent le long de son caftan.

Tous ses caftans étaient cousus main et elle en avait dans différents styles. Certains étaient simplement coupés de façon à ce qu'elle puisse les enfiler facilement, d'autres avaient une rangée de petits boutons sculptés d'os ou de bois sur le devant qui permettaient de le fermer. Aucun n'avait de fermeture Éclair car elle les utilisait souvent pour travailler et le métal était susceptible d'interagir ou d'interférer avec la magie.

Celui qu'elle portait était attaché devant par une rangée de petits boutons. Tout en suçant son cou, Rune en défit un. Il lui plaquait la main sur la bouche avec tellement de force qu'elle ne pouvait pas tourner la tête. Elle essaya de suivre ses mouvements avec ses yeux.

Les boutons étaient peu espacés entre eux. Il en déboutonna un autre et glissa la main dans le vêtement pour saisir de nouveau son sein. Ils poussèrent tous les deux un feulement quand sa main calleuse entra en contact avec la chair nue, délicieusement bombée. Tous les muscles du corps du griffon semblaient bandés. Quand il poussa ses hanches minces contre la courbe de ses fesses, elle découvrit à quel point son membre était long, épais et dur. Elle sentait son sang se ruer dans ses veines et l'image d'un bombardier furtif lui vint à l'esprit. Sa respiration saccadée tambourinait sur sa peau. Il pétrit son sein et agaça le mamelon avec son ongle.

Chaque partie de son corps réagit en hurlant, et son besoin sexuel s'exacerba encore. Elle qui était d'habitude si posée fut de nouveau stupéfaite quand elle sentit son corps se couvrir de sueur et son sexe se liquéfier. Le sentiment d'urgence et le risque d'être vus étaient un tourment infernal.

Arrête. Arrête. Arrête.

Elle se mit à secouer la tête. Puis elle ne savait pas trop comment, mais elle réussit à articuler quelques mots dérisoires :

— *Je... je ne crois... je ne peux pas...*

— *Ne peux pas quoi, beauté ? Ne peux pas te détendre et savourer ce moment ? C'est coquin, mais ce n'est pas coupable. Juste un peu de divertissement canaille et même si tu n'en as pas l'impression, personne ne nous voit.* (Rune instillait la tentation dans son esprit avec autant de sagesse maligne que le serpent dans le jardin d'Éden. Il la pinça un peu plus fort et elle étouffa un cri en se cambrant.) *Tu ne crains rien, crois-moi. Je ne laisserai jamais personne te voir dans cet état. Oh, on dirait que ton sein a été fait pour ma main. Il l'épouse si parfaitement.*

Elle allait le repousser. Elle allait le faire, quand soudain il retira la main qu'il avait passée dans son caftan, ce qui la laissa tremblante de déception.

Elle se tordit pour lui faire face et passa les bras autour de son cou alors qu'il posait déjà la bouche sur la sienne. Il l'embrassa fougueusement et elle ferma les yeux en lui rendant son baiser. Le cœur de Rune battait à se rompre. Elle adorait la sensation de son sang courant dans son corps immense et puissant.

Il fit un pas sur le côté et la poussa contre le mur en la couvrant de son corps, et une nouvelle onde de choc la traversa quand il descendit une main afin de défaire deux boutons de son caftan au niveau de son entrejambe. Avant qu'elle puisse appréhender complètement ce qu'il se passait, il avait glissé une main dans le vêtement et enfoui les doigts dans sa toison soyeuse et humide.

Il la touchait. Là, dans le vestibule de l'hôtel. Il la touchait. Le plaisir qu'elle ressentait l'étourdissait tellement qu'elle laissa échapper un cri haut perché, presque inaudible, tout en étreignant sa main et la poussant contre son intimité. Il avala le son en plongeant sa langue dans sa bouche.

Et personne ne remarquait quoi que ce soit. Personne ne réagissait. Le monde continuait à tourner autour d'eux comme si de rien n'était.

— *Chut, darling,* fit Rune. (Sa voix mentale semblait au bord de la rupture. Son grand corps était incliné sur elle et il soufflait comme un buffle. Il était tellement brûlant que sa chaleur transperçait le caftan.) *Dieu, c'est le paradis, tu es le paradis sur terre, tu es si douce, si mouillée, si veloutée. Que ne donnerais-je pas pour te goûter, là, tout de suite.*

Elle abandonna la main de Rune et s'agrippa à l'une de ses cuisses massives tout en empoignant ses cheveux, puis elle parvint à retrouver sa voix télépathique :

— *OK, OK, OK. C'est très divertissant, on s'est bien amusés...* (Divertissant ? Apocalyptique plutôt.)... *Mais je ne crois pas que je puisse le supporter... plus...*

Alors qu'elle balbutiait, il trouva le bouton de son clitoris et le caressa du bout du doigt.

L'orgasme lui coupa le souffle et la fit chanceler, puis toutes ses forces l'abandonnèrent, ses jambes se dérobèrent sous elle et elle fut K-O.

Elle tomba doucement à genoux et il l'accompagna. Il cala sa main entre ses cuisses et maintint une pression ferme sur la pulsation de son plaisir, s'appuyant sur un avant-bras contre le mur tout en restant courbé au-dessus d'elle. Il haletait comme s'il venait de sprinter et sa Force se déversait sur eux en une cascade de feu. Il arracha sa bouche de la sienne et mordit son cou tandis que son orgasme la secouait. Les jurons hagards qu'il répétait dans sa tête résonnaient presque comme de la poésie.

Puis le cataclysme qui ravageait le corps et l'esprit de Carling se calma et ils se tinrent immobiles, le souffle court.

— Est-ce que ça va ? demanda Rune. Je ne suis pas allé trop loin, n'est-ce pas ?

Sa voix mentale était rauque comme s'il avait hurlé.

Il fallait qu'elle réfléchisse. Elle avait été témoin de nombreuses choses, même si elle s'était toujours tenue à l'écart des débordements sexuels jusque-là, mais elle n'avait jamais vu ou entendu parler d'une expérience se rapprochant de ce qu'elle venait d'éprouver. Ce n'était pas tant le caractère exotique de l'acte en soi, c'était l'exotisme de Rune, de cet homme dangereux, affectueux, joueur, toujours sur le fil du rasoir.

« Juste un peu de divertissement canaille et même si tu n'en as pas l'impression, personne ne nous voit. Tu ne crains rien, crois-moi. »

Elle laissa échapper un tout petit rire. Il l'empoisonnait d'affection et de compassion et lui réapprenait le bonheur du jeu. Il lui donnait de l'espoir et démantelait son passé, et tout cela avec un rire contagieux et des yeux extraordinaires. Il avait déjà pris son âme au cours d'un vol impensable au clair de lune. Elle ferait tout aussi bien de lui donner aussi les lambeaux de son cœur, puisqu'elle ne l'utilisait plus depuis tant d'années.

— Ça va, espèce de fou, murmura-t-elle. Mais je ne peux pas aller plus loin ici...

Il secouait déjà la tête.

— Je ne pense pas que je pourrais maintenir le voile et te prendre au même moment, gronda-t-il. Et je ne courrai pas le risque de nous exposer ainsi.

Elle était en sécurité et pouvait lui faire confiance. Vraiment.

Elle ravala un sanglot et cette réaction physique fut aussi involontaire et choquante que l'orgasme qui venait de la terrasser.

Il écarta ses cheveux en désordre de son visage.

— Est-ce que tu es sûre que ça va, darling ? répéta-t-il d'un ton inquiet.

Son visage magnifique lui apparut flou, un peu comme le souvenir d'un rêve, et la force invisible et géante qui la poussait en avant ces dernières années, de plus en plus en vite, la propulsa vers la conscience de quelque chose, et elle se mit alors à avancer à la vitesse de la lumière.

Quel était ce sentiment ? Elle l'avait perçu chez tellement d'êtres. Elle en éprouvait des fragments, pour les chiens et d'autres créatures, pour des nations et des idéaux, et d'anciens amants, disparus depuis si longtemps. Elle avait toujours eu l'impression que ces fragments étaient précisément des fragments parce qu'ils faisaient partie d'un tout qu'elle pensait ne jamais être en mesure de comprendre. Jusqu'à maintenant.

L'amour. Ce sentiment était l'amour.

Elle s'assit sur les talons, se passa une main sur le visage, puis se pencha en avant pour l'embrasser.

— *Cesse de t'inquiéter*, lui dit-elle tendrement. *Je vais bien.*

Il fronça les sourcils et lui frotta le dos.

— *OK. Attends, je vais t'aider.* (Elle reboutonna son caftan de ses doigts tremblants pendant qu'il s'efforçait de la coiffer comme il pouvait. Il essaya de tordre ses cheveux en un nœud à la base de son cou, puis d'en rentrer les extrémités comme il l'avait vue faire, mais il n'avait pas le coup et ils retombèrent le long de son dos.) *Mince. Il faudra que tu me dises comment m'y prendre.*

Elle les rassembla d'un geste vif et les fixa.

— *Ou peut-être que je les couperai tout simplement. Cela fait longtemps que je ne les ai pas eus courts.*

— *Vraiment ?* (Il l'aida à se mettre debout. Une coupe courte mettrait en valeur les traits magnifiques de son visage, mais cette longue masse de cheveux sombres qui lui arrivait à la taille était terriblement féminine.) *Est-ce qu'ils repousseraient si tu les coupais ?*

Comment faisait-il ? Comment arrivait-il à ranger cette passion incontrôlée et à faire comme si de rien n'était ? Elle pouvait à peine se tenir debout et même si elle avait joui, elle se sentait vide, palpitante et insatisfaite.

Ou peut-être qu'elle était la seule à éprouver cette passion folle, de la même manière qu'elle était la seule à se rendre compte qu'elle était amoureuse. Tomber amoureux était quelque chose de tellement solitaire.

Ils s'étaient mis d'accord au cottage. Ils avaient fait un pacte et elle était tout à fait consciente d'y avoir souscrit. Leur histoire comportait une date de péremption depuis le départ. Manifestement, il était maître de la situation et l'avait toujours été.

Oui, bon, il avait découvert déjà trop de ses secrets. Il n'aurait pas celui-ci. Elle garderait ses sentiments et ses prises de conscience pour elle.

Elle se rappela qu'il lui avait posé une question et y répondit machinalement.

— *Mes cheveux et mes ongles ont arrêté de pousser quand j'ai cessé de me nourrir physiquement. Si je les coupe, ce sera pour toujours.*

— *Ce serait tragique. Tes cheveux sont l'une des merveilles du monde.* (Le compliment la fit sourire de plaisir malgré elle. Il se baissa pour prendre leurs sacs.) *Tu es prête ?* fit-il.

Elle s'efforça de prendre un air tranquille, tira sur son caftan pour être sûre qu'il tombait bien, puis acquiesça.

Elle sentit sa Force se contracter, puis se débloquer et le voile chatoyant s'évanouit. Ils s'avancèrent vers la réception.

Le brouhaha qui régnait dans le hall s'éteignit progressivement. Pour tout le monde, ils avaient surgi de nulle part. Carling savait de quoi ils devaient avoir l'air, débraillés et échevelés, comme les rescapés d'un naufrage. Rune était toujours torse nu et elle était

286

pieds nus. Tôt ou tard on allait reconnaître l'un d'eux. Puis quelqu'un appellerait les paparazzi et tout espoir de discrétion s'évaporerait. Après une entrée pareille et surtout après leur petit détour chez elle, il était impératif qu'elle contacte Julian au plus vite.

Tout cela n'avait aucune importance à ses yeux. Elle se souciait fort peu de son apparence et il était clair que Rune s'en fichait éperdument lui aussi. Elle jeta un coup d'œil sur le côté, à ses longues jambes en mouvement près d'elle. Elle fut frappée par leur allure : leur démarche était fluide et ils se touchaient presque. Ils devaient avoir l'air d'un couple. Elle ne prêta pas attention au pincement de cœur qu'elle ressentit en y pensant. Les sentiments étaient si souvent des désagréments.

Elle se concentra sur la réception. Un homme en costume gris acier se précipita pour se poster à côté d'un employé en uniforme planté devant un ordinateur. L'homme les toisa alors qu'ils s'approchaient du comptoir et son expression tourna à l'émerveillement.

— Bonjour, je suis Harry Rowling, l'un des directeurs adjoints, fit-il à voix basse. Chancelière Severan, quel honneur inattendu.

Elle fit un signe de tête et le regarda se tourner vers Rune. L'homme pâlit et se mit à balbutier.

— Monsieur, euh, sentinelle Ainissesthai... quel plaisir, je veux dire, c'est un honneur de vous voir...

Oui, bon, évidemment la rock star des Wyrs n'avait pas que des groupies femelles. Elle s'empêcha de pousser un soupir, mais elle gratifia Rune d'un regard acerbe.

Puis elle se figea et, à l'instar du directeur de l'hôtel, le dévisagea.

Rune étincelait d'une tension à peine retenue. On aurait dit que sa face était une arme chargée, ses traits crispés se détachaient avec netteté et ses yeux brillaient d'une lueur dangereuse et imprévisible. Il serrait les anses des sacs au point d'en faire blanchir ses phalanges et son autre main formait un poing qu'il pressait contre sa cuisse. Il respirait d'une manière tellement contrôlée qu'elle fit un pas en arrière.

Peut-être que la maîtrise de soi ne lui était pas venue aussi facilement qu'elle l'avait supposé. Elle ébaucha un sourire.

La voix de Rune était douce quand il s'adressa au directeur :

— J'aimerais la clé de ma suite, s'il vous plaît.

— B...bien sûr, euh, est-ce que vous voulez que je vérifie si vous avez des messages ?

— Plus tard. (Rune jeta un coup d'œil à Carling qui l'observait avec fascination. Puis il tourna de nouveau son attention sur l'homme et attendit un moment. Rien ne se passa. L'homme était paralysé comme un lapin devant un loup.) La clé ? répéta-t-il en levant les sourcils.

Rowling sursauta.

— Bien entendu ! Pardon ! Oui, la clé ! (Il se tourna vers l'employé en uniforme et siffla entre ses dents :) Va chercher la clé !

L'homme se leva précipitamment et quelques secondes plus tard tendit la clé à Rune. Celui-ci tenait serrée le long de son corps la main qui avait caressé le... la zone la plus intime de Carling. Ses doigts étaient repliés sur sa paume et il captait pourtant le léger parfum de son sexe mouillé.

Il aurait voulu se lécher les doigts. Il voulait frapper les employés de l'hôtel qui se tenaient trop près.

Heureusement que c'étaient juste des humains dotés d'un faible odorat ou il aurait bien été capable de le faire. Il avait le sentiment de perdre la raison, et il n'osait pas la regarder car le monstre fou qui se cabrait sauvagement en lui risquait de lui échapper.

Il prit calmement la clé de l'autre main. Le directeur se mit à balbutier quelque chose.

— Ce sera tout, le coupa Rune.

Hochements de tête, bredouillements. Le Wyr se retourna sans attendre, saisit la main de Carling et se dirigea à grands pas vers l'ascenseur. Elle se laissa faire, choisissant de ne rien dire.

Ils prirent l'ascenseur en silence, puis descendirent le couloir. Rune sentit son pouls s'accélérer quand ils arrivèrent devant la porte. Il avait un trop plein de sang dans le corps. Il rugissait dans ses veines et sa peau peinait à le contenir. Il avait l'impression de descendre à tombeau ouvert une route de montagne escarpée et sinueuse, les roues touchant à peine le macadam, les freins prêts à lâcher à tout moment. Il glissa la carte magnétique qui servait de clé et tint la porte ouverte pour la laisser passer, veillant toujours à ne pas la regarder.

Puis il entra, verrouilla la porte et posa leurs sacs. Il passa une main tremblante dans ses cheveux en désordre, et c'est alors seulement qu'il osa poser les yeux sur elle.

Elle l'observait. Ses longs yeux sombres reflétaient une émotion qu'il n'avait encore jamais vue chez elle. Quelque chose de doux, de sombre, avec un éclat de compréhension un peu moqueur.

Puis elle sourit de son sourire mystérieux et subtil de Mona Lisa, qui leva les commissures de sa bouche pulpeuse et plissa les coins de ses yeux, là où cette salope de mortalité avait caressé sa peau de velours de ses doigts squelettiques et gravé sa marque avant que Carling ne lui ait coupé le sifflet.

Et les freins lâchèrent. Il se jeta sur elle et tomba dans le précipice en l'entraînant avec lui.

13

Je ne suis pas forcée de rester amoureuse de toi, pensa Carling en souriant à Rune. *Tomber amoureux est juste un état passager. C'est simplement la conséquence de cette chaleur de fournaise partagée avec un mâle super sexy. La passion est un choix, et rester amoureux une décision. Je peux m'éloigner de toi, te tourner le dos comme j'ai dû le faire avec quasiment tout et tous les autres, parce qu'une seule chose en réalité est immuable au fil du temps.*

Rien ne dure et tout change toujours…

Comme s'il pouvait entendre ses pensées, le visage sauvage de Rune se durcit. Puis il ne fut plus qu'une masse indistincte tant il se déplaça *vite* et la plaqua au sol, et nom d'un petit bonhomme, elle ne savait pas comment elle avait pu penser qu'il la traitait avec sollicitude et douceur parce qu'il lui arracha son caftan avec une telle sauvagerie qu'elle poussa un cri, un son perçant qui fut interrompu quand il écrasa sa bouche sur la sienne.

Et elle fut une énième fois choquée par sa propre naïveté. Elle avait cru que ce qu'il s'était passé dans le hall de l'hôtel avait été apocalyptique, mais ce n'était rien à côté de ce qui explosa alors en elle.

Rune plongea sa langue dans sa bouche tout en tirant sur la fermeture Éclair de son jean. Nue enfin et clouée par le poids de son corps, elle écarta les jambes et se cambra pour aller à sa rencontre. Elle enfonça les ongles dans son dos puissant au point de l'écorcher tandis qu'il frottait son gland épais à l'orée de son sanctuaire qui sourdait de miel. L'odeur de liqueur riche et brûlante du sang de Rune remplit l'air. C'était tellement enivrant que la bouche de Carling se mit à la picoter et qu'elle crut que ses crocs allaient pointer.

Elle voulait le mordre. Elle voulait *mordre*. Elle gronda, troublée par les impulsions prédatrices qui étaient restées si longtemps endormies, et il gronda à son tour comme il la saisissait par les hanches et la pénétrait avec force.

Son sexe était énorme, et la brutale invasion de son corps tellement choquante qu'elle hurla en son for intérieur. Sa réaction sauvage le traversa et le fit trembler. Il aurait certainement voulu reculer pour voir son visage, vérifier que tout allait bien, mais elle enfouit les poings dans ses cheveux et le tint serré contre elle, l'embrassant avec une telle férocité qu'il oublia tout, à l'exception du besoin irrésistible de la pilonner.

Il devait lui tirer son chapeau, et deux fois encore. Avec elle, rien n'était jamais banal.

Il se retira de la gaine délicieusement étroite et glissante, puis plongea de nouveau, s'enfonçant dans ce fourreau de velours. Il n'arrivait pas à aller suffisamment loin, si bien qu'il poussa et poussa contre son bassin. Elle s'arc-bouta comme un nouvel orgasme la faisait s'envoler.

Il sentit les muscles de son vagin se contracter tandis qu'elle gémissait dans sa bouche et c'était tellement *parfait* et tellement plus fort que tout ce qu'il avait imaginé qu'il jouit aussi, jouit trop tôt, même s'il se retira de nouveau pour replonger en elle avec encore plus de force. Il émit un grognement de frustration contre ses lèvres, un son guttural, aussi animal que tout ce qu'ils avaient pu se faire l'un à l'autre, et déversa sa semence dans l'écrin accueillant et étroit de son sexe.

Le silence tomba sur eux avec la douceur surprenante d'une chute de neige hivernale tandis qu'ils s'agrippaient l'un à l'autre de leurs membres tremblants et tentaient de revenir du lieu étranger qu'ils venaient d'explorer ensemble. Rune abandonna sa bouche pour presser sa joue contre la sienne, les yeux fermés. Carling regarda le plafond sans le voir. Il était impossible de comprendre exactement ce qu'il venait de se passer. C'était délirant, point final.

Dis quelque chose.

— C'était classe, fit-elle enfin.

Il leva la tête, indécis.

— Attends un peu de voir ce que je peux faire avec les machins de luxe, un lit par exemple.

Leurs yeux se rencontrèrent. Elle haussa un sourcil en le regardant. Sa bouche sexy frémit. Puis ils explosèrent au même moment. Il la serra contre lui avec force et ils roulèrent par terre en riant à gorge déployée.

Regarde-moi ça, pensa-t-elle. *On a l'air d'être ivres. On a l'air d'être cinglés.* Elle s'accrocha à son cou et croisa les jambes sur ses hanches, puis ses émotions l'emportèrent sur des montagnes russes et un train fantôme.

Dépassant son hilarité, Rune s'étudia de près. Le crochet était toujours dans ses entrailles et continuait à le tirer violemment en avant vers un lieu étrange et indéfini. Il n'était pas rassasié. Son corps hurlait qu'il mourait de faim, qu'il n'en avait pas eu assez, qu'il avait besoin de la prendre une fois encore, puis une fois encore, et encore jusqu'à ce qu'elle lui ait donné tout ce qu'elle avait, jusqu'à ce qu'il ait versé en elle tout ce qu'il avait, jusqu'à ce qu'il lui ait offert tout ce qu'il était. Il bandait encore, mais il lutta avec âpreté pour se contrôler et se força à se retirer. Quand sa queue sortit d'elle, il poussa un feulement.

Il hésita un moment sur le fil qui marquait la frontière entre une liaison passionnée et une union. Il l'agrippa et les forces qui étaient en conflit en lui le firent trembler. Il se sentait déchiré, projeté dans une sorte de cataclysme. Puis il réussit, sans trop savoir comment, à s'arracher du bord de l'abîme.

Je ne peux pas m'unir avec toi, pensa Rune en l'embrassant sur la tempe et en prenant son corps délicieux et enivrant pour le lover contre le sien. *J'ai de l'affection pour toi, beaucoup plus que je ne pensais pouvoir en avoir, et je commence même à t'aimer, mais je ne peux pas sacrifier ma vie pour quelque chose qui ne peut pas durer, qui n'a pas d'issue.*

Elle soupira et appuya son visage contre le sien, et il réussit à calmer les battements affolés de son cœur.

Je ne peux pas, darling, parce que tu n'auras jamais besoin de moi autant que j'aurai besoin de toi. Ton désir est plus que magnifique, mais ce n'est pas assez. J'ai besoin qu'on ait besoin de moi. Et je ne peux pas me mettre à supplier devant cette injustice et espérer survivre.

Quelques minutes plus tard, Rune la lâcha, remonta son jean et se leva. Ne se souciant absolument pas d'être nue, Carling se lova comme un chat et le regarda. Il entra dans la chambre et revint avec un peignoir de l'hôtel dans les mains. Il le lui tendit. Elle s'assit, l'enfila, et le noua.

Il l'observa d'un air ombrageux, mais continua à aller et venir dans la pièce. Elle l'étudia pensivement. C'était une réaction intéressante à… eh bien, à ce qu'elle estimait avoir été une étreinte hallucinante.

Si ses souvenirs étaient justes, et ils remontaient à longtemps à vrai dire, la plupart des hommes bâillaient, se tournaient, et s'endormaient. Ou prenaient leurs jambes à leur cou. Mais ce qu'il venait de se passer – par terre, à l'instant, et avant, dans le hall – dépassait tout ce qu'elle avait connu. Comme Rune ne prenait pas ses jambes à son cou et ne dormait pas non plus, elle n'était pas sûre d'avoir bien fait les choses. Elle savait que, dans nombre de situations tout à fait banales et sans intérêt, elle se montrait un peu trop farouche au goût des gens, et rien de ce qu'il venait de se passer entre Rune et elle ne pouvait être qualifié de banal.

Puis quelque chose lui était arrivé, quelque chose de profond et de troublant. Il avait cessé de rire et un étrange conflit avait fait rage en lui. Il était un homme animé par d'intenses émotions, de toute façon, et celles-là ne faisaient que s'amplifier, accompagnées de sursauts d'agressivité. Il la regardait de temps à autre et se sentait déchiré, et pour la première fois depuis longtemps, elle regrettait que l'âge ait fait d'elle un succube, parce qu'aucune femme ne voulait savoir que son amant ressentait de telles choses en la regardant.

Peut-être qu'elle devrait lui demander ce qui n'allait pas. Peut-être qu'elle devrait lui dire de partir.

Peut-être que la sagesse voudrait qu'elle attende afin de voir s'il allait lui dire ce qu'il ressentait au moment qui lui conviendrait.

Elle se frotta le front et se détourna pour masquer ce qu'elle pouvait penser. Le manque de confiance en soi était une vulnérabilité, plus encore que le désir, et la lune n'était plus complice pour dissimuler ses secrets. La cruelle lumière du jour exposait tout ce qu'elle touchait, et à l'extérieur la brume timide se consumait dans l'éclat immolant du soleil.

Elle regarda autour d'elle pour faire le point sur sa vie.

— Tellement de choses à faire, marmonna-t-elle. Et tellement peu de temps.

Cela lui parut plus vrai que jamais.

Le living-room s'ouvrait sur une terrasse entourée d'une balustrade en fer forgé et la silhouette des immeubles de la ville se détachait clairement sur un ciel bleu acier. La suite était décorée avec élégance dans des tons d'or et de crème que le bleu d'un canapé rehaussait. Si les meubles étaient modernes, leurs pieds en griffes et le brocart qui les tapissait leur conféraient un charme un peu vieillot. Un vase de fleurs fraîchement coupées ornait une table.

Si elle était jolie, la suite n'avait pas de thème de décoration particulier. Sa bouche se tordit en repensant à la manière dont son entourage, Tiago et elle avaient saccagé l'hôtel Regent à Chicago. Peut-être que le Fairmont connaîtrait un meilleur sort.

Elle ramassa les lambeaux de son caftan. Il n'y avait pas suffisamment de tissu encore intact pour lui permettre de le nouer afin de se couvrir. Elle soupira, le jeta sur le côté, et s'approcha du canapé où Rune avait jeté leurs sacs.

Il cessa d'aller et venir. Percevant son regard scrutateur dont l'intensité était aussi forte qu'un contact physique, elle continua à détourner son visage. Elle n'avait pas pensé à mettre des vêtements dans son sac. Elle aurait dû prendre un caftan de rechange et maintenant elle n'avait plus de serviteur pour penser à ce genre de détails. Au moins elle avait eu la présence d'esprit de demander qu'on lui apporte des vêtements à l'hôtel. Elle prit le sac de Rune.

— Je n'ai rien à me mettre jusqu'à ce que Rufio fasse livrer mes affaires. Rien du tout. Nous avons des choses à faire. Nous avons des coups de fil à passer, une gorgone à consulter, un djinn à convoquer, et Dieu seul sait ce que nous avons d'autre à faire ensuite et où nous devrons aller.

Elle ouvrit le sac du griffon avec énervement et se mit à fouiller dedans. Elle sortit un sachet en plastique rempli de petits paquets verts et en examina le contenu. Du chewing-gum à la menthe verte. Elle jeta le sachet sur le canapé, puis sortit un livre du sac. *Christine*, de Stephen King. Qu'elle envoya rejoindre le sachet. Que pouvait-il bien y avoir dans ce sac pour le rendre si lourd ?

Soudain la poitrine nue du Wyr se dressa devant elle. Elle essaya de ne pas la remarquer ni de s'en soucier, mais elle n'avait pas eu assez de temps pour l'admirer tout à son aise, en s'attardant, comme elle le souhaitait vraiment. Elle garda la tête baissée tout en laissant son regard glisser sur les pectoraux musclés. Sa peau bronzée était d'un brun engageant, les mamelons plus foncés nichés dans les poils qui formaient une traînée le long de son torse, puis de son ventre plat pour disparaître dans son jean dont il avait remonté la fermeture Éclair, mais qu'il n'avait pas encore boutonné. Elle déglutit et ferma les yeux. Elle savait à quel point son corps était chaud et elle commençait à le désirer aussi ardemment qu'elle désirait la chaleur vive d'un feu.

Rune frotta ses épaules.

— Ne t'inquiète pas, tes horribles caftans seront bientôt là, fit-il d'un ton apaisant.

— Je ne suis pas inquiète, je suis de mauvaise humeur, déclara-t-elle. Et puis arrête de dire que mes caftans sont horribles.

— Je les décris comme je les vois, beauté. Comme tu as fait pour l'homme poilu à lunettes.

— J'espère bien ne plus jamais revoir ce tee-shirt.

— Je vois que tu comprends parfaitement ce que m'inspirent tes caftans.

Elle le fusilla du regard. Était-ce une expression amusée sur son visage ? Elle remit la main dans le sac et en sortit un Glock. Ah, voilà qui commençait à expliquer le poids du bagage. Il devait bien y avoir cinq ou six pistolets là-dedans, des grenades, un assortiment de boulets, et peut-être un lance-roquettes ou deux. Elle jeta le Glock sur le canapé. Elle savait qu'il devait avoir fourré des vêtements quelque part. Elle finirait bien par tomber dessus. Elle sortit encore deux couteaux, leva les yeux au ciel, et leur fit rejoindre le Glock.

— Il doit y avoir quelque chose là-dedans que je puisse mettre, au moins temporairement.

— Tu peux prendre ce que tu veux, y compris le tee-shirt avec le type poilu à lunettes, mais je n'ai apporté avec moi que quelques trucs et ils ne sont pas dans le meilleur état.

— Évidemment, fit-elle d'un air dégoûté en laissant retomber le sac.

— J'allais appeler la réception et commander quelques affaires pour moi. Pourquoi ne prendrais-tu pas une douche chaude pendant que je commande des vêtements pour toi, que tu aimeras peut-être, pour changer ?

Elle haussa les sourcils. Se tenir sous un jet d'eau chaude et pouvoir laver ses cheveux emmêlés et pleins de sable la laissait rêveuse, mais elle soupçonnait que sa proposition cachait quelque chose.

— Tu veux que je sorte de la pièce, c'est ça ?

— Seulement pour que je puisse te commander tranquillement des vêtements sans devoir argumenter trois heures avec toi.

— Tu ne commanderas rien de poilu ou à lunettes, n'est-ce pas ? fit-elle d'un ton un peu las.

Il éclata de rire, prit ses joues en coupe entre ses mains et l'embrassa, savourant le contact de ses lèvres répondant à son baiser. Au début, elle l'avait maladroitement embrassé, comme si elle n'avait pas l'habitude d'utiliser sa bouche pour exprimer de l'affection, mais elle apprenait vite et elle se pressa contre lui puis l'embrassa avec une telle promesse de sensualité qu'il faillit la traîner par terre pour la prendre de nouveau. Il eut toutes les peines du monde à se retenir.

— Je promets. Rien de poilu ou à lunettes.

Elle devait reconnaître qu'elle commençait à être intriguée et à se demander ce qu'il allait lui acheter. Ce serait sûrement affreux, comme l'étaient ces grosses bottes à bout ferré qu'il semblait affectionner.

S'abandonner à l'expérience et changer, hmm ? Elle réprima un sourire. Et pourquoi pas ? Quel mal y avait-il à essayer de nouveaux vêtements ? L'idée de lui en acheter semblait le combler de plaisir, et elle se rendait compte qu'elle aimait lui faire plaisir. Et puis quelle importance si elle mourait d'ici deux semaines ?

— D'accord. Tu peux me commander quelque chose, si tu veux. Si ça ne me plaît pas, je pourrai toujours porter mes affaires.

— Bien sûr. Quelle taille tu fais ? (Il passa les mains le long de ses flancs pour apprécier sa taille mince.) Je dirais du trente-huit. Et ta pointure ?

Elle sourit enfin.

— Trente-six. Je n'ai pas besoin de savoir comment tu arrives à si bien juger de la taille des femmes. Je devine.

— Aucune d'elles n'a jamais compté pour moi, darling, fit-il d'une voix encore plus suave.

Le désir palpita de nouveau en elle, accompagné de l'envie de le mordre.

— Je vais aller prendre cette douche, réussit-elle à articuler.

— Prends ton temps, fit-il.

Le regard un peu déphasé qu'elle avait était foutrement sexy. S'ils n'avaient pas eu d'affaires pressantes et graves à traiter, il aurait proposé de la rejoindre. Il l'avait engloutie avec voracité et maintenant il voulait la déguster. L'idée de se tenir sous un jet d'eau chaude avec elle et de savonner ses courbes sensuelles qu'il avait à peine eu l'occasion d'apprécier, ni même de goûter, raidit son sexe au point de lui faire mal. Mais elle avait raison, ils avaient tant à faire et si peu de temps. Il serra les dents, fit un pas en arrière et la laissa se diriger vers une des chambres.

Comme il avait su rester sage, il s'autorisa une petite sucrerie et il suivit des yeux son superbe derrière qui ondulait doucement en s'éloignant. Elle était belle comme un astre et séduisante en diable.

Elle s'arrêta pour se baisser et prendre un des couteaux et il leva les sourcils avec surprise. Il se demandait bien pourquoi elle faisait cela. Quelle sorcière magnifique, piquante et sexy, incompréhensible. Avec elle, c'était comme si on lisait un polar, on ne savait jamais à quoi s'attendre et le suspense vous tenait sans arrêt en haleine, à la différence qu'on s'amusait beaucoup plus.

La suite comprenait deux chambres. Elle disparut dans la première et il se décida enfin à se bouger et à faire preuve d'un peu de productivité.

Son premier coup de fil concernait ce qui prendrait le plus de temps à organiser. Il appela le standard pour joindre la morgue du comté de Cook dans l'Illinois, puis il dut naviguer à travers une longue série de messages préenregistrés avant d'être enfin redirigé vers le bureau des Affaires Paranormales du médecin légiste. Il s'attendait à tomber sur la boîte vocale et fut donc agréablement surpris lorsque Seremela décrocha.

— Dr Telemar à l'appareil. Soyez bref, ou je risque de m'ennuyer et de raccrocher.

— Seremela, fit Rune. Comment allez-vous ?

— Rune ! s'exclama la gorgone avec chaleur et d'un ton agréablement surpris. Je vais très bien, merci. Tout est beaucoup plus tranquille en ce moment. Mon bureau n'a pas vu passer un seul cadavre depuis notre dernière conversation. Comment s'est passé votre voyage à Adriyel ?

Il sourit. C'était une manière polie de dire que les choses s'étaient calmées depuis le départ de Tiago et de Niniane de Chicago.

— Je vais bien, merci. Le voyage a été un peu compliqué, mais au moins le couronnement a eu lieu et aux dernières nouvelles tout allait bien pour Tiago et Niniane. Écoutez, je crains de devoir entrer d'emblée dans le vif du sujet. Je traite une affaire à San Francisco qui est devenue urgente et j'espérais que vous étiez disponible pour une consultation.

— Vous piquez ma curiosité, fit Seremela. Et vous savez déjà que ma charge de travail en ce moment n'est pas démesurée. De quoi s'agit-il ?

— Je ne peux pas en parler au téléphone. J'ai besoin de vous sur place. Mais vous seriez généreusement rémunérée pour votre temps et bien entendu pour tous vos frais de voyage, j'y veillerai personnellement. (Il attendit un court moment, le temps qu'elle enregistre la demande, puis reprit la parole :) C'est une affaire des plus pressantes, Seremela. Il s'agit d'une question de vie ou de mort.

Le son de ses propres mots lui fit l'effet d'un coup de poing. Merde, il s'agissait vraiment de vie ou de mort. La vie de Carling, la mort de Carling. Une sueur froide se mit à couler le long de son échine.

Ne panique pas, fiston. Agis.

Le ton enjoué de Seremela s'assombrit.

— Bien entendu, fit-elle. (Sa réponse avait fusé si vite qu'il aurait voulu l'embrasser.) Je serais heureuse de vous aider comme je peux. Je vais réserver une place dans le premier avion possible.

Il se frotta la nuque.

— Je vais plutôt affréter un avion pour vous. Vous arriverez plus vite.

— Je ferais bien de raccrocher afin de pouvoir passer chez moi faire ma valise, fit Seremela. J'irai ensuite directement à... O'Hare[1] ?

— Oui, parfait. Donnez-moi un numéro de portable pour que je puisse vous contacter. (Il nota ce

---

1. Aéroport international de Chicago. *(N.d.T.)*

qu'elle lui dicta.) Seremela, je vais vous devoir une fière chandelle. Merci.

— N'y pensez même pas, de rien. Occupez-vous de mon vol maintenant.

Elle raccrocha et Rune composa le numéro de Tucker, leur contact wyr, dont la nature animale était le blaireau, qui était basé à Chicago et payé pour les assister quand ils avaient besoin de réservations dans cette ville, ou d'armes et de matériel. En individu taciturne et asocial, Tucker appréciait de vivre dans un relatif isolement. Rune ne se soucia pas de lui expliquer qu'il agissait en dehors des intérêts du domaine wyr. Il n'était pas sûr que Tucker saisirait la distinction, ni qu'il s'en préoccuperait, de toute façon.

Il écouta Rune lui expliquer ce dont il avait besoin.

— Ce que tu es en train de me demander, dit alors Tucker, c'est d'embarquer des serpents dans un avion.

Rune pouffa de rire. Tucker était si souvent maussade que son humour rare et déjanté le prenait toujours par surprise.

— C'est pas le politiquement correct qui t'étouffe, vieux.

— C'est pour ça que je vis seul.

— J'ai besoin de ça le plus vite possible.

— C'est comme si c'était fait, fit Tucker en raccrochant.

Il appela ensuite la réception afin d'avoir le nom d'un *personal shopper*. Il fut rapidement mis en ligne avec une femme du nom de Gia, et il était en train de lui expliquer ce qu'il voulait exactement qu'elle achète quand la fonction d'appel en attente sur le téléphone bipa. Il prit l'autre appel.

— L'avion est réservé, fit Tucker. Il attendra Dr Telemar lorsqu'elle arrivera à l'aéroport. La toubib sera avec toi ce soir.

— Formidable.

Il sentit le nœud dans son estomac se détendre un peu.

— Juste pour que tu saches, l'entreprise qu'on utilise est surbookée en ce moment. J'ai dû leur faire décaler des contrats pour avoir un avion. Ça va te coûter un paquet.

— Le fric n'est pas un problème.

Il reprit son premier appel, finit de passer sa commande, et raccrocha.

Qu'est-ce que Carling pouvait bien vouloir faire avec ce couteau ?

Il passa les mains dans ses cheveux et il entendit frapper à la porte. Il alla l'ouvrir. Une jeune femme mince et blonde, avec une coupe au carré, vêtue d'un uniforme de l'hôtel, attendait dans le couloir, un grand sourire aux lèvres. Quand elle le vit, son sourire s'évanouit et ses yeux s'écarquillèrent. Elle avait l'air abasourdi.

— Oh, mon Dieu, s'exclama-t-elle.

— Désolé, fit Rune. J'aurais dû enfiler une chemise.

— Pas pour moi, souffla la jeune femme.

Son regard se baissa comme s'il était entraîné par la gravité et resta rivé sur la ceinture de son jean.

— Qu'est-ce que je peux faire pour vous ? demanda Rune avec impatience.

— Ce que vous voulez, répondit-elle dans un murmure étranglé. (Puis elle leva les yeux tandis que le rouge lui montait aux joues.) Oh, là, là, je suis tellement désolée. Ne répétez à personne que j'ai dit une chose pareille, d'accord ? Je pourrais perdre mon emploi.

— Pas de problème. (Il lui sourit malgré lui.) Ce que je voulais vous demander, c'était pourquoi êtes-vous ici ?

— Le directeur adjoint, M. Rowling, m'a chargée de vous informer, vous et la Chancelière Severan, que plusieurs membres de la presse étaient arrivés. Il est en bas en train de leur parler. Il voulait que vous sachiez que si vous souhaitiez quitter discrètement l'hôtel, il vous suffisait d'appeler la réception et il ferait en sorte que vous et la Chancelière puissiez avoir accès à l'une des entrées de service.

— Remerciez-le pour nous. (Il souligna le « nous » et vit son air déconfit.) Nous appellerons si nous en avons besoin.

Même s'il savait déjà qu'il n'en aurait pas besoin. C'était l'une des raisons pour lesquelles il avait réservé une suite munie d'un balcon. Il avait ainsi sa propre entrée privée. Comme l'espace était limité, les décollages et les atterrissages nécessiteraient une certaine habileté, mais ne lui poseraient pas de problème.

— Bien, monsieur.

Il referma la porte et se retourna pour faire face à la suite. Deux chambres, deux salles de bains. Il n'avait pas besoin d'attendre que Carling ait fini pour prendre une douche.

Mais il continuait à se demander avec curiosité pourquoi elle avait pris un couteau avec elle.

— Comment ça va ? appela-t-il.

— Je serai prête dans quelques minutes, répondit Carling.

Elle avait trouvé la chambre qu'elle avait choisie aussi élégamment décorée que le salon. Il y avait un autre vase de fleurs fraîches, la literie était irréprochable et deux autres portes-fenêtres donnaient sur le balcon. La salle de bains en marbre était aussi spacieuse et luxueuse que le reste de la suite.

Elle se regarda dans le miroir de la salle de bains. Elle avait coupé la moitié de ses cheveux pour l'instant. Elle s'était prélassée sous la douche, usant des savons et du shampoing fournis gracieusement par l'hôtel. Puis elle s'était séchée et avait examiné la longue masse de cheveux mouillés et emmêlés qui lui tombait dans le dos. Elle n'avait pas de brosse. Alors elle avait saisi le couteau.

La coupe ne pouvait être qu'irrégulière si elle se servait d'un couteau et pas de ciseaux de coiffeur, aussi elle repensa à l'adolescent qu'elle avait vu dans le hall de l'hôtel et à sa coupe de cheveux, disons, déstructurée, et elle essaya de la reproduire. Elle laissa juste assez de longueur pour que la coupe puisse être reprise plus tard, passa les doigts dans les mèches soyeuses et humides afin de leur donner un peu de volume, puis étudia le résultat.

Une étrangère la regardait dans le miroir. Les cheveux courts soulignaient ses pommettes saillantes, ses lèvres pulpeuses et sa mâchoire fine, et rendaient ses yeux sombres immenses. Après avoir eu de si longs et si lourds cheveux pendant tellement longtemps, sa tête et son cou lui donnaient l'impression de ne rien peser, ce qui était assez déstabilisant.

Cela irait pour l'instant. Elle ressentit un autre pincement quand elle vit la masse de cheveux sur le sol, mais la sensation de liberté était bien plus attrayante. Elle sourit, enfila le peignoir et retourna dans le salon.

Rune la regarda, stupéfait.

— Oh, bordel, tu n'as pas fait ça, marmonna-t-il en se frottant la nuque. Tu es splendide, mais ces magnifiques cheveux…

— C'est la saison du changement.

Et puis ses cheveux, franchement qu'est-ce qu'elle en avait à faire si elle devait mourir, alors autant profiter du sentiment de liberté et de légèreté tant qu'elle le pouvait.

— Qui a frappé tout à l'heure ?

— Une employée de l'hôtel. Les paparazzi ont commencé à rappliquer.

— Évidemment. (Elle le regarda.) Tu n'as pas encore pris de douche.

— J'étais occupé.

Il saisit une trousse en cuir dans son sac et lui planta un baiser sur la joue.

— Sacrément splendide, mais nom de Dieu, ces cheveux vont me manquer. Ça va me prendre cinq minutes. Attends que j'aie fini avant d'appeler le djinn, d'accord ?

Carling, ravie de son commentaire, passa la main sur sa mâchoire et lui fit une caresse furtive.

— D'accord.

Une fois qu'il fut sorti de la pièce, elle ramassa le caftan déchiré et chercha une corbeille à papier. Elle en avisa une glissée discrètement sous une table. Quand elle la tira pour y jeter le caftan, elle trouva dedans un morceau de tissu en boule. Elle le sortit, intriguée, et le secoua pour le défroisser.

C'était le tee-shirt de Rune avec l'image de l'homme poilu. Comment s'appelait-il déjà ? Jerry Garcia. Rune avait jeté son tee-shirt préféré pendant qu'elle ne regardait pas. Il devait l'avoir fait à l'instant, quand elle était dans la salle de bains.

Tiens, tiens.

Elle laissa tomber le caftan dans la corbeille et pressa la main sur sa bouche. Elle ferma les yeux et enfouit le visage dans le tee-shirt. Il était saturé de son odeur. Elle inspira plusieurs fois profondément. Le coton usé était doux contre ses joues. Elle le plia ensuite avec soin et le rangea au fond de son sac.

Rune revint effectivement au bout de cinq minutes. Quand il la rejoignit, elle avait ouvert les portes donnant sur le balcon et contemplait les immeubles de San Francisco qui se détachaient contre le ciel.

Il avait retiré son jean taché de sang et en avait enfilé un autre, sale toutefois, mais il avait décidé de rester torse nu et de ne pas remettre ses bottes pour le moment. Les poils sur son torse étaient beaucoup plus foncés que sa peau bronzée et encore humide. Ses cheveux mouillés collaient à son crâne et une simple bouffée de son odeur propre et masculine suffit à la faire flageoler.

Elle luttait entre la fierté et l'envie de faire quelque chose. Mais dans quelques semaines, quand elle serait morte, qu'importerait sa fierté ?

Même en se disant cela, il était encore terriblement difficile de répondre à son envie de faire. Elle fit un pas en avant et se heurta à un mur de peur irrationnelle. Elle dut se forcer à le traverser pour rejoindre son amant. Ses bras l'enveloppaient avant même qu'elle n'ait posé la tête sur son épaule et se soit lovée contre sa poitrine.

C'était ce qu'elle voulait : ses bras autour d'elle alors qu'elle se blottissait contre lui. Prendre l'initiative de cette simple étreinte était l'une des choses les plus difficiles qu'elle ait jamais faites.

Rune posa la joue sur sa tête. La coupe grossière avait eu un résultat surprenant en donnant à ses traits un charme piquant. L'étrange éclair de peur au fond de ses prunelles quand elle se réfugia entre ses bras lui déchira le ventre, profondément, là où le putain de crochet était planté.

« J'ai tellement peur », lui avait-elle dit sur l'île. Il ne pouvait pas imaginer ce que cela devait être d'affronter la perspective de sa propre mort. Quant à l'idée d'affronter celle de Carling... il n'arrivait pas à le concevoir. Il refusa d'y penser plus longtemps.

— Rune, murmura-t-elle.

Il se rendit compte qu'il la serrait trop fort et relâcha son étreinte. Il s'éclaircit la gorge et dit d'un ton abrupt :

— Pardon.

— Est-ce que ça va ?

Il ne lui répondit pas directement, essentiellement parce qu'il ne savait pas si cela allait.

— Il faut que tu appelles le djinn. Nous avons besoin qu'il parte à la recherche du couteau.

— Oui, bien sûr, oui.

Elle se redressa et passa la main dans ses cheveux, ce qui les fit se dresser sur sa tête.

Elle avait l'air totalement chiffonné, ce qui la rendait encore plus adorable. Rune respira entre les dents et se détourna en faisant brutalement volte-face. Ses mains tremblaient. Il avait l'impression d'être un toxico en manque. Il était tellement occupé à tenter de dompter ses émotions qui se cabraient comme un étalon sauvage qu'il n'entendit pas ce qu'elle murmura ensuite, même s'il sentit sa Force fuser comme un élégant harpon.

L'air frissonna. Il contenait la tension tremblante d'une goutte de sueur sur le point de tomber du front du Titan Atlas alors que celui-ci peinait à soutenir le monde.

Puis Rune capta un maelström d'énergie fonçant vers eux, provenant d'un lieu indéfini et lointain. Il s'engouffra dans la suite par les portes-fenêtres du balcon et l'emplit avec un tel rugissement chaotique de Force que pendant un instant les murs de l'immense hôtel donnèrent l'impression d'être aussi fins, fragiles et transparents que du papier journal. Puis les murs reprirent leur solidité et la Force se souda en un point défini.

C'était un djinn très vieux et très Puissant, un prince parmi ses congénères. Les lèvres de Rune se retroussèrent en une grimace instinctive de hargne. Il écarta un peu plus les jambes pour s'ancrer encore mieux et se prépara à la présence du cyclone.

La silhouette d'un homme prit forme dans la pièce. De longs cheveux de jais balayaient l'air autour d'un visage fin, élégant, pâle et inhumain. D'étroits yeux clairs comme le diamant brillaient entre les mèches. Le reste de son corps se matérialisa. Il était au moins aussi grand que Rune avec une silhouette mince et gracieuse, en harmonie avec son visage. Il portait une tunique et un pantalon noirs d'une coupe simple et arborait une expression de fierté royale. Il acheva rapidement de prendre forme et substance.

Le djinn n'accorda aucune attention à Rune, comme si le griffon n'existait pas. Il était totalement concentré sur Carling.

Rune haït ce salaud insaisissable sur-le-champ.

Parce que le truc vraiment exaspérant avec les djinns, c'était qu'ils pouvaient se dématérialiser à loisir, absolument n'importe quand, si bien qu'il était quasiment impossible de leur en flanquer une bonne. Et même si vous réussissiez à leur en balancer une, ils n'étaient après tout que des esprits de l'air qui avaient pris corps de la même manière que l'on peut endosser des vêtements jetables, si bien qu'il était presque impossible de leur faire vraiment mal. Pour se battre avec un djinn, il fallait l'engager dans une lutte de Force.

Rune savait très bien comment combattre un djinn, mais cela ne procurait pas la satisfaction viscérale de lui coller son poing dans la tronche. Et il avait tellement envie de démolir cette jolie face, trop parfaite, aristocratique et hautaine.

Carling se tourna pour regarder Rune. Elle avait l'air incrédule.

— Est-ce que tu *grondes* de nouveau ?

Rune lui jeta un regard noir. Ses cheveux adorables étaient en désordre et elle était enveloppée dans ce foutu peignoir comme si elle venait de sortir du lit après avoir fait l'amour. Et le cadre moderne – l'hôtel, la silhouette des immeubles se détachant sur le ciel, le peignoir – donnaient l'impression que son visage, dénué de tout maquillage, était nu.

— Pourquoi n'as-tu pas attendu pour l'appeler que nous ayons des putains de vêtements à nous mettre sur le dos ?

— *Mais tu as dit...*, dit-elle par télépathie, éberluée.

Voir Carling sidérée était chose rare. Et charmante. Il aurait pu apprécier le spectacle, s'il n'avait pas été possédé par un étalon furieux. Il mit les mains sur ses hanches et rugit :

— *OUBLIE CE QUE J'AI DIT*.

Le djinn croisa les bras et haussa un élégant sourcil noir avec un air tellement dédaigneux que Rune se dirigea vers lui.

Soudain, Carling fut devant lui et lui bloqua le chemin. Elle le frappa sur la poitrine des deux mains. Il continua à avancer, poussant, luttant avec sa Force ; les pieds nus de la vampire glissèrent sur le tapis.

— Je ne sais pas pourquoi tu piques une crise de psychotique, mais je te jure que je vais te jeter par la fenêtre, espèce de cinglé, si tu fais *un pas de plus*.

Le djinn les toisa tous les deux. Il sourit.

— J'ai déjà vu ce type de comportement chez un Wyr.

Lui jetant un regard furibond par-dessus la tête de Carling, Rune cracha les mots comme s'ils étaient des balles :

— Je veux savoir pourquoi tu as accordé ces trois faveurs. Et ce que Carling a fait pour toi.

— Vraiment ? fit le djinn d'un ton alangui en écarquillant ses yeux de diamant. Sinon, quoi ?

14

Rune feula comme un chat. Il avait l'air tellement sauvage et malveillant que Carling en fut secouée. Elle ne comprenait pas ce qui lui arrivait, mais son agressivité flamboyait de nouveau avec une telle virulence qu'elle semblait le régir avec autant de cruauté que le fouet d'un esclavagiste. Elle comprit enfin. Il était vraiment dangereux à cet instant.

Même si les mains de Rune avaient changé et que ses doigts se terminaient désormais par des griffes meurtrières, il lui tenait toujours les épaules avec la même sollicitude exquise. Elle ne s'inquiétait pas du tout pour elle. Elle savait qu'elle ne courait aucun danger avec lui, mais elle eut une vision saisissante de Rune et Khalil en train de se battre. Si cela arrivait, ils en sortiraient tous les deux très abîmés.

Elle chercha des moyens de calmer la situation. Elle ne voyait pas trente-six solutions. Elle appuya le front contre la poitrine de Rune et lui parla à voix basse :

— Rune, écoute-moi. Tu commences à m'alarmer, ça ne va plus. Ne me force pas à te jeter un sort.

Sa poitrine se souleva, il avait inspiré profondément. Il l'entoura de ses bras.

— *Tu peux me jeter le sort que tu veux*, murmura-t-il dans sa tête.

Argh, l'imbécile. Elle faillit le jeter par la fenêtre en entendant ses mots. Elle ne savait pas comment elle pouvait sentir une telle connexion avec lui, et l'instant d'après avoir l'impression d'être en face d'une de ces créatures sorties tout droit des films de monstres qu'il disait affectionner. Ce n'était vraiment pas le moment de flirter.

Comment s'était-il décrit, déjà ? Un crétin stupide de chez stupide, cinglé, irrationnel, insensé, horriblement jaloux. Oui, pour sûr, il était un crétin...

Mais ce n'était pas le mot le plus important dont elle devait se souvenir.

Horriblement jaloux. Voilà les mots importants.

Si elle avait décidé de rester amoureuse de lui, elle aurait pu ressentir une certaine satisfaction. Elle pinça les lèvres et envoya balader l'absurde satisfaction.

— Khalil ? fit-elle.

— Oui, ma chère Carling, ronronna le djinn d'une voix caressante qui suintait le sexe et le péché. Vous savez que je ferai tout ce que je peux pour vous. N'importe où. N'importe quand.

Rune se remit à gronder.

Elle s'accrocha à lui en le saisissant par les poignets avec ses deux mains. Il essaya de se dégager, mais il n'arriva pas à lui faire lâcher prise et il ne voulait pas lui faire mal. Ils s'engagèrent dans une épreuve de force inoffensive et assez ridicule. Carling siffla dans la tête du djinn.

— *Est-ce que tu es devenu fou, toi aussi ?*

— *C'est tellement amusant de taquiner les Wyrs quand ils se mettent dans cet état*, répliqua Khalil.

— *Si tu continues à le narguer, je vais te le faire regretter.* J'en ai assez de ces âneries, Khalil, dis-lui ce qu'il veut savoir ou je le ferai, ajouta-t-elle à haute voix.

Le sourire vicieux de Khalil laissa place à une expression renfrognée. Puis quelque chose de plus sombre voila son regard cristallin, le tourment d'un souvenir.

— Il y a de nombreuses années, ma fille, Phaedra, a été enlevée et torturée. Carling a accepté de m'aider à la sauver et à la libérer. Ce ne fut pas facile. Carling a gagné ces trois faveurs, fit-il enfin.

Rune s'immobilisa en entendant ces mots et Carling commença à relâcher sa prise avec précaution.

— Ta fille, dit-il.

Il était rare que les Anciens aient des enfants et lorsque c'était le cas, ils étaient chéris et protégés. L'étalon furieux qui ruait dans la tête de Rune se calma suffisamment pour laisser entrer une bribe de rationalité.

— Est-ce qu'elle a survécu ?

— Elle est en vie.

L'expression du djinn était maintenant de marbre. Il était clair qu'il n'en dirait pas plus.

Rune médita ce qui avait été dit et surtout sous-entendu. Cela avait dû être un sauvetage particulièrement délicat et dangereux pour qu'un djinn aussi Puissant que lui ait eu besoin d'aide. Et même si l'enlèvement avait eu lieu de nombreuses années auparavant, la réponse laconique et sèche de Khalil indiquait clairement que sa fille n'avait pas dû en sortir indemne.

Carling tapota le dos de Rune avec impatience.

— Ça va, maintenant ?

— Oui, marmonna-t-il en se frottant la nuque.

Elle le lâcha et fit un pas en arrière. Khalil se concentra sur elle.

— Pourquoi m'avez-vous convoqué ? demanda-t-il.

— J'ai une tâche à te demander d'accomplir aussi vite que possible. (Khalil inclina la tête.) Nous avons besoin que tu récupères pour nous un objet, s'il existe.

Si le djinn se dit qu'une telle requête revenait à gâcher une faveur précieuse, il n'en montra rien.

— Que souhaitez-vous que je récupère ?

— Un couteau suisse, expliqua Rune. Plus précisément, un couteau suisse Wenger New Ranger 70 avec un manche noir d'à peu près cette longueur. (Il indiqua la longueur du couteau en tenant ses index à la distance appropriée.) Nous devons déterminer s'il est enfoui sous les pierres de l'entrée du temple funéraire de Djoser à Saqqarah.

Khalil baissa ses troublants yeux de diamant sur les mains de Rune.

— Ce complexe funéraire est vieux de plusieurs milliers d'années, fit-il lentement.

— Je n'ai pas dit que la tâche serait facile, ou que tu en comprendrais le sens, dit Carling. Et le couteau n'y est peut-être pas. Il faut que nous sachions s'il y est, et il faut que nous le sachions le plus vite possible. La réponse est importante, Khalil. Ne fais pas d'erreur.

L'expression réservée et majestueuse du djinn demeura indéchiffrable.

— Ceci complétera la deuxième des trois faveurs que je vous dois depuis tant d'années.

— Oui, fit-elle.

Il inclina la tête, toute moquerie s'était évaporée de ses traits. Rune crut distinguer une trace de soulagement sur son visage avant qu'il se transforme de nouveau en cyclone et disparaisse.

Carling toisa Rune et pinça la bouche. Elle tapa légèrement du pied.

Il fallait qu'il s'excuse, ça ne faisait pas le moindre doute. Il savait qu'il n'agissait pas rationnellement ni normalement. Ses efforts pour contenir ses pulsions de s'unir avaient des effets néfastes, non seulement sur lui, mais sur tous ceux qui l'approchaient. Cette ligne qu'il essayait de ne pas traverser commençait à lui entrer dans la chair, mais il ne pouvait pas quitter Carling. Pas encore. Même si elle disposait de toute l'aide dont elle avait besoin, il ne serait pas capable de partir. Il avait besoin du temps qu'ils pouvaient passer ensemble avant que leurs vies distinctes ne les séparent pour de bon. Et il ne pouvait pas avouer le combat qu'il livrait contre lui-même. Il ne voulait pas lui imposer ce fardeau, pas alors qu'elle avait tant de choses à affronter. Il n'était pas Rhoswen, une gamine déséquilibrée et nombriliste.

Il chercha quelque chose à dire. Et ne trouva rien.

— Ça s'est bien passé, tu ne trouves pas ? se contenta-t-il de dire.

Elle le dévisagea, puis du revers de la main le frappa sur la poitrine, avec force.

Maintenant que l'autre mâle était parti, Rune fut en mesure de se détendre suffisamment et retrouva son côté joueur.

— J'aime ton penchant pour la violence, fit-il d'une voix grave et sensuelle.

Une expression presque égarée passa dans les yeux de Carling. Elle le frappa une seconde fois. Plus fort encore.

Il savait qu'il le méritait. Mais c'était tellement réjouissant qu'il n'arrivait pas à s'arrêter. Bordel, il adorait ça. Il ferait tout aussi bien de l'admettre : il l'aimait.

— Qu'est-ce que j'ai encore fait ? dit-il en lui décochant un sourire innocent et languide.

Elle fit volte-face et sembla chercher quelque chose. Elle regarda toutes les portes, puis elle sembla prendre une décision, se dirigea à grands pas vers la salle de bains et claqua la porte derrière elle. Il entendit le cliquètement du verrou.

Rune se frotta les yeux. Ouais, ça s'était bien passé.

Carling baissa l'abattant des toilettes et s'assit dessus. Elle se pencha afin de poser les coudes sur ses genoux et enfouit son visage dans ses mains. Elle n'essaya pas de réfléchir. Elle ne voulait pas réfléchir. Elle pensait à trop de choses, ressentait trop de choses, et la cacophonie dans sa tête la rendait démente. Elle voulait juste être seule un moment.

Inspire. Expire. Doucement, régulièrement.

Pour elle, respirer ne servait peut-être à rien précisément, mais c'était un bon exercice de méditation. Cela pouvait aider à atteindre un calme zen. Et Carling avait vraiment besoin de calme et non de bouillir et de fulminer en se disant que quelqu'un était vraiment un *crétin de première*. Et puis il y avait aussi Rhoswen, quel était son problème, à celle-là ? C'était comme si elle était redevenue une diva tuberculeuse de dix-huit ans, jouant pour cette minable troupe shakespearienne à l'époque de la ruée vers l'or, au lieu d'être une femme de cent-soixante-dix ans...

Comment Carling avait-elle pu s'égarer à ce point avec Rhoswen ? Qu'avait-elle fait ou pas fait ?

Qu'aurait-elle dû faire différemment ? Était-elle devenue tributaire à ce point de la perception des émotions des créatures vivantes qu'elle ne s'était jamais préoccupée de voir ce que cachait l'extérieur lisse de Rhoswen ? Elle pressa le dos de ses mains contre ses yeux.

Arrête. Inspire.

Rhoswen n'était pas un problème qu'elle devait résoudre pour l'instant. Plus tard – si jamais il y avait un plus tard –, elle aviserait à propos de la jeune vampire. Se livrer à des mesquineries et avoir un comportement vindicatif ne signifiait pas nécessairement que Rhoswen avait perdu la boule. Mais si c'était le cas, en tant que sa créatrice, la responsabilité de la faire disparaître incombait à Carling.

Oh, et puis il y avait la masse de cheveux qu'elle avait laissée sur le sol de la salle de bains. Elle poussa la pile soyeuse du pied. Normalement, elle ne se serait jamais éloignée si longtemps d'une telle abondance de matière personnelle que quelqu'un aurait pu voler et utiliser pour lui jeter un sort. Sa rigueur méticuleuse faiblissait et s'ajoutait à la liste des signes révélateurs de sa vulnérabilité croissante. Or elle ne pouvait vraiment pas se permettre que cette liste s'allonge...

Expire, bon sang.

— Oh, et puis j'emmerde le zen, marmonna-t-elle. Je serai zen quand je serai morte.

Elle s'arracha du siège des toilettes, s'enveloppa les cheveux dans une serviette et sortit en trombe de la salle de bains.

Entre-temps, Rufio avait personnellement livré deux grandes valises Gucci. Rune prit les bagages sans l'inviter à entrer. Il referma la porte avec le pied, posa les valises dans la chambre que Carling avait choisie et passa à la tâche suivante. Pendant que Carling s'isolait un moment, il s'assit sur le canapé, sortit son iPod et le posa sur la table basse, puis il alluma son iPhone afin de passer ses messages en revue.

Les e-mails ? Il n'allait même pas essayer d'ouvrir sa messagerie. Il voulait juste écouter les messages vocaux. Il y en avait soixante-trois. Cinquante-quatre avaient été laissés par des femmes. Il appuya sur la touche « Effacer » sans même les écouter. Huit venaient des autres sentinelles. Leur teneur était la suivante :

Bayne :

— Bon, alors, comment ça se passe, ce travail pour la sorcière ? Elle a commencé à te faire faire des trucs de dingue ?

Des trucs de dingue. Tu n'as pas idée, tiens.

Graydon :

— Où sont les fichiers que tu voulais que je consulte ? Je n'arrive jamais à me dépatouiller avec le nouveau système sur le disque partagé, et tu m'avais promis que tu me montrerais. Rappelle-moi quand tu peux.

Non, fiston. Tu peux très bien te débrouiller tout seul. Je crois en toi.

Constantine :

— Mec, on est vendredi soir et toutes les nanas commencent à laisser des fleurs, des ours en peluche et des bougies devant ta porte. Elles parlent toutes à voix basse avec des mines éplorées comme si t'avais passé l'arme à gauche ou un truc du genre. Alors, je vais en sortir quelques-unes, histoire de les consoler. Les jumelles entre autres. J'pensais que t'aimerais savoir.

Rune connaissait les jumelles dont parlait l'autre griffon. *Prends-les, espèce de pervers.*

Graydon :

— Bon, je te rappelle juste pour te dire d'oublier mon précédent message. J'ai renoncé et je suis allé voir les gars du service informatique, et ils m'ont montré comment récupérer les fichiers. J'espère que tu passes un bon week-end.

Eh bien voilà. Tu t'es débrouillé. Je savais que tu y arriverais.

Aryal :

— T'es chiant.

Apparemment Aryal venait de découvrir la pile de boulot qu'il avait laissée sur son bureau. Son sourire devint diabolique. *Ouais, je sais.*

Grym :

— Pour info, j'ai bouclé l'enquête concernant l'incident à Prague. C'était un accident pur et simple, pas du sabotage industriel. Pas besoin de me rappeler. Je me suis juste dit que tu aurais voulu savoir.

Bien joué, camarade.

Aryal :

— T'es SUPER CHIANT.

Le sourire de Rune se transforma en rire.

Bayne :

— Meeeeeeec. Tu écoutes ces messages et tu nous évites, c'est ça ? Parce qu'entre Tiago qui a démissionné et toi qui es hors service, faut que tu saches que ça fait mal.

Arrête de râler. T'en as vu d'autres.

Le dernier message avait été laissé par Dragos. Il était comme tous les messages de Dragos, simple et direct, sans fioritures. Le dragon grondait :

— Appelle-moi dès que tu peux.

Le sourire de Rune s'effaça et il poussa un soupir. Dragos se donnait rarement la peine de décrocher le téléphone et encore moins souvent de laisser un message. Ce n'était généralement pas bon signe. Il vérifia l'heure à laquelle il avait appelé, samedi à 11 h 03. Quel que soit le problème, s'il y avait bien un problème, il avait eu le temps de fermenter quelques jours. Au moins, Dragos n'avait pas laissé un autre message et Rune pouvait espérer qu'ils n'étaient pas sur le point d'entrer en guerre avec un domaine.

Il secoua la tête et se pinça le nez. Il venait de se rendre compte qu'il n'avait pas écouté les nouvelles depuis trois jours. Il trouva la télécommande de la télévision et l'alluma sur la chaîne CNN, sans le son. Aucune scène de cataclysme ne surgit à l'écran.

Il se demandait s'il devrait rappeler Dragos sur-le-champ ou attendre un moment plus tranquille, quand Carling sortit de la chambre. Elle n'avait pas encore ouvert ses valises. Elle portait toujours le peignoir de l'hôtel et avait une serviette dans les mains. Il la regarda sortir sur le balcon. Elle secoua la serviette et ses cheveux tombèrent. Un éclair aveuglant remplit l'air au moment où ils s'enflammaient. La main de Rune qui tenait toujours le téléphone retomba sur le côté. En un clin d'œil, la masse flambante se consuma et ne fut plus qu'une poussière grise que le vent dispersa.

Des cheveux de vampire. Bon.

— Est-ce que tu me parles de nouveau ?

— Je n'ai pas encore décidé, fit-elle en lui lançant un regard sombre.

Bon, bon. Les femmes avaient besoin d'un peu de temps pour ce genre de trucs. Quelqu'un frappa à la porte de la suite. Il alla ouvrir.

Une jeune femme chic, brune, se tenait dans le couloir, ainsi que deux grooms avec deux portants à roulettes chargés de vêtements. Plusieurs sacs et divers paquets étaient posés à ses pieds. Quand elle vit Rune, ses yeux artistiquement maquillés s'agrandirent et elle sourit.

Pour la première fois de sa très longue vie, Rune fut las de cette attention féminine qui n'en finissait pas. Il prit toutefois sur lui et dit courtoisement :

— Voyons, Gia, c'est ça ?

— Exactement.

— Vous travaillez vite.

Il recula, ouvrant la porte en grand.

— Vous m'avez dit que c'était urgent, fit Gia. (Son sourire s'élargit.) Et promettre un pourboire en fonction de la vitesse à laquelle je pouvais livrer les articles m'a fait accélérer les choses. (Elle franchit le seuil de la porte et fit signe aux grooms de la suivre.) Heureusement, nous sommes lundi. J'ai trouvé presque tout ce que vous vouliez, mais il faudra que j'aille chercher encore quelques articles, les bijoux en particulier, en personne. J'espère que ce n'est pas un problème.

— Non, bien entendu.

Rune se retourna et évalua l'espace de la suite. Il remarqua que l'expression maussade de Carling avait laissé place à une curiosité toute féminine, mais il se dit qu'il valait mieux qu'il s'abstienne d'afficher un sourire satisfait.

— Vous feriez mieux de tout mettre dans l'une des chambres, dit-il à la jeune femme.

Comme il avait déjà mis les bagages de Carling dans une des chambres, il indiqua l'autre.

— Certainement.

Gia sourit à Carling en se dirigeant vers la chambre, suivie des grooms. Rune leur emboîta le pas et se tint dans l'embrasure. Il observa Gia demander aux grooms de placer les portants de chaque côté de la pièce. Carling le rejoignit, les bras croisés. Elle avait une expression indéfinissable. On aurait dit un mélange d'un reste de colère, de curiosité, et peut-être aussi une pointe d'amusement.

— C'est excessif, murmura Carling. Je m'attendais à une ou deux tenues.

— Je voulais que tu aies le choix, dit-il en lui souriant.

— C'est très simple, fit Gia. Les vêtements d'homme sont sur le portant de droite et ceux de femme sur celui de gauche. Une fois que vous aurez tout regardé et essayé, si vous voulez retourner quoi que ce soit, passez-moi simplement un coup de fil. Entre-temps, je vais aller chercher les bijoux et quelques autres petites choses.

— Les bijoux ne sont pas nécessaires, dit Carling.

Gia se raidit imperceptiblement.

— Ne faites pas attention à ce que dit cette femme, fit Rune. Vous faites des achats pour moi, pas pour elle. Elle n'a aucun sens de la mode et pas d'instinct féminin. Des bijoux sont toujours nécessaires.

Gia lui décocha un large sourire par-dessus son épaule.

— Excuse-moi ? fit Carling d'un ton vaguement menaçant.

Il n'était pas totalement sûr, mais il avait l'impression que sa colère s'était peut-être dissipée. Il y avait une lueur au fond de ses yeux. Comment avait-il pu penser qu'elle n'avait pas de sens de l'humour ? Elle débordait d'une espèce d'humour qui glissait le long des ombres d'une conversation et ciblait ceux qui n'étaient pas sur leurs gardes. Cela lui fit tellement plaisir qu'il fondit sur elle afin d'embrasser sa bouche au pli boudeur.

— Ne fais pas la tête. Ce n'est pas seyant chez quelqu'un de ton âge.

Elle leva les yeux au ciel tout en lui rendant son baiser, ce qui le ravit.

— Ah, l'âge ? Il fallait que tu le mentionnes, hein.

— Je te taquine, darling. Je t'ai vue lors de cérémonies et de réceptions intra-domaines. Tu portes du Chanel noir, classique, avec un aplomb époustouflant. Quand tu ne portes pas un de ces affreux sacs de pommes de terre.

— « Affreux sacs de pommes de terre » ?

Elle se remit à tapoter du pied par terre. Dieu, il adorait ce pied fin, cambré, et impérieux. Il était tellement gracieux, tellement tumultueux. Il regarda ses ongles.

— J'ai oublié quelque chose, murmura Rune à Gia. Choisissez une douzaine de couleurs de vernis à ongles, vous voulez bien ?

Elle lui décocha un sourire complice.

— J'ai pris l'initiative d'en commander quelques flacons dans différents tons lorsque j'ai passé commande chez Guerlain.

— Parfait. Est-ce que vous avez trouvé des bottes Christian Louboutin ?

— Oh, si j'ai trouvé des bottes ? fit Gia en levant un paquet qu'elle posa sur le lit.

— Extraordinaire.

— Laissez-moi deviner, dit Carling, vous avez apporté des bottes, un jean et un tee-shirt.

Gia la regarda avec perplexité.

— Euh... oui, c'est l'une des tenues que j'ai apportées.

Carling entra dans la pièce.

— Très bien, fit Carling. J'ai dit que j'allais essayer quelque chose de nouveau et je vais le faire. Donnez-moi tout.

Rune observa avec fascination Gia et les grooms se mettre tout à coup à papillonner autour de Carling. Elle redéfinissait tous les espaces sociaux qu'elle occupait. *Bon sang*, pensa-t-il, *je ne t'aime pas qu'un peu. Il se pourrait bien que je t'aime drôlement.*

Gia fouilla le portant de vêtements féminins, sortit un jean et le tendit à Carling avec le sac qui contenait les bottes.

— Trente-six pour le jean, coupe slim qui s'arrête au niveau de la cheville pour mettre les bottes en valeur, expliqua Gia. Et puis voici un débardeur évasé et asymétrique Behnaz Sarafpour en crêpe de Chine qui, je crois, devrait vraiment bien aller avec le reste.

— Génial, fit Carling d'un ton sec. *Comme si j'avais la moindre idée de ce qu'elle raconte*, dit-elle dans la tête de Rune avant de poursuivre à voix haute. Et la lingerie ?

Rune étouffa un rire.

Gia lui tendit tout un assortiment de sous-vêtements en soie. Carling sortit de la pièce les bras chargés d'affaires. Elle jeta à Rune un regard par en dessous en passant devant lui. Puis elle disparut dans la chambre qu'elle avait revendiquée. Il entendit ensuite la porte de la salle de bains se fermer.

Il resta aux côtés de Gia pendant que les grooms sortaient de la chambre et signa la facture que la *personal shopper* lui tendit. Il sortit ensuite son portefeuille de son sac de voyage pour leur donner des pourboires. Gia arracha sa copie de la facture et nota quelque chose dessus.

326

— Je vais aller chercher le reste maintenant, c'est mon numéro de portable. Appelez-moi quand vous voulez si vous avez besoin de quoi que ce soit. (Il prit le papier qu'elle lui tendait. Gia ne le lâcha pas tout de suite et le regarda dans les yeux.) Quoi que ce soit.

— Pigé, fit Rune avec un sourire poli. Mais je suis certain que votre shopping une fois terminé, vous nous aurez fourni tout ce dont nous avons besoin.

— Oui, c'est ce que je pensais. Mais on ne peut pas me reprocher d'avoir tenté ma chance.

Carling pouvait très bien le lui reprocher. Elle entendait parfaitement la conversation depuis la salle de bains. Elle aurait pu être tentée de sortir et de lui crêper le chignon pour draguer un homme qui était apparemment avec une autre femme, sauf qu'elle avait déjà retiré son peignoir et qu'elle en avait assez de faire la leçon aux gens. Cette fille n'avait pas besoin d'une intervention de Carling. Un jour ou l'autre, elle tomberait sur un os et elle n'aurait à s'en prendre qu'à elle-même, parce que c'était ce que l'on faisait tous, Carling comprise.

Elle avait quelque chose de mieux à faire, surtout. Elle regarda la pile d'affaires et se prépara à s'amuser.

D'abord, la lingerie.

Hou, là, là.

Une petite culotte en soie noire aussi légère que le murmure d'un amant. Une camisole assortie qui soulignait sa taille de guêpe et enveloppait harmonieusement ses seins.

Sa gorge se serra en regardant le superbe corps féminin qui s'offrait à sa vue dans le miroir. La lingerie lui donnait une allure sexy tout en ayant une classe folle. Elle se retourna et ramassa le jean. Attention les yeux.

Mais lorsqu'elle glissa les jambes dans le pantalon, la toile lui parut douce et souple. Quand elle l'eut boutonné, il épousa son corps comme une gaine de cuir faite sur mesure épouserait une lame d'acier espagnol forgée à la main. Elle se tordit, s'accroupit, leva une jambe, puis l'autre, sur le côté, et le jean se comporta comme une seconde peau.

Mince. Elle allait peut-être adorer ce pantalon.

Elle se tourna vers le haut noir avec un respect entièrement nouveau. Elle l'enfila et il coula sur elle avec fluidité. Sa coupe ample et évasée était féminine avec son décolleté arrondi en dentelle et ses bretelles artistiquement ajourées.

Carling ouvrit la boîte qui contenait les bottes avec circonspection. Elle ne fut pas déçue. Elles étaient en daim noir avec des lanières et des boucles qui faisaient le tour de la chaussure au niveau des chevilles. Les talons faisaient près de dix centimètres de hauteur et les semelles étaient rouge vif.

Elle se redressa et regarda le résultat. Elle se sentait très grande, chaque courbe de son corps exposée. Elle contempla le résultat dans le miroir. Une jeune étrangère avec de grands yeux, féminine, chic, et charmeuse la regardait.

Elle avait l'air... cool ?

Ce n'était pas possible. Carling n'avait jamais eu l'air « cool » de toute sa vie.

Elle secoua la tête.

— Je ne sais pas qui tu peux bien être, fit-elle à la femme dans le miroir. Mais tu es drôlement mignonne.

— Qu'est-ce que tu dis ? appela Rune.

— Je ne sais pas trop quoi penser de tout ça, fit-elle en sortant de la salle de bains. C'est amusant, mais...

Rune était déjà dans la chambre, habillé tout en noir.

Carling s'arrêta si abruptement qu'elle chancela sur ses hauts talons.

Debout près du lit, de profil, il était en train de boutonner ce qui ressemblait à une chemise cousue main qui moulait son torse puissant. Des cintres et des étiquettes couvraient une commode. Le noir faisait ressortir sa peau bronzée et les reflets de cuivre et d'or de ses cheveux. La coupe élégante du pantalon en lin soulignait ses longues jambes. Une veste assortie pendait au bouton de la porte. Quelle que soit la manière déplorable dont il s'habillait, rien ne pouvait faire oublier qu'il avait un physique spectaculaire et qu'il était très beau, mais ces vêtements lui donnaient un air de sévérité sophistiquée tellement inattendu qu'elle en resta comme deux ronds de flan.

Sa bouche s'ouvrit et se ferma. C'était peut-être le moment de dire quelque chose. Est-ce que c'était à son tour de parler ? Elle ne savait plus.

— Euh, fit-elle enfin.

— Qu'est-ce qui ne va pas, darling ? Les bottes ne sont pas confortables ? (Il se tourna vers elle en fronçant les sourcils et ses yeux s'agrandirent.) Je savais que ce serait bien, murmura-t-il, mais la réalité dépasse largement ce que j'avais imaginé.

— Tu, hmm, ajouta-t-elle.

— Je, quoi ?

Il se pencha pour ramasser quelque chose. Un autre sac de shopping.

— Tu ne t'es pas habillé comme tu t'habilles d'habitude.

— Je voulais me faire beau pour toi.

Il s'approcha d'elle de sa démarche souple de panthère.

Il avait jeté son tee-shirt et avait revêtu pour elle des vêtements plus distingués.

— Tu avais dit que tu allais t'acheter un nouveau jean, fit-elle d'un ton accusateur, se demandant pourquoi sa voix avait ce drôle de timbre un peu rauque.

— Je l'ai fait aussi.

Il s'arrêta devant elle et laissa son regard glisser le long de sa silhouette. Un sourire tranquille releva les commissures de sa bouche.

— Qu'est-ce que tu en penses ? demanda-t-elle sans le vouloir.

— J'adore. Mais la question importante est : qu'est-ce que, toi, tu en penses ? Est-ce que les bottes te vont ? La tenue est-elle confortable ?

— Oui, en fait.

Elle passa les doigts dans ses cheveux courts.

— Je suis surprise, c'est tout. Je ne m'attendais pas à ça.

— Est-ce que ça te plaît ? insista-t-il en la scrutant.

— Oui, mais je ne suis pas sûre que ce soit moi.

— Ça peut être toi si tu veux que ça le soit, reprit le tentateur du jardin d'Éden. De temps en temps, tu sais, selon ton humeur. (Il leva un doigt.) Attends, ne décide pas tout de suite. On n'a pas fini.

— Comment ça, on n'a pas fini ? dit-elle en faisant la moue.

— Prête-toi au jeu pendant encore un petit moment. S'il te plaît ? Ça n'engage à rien. C'est juste pour s'amuser. Et cette fois-ci, ce n'est même pas coquin ou grivois, fit la voix du péché originel. Et en plus, si ça se trouve, ça te plaira aussi.

Ses yeux étaient tellement engageants et pleins de chaleur, aussi ardents que son corps et plus fascinants qu'une flamme. Il était tellement difficile de lui résister, quand il jouait ainsi de son charme, qu'elle lui rendit son sourire.

— Bon, bon. Si tu y tiens.

— Merci, Carling, murmura-t-il.

Il l'embrassa doucement et la prit par la main, et elle se retrouva dans la salle de bains. Il la fit asseoir sur le comptoir, puis il renversa le contenu du sac à côté d'elle. Elle baissa les yeux, vit une pile de produits de maquillage de la marque Guerlain, et éclata de rire.

Rune ouvrit une palette de fards pour les yeux et la tint devant son visage en réfléchissant. Il fit un signe de tête et la mit de côté.

— Tu plaisantes, c'est pas possible, dit-elle.

Il ouvrit ensuite un poudrier, le tint devant son visage, et réfléchit de nouveau. Il ferma un œil, haussa les épaules, puis le mit de côté.

— Rune, fit Carling sans le quitter des yeux.

Elle ne trouvait pas de mots pour exprimer son incrédulité.

— Quoi ? (Il lui décocha son sourire nonchalant, dangereux.) Tu m'as dit que tu te prêterais au jeu, alors prête-toi au jeu.

— Mais on a des coups de fil à passer.

— Seremela est en route, le djinn est occupé à s'acquitter de sa mission et tous les appels qu'il faut passer peuvent attendre un quart d'heure. (Elle essaya de trouver des arguments, mais il leva un sourcil :) N'ai-je pas raison ?

Elle laissa échapper un long soupir parce que franchement, parfois, il n'y avait pas d'autre moyen de communiquer quelque chose.

— Je sais, fit-il d'un ton apaisant en ouvrant un paquet qui contenait un pinceau en poil de martre.

Des bottes à hauts talons, un jean, et maintenant, ça. C'est tellement dur.

— Tu n'imagines même pas, grommela-t-elle.

— Chut. Ferme les yeux maintenant.

Alors, vu que se prêter au jeu pendant un quart d'heure prendrait moins de temps que d'argumenter, elle obéit. Après tout, ce n'était pas la première fois qu'elle portait du maquillage. Elle avait été maquillée un nombre incalculable de fois, à vrai dire. Sous l'Empire romain, elle avait eu une *cosmetae*, une servante qui s'occupait uniquement de la maquiller. Dans la France du milieu du XVIIIe siècle, elle avait été fardée et avait eu les cheveux poudrés dans le style rococo. Elle avait fini par trouver la toile de son propre visage tellement ennuyeuse qu'elle avait cessé de s'adonner à ce genre de frivolités depuis longtemps.

Mais que Rune se mette en tête l'idée, pour le moins ridicule, de faire ça à un moment pareil transformait quelque chose qui était devenu ennuyeux, cynique et en fin de compte fastidieux, en quelque chose d'étrange, d'érotique et de touchant.

Elle s'agrippa des deux mains au rebord du comptoir pour s'efforcer de ne pas bouger pendant qu'il faisait l'amour à son visage. Il caressa sa peau sensible avec le pinceau. Il lui fit pencher la tête d'un simple frôlement des doigts et d'un murmure à peine audible. Elle sentait la chaleur de son corps brûler contre son genou lorsqu'il appuyait une hanche contre sa jambe. Elle sentait l'odeur de son excitation tout en écoutant sa respiration tranquille, et le bruissement du tissu contre sa peau quand il se déplaçait.

Il était clair qu'il n'avait pas l'intention de l'inciter à faire l'amour, et rien de ce qu'il faisait ne lui donnait l'impression d'être traitée en objet. Non, il savourait simplement un moment agréable avec elle, et l'expérience était tellement nouvelle qu'elle la renvoya à ce moment terrifiant quand, pour la première fois, on l'avait maquillée avec de la malachite verte et de l'ocre rouge, en soulignant ses yeux de khôl, pour qu'elle puisse séduire un dieu. Comme il était étrange qu'un souvenir si ancien ait encore le pouvoir de lui remplir les yeux de larmes.

Ou c'était peut-être simplement Rune qui réveillait son âme.

Et elle le laissait faire.

— Pince les lèvres, murmura-t-il.

Elle fit ce qu'il lui demandait et il embrassa sa bouche maquillée de rouge à lèvres. Elle entrouvrit à peine les yeux pour regarder son visage, concentré. Le reflet du miroir de la salle de bains brillait dans ses prunelles et les remplissait de lumière. Il posa un index sous son menton pour qu'elle ne puisse pas bouger et l'étudia.

— OK, dit-il. J'ai fini.

Elle ouvrit les yeux. Le regard dilaté de Rune était rivé sur elle. Il frotta le coin de sa lèvre inférieure avec son pouce et susurra :

— « Elle marche pareille en beauté à la nuit d'un horizon sans nuage et d'un ciel étoilé. Tout ce que l'ombre et la lumière ont de plus ravissant, se trouve dans sa personne et dans ses yeux[1]. » Darling, tu as toujours été superbe, mais maintenant tu es officiellement une bombe.

Un coin de la bouche de Carling trembla, puis se releva.

---

1. Extrait d'un poème de lord Byron, « She Walks in Beauty », tiré des *Hebrew Melodies*. Traduction de Paulin Pâris. *(N.d.T.)*

— Tu le crois vraiment ?

— Je ne le crois pas, je le vois, dit-il d'une voix plus grave.

Il la fit descendre du comptoir et la retourna pour qu'elle se voie dans le miroir. Elle ne fit pas attention à ses propres traits pour pouvoir se concentrer sur la délicatesse et le savoir-faire avec lesquels il avait comme agrandi ses yeux, souligné les pommettes saillantes et avivé le ton de sa bouche pulpeuse. Chaque coup de pinceau avait été magistral. Elle paraissait éclatante de santé, belle, et elle rayonnait comme une femme qui est chérie.

Chérie.

Elle s'appuya contre sa poitrine. Il l'enveloppa de ses bras. Leurs yeux se rencontrèrent de nouveau dans le miroir, ce Rune élégant et dangereux et l'étrange nouvelle femme, alors l'impact de leur connexion était aussi intense que lorsque Pâris et Hélène échangèrent leur premier regard et précipitèrent des dieux et des hommes dans la guerre.

Ou c'était peut-être juste le cyclone qui rugissait dans la salle de bains avant de prendre la forme d'un prince altier.

Carling et Rune se tournèrent au même moment vers Khalil.

Le djinn tendit la main. Sur la large paume blanche reposait un objet noir, tout racorni et détérioré. Le temps l'avait tellement corrodé qu'il était à peine reconnaissable pour ce qu'il était : un couteau.

15

Rune se dressa, pétrifié.

Carling tendit lentement la main pour saisir le couteau, puis referma son poing dessus. Elle croisa l'étrange regard de diamant de Khalil. Le djinn l'observait, la tête penchée, et l'air curieux.

Toutefois il ne demanda pas d'explication.

— Ceci complète la deuxième des trois faveurs que je vous dois, fit-il.

— Oui, bien sûr. Merci Khalil.

Il inclina la tête. Quelque chose d'autre passa fugacement sur ses traits émaciés et dans un geste rare, il effleura ses doigts. Puis il disparut dans un tourbillon de Force.

Carling se tourna vers Rune. Il ne quittait pas son poing des yeux et la peau autour de sa bouche était blanche. Une veine battait sur sa tempe.

Elle n'arrivait pas à se souvenir de son passé originel, mais dans ce passé qu'ils avaient créé ensemble, elle se rappelait la première fois où elle avait posé les yeux sur lui alors qu'elle était une vampire dans la force de l'âge. Elle avait failli ne pas le reconnaître, cela faisait si longtemps qu'il avait tué le prêtre et changé sa vie. Mais alors il y avait déjà quelque chose dans sa manière de bouger et dans son sourire charmeur qui rendait les femmes folles de désir.

Elle avait observé la marche des siècles avec le détachement d'un cœur devenu tellement cynique qu'il ne croyait plus en rien, si ce n'était en cette certitude que les choses n'étaient pas immuables, mais changeaient inéluctablement. Puis sur l'île, elle avait exigé que le griffon s'agenouille et il l'avait embrassée ; elle était mourante et *il ne s'était toujours pas souvenu d'elle*, alors elle l'avait frappé avec toute la rage et la douleur qu'elle portait en elle...

Son passé avait peut-être changé, mais il était pourtant encore plus profond et plus vrai qu'il ne l'avait été. Elle pouvait même voir comment elle avait dû vivre sa vie avant qu'il n'y entre, comme des ombres de réalité, une autre Carling, comme l'esquisse des contours de l'île contre l'horizon de la baie. C'était tellement étrange, la manière dont toutes les pièces s'assemblaient parfaitement.

Elle se rendait compte maintenant que sa décision de ne pas rester amoureuse de lui était impossible à respecter. Comment pouvait-elle espérer se remettre de tels sentiments ou les mettre de côté, alors qu'il se tenait devant elle et incarnait tout ce qui avait réussi à franchir les barrières qu'elle avait dressées comme tout ce qui l'avait fait tomber amoureuse de lui, justement ?

Il était tout ce qu'elle aurait pu souhaiter chez un compagnon de vie et bien plus qu'elle n'avait jamais espéré, avec sa compassion et sa sollicitude, son intellect subtil et versé dans l'art de la stratégie, son caractère impitoyable modéré par la raison, un esprit joueur et une force de guerrier tellement invincible qu'elle pouvait s'appuyer sur lui quand elle se sentait faible, et que lui pouvait lui tenir tête quand ils s'affrontaient.

Comme elle le lui avait dit, elle ne savait pas se soumettre. Quelque chose en elle était trop farouche pour plier, trop habitué à régner pour se laisser dominer. Mais elle découvrait qu'elle devait s'incliner devant les émotions qu'elle ressentait pour lui et s'abandonner à l'expérience de l'aimer, parce qu'il était tout simplement impossible de faire autrement.

Elle leva la main et caressa sa tempe. Il souffrait manifestement et cela lui faisait mal de le voir.

— Nous savions que c'était possible, fit-elle avec douceur.

— Oui.

Il saisit sa main, pressa ses doigts contre sa bouche et ferma les yeux. Il ne savait pas ce qui le blessait le plus.

Il avait changé le cours de l'histoire. Réellement. Il pensa au prêtre qu'il avait tué et se rendit compte que ce n'était pas ce qui le bouleversait le plus. Chaque fois qu'il avait dû tuer, il avait changé le futur. Il avait accepté cette responsabilité il y avait très longtemps.

Non, ce qui l'ébranlait jusque dans ses fondations, c'était la pensée du nombre de fois où Carling avait glissé dans un épisode d'effacement seule ou avec Rhoswen, ou avec d'autres vampires et humains pour la garder. La porte qui ouvrait sur son passé était alors restée béante et n'importe quelle créature maléfique, n'importe quel esprit de Force avait pu avoir l'occasion de se glisser dedans. Elle avait mentionné une fois qu'elle avait des ennemis. N'importe qui doué de sa Force et occupant une position aussi élevée en aurait.

Et si quelque chose s'était déjà faufilé par la porte et la traquait dans son passé ? Ses épisodes semblaient servir de passage. Quand ils finissaient, celui-ci se fermait et il revenait au présent. Et si quelque chose d'autre trouvait le moyen de rester dans le passé ?

Le tigreau ferait un mets tellement délectable pour une chose maléfique avide de vengeance.

Et si Carling disparaissait simplement ?

Était-il possible que l'univers puisse se plier de façon à accepter la mort de Carling et à absorber tous les changements qui en découleraient ? Était-il possible qu'il se retourne un jour pour découvrir qu'elle avait disparu comme si elle n'avait jamais existé ? Si cela se produisait, personne ne saurait qu'elle n'était plus – personne, si ce n'était lui peut-être, puisqu'il se souvenait toujours de la cruauté avec laquelle Carling avait été fouettée dans la première ligne de temps, avant qu'il n'intervienne.

Ou peut-être que si elle mourait et que le passé était modifié à ce point, il ne se souviendrait pas d'elle non plus. Il pourrait devenir Rune l'insouciant, vivant tranquillement à New York. Il ne la verrait jamais sortir nue de la rivière miroitante, les gouttelettes d'eau étincelant comme des diamants sur son corps nu. Il ne lui donnerait jamais ce premier baiser incandescent, n'entendrait jamais son rire rouillé, surpris, ne la prendrait jamais sur le sol avec un besoin tellement sauvage qu'elle hurlerait dans sa bouche et s'agripperait à lui tout en le possédant aussi.

Que Dieu ait pitié.

— Il faut que nous empêchions ces épisodes de se produire, dit-elle, tant ses pensées avaient suivi le même cours et envisagé toutes les conséquences possibles de leurs actes.

— Oui, fit-il d'une voix rauque. Mais avant, Carling, il faut que je reparte encore une fois.

— Pourquoi ?

Il ouvrit les yeux et la trouva en train de le regarder comme s'il était fou. Il ne pouvait pas lui en vouloir. Il avait lui-même l'impression d'être fou.

— Si je suis en mesure de m'immiscer dans ton passé, quelque chose d'autre le peut sans doute aussi. La jeune Carling ne sait pas se protéger. Il faut l'avertir.

Un frisson parcourut son échine. Elle tenta de trouver une faille à sa logique, mais n'y parvint pas.

Quel jeu dangereux nous occupe toi et moi, pensa-t-elle en détaillant ses traits tendus. *Nous nous ingérons dans le passé et dans nos vies mutuelles et je crois que nous comprenons à peine tout ce que nous avons mis en branle.*

— Bon, fit-elle. Tu retournes dans le passé encore une fois pour voir si tu peux m'avertir. Si je suis trop jeune pour comprendre, il faudra que tu y retournes jusqu'à ce que je sois en âge de comprendre. Mais tu ne peux pas changer quoi que ce soit d'autre, tu m'entends ? Si tu vois quelque chose se passer qui te met mal à l'aise ou te déplaît, *pars*.

— Je risque de te changer simplement en te parlant.

Tu m'as déjà changée de la manière la plus profonde qui soit, pensa-t-elle, *et cela n'a rien à voir avec un voyage dans le temps.*

— J'accepte ce risque, dit-elle. Et j'en assume la responsabilité.

— Tu pourrais ne pas te souvenir de ça, fit-il. (Un muscle se contracta dans sa mâchoire.) Tu pourrais ne pas te souvenir de cette conversation.

Elle ne broncha pas, son expression resta immuable. Dans son imagination, il pouvait la voir avec cette expression envoyer des milliers d'hommes mourir à la guerre.

— Si jamais les choses en arrivent là, dit-elle, alors nous devrons l'accepter.

Rune avala une mignonnette de Glenlivet d'un trait et fit tourner son iPhone sur la table basse en regardant la chaîne CNN sans le son. Un bandeau défilait au bas de l'écran sous des images montrant les célèbres pyramides d'Égypte et faisait état d'un tremblement de terre qui avait fissuré les fondations du temple de Djoser, à l'entrée du complexe funéraire. D'autres séquences montraient le trou béant laissé par le cataclysme. De la poussière flottait encore sur le site et la structure ancienne qui l'entourait n'était plus que décombres. Rune pensa à toutes les histoires de djinns offrant des faveurs et se remémora la nouvelle, *La Patte de singe*, de W.W. Jacobs. « *Méfie-toi de ce que tu souhaites parce que les conséquences peuvent être démentielles.* » *Putain, ouais.*

Le couteau était posé devant lui à côté du téléphone. Il le prit et le manipula, essayant de sortir les différentes lames. La lame droite se cassa net, mais il réussit en partie à sortir les pinces.

Il se répétait qu'il n'était pas étonné. Il se le répétait depuis que le djinn avait ramené le couteau. Et c'était somme toute vrai, dans une certaine mesure. Puis il leva les yeux sur les scènes que CNN passait en boucle, regarda le couteau, et ressentit de nouveau le tremblement de terre qui le secouait lui-même.

Il dévissa une autre mignonnette, une petite bouteille de vodka Skyy d'un joli bleu, et la but d'un trait. Il écouta d'une oreille distraite les coups de fil que Carling passait depuis la chambre. Elle appela d'abord Duncan pour lui faire un récit abrégé des récents événements. Elle s'abstint de mentionner les détails les plus alarmants et déclara simplement que Rune et elle-même suivaient plusieurs pistes pour trouver une guérison possible. Elle l'informa également qu'elle avait congédié Rhoswen et que, si cette dernière pouvait toujours avoir accès au compte que Carling avait ouvert pour elle, elle n'était par contre plus autorisée à agir au nom de son ancienne maîtresse.

Puis elle appela Julian.

C'était le coup de fil que Rune attendait. Il cessa de tripoter le canif et pensa à Julian Regillus. Celui-ci avait été transformé à l'apogée de l'Empire romain. Servant sous l'empereur Hadrien, il avait été un éminent général dans une culture militaire décrite comme s'apparentant beaucoup aux Marines américains, en « beaucoup plus méchant ». La Force des vampires âgés était particulièrement redoutable. Il n'y avait rien d'attirant ou de doux chez Julian. De grande taille, sa musculature était impressionnante et il avait de nombreuses cicatrices, autant de marques d'une vie passée à faire la guerre. Il avait des cheveux noirs coupés courts qui blanchissaient aux tempes et des traits volontaires associés à une intelligence vive.

Rune se rappela les fois où il avait vu Carling et Julian ensemble. On avait beaucoup conjecturé sur leur relation au fil du temps. Rune avait le sentiment qu'ils avaient été amants à une époque, peut-être lorsque Carling avait transformé Julian, mais c'était une supposition uniquement fondée sur l'intimité qui se nouait souvent entre un vampire et sa progéniture, et non sur des preuves. Qu'ils aient été amants ou non, les braises de cette liaison étaient éteintes depuis bien longtemps. Carling et Julian se traitaient désormais avec la courtoisie propre à des associés d'affaires.

Rune gava de cette pensée la créature déchaînée qui essayait de nouveau de l'investir et il réussit cette fois-ci à la maîtriser. Il était heureux de ne pas devoir faire face à Julian en ce moment même, car si cela avait été le cas, il ne pensait pas qu'il aurait été en mesure de la contrôler.

— Julian, disait Carling. (Une pause. Sa voix devint plus cassante que de la glace.) Je sais parfaitement ce que nous avions décidé, mais la situation a changé. La sentinelle wyr Rune et moi-même poursuivons une piste qui s'avère fructueuse…

Rune agrippa le couteau des deux mains en prenant conscience que le silence durait.

Quand Carling reprit la parole, le froid dans sa voix était plus mordant que jamais :

— Tu es mon enfant, dit-elle au roi des Créatures de la Nuit. Ma création. Et pas l'inverse. Je ne viens pas te demander la permission de faire quoi que ce soit. Tu peux me soutenir dans cette dernière entreprise, et tu peux aussi choisir de croire que je poursuis des rêves chimériques en attendant de mourir. De toute façon, je n'en ai absolument rien à branler. Ce que tu ne peux pas faire en revanche, c'est interférer avec mes décisions ou essayer de me dicter ma conduite.

Il entendit le clic dans l'autre pièce quand Carling reposa doucement le combiné du téléphone.

Rune vivait dans une atmosphère de guerriers où la grossièreté était banale, mais entendre un mot vulgaire dans la bouche de Carling, qui ne jurait pratiquement jamais, était choquant et conférait à la conversation une espèce d'intimité étrange et brute.

Le couteau se cassa en deux dans ses mains. Il regarda les morceaux. Il l'avait tellement plié que les rivets usés par le temps avaient cédé.

Ce n'était pas assez de violence pour lui. Il voulait abîmer autre chose. De préférence quelque chose qui aurait un profil romain aquilin et pouvait dire « aïe ».

Il regarda par les portes-fenêtres ouvertes en attendant que Carling sorte de la chambre. Mais elle n'apparut pas. Le crépuscule commençait à tomber. Icare avait de nouveau pris feu et tombait sur l'horizon, à l'ouest. Dehors, le brouillard s'était presque entièrement dissipé ; il ne restait plus qu'une brume épaisse qui recouvrait la terre et la mer et transformait les pics du Golden Gate Bridge en flèches surnaturelles. Rune avait entendu parler d'un peuple indigène qui croyait que lorsqu'il y avait du brouillard le voile qui séparait les mondes devenait fin et les esprits des ancêtres comme d'autres choses se déplaçaient plus librement sur cette terre. Peut-être que ce peuple avait raison. Peut-être qu'il était l'un de ces esprits qui rôdaient entre les mondes.

Il fallait vraiment qu'il appelle Dragos.

Mais c'est alors que la Force de Carling s'engouffra dans la pièce.

Au lieu du jour, le passage s'ouvrit cette fois-ci sur le dessin noir et velouté d'une nuit qui se superposait comme un cauchemar sur la suite encore inondée de soleil. Il perçut l'odeur humide et lourde du Nil et des effluves âcres d'encens.

Il se leva et regarda la porte de la chambre qui était ouverte en serrant les poings. Puis il saisit ses couteaux. Il entra dans la chambre. Il étudia chacun de ses pas, chaque nuance de l'expérience. Il arriva au coude dans le passage, le virage qui menait à une page différente. Il se trouvait sur un point unique tellement précis qu'il lui semblait plus petit que la tête d'une épingle. Ce serait tellement facile de perdre ce minuscule endroit, ce moment unique dans la cascade infinie de tous les autres moments qui composaient l'éternité. Il essaya de mémoriser le point au cas où il en aurait besoin pour revenir.

Enfin, s'il pouvait arriver à comprendre comment s'en servir. À sa grande frustration, l'endroit où se formait le coude s'évanouit derrière lui, comme chaque seconde du présent glisse irrémédiablement dans le passé.

Carling se trouvait ici à un tournant de son existence.

Chaque fois qu'elle se retrouvait à l'un de ces endroits, sa vie basculait. La première fois, son enfance avait pris fin au bord du fleuve. Cela se passait toujours au bord du fleuve.

La deuxième fois, sa vie d'esclave avait pris fin et depuis elle se mettait à genoux chaque jour pour offrir de l'encens et des prières à l'étrange dieu doré qui affirmait qu'il n'était pas un dieu. Mais son nom était une énigme en soi, et d'un coup meurtrier, d'un baiser sur son front, il avait tué l'esclave Khepri pour la transformer en Carling, la filleule chérie de l'un des deux prêtres les plus puissants des deux pays.

Grâce à l'édit de Rune, elle avait pu avoir beaucoup plus de temps pour elle-même que presque toutes les autres femmes de sa connaissance, et son père-prêtre Akil était aussi bon pour elle qu'il l'avait promis et l'éduquait aussi bien qu'un homme. Âgée maintenant de vingt-deux ans, elle avait étudié *Maât*, l'ordre cosmique, et les trois états fondamentaux de l'être : les dieux, les êtres vivants, et les morts. Elle avait également eu le privilège d'étudier *heka*, ou « l'aptitude à provoquer des choses par des moyens indirects », et parce qu'elle avait accès aux bibliothèques des temples, elle avait appris un grand nombre des incantations et des sortilèges connus exclusivement par les prêtres.

Beaucoup de ces prêtres étaient des bavards prétentieux et dangereux au plan politique. Elle les observait prononcer des incantations et effectuer des rites religieux ; on aurait dit de ridicules bouffons. Parfois ils hurlaient les incantations, comme si crier et agiter les bras allait attirer l'attention des dieux.

Elle aurait pu leur dire qu'ils pouvaient prier en multipliant les gestes théâtraux tant qu'ils voulaient, les incantations et les sortilèges ne marcheraient pas s'ils étaient dénués de *kneph*, du souffle sacré qui insufflait la vie dans les choses et leur donnait forme. C'était seulement quand on avait cette Force que l'on pouvait éveiller le vrai mouvement qui vivait dans les incantations et espérer ainsi convoquer les dieux.

Carling avait toujours eu du *kneph*, même si elle n'avait pas toujours su comment l'appeler. Quand elle jetait un sort, il agissait, quoiqu'en tant que femme il soit hérétique d'affirmer une telle chose. Elle étudiait donc avec assiduité, mais dans le plus grand secret. Et elle avait beau être traitée comme une filleule bien aimée, elle n'était pas une fille de noble naissance et ne pouvait donc pas devenir une Servante de Dieu.

Elle n'en avait aucune envie, de toute façon, parce que les prêtresses chantaient énormément, mais ne semblaient pas faire grand-chose d'autre. Carling n'avait pas l'intention de passer sa vie à gazouiller comme un oiseau en cage.

Aussi, par ennui essentiellement, elle avait donné son accord quand Akil était venu lui parler d'une union politiquement brillante. Le moment était venu pour elle de quitter les restrictions de cette ville qui était tellement vouée aux morts et de vivre sa propre vie. Le lendemain, elle irait retrouver un petit roi du désert qui avait demandé sa main en mariage. Elle verrait alors ce qu'elle pourrait penser de l'homme.

C'était un acte sensé, et l'offre était extrêmement avantageuse pour une femme qui avait été une esclave. Elle aurait dû être transportée de bonheur. Le roi était beaucoup plus âgé qu'elle, mais son haleine n'était pas trop fétide et il était fou d'elle. Il avait d'autres épouses, bien entendu, et de nombreuses esclaves comme concubines, mais il n'en avait encore pris aucune pour reine.

Et voilà qu'elle était là, comme Osiris, mourant et renaissant. Elle était enveloppée dans une longue robe pour se protéger du froid de la brume du fleuve qui glissait le long de la célèbre muraille blanche d'Ineb Hedj. La nuit était aussi riche et sauvage que du vin chantant dans son sang et elle aurait dû être heureuse et pleine d'allant. Mais elle se noyait dans l'agitation et la confusion. Elle allait commencer une nouvelle vie et apprendre de nouvelles choses. Elle, qui n'en avait encore jamais connu, serait avec un homme le lendemain soir.

Un homme beaucoup plus âgé qu'elle et dont l'haleine n'était pas trop fétide.

Elle sentit son propre souffle s'étrangler dans sa gorge. Elle voulait… elle voulait quelque chose. Elle ne savait pas quoi, mais elle voulait terriblement cette chose. Le monde était tellement étrange et tellement vaste, et férocement beau. Elle voulait… elle voulait que son âme s'envole de sa poitrine sous le coup de l'émerveillement, comme lorsqu'elle était enfant.

Alors elle jeta son premier vrai sort, en secret, dans la cour, sous le sourire pâle du croissant de lune, tandis que le vieux prêtre et le reste du foyer dormaient. Elle créa l'incantation en choisissant les mots avec soin, puis elle brûla de l'encens et fit des offrandes de lait et de miel à Atoum et à Bat, et particulièrement à la déesse Amaunet, la « femelle cachée ». Puis elle chuchota ces mots avec son souffle de Force et les sentit s'échapper en volutes dans la nuit.

Je remercie les dieux
Visibles et invisibles
Qui se déplacent parmi tous les mondes,
Je remercie leur sagesse éternelle
Et le don sacré du désir de mon cœur...

Parce qu'assurément les dieux sauraient mieux qu'elle quoi faire de cette peine aussi belle que lancinante, ces mêmes dieux qui, après tout, l'avaient créée et dotée d'une âme tellement farouche et solitaire.

Quelle détresse elle avait fait naître en elle. Elle était pitoyable. Ses yeux imbéciles pleuraient. Elle l'enveloppa de ses bras puis s'essuya le visage d'un revers de main.

Puis une bourrasque de vent souleva les roseaux et apporta avec elle l'odeur d'une Force ardente. Quelque chose avançait vers elle. La chose se déplaçait vite, mais sa présence plongea la nuit parfumée d'encens dans le silence le plus complet. Un crocodile émit une espèce de crachement depuis la berge du fleuve qui était proche, puis il y eut un bruit d'éclaboussures comme il s'enfuyait vite.

Carling tendit la main vers le couteau de cuivre qu'elle avait posé à ses pieds. Il n'était pas avisé qu'elle se déplace seule la nuit et elle n'allait jamais nulle part sans une arme. Calme, mais sur ses gardes, elle recula vers la porte.

À la lueur délicate et fine du croissant de lune, un dieu en noir apparut. Un dieu qui affirmait ne pas être un dieu, magnifique, aux cheveux d'or et dont le *ka*, ou force de vie, faisait vibrer l'air autour de lui.

Carling laissa tomber le couteau, les yeux rivés sur l'apparition.

La nuit n'était pas faite pour les couleurs éclatantes qui le caractérisaient. Il valait mieux le voir à la lumière du jour. Cuivre, jaune, or, bronze, et la chaleur farouche de ses yeux de lion immémoriaux.

Oui, c'était ça. C'était exactement comme cela qu'elle s'en souvenait. Son âme s'en allant de son corps et volant allègrement vers lui.

— Rune, murmura-t-elle.

Son Atoum à elle qui surgissait de l'eau pour s'envoler vers les étoiles et compléter le monde.

La première fois qu'elle l'avait vu, il souriait et était enjoué. La deuxième fois, il était animé d'une fureur meurtrière. Elle le voyait donc maintenant pour la troisième fois. Trois fois, un nombre *heka*, symbole de complétude et de pouvoir. Son étrange visage reflétait une gravité troublée, puis il s'éclaira et afficha une expression tout à fait différente en la voyant, une expression indéfinissable qui avait quelque chose à voir avec la manière dont les hommes regardaient les femmes. Elle ne savait pas ce que c'était exactement, mais son cœur battait plus vite, ses mains tremblaient et son entrecuisse languissait.

— Khepri, fit-il.

Sa voix était plus grave et plus sauvage que dans son souvenir. Ou peut-être qu'elle l'entendait mieux parce qu'elle était plus âgée.

Elle marcha vers lui en souriant, vers cet homme qui tenait son âme.

— J'ai choisi un autre nom quand ma vie d'esclave s'est achevée, dit-elle. Je suis Carling désormais. J'aurais dû savoir que vous reviendriez.

— Pourquoi donc ? fit-il en lui souriant.

— Vous venez toujours quand je meurs.

Le choc fut un coup de poing dans le ventre de Rune.

« Vous venez toujours quand je meurs. »

Avant de savoir ce qu'il faisait, il avait laissé tomber ses couteaux et l'avait saisie par les épaules. La tête de Carling fut rejetée en arrière et elle le regarda avec surprise. Il se tança vertement. *Attention, connard. Elle n'est qu'une fragile humaine pour le moment.* Il se força à prendre ses bras minces avec précaution, sentant la chair souple et chaude sous ses doigts, et il la scruta.

Elle était indéniablement devenue une femme, mais elle était encore trop jeune pour être la Carling qui avait accepté le baiser du serpent. Il jugeait qu'elle devait avoir sept ou huit ans de moins que cette Carling-là. Son visage était un peu plus plein, moins ciselé, mais elle avait toujours les mêmes longs yeux sombres magnifiques, les pommettes saillantes, cette bouche ensorcelante. Elle le regardait avec un air d'émerveillement absolu et dégageait un parfum insolite.

Une belle fille au tempérament de feu. La plus belle du monde.

— Comment cela, j'arrive toujours quand tu meurs ? murmura Rune.

Son cœur ne s'était pas encore remis de cette phrase. Elle ne s'était pas rasée la tête comme tellement d'Égyptiennes de cette époque reculée. Ses longs cheveux tombaient jusqu'à sa taille mince en dizaines de petites nattes. Il en toucha une au niveau de sa tempe et la suivit du doigt.

— Vous êtes venu la première fois quand ma vie au bord du fleuve a pris fin, lui dit Carling. (Intérieurement, elle était bouleversée. Il la touchait, une main sur son épaule, une main sur ses cheveux. Elle ne savait pas que le simple contact d'une main pouvait être aussi merveilleux. Elle dut faire un effort pour prononcer les autres mots.) Puis vous êtes revenu et avez mis un terme à ma vie d'esclave. Ce soir marque la dernière nuit que je vais passer à Ineb Hedj. Demain, je m'en vais vivre une autre vie, loin d'ici.

Rune caressa d'un doigt sa joue douce comme un pétale.

— Est-ce que c'est une bonne chose ?

— Je le crois. Je l'espère. C'est la première fois que j'ai pu décider quelque chose pour moi-même.

Ses yeux s'ouvrirent encore davantage, elle pencha la tête et souleva une épaule vers son oreille.

Le geste rappelait tellement celui de l'innocente et sérieuse petite fille qu'il tomba de nouveau fou amoureux. Il vit l'enfant qu'elle avait été, cette jeune beauté fière, et l'exceptionnelle femme qu'elle deviendrait, et il les aima toutes, toutes les Carling du passé, du présent et du futur. Il vit son intelligence, sa fragilité et sa force, et l'âme du Wyr étreignit tout. Ce sentiment était une épée plongée aussi profondément que tout ce qu'il avait pu ressentir, transperçant son corps de part en part. Il avait l'impression qu'il tombait depuis très longtemps, et chaque fois, il en prit conscience, il était tombé un peu plus loin. Il n'avait jamais su que tomber amoureux pouvait être aussi total et terrassant.

Puis, tout aussi soudainement, la panique le saisit et il se mit à trembler. Ce n'était pas un tremblement léger ni silencieux, mais une tempête violente qui le secoua et menaça de le faire chavirer. Il était vraiment remonté dans le temps. Vraiment. Ce n'était pas sa Carling, pas encore. Il n'était pas censé être en face d'elle. Un autre Rune, plus jeune, vivait sa vie avec insouciance dans une autre partie du monde au même moment.

Il ne pouvait pas rester. Il ne pouvait pas protéger cette jeune fille humaine courageuse, fragile, et tellement belle. Par sa simple présence, il avait peut-être déjà modifié le cours de l'histoire. Il était peut-être même en train de changer cette jeune fille, là, maintenant, si bien qu'elle risquerait de prendre une autre décision quant à sa vie, un autre choix qui entraînerait sa mort.

Carling – *sa* Carling, sage et géniale – pouvait peut-être en accepter les conséquences, mais il ne le pourrait jamais.

Il la saisit par les épaules et l'attira à lui, puis il gronda contre son visage magnifique, incrédule et d'une innocence insupportable :

— Tu *dois* m'écouter. Je ne suis pas censé être ici. C'est incroyablement dangereux pour moi de t'adresser même la parole.

— Pourquoi dites-vous ça ? fit-elle en lui saisissant les poignets.

— Je n'appartiens pas à cette époque ni à ce lieu. Je viens d'ailleurs. (Il voyait qu'elle ne comprenait pas. Comment le pourrait-elle ? Il essaya de trouver des mots qui auraient un sens pour elle et seraient en mesure de transmettre l'urgence de son message.) Je viens du futur, d'un futur tellement éloigné de tes lendemains que le pharaon n'existe plus. D'où je viens, tous les dieux ont changé, et tout ce que tu vois autour de nous n'est plus que ruines ou a complètement disparu.

L'émerveillement sur ses traits fut remplacé par un choc insondable.

— Tout a disparu ?

— Disparu.

L'attention intense, sérieuse qu'elle lui accorda soudain lui donna un triste sentiment de satisfaction. Il saisit sa tête, ses mains tremblantes enveloppant l'arc gracieux de son crâne, tandis qu'il ancrait ses pouces sous son délicat menton, la maintenant si étroitement qu'elle ne pouvait pas se détourner ni refuser de l'écouter. Ses mots vinrent du fond de sa gorge, des mots tellement à vif qu'ils sortaient de l'endroit où l'épée l'avait transpercé. Ils tombèrent de sa bouche en sifflant dans l'air comme de l'acide.

— Des portes ont été ouvertes dans le temps. Je suis tombé dedans et j'ai voyagé jusqu'à toi. Dans le futur, toi et moi cherchons un moyen de les fermer parce qu'elles sont très dangereuses. D'autres choses, des esprits maléfiques ou des créatures qui te veulent du mal, pourraient trouver ces portes et les franchir. C'est pourquoi nous avons décidé que je devais revenir pour te mettre en garde. Tu dois faire preuve de prudence et apprendre à te protéger. Il y a des moments, comme cette nuit, où tu n'es pas en sécurité.

Elle se mit à trembler, cette magnifique jeune tigresse, puis elle exhala avec peine, et il eut l'impression d'être une pourriture, un abruti de salaud, pour mettre un fardeau pareil sur ses jeunes épaules. Mais l'émerveillement revint sur ses traits.

— Vous et moi œuvrons ensemble dans ce lieu futur ?

Il essaya de réfléchir à la chose la plus avisée à dire, mais il n'y parvint pas, tant il était saisi par une panique aveuglante comme il n'en avait jamais ressenti auparavant.

— Oui, fit-il. Tu tiens ma vie entre tes mains aussi sûrement que je tiens maintenant la tienne. Il y a un moyen pour toi de vivre pour atteindre ce futur lointain. Il faut que tu le trouves. Ne lui tourne pas le dos, ne renonce pas et ne laisse personne te le prendre. Tu *dois* vivre. Tu comprends ce que je te dis ? Tu dois vivre, ou je mourrai.

La bouche de Carling trembla.

— Vous serez là-bas, vous m'attendrez ? murmura-t-elle.

Il faisait tout de travers. Il était seulement censé l'avertir et lui dire d'être sur ses gardes. Il aurait dû la boucler. Mais il ne pouvait pas se retenir.

— Je ne me souviendrai pas de toi, au début. Tu vivras ta vie et tu me rencontreras, un moi qui sera plus jeune, un moi qui ne sera pas encore revenu ici pour te rencontrer. Puis je te verrai à la nuit tombée, au bord d'une rivière, dans un endroit appelé Adriyel, et j'entamerai alors mon voyage vers toi.

Elle étudia son visage, le front plissé.

— Mais vous vous souviendrez de moi parfois ?

C'est dément, se dit-il. *Ça n'a pas de sens. Le glissement temporel est tellement désynchronisé qu'il fonctionne en boucles comme les anneaux d'un serpent. Elle et moi nous tirons dans l'existence de l'un et l'autre. Si nous ne trouvons pas un moyen de nous extirper de tout cela, nous risquons de ne pas survivre.*

Il n'avait pas d'ingéniosité particulière pour gérer cette situation, pas de plan sensationnel ni de programme soigneusement raisonné, pas de protocole éthique établi pour voyager dans le temps comme on pouvait en voir dans les films de science-fiction. Non, c'était juste la vérité brute de décoffrage au beau milieu d'un territoire inconnu où il risquait à tout moment de changer le cours de l'histoire.

Et parce qu'il était allé beaucoup trop loin pour pouvoir s'arrêter, il lui donna tout ce qu'il avait.

Il pressa ses lèvres sur son front et lui dit, la bouche collée à sa peau :

— Je me souviendrai de toi, très vite après la rivière Adriyel. Et quand je m'en souviendrai, tu deviendras tout pour moi. L'homme que je suis maintenant, celui qui se tient devant toi, t'attendra toujours. *Mais il faut que tu vives pour y arriver, ou rien de ce que je viens de te décrire n'arrivera.*

Elle leva la main pour toucher l'endroit où ses lèvres entraient en contact avec sa peau.

— Ça se passe toujours au bord de l'eau.

Il ferma les yeux et pressa les lèvres sur ces doigts doux et curieux.

— Quoi donc ?

— Le commencement d'une nouvelle vie. (Elle recula pour le regarder et son expression était grave.) S'il existe un moyen pour moi de vivre afin de parvenir là-bas, je le trouverai.

— Il y en a un, fit-il en mettant toute sa ferveur dans ces cinq mots. Tu l'as trouvé une fois. Tu y étais parvenue. Mais je suis revenu et j'ai de nouveau touché ta vie, et chaque fois que je le fais, quelque chose d'autre change, et j'ai peur… (Sa gorge se serra et il crut qu'il ne pourrait pas continuer.) J'ai tellement peur qu'en venant ce soir je n'aie changé quelque chose d'autre que tu allais faire ou que tu avais décidé... J'ai peur que tu ne sois plus dans ma vie quand je repartirai dans mon époque. Et il faut que je reparte, parce que je n'ai pas le droit d'être ici.

Elle cessa de trembler. Elle se tenait droite et solide sous ses mains, sa Force, une flamme ténue, nouvellement créée, indomptable.

— S'il existe un moyen pour moi de vivre afin de parvenir là-bas, je le trouverai, répéta-t-elle.

Il inspira profondément en plongeant son regard dans le sien, et la tigresse le soutint sans peur. Quelque chose d'autre lui vint soudain à l'esprit et alors qu'il formait tout juste les mots, il savait qu'ils énonçaient la vérité.

— Tout ne dépend pas uniquement de toi. Tout ce qui m'est arrivé, je me le suis rappelé, ajouta le griffon. J'ai maintenu ma place et mon identité alors que le temps et l'espace coulaient autour de moi. Le passé a déjà bougé deux fois pour nous et je me souviens de tout. Si tu échoues – si tu meurs –, je jure que je découvrirai un moyen de remonter une nouvelle fois le temps pour te retrouver. Peu importe où tu seras. Peu importe quand. Je le jure.

Il aurait dû le deviner. La joie qui se lut sur son visage était empreinte d'une ferveur qui la propulserait à travers les siècles. Dieu, quelle passion avait cette mortelle. Elle remplissait le calice de son cœur au point de le faire déborder.

Il pensa à sa Carling, assise dans la suite de l'hôtel, sans protection. Le temps passait aussi pour elle.

— Il faut que je parte, fit-il abruptement. Tu dois te mettre à l'abri. Rentre. Ne dors pas. Fais tout ce que tu peux pour te protéger. Cette nuit est pour toi une nuit dangereuse.

Elle regarda autour d'elle, à l'affût d'un éventuel danger, puis hocha la tête.

— Je ferai attention. Tout ira bien.

Cette jeune femme n'était pas sa Carling. Dans l'hypothèse où Rune et cette jeune femme pourraient passer un temps illimité ensemble, il n'était pas sûr qu'ils trouveraient beaucoup de choses à se dire. Mais il ne put pas résister à l'envie de poser sa main sur sa joue.

— Je garderai précieusement le souvenir de t'avoir rencontrée ainsi, fit-il, et il l'embrassa.

Carling se figea et se concentra sur le contact de sa bouche sur la sienne, tellement farouche et tendre, et brûlante de Force. C'était la première fois que quelqu'un la touchait ainsi. Elle savait qu'elle ne permettrait jamais à l'insignifiant roi de la toucher sur les lèvres. Puis Rune la lâcha, ramassa ses armes, et elle le regarda s'éloigner.

Il s'estompa, puis disparut, comme dans un rêve. Ou peut-être comme dans une vision induite par un sort.

Elle toucha ses lèvres de ses doigts. Elles continuaient à la picoter alors même qu'il était parti.

« Tu dois vivre, ou je mourrai », avait-il dit. Et il était impossible que cela arrive, pas à celui qui détenait son âme.

Je garderai précieusement le souvenir de t'avoir rencontré, moi aussi, pensa-t-elle.

Et je t'attendrai.

Carling ouvrit les yeux et regarda par les fenêtres de la chambre de l'hôtel l'or riche du soleil couchant. Le matin était peut-être lumineux et radieux, mais il n'avait pas le caractère poignant du soir qui ayant recueilli tous les souvenirs de la journée les emportait dans la nuit.

Elle s'assit sur le lit, les jambes repliées, le dos contre la tête de lit. Rune se tenait au seuil du balcon et regardait dehors. Il appuya une épaule contre le chambranle de la porte-fenêtre, les bras croisés. Son profil tranquille était empreint d'une vulnérabilité qu'elle ne lui connaissait pas. Il avait l'air si fier, si indépendant et prêt à entendre des mauvaises nouvelles, un dieu en noir qui affirmait ne pas être un dieu, avec ses cheveux dorés et sa force de vie qui faisait vibrer l'air autour de lui.

Il resplendissait particulièrement, c'était un fait, à la lumière éclatante du jour lorsqu'il brillait de toutes les couleurs du feu de la création. Cuivre, jaune, or, bronze et l'ambre farouche et brûlant de ses yeux de lion.

Oui, c'était exactement ainsi qu'elle se le rappelait, il y avait tellement longtemps de cela et de nouveau, tout récemment, sur l'île. Son âme, quittant son corps et volant irrévocablement vers lui.

Un instinct lui dit qu'il savait très bien qu'elle était sortie de son effacement. Pourquoi ne se retournait-il pas vers elle ?

Elle regarda de nouveau par la fenêtre et réfléchit. Le silence des siècles pesait lourdement entre eux.

« Je me souviendrai de toi, très vite après la rivière Adriyel. Et quand je me souviendrai, tu deviendras tout pour moi. L'homme que je suis maintenant, celui qui se tient devant toi, t'attendra toujours. »

Si elle ne connaissait pas tous les détails, elle savait que lorsqu'un Wyr s'unissait, il ne le faisait qu'une fois. Dragos, le seigneur des Wyrs, venait de trouver sa compagne. Tiago, seigneur wyr de la guerre et oiseau-tonnerre s'était uni avec la reine des Faes noires, Niniane. Était-ce ce que Rune avait voulu dire ? Avait-elle autant de chance – et était-il damné à ce point ?

Elle se redressa et inspira profondément, puis elle prit la parole :

— Tu ne m'as pas changée, cette fois-ci. (Il sursauta et tourna légèrement la tête comme si elle l'avait frappé, mais il ne bougea toujours pas et s'obstina à regarder dehors.) J'ai jeté un sort un soir et j'ai eu une vision de toi. C'est ainsi que je l'ai vécu en tout cas, expliqua-t-elle. Je me souviens que tu m'as demandée de rester sur mes gardes. Après cela, j'ai étudié des sortilèges de défense et j'ai dressé des protections quand je dormais. J'ai été très prudente.

— Pourquoi me dis-tu ça ? demanda-t-il froidement.

Elle baissa les yeux sur la tenue séductrice qu'elle portait et lissa doucement le tissu souple de son haut. Elle garda une voix calme pour lui dire :

— Je réfléchis et essaie de comprendre tout ce qui s'est passé et ce qui aurait pu être différent. Je me souviens avoir donné mon accord pour que tu repartes afin de m'avertir et je me rappelle que j'étais prête à assumer toute responsabilité quant à ce nouveau voyage dans le temps. Je crois que nous avons eu de la chance. Je pense que nous avons changé tout ce que nous avions besoin de changer et que tout le reste est demeuré stable.

Tout ce qu'elle lui disait était la stricte vérité. Elle ne lui mentirait jamais. Son sens de la vérité devait être extrêmement développé, de toute façon, et puis il méritait la franchise. Mais même si ses mots étaient sincères, son âme murmurait une vérité plus profonde, qui venait du fond du cœur.

Après les premières nuits qui avaient suivi sa visite, quand l'excitation était retombée, le doute s'était insinué. Elle n'arrivait pas à croire qu'il ait bien dit cela. Elle avait dû mal entendre ou mal comprendre. Les années avaient passé, puis les siècles, et comme elle ne recevait pas d'autre message ou d'autre signe, elle avait adopté une attitude plus mûre et plus prudente. Elle n'allait pas suspendre toute sa vie pour une seule vision induite par un sortilège, aussi vive et irrésistible qu'elle ait pu être.

Mais elle n'avait jamais oublié la brûlure de son baiser. Elle n'avait jamais laissé son roi de mari l'embrasser sur la bouche et n'avait jamais permis cette liberté à ses autres amants. Non qu'elle en ait eu beaucoup, compte tenu de la longueur de son existence. Elle avait arrêté après quelques tentatives pleines d'espoir parce que soit ils s'endormaient après avoir fait l'amour, soit ils fuyaient, et c'était si pitoyablement banal qu'elle aurait préféré marcher au soleil sans protection plutôt que de souffrir une liaison insipide de plus.

Maintenant, alors qu'elle observait sa silhouette rigide, de trois quart, elle lui dit silencieusement :

Je suis tombée amoureuse de toi ce matin dans le hall de l'hôtel. Et tout ce que tu as dit un jour s'est réalisé. Mais il s'est écoulé tellement de temps. Trop de temps. Trop de lendemains, si bien que les pharaons n'existent plus, en effet, que tous les dieux ont changé et que tout ce que je connaissais à une époque n'est plus que ruines ou a complètement disparu. Nous nous sommes retrouvés trop tard.

« Tu dois vivre ou je mourrai », avait-il dit.

Maintenant, je suis celle qui est mourante et tu ne peux pas t'unir avec moi et espérer vivre. Quel nœud gordien avons-nous créé.

Et comme Alexandre le Grand l'avait su, la seule solution pour dénouer un nœud indénouable, c'était de le trancher.

Elle baissa les yeux sur le dessus de lit.

— Alors récapitulons, fit-elle d'une voix parfaitement contrôlée. Grâce à ton aide, en quelques jours, j'ai appris énormément de choses sur ma condition, plus que je n'en avais appris au cours des deux derniers siècles. Et maintenant que Dr Telemar sera bientôt là pour une consultation, j'ai l'espoir d'en apprendre encore plus. J'ai une immense dette envers toi.

Il s'était tourné pour lui faire face. La Force de cette grande silhouette toute de noir vêtue à la périphérie de sa vision était presque palpable.

— Mais nous savons tous les deux que nous ne pouvons plus prendre le risque de provoquer ces étranges collisions temporelles, poursuivit Carling. Elles sont trop dangereuses pour nous deux et Dieu sait ce que nous avons peut-être changé dans le reste du monde. (Et elle savait qu'elle ne pouvait plus avoir confiance en son moi plus jeune s'il réapparaissait devant elle, pas une seconde. Si cette jeune Carling le revoyait, elle ne pourrait jamais contenir sa joie et elle ne savait pas pourquoi elle le devrait, d'ailleurs.) Rune, le moment est venu pour toi de te retirer. Tu m'as suffisamment aidée. Tu as fait bien plus que ce que l'on pouvait attendre de toi. Je veux que tu retournes à ta vie maintenant.

Le monstre qui avait investi Rune étudiait sa proie d'un œil critique.

L'apparence de Carling n'aurait pas pu être plus parfaite. Elle n'avait pas de pouls, il ne pouvait pas guetter les battements de son cœur et elle ne lui montrait pas ses yeux. Son corps somptueux reposait contre les coussins sur le lit et évoquait une nature morte. Elle était calme, contrôlée, l'incarnation même de la rationalité. Elle semblait être une créature totalement différente de la jeune tigresse farouche et pleine d'allant qu'il avait laissée quelques minutes plus tôt, et pourquoi ne serait-elle pas une créature différente quand ce moment, pour elle, avait pris place il y avait des milliers d'années ? Mais son apparence était trop parfaite et c'était son erreur fatale. Elle aurait dû réagir davantage à ce qu'il s'était passé entre eux au cours de l'après-midi, toute cette sublime passion, leurs éclats de rire et leurs moments d'authentique intimité. Le souvenir de son épisode d'effacement aurait dû se dérouler naturellement comme les deux premières fois. Mais cette fois-ci c'était la première chose qu'elle lui avait offerte, et qu'elle avait nié froidement ensuite.

La fureur déferla sur lui à l'instar d'une tempête de feu. Il traversa la chambre d'un bond et la percuta si bien qu'elle se retrouva sur le dos, puis il se jeta sur elle. Une expression de choc verrouilla celle de Carling comme il saisissait sa gorge avec de longs doigts hérissés de griffes.

Le monstre rugit en émettant un feulement sauvage :

— Tu ne débites que des mensonges.

16

Carling regarda le monstre au-dessus d'elle. Son visage était trouble car les yeux de la vampire étaient remplis de larmes qu'elle refusait de laisser couler. Le regard sauvage du Wyr scrutait chaque tressaillement révélateur sur ses traits. Il était penché au-dessus d'elle, ses genoux de chaque côté de ses hanches. Les os de son visage, de son torse et de ses bras étaient déformés. Il évoquait davantage le lion que l'aigle dans cet état de transformation incomplète. Elle sentait ses griffes contre sa jugulaire. Il avait profondément enfoncé celles de son autre main dans le matelas près de sa tête.

Le corps puissant du monstre vibrait d'une tension dangereuse, mais s'il la maintenait avec une force inouïe et que la paume de sa main était pressée contre son cou, il ne l'avait même pas égratignée.

Lorsque Tiago avait été dans cet état, il était allé jusqu'à s'éventrer au combat pour sa compagne.

Elle avait fait cela à Rune. Ils s'étaient fait cela l'un à l'autre.

Elle caressa son étrange et beau visage qui était entre le lion et l'homme. Ses crocs blancs se refermèrent autour de sa main. Il aurait pu en briser tous les os, mais il la tenait avec une telle douceur que ses dents tranchantes n'auraient pas pu craquer la coquille d'un œuf.

— Tu sais très bien que je ne te mens pas, dit-elle sans savoir comment elle arrivait à parler d'une voix calme. Nous nous sommes embarqués dans un voyage étrange et merveilleux et c'est pour moi une chance immense que tu aies choisi de rester et de le faire avec moi, mais tu dois t'en aller, Rune.

— *N'aie pas la prétention de me dire ce que je peux et ne peux pas faire*, murmura le griffon dans sa tête. *Je ne t'ai pas donné le droit de me renvoyer.*

— *Je ne t'ai pas donné le droit de rester*, fit Carling doucement.

Un grondement furieux jaillit de lui. Il lui secoua brutalement la main en guise de réprimande.

— *Je n'en ai rien à cirer. Je ne suis pas ton larbin que tu peux renvoyer quand ça te chante. Je suis ton amant, Carling.*

— Et je suis toujours mourante. Je te promets que je vais me battre et chercher un remède jusqu'au bout, mais le fait est que je risque de mourir malgré tout.

Son regard était farouchement déterminé.

— *J'ai le droit de partager cette partie du voyage avec toi. J'ai le droit de me battre pour ta vie, moi aussi. J'ai le droit de te dire ce que j'en pense et ce que je ressens face à ça. Et j'ai le droit de te tenir dans mes bras à la fin et de partager chaque moment précieux avec toi.*

S'accrocher à lui et ne jamais lâcher prise. La pensée était tellement belle et tellement terrible, et elle lui fit ressentir une telle émotion qu'elle dut fermer les yeux. Deux larmes s'échappèrent. Une fois le barrage de ses émotions fissuré, il n'était plus possible d'empêcher les fuites. Des flots de larmes ruisselèrent.

Cela arrivait toujours au bord d'un fleuve. Au bord de l'eau.

Elle sentit la tension dans son corps l'abandonner petit à petit. Ses mâchoires se desserrèrent et il lâcha sa main tandis que la pression sur sa gorge s'évanouissait. Il lui caressa les tempes, essuyant doucement les larmes avec ses doigts.

Elle se tordit au niveau du bassin, glissa un genou entre eux et roula pour se dégager. Il atterrit par terre avec fracas. Elle sauta du lit et se dirigea vers le salon.

— Nous avons baisé, fit-elle entre les dents. C'est tout. C'était super et ça nous a bien divertis, mais il faut que tu passes à autre chose maintenant.

Ben voyons, évidemment qu'il fallait qu'il passe à autre chose comme elle était passée tellement facilement à autre chose après chacune de leurs rencontres. Tout ce qu'elle avait eu était un baiser, une promesse de lui dans la brume lointaine de sa jeunesse, et elle n'avait jamais laissé personne d'autre l'embrasser. Pas pendant des milliers d'années, contre toute logique. Même quand elle avait poursuivi son existence, avait mené sa vie de manière indépendante, elle s'était accrochée à cette promesse qu'elle s'était faite parce qu'il l'avait un jour regardée dans les yeux et lui avait dit : « Je t'attendrai. » Aujourd'hui, même si elle ne désirait que cela, elle ne pouvait pas le laisser rester.

Un train lancé à pleine vitesse la percuta dans le dos et la projeta contre le mur avec une telle force qu'elle poussa un cri. Avant qu'elle puisse réagir, Rune lui avait tiré les mains au-dessus de la tête en la tenant par les poignets et l'avait forcée à écarter les pieds. Il la cloua contre le mur en plaquant son long corps contre le sien, les pieds solidement fichés entre les siens, si bien qu'elle se retrouva emprisonnée. Il avait exploité sa vélocité et sa force incomparables pour y arriver. Les battements du cœur de Rune martelaient les sens de la vampire comme un marteau-piqueur et le feu de sa chaleur l'encerclait.

Une onde d'excitation sexuelle la traversa violemment et se concentra entre ses cuisses, baignant littéralement son sexe. Elle leva les yeux sur les mains de Rune qui lui entravaient les poignets et se cambra, se tordit autant qu'elle le pouvait pour essayer de se dégager. Ses efforts n'eurent aucun effet sur lui, il ne bougea pas d'un centimètre.

Tant que sa bouche n'était pas couverte, elle n'était pas sans défense. Elle pouvait murmurer une incantation qui le paralyserait au moins temporairement, si elle ne choisissait pas quelque chose de plus agressif susceptible de laisser des traces.

Et il le savait. Il se souvenait de la colère qui l'avait traversée quand il l'avait clouée au sol, il la tint donc en cage avec son corps, mais lui laissa une échappatoire. La prise de conscience de la sollicitude qu'il lui montrait finalement, alors qu'il était en proie à la fureur et après qu'elle eut fait preuve de violence envers lui, lui broyait la tête. Elle ouvrit les mains en grand pour repousser l'air tout en s'efforçant de trouver la force, la volonté de murmurer le sortilège qui le stopperait pendant les quelques minutes dont elle avait besoin pour s'enfuir. Mais elle ne trouvait plus les mots, elle n'arrivait plus à penser. Le sirocco les avait emportés.

Il respirait fort. La longueur épaisse et rigide de son érection se pressait contre ses fesses. Elle continuait à essayer de se dégager et il émit un grondement guttural en la poussant de ses hanches, et une nouvelle vague d'excitation se rua sur elle. Habituellement si contrôlée, elle se sentait fiévreuse et elle se mit à trembler.

Il posa ses lèvres sur son cou et titilla la peau sensible de sa nuque, et ses jambes se dérobèrent sous elle. S'il ne l'avait pas tenue, elle se serait écroulée.

— Voilà le truc, murmura-t-il. Je t'aime. Je ne le voulais pas pourtant. J'ai lutté. J'ai dressé des barrières, mais elles se sont toutes écroulées les unes après les autres. Ce n'est pas un caprice, pas une passade. Tout chez toi me séduit. Tout ce que tu fais dans le présent et ce que tu as fait dans le passé. C'est tout ce que tu es et tout ce que tu as été. Je t'aime, putain, et va falloir que tu t'y habitues. Pigé ?

Elle commença à secouer la tête. Elle se rendit compte qu'elle respirait fort elle aussi, qu'elle haletait comme si elle avait couru vite et longtemps.

Rune plongea les dents dans son cou, l'immobilisant encore plus si c'était possible, si bien qu'elle laissa échapper un son incohérent. Sa bouche la picota de nouveau et elle dénuda les crocs. Elle avait besoin de le mordre à son tour et de s'enivrer de sa riche liqueur rubis, mais ses satanés crocs ne s'allongeaient pas.

— Autre chose, ajouta-t-il. Je sais que tu m'aimes aussi. Tu avais une bonne main, mais tu as mal joué tes cartes, alors tu ferais tout aussi bien de l'admettre.

— Je n'ai rien à admettre.

— Oh que si, gronda-t-il.

Elle lui avait donné tous les indices et lui avait confié tous ses secrets, il n'avait plus eu qu'à s'en servir parce qu'elle ne se laissait jamais apprivoiser avec douceur et s'il devait jouer de ses griffes pour entrer dans sa vie, eh bien, il le ferait. Elle avait besoin de sa domination et de sa tendresse ; il le savait au plus profond de son être. C'était une des preuves supplémentaires de leur proximité.

— Tu ne me dois rien, si ce n'est la putain de vérité, reprit-il.

Elle poussa de nouveau un cri comme il lui saisissait les poignets et les tenait dans l'étau d'une de ses mains. Elle les tordit pour se dégager, mais sa prise était d'acier. La faim n'était pas le tourment dont elle se souvenait. Ou bien peut-être qu'elle n'avait jamais ressenti cela avant, une force aussi implacable, aussi terrible. Elle ne reconnaissait pas sa propre voix. Elle ne reconnaissait plus rien d'elle. Il posait les mains sur elle et elle perdait la raison.

De sa main libre, il caressa son corps. Il pétrit son sein et pinça le mamelon au point de lui faire mal, puis il passa la main entre ses cuisses et pressa l'endroit où palpitait son désir, et il la tira violemment contre lui en poussant ses hanches contre ses fesses avec une vigueur renouvelée. Il embrassa l'os gracieux qui se trouvait juste derrière son oreille et chuchota :

— Nous avons fait plus que baiser. Dis-le.

Elle laissa échapper un sanglot, d'autant plus choquant qu'elle n'avait aucun contrôle dessus.

— Oui.

Il trouva la fermeture Éclair de son jean et la descendit. Sa voix était brutale, mais sa main de velours.

— Tu m'aimes. *Dis-le.*

Elle appuya sa joue brûlante contre le mur.

— Oui.

Il s'immobilisa, écrasant son dos contre le sien, son visage enfoui dans son cou. Puis il la lâcha. Elle faillit glisser à terre, mais réussit à bloquer les genoux. S'appuyant au mur pour se soutenir, elle se tourna vers Rune et le regarda d'un air perdu.

Il appuya les bras de chaque côté de sa tête et son visage dur, intense se pencha sur elle.

— Je sais ce que tu fais. Tu te prépares toujours à mourir.

Elle posa les mains sur sa poitrine, partagée entre la colère et le désespoir.

— Tu ne peux pas t'unir avec moi et espérer vivre. J'essaie de te sauver la vie !

L'ironie du moment n'échappa pas à Rune. Elle essayait de le chasser pour lui sauver la vie, exactement comme il avait essayé de sauver Tiago en l'empêchant de s'unir à Niniane. Tiago lui avait dit : « Un de ces jours, tu vas trouver ta compagne de vie. Et peut-être qu'elle sera wyr, ou peut-être pas. Alors tu comprendras exactement ce que tu as bien failli me faire. »

Je comprends maintenant, Ti. Je comprends.

La vie n'avait pas d'importance s'il perdait Carling et qu'il se retrouvait avec une éternité de désespoir devant lui. Il échangerait volontiers tout ce temps contre un seul jour avec sa compagne.

— Je ne veux pas que tu sauves ma vie, je veux que tu me donnes la tienne, fit-il en la transperçant du regard.

— Rune…

Il la coupa :

— Est-ce que tu te souviens de ce que je t'ai dit ? C'était il y a très longtemps pour toi, tellement longtemps que je vais le répéter. Si tu échoues – si tu meurs – je chercherai un moyen de remonter le temps pour te trouver. Peu importe où. Peu importe quand. Je le jure.

Il avait essayé avec tellement de ferveur déjà, mais pendant que son dernier épisode s'était dissipé, il avait perdu la connexion et le passé s'était de nouveau évaporé.

Elle ferma les yeux. Les mots qu'il disait. Elle se les rappelait tous. Elle s'y était accrochée pendant tellement longtemps qu'ils s'étaient greffés à ses os, jusqu'à ce qu'ils soient tissés sur un rouet enchanté et deviennent l'étoffe d'un conte de fées rapportant l'histoire d'un engagement amoureux exceptionnel. Aussi, l'entendre les prononcer après tellement de temps… Elle frissonna.

— Tu ne peux pas promettre une chose pareille.

— Tais-toi. Je peux promettre tout ce que je veux.

Il parlait à mi-voix. Il l'observa poser une main tremblante sur son front, mais il ne fut pas tenté de lâcher le moindre lest. Il inspira profondément et sa poitrine se souleva. Il toucha ses cheveux courts en désordre et caressa son visage ravagé. Son expression était claire, résolue. Il avait l'air aussi solide qu'un roc et tout aussi impossible à bouger.

— Je ne te quitterai jamais, dit-il doucement. Je ne te laisserai jamais partir. Je ne te laisserai jamais tomber ou échouer. Je me lancerai toujours à ta recherche si tu t'en vas, je te trouverai toujours si tu te perds. Toujours.

Elle avait l'air plus vulnérable qu'il ne l'avait jamais vue lorsque sa belle bouche forma en silence le mot : *Toujours ?*

C'était comme si elle redoutait de le dire tout haut. Tout en lui voulait bondir sur elle, recouvrir sa vulnérabilité de sa force, la prendre jusqu'à ce qu'elle hurle de nouveau de plaisir. Ses instincts mettaient son calme à rude épreuve.

Mais elle était aussi une prédatrice. S'il ne réveillait pas ses instincts en elle, peu importait l'acharnement avec lequel il pouvait essayer de s'accrocher, il finirait par la perdre. Et il ne pouvait pas laisser une chose pareille se produire. Il ne la laisserait pas se produire.

— Toujours, répondit-il en chuchotant aussi. Mais il faut que tu le veuilles aussi. Il faut que tu en assumes la responsabilité et reconnaisses que tu me veux aussi.

En assumer la responsabilité. Comme elle avait assumé la responsabilité de sa propre vie. L'admettre, prendre, revendiquer.

Il s'écarta d'elle jusqu'à ce qu'il touche le lit. Il se mit à déboutonner sa chemise tout en retirant ses chaussures en les poussant d'un pied, puis de l'autre. Il ne la quitta pas du regard en enlevant sa chemise, qu'il jeta dans un coin, et c'est à ce moment-là qu'il se mit à mentir :

— Tu dois me prendre, ou je vais vraiment renoncer et trouver quelqu'un d'autre.

— Tu ne le ferais pas, souffla-t-elle.

Elle avait les yeux rivés sur sa poitrine bronzée. Elle se raidit. Ses lèvres s'entrouvrirent. Elle n'avait pas l'air d'avoir faim. Elle avait l'air de mourir de faim.

C'était la plus belle chose qu'il ait jamais vue. Il voulait gronder de triomphe. C'était *à lui*, cette expression était pour lui. Mais ce n'était pas suffisant. Il ne l'avait pas suffisamment provoquée.

Allons, beauté. Sors de tes gonds.

— Je le ferais, si, mentit le griffon à sa sorcière. (Il se mit à défaire le bouton de son pantalon, puis baissa sa braguette. Il ne portait rien dessous. Il descendit le jean sur ses hanches minces, puis les longs muscles de ses cuisses se tendirent lorsqu'il se débarrassa du pantalon.) Rien ne pourrait m'arrêter. (Il inclina la tête.) Peut-être qu'après toutes ces années j'ai découvert que j'avais un type. Peut-être que je trouverai une autre femme belle, aux cheveux sombres. Une qui ne rechignera pas à porter des vêtements à la mode ou du maquillage.

Carling siffla et ses yeux étincelèrent de ce joli rouge effrayant.

Il posa les mains sur ses hanches et se tint immobile et nu devant elle, ce mâle dominateur insouciant, et il osa la narguer alors que la vue de son corps lui faisait perdre la raison. Elle serra les poings en le regardant. Il était bâti pour la vitesse et la puissance, large d'épaules, long et délié, sans un gramme de graisse nulle part. Son érection massive oscillait contre ses plaquettes de chocolat tandis que ses testicules pleins et tendus étaient remontés jusqu'à la base de son membre. Il était magnifiquement formé et son corps de guerrier était un poème en mouvement.

Rune lui décocha son sourire le plus languide et le plus fourbe.

— Peut-être que je trouverai quelqu'un qui mord.

Une image torride brilla dans la tête de Carling : lui, caressant une femme inconnue qui lui suçait le sang. Elle montra les dents et se jeta sur lui.

Il tomba en arrière sur le lit au moment où elle l'atteignait, puis elle fut soudain sur lui, les mains plantées sur le lit de chaque côté de sa tête tandis qu'elle se mettait à califourchon. Le visage sauvage de Rune était rouge de désir et illuminé par un sourire radieux.

— Tu crois que je ne sais pas que tu te paies ma tête ? fit Carling d'un ton hargneux.

— Mon bouton « j'en-ai-quelque-chose-à-fiche » est cassé, beauté. (Il la prit par la nuque et lui fit baisser la tête vers lui.) Embrasse-moi, murmura-t-il. Prends-moi. Ne me laisse pas partir – ou je partirai. (Puis il lui dit par télépathie les mots qu'il lui avait dits un soir il y avait tellement, tellement longtemps.) *L'homme que je suis maintenant, celui qui se tient devant toi, t'attendra toujours. Mais il faut que tu vives pour y arriver, ou rien de ce que je viens de te décrire n'arrivera.*

Elle le regarda avec une telle perplexité sauvage que cela en aurait été risible si les enjeux n'étaient pas si élevés.

— Tu as des légions de femmes et je ne partage pas.

— Il n'y aura personne d'autre. Jamais. Je suis tout à toi. Corps et âme.

La sorcière vampire qui avait été reine lui siffla au visage :

— Jure-le.

— Je le jure, murmura-t-il en lui caressant les cheveux.

Ils étaient un miroir l'un pour l'autre dans cette danse, car il avait besoin de la domination de Carling aussi bien que de sa tendresse. Il ouvrit grand les yeux pour ne pas perdre une miette de cette superbe femme létale.

— J'ai essayé de faire le bien. J'ai essayé de te rendre ta liberté.

Mais elle était maléfique, bien sûr. C'était quelque chose qu'elle avait accepté des siècles plus tôt. Sa Force rugissait contre ses sens, alors même qu'il était étendu sous elle. Elle mouillait tellement de désir qu'elle avait l'impression d'être trempée.

— Pourquoi voudrais-je que tu sois bonne ? Je veux que tu sois toi.

— Si je te prends, je ne te laisserai jamais partir. (Ses paupières se firent lourdes comme elle cherchait ses lèvres.) Jamais.

Il glissa les mains sous son tee-shirt ample et ses doigts habiles s'insinuèrent ensuite sous sa camisole. Il releva le vêtement et elle leva les bras pour l'aider à le lui enlever. Et elle fut nue jusqu'à la taille et il faillit pousser un grondement sonore lorsque ses seins magnifiques apparurent. Il passa le doigt autour des aréoles sombres, regardant les pointes se durcir de plaisir. Elle haleta et sa queue palpita.

Puis elle se souleva et le monstre qui s'était tapi et l'attendait jaillit et tenta de la retenir, mais elle retirait simplement son jean. Ses mains tremblaient si fort qu'elle crut qu'elle n'arriverait pas à l'enlever. Il s'assit pour l'aider à se débarrasser de ses bottes, puis elle se retrouva sans pantalon. Son corps voluptueux était incroyablement magnifique, portant les cicatrices jumelles du fouet et doué de la souplesse du chat, et c'était le corps nu de *Carling*, les zones les plus privées, les plus intimes, de *Carling* qui étaient révélées. *Carling* qui le regardait de ses yeux rouges et sauvages, mais qui restaient fragiles de besoin, et la chair gonflée, pulpeuse entre ses cuisses était tellement magnifique qu'il s'effondra littéralement.

Il se remit sur elle. Elle l'enveloppait déjà de ses jambes et de ses bras tandis que sa bouche se plaquait sur la sienne. Ses mains tremblaient, tout tremblait, et le son qu'il émit était guttural, âpre, et totalement inhumain. Elle glissa une main entre leurs corps et saisit son membre, sa paume massant l'épaisse tête et il se sentit énorme et plein, et souffrant tellement que c'était comme s'il ne l'avait jamais prise.

— Oh merde, je voulais prendre mon temps avec toi, fit-il entre ses dents.

— Nous n'avons pas le temps, murmura-t-elle.

Elle rejeta la tête en arrière et le guida vers l'entrée humide de sa grotte et en sentant le coussin de chair étreindre son gland, il perdit le peu de contrôle qu'il lui restait et glissa en elle.

C'était un supplice délicieux. Il se sentait colossal et incandescent et elle était magnifiquement étroite et parfaite. Il s'enfonça un peu plus loin en elle et passa un bras sous sa taille pour qu'elle se colle encore plus à lui. Il enveloppa sa tête de son autre main tout en s'appuyant sur un coude, une position instinctivement protectrice. Il aurait voulu aller toujours plus loin en elle et il poussa jusqu'à ce que leurs corps claquent l'un contre l'autre.

Elle leva les hanches à chacun de ses coups de boutoir, les mains agrippées à ses cheveux, et il était tellement certain qu'elle était totalement avec lui que lorsqu'elle émit un son tremblant qui ressemblait terriblement à un gémissement, une sueur froide humecta sa peau.

Il se figea, le cœur battant à tout rompre, et scruta le visage de Carling.

— Qu'est-ce qu'il y a ? Qu'est-ce qui ne va pas ?

Son visage se tordit de frustration. Des larmes coulèrent de ses yeux. On aurait dit qu'elle souffrait.

— Je veux te mordre. J'ai besoin de te mordre, mais mes foutus crocs ne s'allongent pas.

L'image de ses dents fines plongeant dans son cou pendant qu'il la prenait l'électrisa et il faillit jouir. Il glissa une main sous son cou mince et souleva sa tête.

— Mords-moi quand même, fit-il d'une voix rauque.

— Je te meurtrirai avec ces dents qui ne sont pas pointues, murmura-t-elle.

— Promis ? gronda-t-il.

Il n'était plus que feu. Dans son corps. Dans son âme. Il en était aveuglé.

Elle se redressa et mordit le tendon puissant qui reliait son cou à ses épaules tout en contractant ses muscles intimes autour de la hampe du Wyr. L'orgasme de Rune explosa avec une telle force qu'il rugit. Il frotta son bassin contre le sien, éjaculant avec violence, et un son étouffé jaillit d'elle comme elle était saisie de spasmes au moment où il la fit basculer vers l'extase. Il sentait les pulsations rythmiques qui traversaient sa sorcière et c'était au-delà de tout ce qu'il avait imaginé, mais ce n'était pas assez – ce ne serait jamais assez.

Il l'accompagna dans ses sursauts de plaisir en l'étreignant de tout son être, puis lorsqu'elle se détendit, il reprit son va-et-vient. Elle retomba en arrière et le regarda avec surprise.

— Rune ?

— N'arrête pas, siffla-t-il. (Puis il fut transporté au-delà du plaisir, de la séduction, immergé dans ce lieu où l'ardeur de son désir s'apparentait à une coulée de lave et où le langage se réduisait à un hurlement bestial.) Tu es à moi, cria le griffon. (Il la saisit par la nuque et la secoua pour que les mots rentrent en elle.) Tu es à moi.

Ce qu'elle vit en lui la transporta. Elle redevint jeune et émerveillée.

— Dieu, tu es tellement beau.

L'obsession qu'il avait d'elle le propulsa. C'était tellement exquis que ses griffes déchirèrent le dessus de lit. Elle le serra, les genoux levés afin de pouvoir enlacer tout son corps. Elle agrippa ses épaules tandis que ses va-et-vient s'intensifiaient et les yeux grenat de Carling reflétèrent une sorte de fulguration. Ses lèvres bougeaient et elle laissait échapper d'étranges sons. Bien plus tard, Rune se rendrait compte qu'elle avait juré en égyptien et il en rirait. Mais ce serait plus tard, quand il aurait retrouvé les notions de civilisation qui à cet instant s'étaient complètement volatilisées.

Puis elle s'étira sous lui et leva les bras au-dessus de sa tête en soulevant les hanches, et il sentit de nouveau ses muscles intimes se contracter avec splendeur. Elle jouit en lâchant un cri fébrile, et il plongea encore une fois, la rejoignant dans l'extase.

Et il recommença. Cette fois-ci, il la mit à quatre pattes. Elle gémissait et lui offrait son cul, et il la prit par-derrière. Il l'enveloppa de ses bras, sa femme pleine de sagesse et de folie et il la posséda avec une ardeur renouvelée. Elle se positionna de façon à pouvoir s'agripper à lui et il passa un bras autour de son cou, et cette fois-ci, c'est elle qui gronda en serrant les dents.

— Tu l'as fait maintenant – tu es à moi, Rune Ainissesthai – Rune – Rune, oh, Dieu...

Trois fois, le chiffre ensorcelé.

— Ce sort a déjà été jeté, fit-il dans ses cheveux.

Puis il s'abandonna en elle, déversant tout ce qu'il avait dans sa compagne.

Elle ne pouvait pas le lâcher. Il s'adossa à la tête de lit et l'attira dans ses bras et elle s'y lova aussitôt. Elle posa la joue sur son épaule et ne prit conscience qu'elle était agrippée à son bras uniquement quand elle vit sa main, et constata alors que ses phalanges étaient blanches. Elle s'efforça d'ouvrir les doigts et vit qu'elle avait laissé une marque rouge sur sa peau bronzée. S'il avait été une créature plus fragile, elle aurait pu lui casser le bras.

— Je suis désolée, fit-elle en caressant son biceps.

— Ne sois jamais désolée. (Il l'embrassa sur le front.) Mords-moi, marque-moi, revendique-moi de toutes les manières que tu veux.

C'est alors qu'elle s'aperçut qu'il la serrait autant qu'elle. Il enfouit son visage dans ses cheveux et sa poitrine vibra. Elle sentit une cadence profonde, basse, vibrer contre sa joue. Elle passa une paume sur sa poitrine avec émerveillement.

— Est-ce que tu *ronronnes* ?

— Peut-être. Sauf si tu fais quelque chose qui ne va pas. Dans ce cas-là, je vais gronder.

Elle serra les lèvres pour s'empêcher de rire, mais pouffa malgré tout.

— Ce n'est pas parce que je ris que c'est OK, l'avertit-elle.

— Le ronronnement ?

— Non, le *grondement*. Il n'est pas question que tu grondes pour me réprimander chaque fois que je fais quelque chose qui ne te plaît pas.

— Eh bien, je vais ronronner alors, même quand je gronde.

Il saisit sa main avant qu'elle puisse lui donner une claque et il déposa un baiser sur ses phalanges.

Elle refusa de rire et serra les mâchoires jusqu'à ce que l'envie soit passée, puis elle s'éclaircit la gorge.

— À propos de ce qui vient de se passer.

— Oui ?

Il avait l'air calme, son ronronnement était régulier. C'était extrêmement apaisant.

Elle regarda le balcon et sa balustrade en fer forgé dont ils n'auraient sûrement pas le temps de profiter. Le soleil s'était presque couché et les traînées rouges et or sur la toile du ciel commençaient à disparaître. Dr Telemar arriverait bientôt.

— C'était... plus intense que ce à quoi je m'attendais.

Aussi sage et ancienne qu'elle fût, elle ne trouvait pas les mots.

— Tu veux dire quand nous nous sommes unis ?

C'était ce qu'ils avaient fait. Ils s'étaient unis. Il s'unissait avec elle. Elle l'avait pris dans son corps aussi bien que dans son âme et il l'avait littéralement essorée. Tout lui faisait mal, de manière plaisante, même si la sensation n'allait pas durer puisque ses muscles endoloris se remettraient à une vitesse vampirique.

— Je ne savais pas que ce serait aussi intense, fit-elle doucement. Comment as-tu pu me faire confiance à ce point ?

Il resta silencieux tellement longtemps qu'elle crut qu'il n'allait pas lui répondre. Puis il dit enfin :

— Ça s'est fait comme ça. Plus j'ai appris de choses sur toi, plus je me suis attaché à toi et plus je t'ai fait confiance. Tes recherches, ton chien, la manière dont tu me regardais et déclarais que tu assumais toute responsabilité si jamais nous modifiions des choses dans le passé. Tu crois que je ne sais pas que tu as dit ça pour me faciliter les choses, quand j'aurais pu être le seul à m'en souvenir ? Et puis la dernière fois, quand je suis revenu, je t'ai regardée et j'ai paniqué à l'idée de te perdre. Je sais que je t'ai dit trop de choses, mais je n'ai pas pu m'en empêcher. Et tu savais donc pendant tout ce temps que je viendrais vers toi un jour, et tu n'as rien dit, rien fait.

Elle enfouit son visage contre lui.

— J'ai eu beaucoup de temps pour réfléchir, murmura-t-elle. J'ai réfléchi au fait que le temps formait une boucle et au fait que tu m'avais dit que tu venais du futur et que chaque fois que tu revenais, tu changeais le passé. Tu as dit que c'était terriblement dangereux et je t'ai cru. Quand je t'ai revu et que j'ai compris qui tu étais, j'ai songé à te contacter et à te dire ce qui s'était passé. Puis je me suis rendu compte que si je le faisais, c'était susceptible de te changer et d'avoir pour conséquence que tu ne repartes jamais dans le temps pour me voir. Et je ne voulais pas risquer de perdre ces souvenirs, alors j'ai attendu pour voir ce qui se passerait au bord de la rivière à Adriyel, et après.

Il la poussa afin de la mettre sur le dos et la couvrit de tout son corps, pressant sa joue contre la sienne.

— Tu as pensé à tout et tu n'as pas chancelé. Tu as fermé la boucle de temps que nous avions créée. Tu as tenu bon et je ne connais personne qui aurait pu tenir ainsi. Et après *tout ça*, tu as essayé de me faire partir cet après-midi, et c'était un si bel acte d'amour doublé d'une telle folie que je ne pouvais vouloir qu'une chose, c'était m'unir avec toi. Bien sûr que je te fais confiance. Je savais que si tu décidais que je sois à toi, rien ne pourrait te faire changer d'avis.

— Rien. (Sa gorge se serra et elle l'étreignit de tout son cœur. Ils étaient enveloppés l'un dans l'autre, torse contre torse, peau contre peau, leurs Forces étaient entrelacées, si bien qu'elle ne savait plus où commençait l'un et où finissait l'autre.) Je crois que je peux voir ce qu'avait dû être ma vie avant que tu reviennes et tout semble plus vrai maintenant.

— Toutes les pièces s'imbriquent. Je n'arrête pas d'avoir cette pensée, cette image dans ma tête, d'un mot de passe qui permettrait de décrypter un code impossible à déchiffrer. Et ce code ouvre la porte d'une chambre forte donnant sur un nouveau pays, et même s'il est étrange et nouveau, il reste familier. Toutes les couleurs sont plus vives, plus lumineuses et les notes de la mélodie plus stridentes.

Elle l'embrassa sur la tempe et passa les doigts dans ses cheveux. Comme il était étendu sur elle, elle sentait la vibration de son ronronnement dans toute sa poitrine et elle éprouva soudain pour lui un tel élan d'adoration qu'elle se sentit ivre, folle.

— C'est un monde plus beau, plus meurtrier parce qu'il y a tellement plus à perdre, fit-elle. Rune, tu ne peux plus repartir dans le passé. Il faut que nous protégions ce que nous avons.

— Il n'y a plus de raison pour moi de quitter le présent, murmura-t-il en l'embrassant sur l'épaule. Je pense que je peux empêcher d'être entraîné lorsque les épisodes surviendront. Nous avons averti ton moi plus jeune de faire preuve de prudence et je crois aussi que nous avons appris tout ce que nous pouvions. Le plus important maintenant est de te protéger et de te tenir à l'abri du danger quand tu es prise dedans, pendant que nous réfléchissons à des moyens de les faire cesser.

— Tu es si optimiste.

— Est-ce que tu es encore la fille qui voit le verre à moitié vide ? Tu sais, plus les choses changent, plus elles restent les mêmes.

Elle secoua la tête et exhala un rire silencieux. Elle adorait qu'il sache ainsi la faire rire.

« Plus les choses changent. » Une vague soudaine de peur l'incita à s'accrocher de nouveau à lui. Elle avait embrassé les changements qu'elle avait connus bien longtemps auparavant, mais qu'en serait-il si quelque chose d'autre changeait dans le monde à cause de ce qu'ils avaient fait ? Elle ne le saurait jamais, mais Rune le saurait. Il disait qu'il se souvenait de tout. Et s'ils avaient commis une erreur et détruit quelque chose qui aurait dû exister ? Et si elle avait décidé de faire quelque chose qu'elle n'aurait pas dû, quelque chose qu'elle n'avait pas fait initialement ?

Elle ressentit de nouveau ce sentiment d'être propulsée en avant de plus en plus vite dans la course du temps. Elle aurait voulu interrompre ce flot de pensées bouillonnantes, rien qu'un moment, fermer les yeux et se reposer contre le corps de Rune afin de dormir vraiment. Puis quelque chose lui vint à l'esprit.

— Je viens de comprendre quelque chose : j'ai eu un épisode immédiatement après avoir été au téléphone. Je n'ai pas eu l'occasion de te le dire. Je suis à peu près certaine que Julian m'est hostile. Je peux le vaincre en combat singulier, mais en tant que roi, il bénéficie du soutien de tout le domaine des Créatures de la Nuit. Il va falloir que nous fassions attention.

Rune se redressa sur un coude pour la regarder. Il avait l'air concentré et attentif.

— Dragos m'a laissé un message me demandant de l'appeler dès que possible. Je me demande si ce n'était pas à ce sujet. Il faut que je le rappelle.

— Nous avons beaucoup de choses à démêler, reprit Carling. Mettons de côté le problème de mon trépas pendant un moment. Personne ne va être ravi d'apprendre ce qui s'est passé entre nous. Pas le domaine des Créatures de la Nuit, pas les Wyrs, et certainement pas le tribunal des Anciens.

Ils gardèrent le silence un moment, absorbant l'énormité des défis qui les attendaient.

Puis Rune l'embrassa sur la joue. Il souffla dans son oreille et elle sursauta à cause du chatouillement.

— C'est toujours quelque chose.

17

Le téléphone de l'hôtel sonna et Rune décrocha. La nuit était tombée et il alluma la lampe de chevet, inondant la chambre d'une lumière douce. Carling entendit clairement la voix féminine :

— Rune, je viens d'arriver à l'hôtel et j'ai la clé de la chambre que vous avez réservée pour moi.

— Parfait, Seremela. Je vous en prie, venez nous voir dès que possible.

Il leva les sourcils vers Carling qui fit un signe d'assentiment.

— Je serai là dans dix minutes.

Comme il se tordait pour raccrocher le téléphone, Carling passa les doigts le long de son torse nu, de l'épaule à la hanche. Il se retourna vers elle en souriant.

— Se revendiquer l'un l'autre est une chose, fit-elle. Déterminer comment gérer le « ensemble » en est une autre.

— Nous sommes sortis plus forts de toutes nos épreuves, fit Rune en se penchant pour l'embrasser. Nous avons appris à nous faire confiance, à nous apprécier, à aimer être ensemble. Il faut que nous continuions à nous fier l'un à l'autre tandis que nous nous battons pour te trouver un remède. Le reste, prendre des décisions pour la suite, tout cela peut attendre.

Carling le regarda, la gorge serrée en pensant à tout ce à quoi il renonçait pour elle.

— Si nous trouvons vraiment un remède, il se pourrait que je redevienne humaine. Si cela arrive, je mourrai tellement vite, dans cinquante ans environ.

Comparés aux milliers d'années qu'elle venait de traverser, cinquante ans lui faisaient l'effet d'un battement de cils.

— Ces cinquante ans seraient tout pour moi, chuchota-t-il.

Ses yeux souriants ne tremblèrent pas. Ils étaient clairs et sereins jusqu'au plus profond de son âme.

Il était absolument sincère, elle le voyait. Il s'unissait vraiment avec elle, faisant d'elle sa compagne de vie. Il ne retenait rien, n'essayait pas de dissimuler quoi que ce fût. Il vivrait comme elle vivrait et mourrait comme elle mourrait. La panique l'envahit de nouveau, encore plus profondément et plus fort qu'avant, pas pour elle, mais pour lui-même.

« Lutte pour vivre », lui avait-il dit, et même si elle le faisait, si elle luttait, elle se préparait quand même à mourir, mettait ses affaires en ordre et disait au revoir, s'armait de courage pour la fin.

Dieu, plus maintenant. Il fallait qu'elle lutte pour vivre avec tout ce qu'elle avait en elle, parce qu'elle n'était plus la seule concernée. Ils l'étaient tous les deux. Elle saisit ses poignets.

— Nous n'avons pas de temps à perdre.

— Nous ferions bien de nous manier le train, alors.

Il sortit du lit en se laissant rouler sur le côté et se retrouva debout en un mouvement fluide. Elle s'assit plus lentement, le regardant ramasser les vêtements. Il avait les cheveux plus en désordre que jamais et son corps nu et musclé portait des traces de morsures et des éraflures qui s'estompaient déjà. Les braises de la passion frémirent en elle quand ses yeux s'attardèrent sur son cou. Il se pencha pour déposer son jean, son caraco et ses sous-vêtements sur le lit à côté d'elle, et elle en profita pour effleurer la marque de la morsure.

Elle le sentit retenir son souffle. Il lui lança un regard étincelant sous ses paupières mi-closes. Du coin de l'œil, elle vit son sexe se raidir.

— Sois sage, fit-il d'un ton brusque.

— Tu le veux vraiment ? demanda-t-elle doucement.

L'expression de Rune devint torride.

— Seremela sera là dans quelques minutes.

Elle leva la tête vers lui en prenant sa queue. De son pouce, elle frotta le gland gonflé. Il montra les dents. Il avait l'air sauvage et magnifique, sur le point de perdre tout contrôle. Dieu qu'elle aimait cet homme.

— Il faudra juste que nous nous souvenions où nous en étions, murmura-t-elle.

— Bordel, femelle, fit-il en serrant les dents.

Il lui saisit le poignet, mais ne retira pas sa main. Un muscle dans son biceps tressauta tant il était crispé.

Elle se pencha sur le côté pour embrasser le muscle. Elle avait l'impression d'être immergée en lui, de respirer son excitation, de sentir sa présence brûlante, et d'avoir en même temps tellement faim de lui. *Elle avait tellement faim.* Elle laissa glisser ses dents le long de la peau du muscle bandé et il émit un son étouffé avant de tomber sur un genou.

Elle passa les bras autour de son cou et l'embrassa. Il la serra, lui rendant son baiser avec la même passion dévorante.

— Mien, murmura-t-elle contre ses lèvres.

— Mienne, fit-il en écho.

Il effleura son cou de ses lèvres, descendant jusqu'au à la naissance de ses seins, lui faisant fléchir le dos. Il eut l'impression de glisser sur une plaque de verglas en se rappelant son magnifique corps, ses courbes, ses tétons fièrement dressés, ses jambes fuselées quand elle les avait croisées autour de ses hanches...

Un coup fut frappé à la porte de la suite et il s'arracha à contrecœur du chant de sirène du corps de Carling en grondant. Elle retomba sur le lit en riant, son regard dansant avec une telle joie que s'éloigner d'elle faillit bien lui faire perdre la raison.

— *Plus tard*, lui promit-il d'un ton farouche.

— Oh que oui, souffla-t-elle en étirant son corps nu. Plus tard, et encore, et encore, et encore, j'espère.

Il lui lança un regard chauffé à blanc et sortit en trombe de la chambre, ses vêtements à la main. On frappa un second coup à la porte.

— Une minute, bordel !

— Je suis désolée, pardonnez-moi, fit une voix féminine interloquée.

Rune jura puis dit à haute voix :

— Non, Seremela, c'est moi qui suis désolé. Ne bougez pas, j'arrive.

Carling saisit un oreiller et s'enfouit la tête dedans, prise d'un fou rire inextinguible.

Quand elle entendit Rune ouvrir la porte, elle prit ses vêtements, descendit du lit et se dirigea vers la salle de bains pour y faire une toilette rapide. Elle jeta un coup d'œil à ses cheveux hirsutes et à son visage barbouillé de maquillage et explosa de rire.

Il était de retour, le mélange de train fantôme et de montagnes russes. Euphorie et hilarité saupoudrées de terreur pure. Elle s'aspergea d'eau froide et cela lui fit du bien.

— Carling, je vais commencer à expliquer la situation à Seremela, si ça ne te dérange pas, entendit-elle Rune lui dire à travers la porte. Mais si tu préfères, nous pouvons t'attendre.

— Non, non. Je t'en prie, commence. J'arrive tout de suite.

Elle les écouta discuter en finissant de s'habiller. Elle songea à sortir un caftan d'une de ses valises, mais elle avait envie de remettre le jean exotique et le haut en crêpe de soie. Elle resta pieds nus toutefois. Elle passa les mains dans ses cheveux courts, puis se rendit dans le living-room.

Elle les trouva installés dans le coin salon. Rune avait mis ses élégants vêtements noirs et s'était passé lui aussi les doigts dans les cheveux pour les discipliner. Il avait l'air plein de vie et éclatant de santé, et tellement séduisant qu'elle palpita de nouveau du désir urgent de le marquer. La gorgone s'était assise dans un fauteuil et il avait choisi le canapé. Il était penché en avant, les coudes sur les genoux et faisait tourner son iPhone sur la table basse tout en parlant. Seremela et lui se levèrent tous les deux quand elle entra dans la pièce.

Carling s'approcha pour tendre la main. La gorgone la regarda approcher avec curiosité.

— C'est un honneur de faire votre connaissance, Chancelière, fit-elle.

— Merci d'être venue si vite, docteur.

— Je vous en prie, appelez-moi Seremela. J'étais heureuse que Rune me téléphone et ce sera avec plaisir que je ferai tout ce que je peux pour vous aider.

Carling observa l'expression de la gorgone avec attention.

— Vous risquez de trouver notre récit souvent dérangeant. Il nous faut compter sur votre discrétion.

— Bien entendu, fit Seremela.

Carling jeta un coup d'œil à Rune, les sourcils levés. Il hocha la tête. Elle tourna de nouveau son attention sur la doctoresse.

En tant que gorgone, Seremela faisait partie des démons, même si elle vivait à Chicago, c'est-à-dire loin du domaine des démons qui se trouvait à Houston, au Texas. C'était une jolie femme d'âge mûr. Carling estima qu'elle devait avoir trois cent quatre-vingts ans environ. La longueur de sa chevelure de serpents lui indiquait à peu près son âge et ils lui arrivaient aux cuisses. Quand elle serait vieille, ils toucheraient le sol. Sa peau était d'un vert pâle et crémeux et couverte d'un motif reptilien, et ses yeux étaient des fentes verticales dotées d'une membrane nictitante, ouverte pour le moment. Plusieurs de ses serpents goûtèrent l'air et tournèrent leur tête avec curiosité vers Carling par-dessus son épaule et autour de sa taille.

Toutefois, la majorité des reptiles de la gorgone s'intéressaient davantage à Rune. Carling en observa deux ou trois remonter le long du bras du Wyr. Imaginait-elle des choses ou était-il vraiment possible qu'un serpent ait une expression d'adoration ?

Trop occupés à discuter, ni Rune ni Seremela ne prêtaient attention aux reptiles.

Carling pencha la tête et pinça les lèvres.

Des serpents.

Elle s'avança et saisit les deux serpents, un dans chaque main. Rune la regarda, un peu surpris. Seremela sursauta, rougit et se confondit en excuses.

— Je suis tellement désolée, je ne faisais pas attention. Vous savez qu'ils sont assez indépendants et, euh, ils aiment bien Rune. (Carling l'ignora. Elle leva les deux serpents à hauteur de ses yeux et les regarda. Ils la regardèrent à leur tour en dardant leur langue. Ils n'avaient pas l'air inquiet ni troublé qu'elle les tienne. Deux ou trois autres commencèrent à s'enrouler autour de ses poignets. Seremela eut un petit rire gêné.) On dirait qu'ils vous apprécient aussi.

— Bien entendu, fit Carling aux serpents.

— Bien entendu quoi ? demanda Rune.

— Tu disais qu'il était important de revenir au début, et c'était vrai. La déesse serpent n'était pas simplement un récit archaïque et superstitieux du folklore égyptien. Elle était une créature du nom de Python qui a bien existé. La logique voudrait donc que le baiser du serpent soit vraiment un baiser de serpent. Le vampirisme est devenu un pathogène transmissible par le sang et les vampires sont créés par un échange de sang. Mais cela a dû commencer par un venin.

Après cette déclaration, il fallut que Rune et elle racontent l'histoire depuis le début. Seremela écouta avec attention. Elle eut l'air perturbé à l'idée que l'histoire soit changée, ne les interrompant que pour demander quelques éclaircissements de temps à autre. Puis Carling parla des dessins qu'elle avait faits de Python.

— Vous *avez dessiné* Python ? suffoqua presque la gorgone.

— Non, je n'ai jamais rencontré Python, corrigea Carling en souriant. J'ai seulement reproduit les dessins d'elle qui se trouvaient sur la paroi de la caverne.

— Que ne donnerais-je pas pour les voir, s'exclama Seremela, les yeux étincelants. Saviez-vous que nous nous appelons « les enfants de Python » ?

Carling et Rune se regardèrent. Elle s'était assise à côté de lui sur le canapé et il avait posé son bras le long de son dos. Il touchait de temps en temps ses cheveux. Carling secoua la tête et Rune dit :

— Je n'en avais pas la moindre idée non plus.

La gorgone haussa les épaules.

— Je ne sais pas si c'est vrai au plan historique. Si les gorgones sont vraiment les enfants de Python, cela se serait passé il y a tellement longtemps que cela aurait précédé votre caverne égyptienne de plusieurs milliers d'années.

— Est-ce que vous savez ce qui lui est arrivé ? demanda Rune. (Il regardait Seremela d'un air intense.) D'après ce que j'ai entendu, elle serait morte.

— Elle est allée en Grèce et elle est morte à Delphes, répondit Seremela. Certaines versions disent qu'elle a été assassinée. Dans la mythologie grecque, le dieu Apollon l'a tuée, mais la mythologie grecque est proche en cela de la mythologie égyptienne ou de toute autre mythologie : ce ne sont essentiellement que des légendes qui contiennent des bribes de vérité. J'ai entendu d'autres récits qui disaient simplement qu'elle avait été tuée en tombant dans une fissure apparue dans la terre. Elle a vécu suffisamment longtemps en Grèce toutefois pour établir l'Oracle de Delphes.

— Je croyais que le pouvoir de l'Oracle était un héritage génétique et que l'aptitude à énoncer des prophéties se passait de génération en génération au

sein d'une famille humaine, fit remarquer (
C'est en tout cas ce que de précédentes Oracle
dit quand nous avons discuté.

L'Oracle de Delphes s'était installée depuis long-temps aux États-Unis afin de rejoindre le domaine des sorcières et des mages humains à Louisville. Dans chaque génération de la famille de l'Oracle, il y avait toujours une femme célibataire qui héritait du titre ainsi que du don de prophétie chaque fois que l'Oracle précédente mourait. Elle ne dépendait pas directement du domaine des sorcières et des mages qui était gouverné par une Autorité élue, mais l'Oracle était une dignitaire à part entière. Carling n'avait pas rencontré l'Oracle actuelle. Le transfert de Force avait eu lieu quelques mois plus tôt seulement, lorsque l'Oracle précédente et son mari avaient été tués dans un accident de voiture.

Carling dut faire un effort pour dissimuler sa déception ; Python était bien morte. Elle pensait qu'elle contrôlait son expression, mais Rune lui serra l'épaule dans un geste de réconfort.

— Eh bien, l'aptitude divinatoire est désormais transmise de génération en génération, fit Seremela. De la même manière que le vampirisme est désormais transmis d'humain à humain. L'origine de ce don, en revanche, est une tout autre question.

— Avez-vous déjà consulté une Oracle ? demanda Rune à Seremela d'un ton curieux.

Il avait, comme Carling, discuté avec des Oracles, dans le cadre de réceptions intra-domaines, mais il n'avait encore jamais parlé avec une Oracle alors qu'elle canalisait la Force de prophétie. Les propos énigmatiques le rendaient fou. Comme il l'avait déjà dit à Carling, parler à Python s'apparentait à un bad trip après avoir forcé sur le LSD.

— J'ai consulté une Oracle lorsque j'étais beaucoup plus jeune, fit Seremela. J'avais à peine cinquante ans et j'étais curieuse. J'ai trouvé que c'était une expérience Puissante et troublante. Une prophétie n'est jamais quelque chose de contrôlé, ni pour le destinataire ni pour l'Oracle.

— Cela vous dérange, si je vous demande ce qu'elle vous a dit ?

— Ça ne me dérange pas que vous me posiez la question, répondit Seremela. Mais ce n'est pas pertinent pour notre conversation et je préférerais ne pas en discuter.

— Le temps, murmura Carling. Passé, présent, et futur. Il semblerait que l'aptitude de l'Oracle à énoncer des prophéties soit plongée dedans.

Elle se frotta le front et essaya de se concentrer. Elle leva les yeux et croisa le regard de Rune, qui l'observait.

Il avait une mine inquiète. Il lui serra l'épaule.

— Que diriez-vous sur les propriétés du venin à quelqu'un qui n'est pas versé dans les questions médicales, moi en l'occurrence ? demanda-t-il.

La gorgone le contempla un moment. Ses serpents avaient glissé par-dessus ses épaules et s'étaient lovés sur ses genoux. Ils semblaient s'être presque tous endormis, mais quelques-uns continuaient à observer Rune et Carling. Seremela les caressa doucement.

— Tout d'abord, sachez que ce domaine de toxicologie n'était pas ma spécialisation à la fac de médecine, je ne peux donc pas en parler en tant qu'experte. Cela dit, les propriétés du venin sont extrêmement complexes et peuvent contenir différentes toxines pour différents tissus et cellules de l'organisme. Il peut également avoir des propriétés étonnamment bénéfiques, telles que les traitements de venin d'abeille chez les patients atteints de sclérose en plaques, ou le dérivé du venin de la vipère crotalidée de Malaisie pour traiter les victimes d'accidents vasculaires cérébraux. Des études préliminaires ont également indiqué que le venin de serpent pouvait ralentir la croissance de certaines tumeurs cancéreuses. C'est un champ d'études fascinant. Tellement de choses dépendent de l'espèce venimeuse, et bien sûr de l'espèce de la proie.

— Concentrons-nous sur les serpents, fit Rune.

— Les venins de serpents ordinaires tombent essentiellement dans deux catégories : le venin hémotoxique qui empoisonne l'appareil circulatoire et le venin neurotoxique qui empoisonne le système nerveux. Au risque de trop simplifier, disons que le serpent ou l'espèce reptilienne a en général l'intention de neutraliser sa proie.

— Vos serpents sont venimeux, fit Carling en levant la tête.

— Oui, c'est vrai. Ils ont un venin qui induit la paralysie. Mais il n'est pas terriblement toxique et une seule morsure n'a pas énormément d'effet. Un humain ressentirait un engourdissement et de la léthargie accompagnés d'une douleur et d'un gonflement autour de la zone de la morsure. Certaines personnes auraient aussi des nausées. En général, il n'y aurait pas besoin d'une dose d'antivenin, sauf si la victime était un enfant ou faisait un choc anaphylactique. Si j'étais attaquée et que mes serpents étaient terrifiés, cependant, ils pourraient mordre plusieurs fois de suite et cela pourrait entraîner la mort. Les Wyrs y résistent bien mieux que les humains. Si Rune restait immobile et se laissait mordre pendant deux ou trois jours, le venin de mes serpents finirait par stopper son cœur. (Elle regarda Carling.) Et le venin d'un serpent de gorgone n'a pas d'effet apparent sur les vampires.

— Et qu'en est-il des autres créatures reptiliennes chez les Anciens ? demanda Carling.

— Eh bien, là, vous ajoutez l'élément de Force qui est extrêmement imprévisible. Le venin de mes serpents est banal, si j'ose dire. Ils sont fixés sur ma tête, c'est tout. Nous partageons une espèce de connexion symbiotique qui inclut de l'empathie, une sorte de télépathie très rudimentaire, si vous voulez, mais pas d'échange linguistique, et le poison est juste du poison. Je ne m'aventurerais pas à supposer la même chose pour une autre créature, surtout une créature aussi Puissante et immortelle que Python devait l'être.

— La prêtresse égyptienne à qui tu as parlé a indiqué qu'il existait une sorte de contrat social avec la déesse serpent, fit Rune. Python a donc dû avoir des interactions avec le groupe. Il semblait y avoir de l'attachement, ou au moins de la vénération.

— Venin, paralysie, temps. Des thèmes commencent à former un tout, marmonna Carling. Je me souviens que la prêtresse parlait de Python en disant qu'elle s'occupait de ses enfants, leur donnant le baiser de la vie qui était aussi celui de la mort. Peut-être que Python savait que sa morsure arrêterait la progression de leur mortalité. De toute façon, quelle que soit la motivation ou la réalité, cela n'a pas d'importance.

— Pourquoi ? demanda Rune.

Carling se pencha, posa ses coudes sur ses genoux et pressa le dos de ses mains contre ses yeux. Elle avait étudié les poisons et la sorcellerie. Elle comprenait maintenant pourquoi ses sorts de guérison avaient simplement repoussé la survenue d'épisodes.

Les sorts de guérison qu'elle s'était administrés étaient des remèdes universels, des « soigne-tout ». Pour pouvoir créer quelque chose de plus ciblé, il aurait fallu qu'elle connaisse les propriétés originales de ce qu'elle essayait de soigner.

— Ce qui coule dans les veines des vampires a subi une mutation il y a très longtemps. C'est un produit de la source initiale, dérivé de son interaction avec le système immunitaire des humains. Nous n'avons pas le venin d'origine de Python, nous ne pouvons donc pas créer un antidote, expliqua Carling d'une voix atone.

— Et un sérum plus généralisé ? demanda Rune d'une voix tendue.

Carling secouait la tête avant même que Seremela dise avec douceur :

— Pour quelque chose d'aussi Puissant et spécifique, et compte tenu du peu de temps qu'il vous reste, je crains que ce ne soit vain. Il faudrait des années d'expériences et d'essais cliniques. Ne perdez pas votre temps.

La tension de Rune grimpa d'un cran. La force de son émotion explosa le long des terminaisons nerveuses de Carling.

— Je sais ce que tu penses, fit-elle. Repartir dans le temps ne marchera pas. Je n'ai jamais rencontré Python et les épisodes sont trop brefs pour que tu te lances à sa recherche toi-même.

— Je peux repartir jusqu'à ce que j'apprenne à revenir de mon proche chef, fit-il d'une voix étranglée.

— Et risquer de provoquer de nouveaux changements dans le cours de l'histoire ? C'est trop dangereux. Nous avons dit que nous cesserions de le faire. Il faut nous y tenir.

Comme Rune ouvrait la bouche pour argumenter, il remarqua son découragement, trahi par l'affaissement de ses épaules. La tournure de leur conversation était un coup dur pour lui. Alors pour elle, qui avait déjà essuyé tant de déceptions, cela devait être plus difficile encore à entendre. Il ravala ce qu'il était sur le point de dire.

— Bon, laissons tout cela de côté pour l'instant, fit-il. Je crois que ce que nous devons faire maintenant, c'est nous rendre à Louisville afin de parler à la nouvelle Oracle. Il faut que nous entendions ce qu'elle a à dire, surtout si elle est l'un des enfants de Python.

— Oui, il faut que nous y allions, soupira Carling.

— Est-ce que vous voulez que je vous examine pendant que je suis ici ? demanda Seremela avec douceur. Je ne suis pas sûre de pouvoir vous apporter d'éléments nouveaux, mais le problème est si grave que je préférerais m'assurer que nous avons poursuivi toutes les pistes à notre disposition.

Carling opina et laissa retomber ses mains.

— Oui, c'est une bonne idée.

Rune regarda son iPhone.

— Est-ce que vous avez besoin de moi ? Parce que si ce n'est pas le cas, j'ai quelque chose à faire.

— Non. Qu'est-ce que tu vas faire ?

— Il faut que je passe un coup de fil.

Carling ramassa son sac en cuir et conduisit Seremela jusqu'à l'une des chambres. Rune écouta le murmure de leurs voix avant de prendre son portable. Il appuya sur le raccourci d'appel de Dragos.

Celui-ci décrocha immédiatement.

— Te voilà enfin. Qu'est-ce qui t'a occupé si longtemps ?

— C'est la première occasion que j'ai, fit Rune. La journée a été longue. À vrai dire, la journée est longue depuis un bon moment et beaucoup de trucs sont arrivés. Carling et moi sommes revenus aujourd'hui d'une Autre Contrée.

— Est-ce qu'elle peut entendre notre conversation ?

Rune jeta un coup d'œil en direction de la porte de la chambre.

— Non. Écoute, j'ai quelque chose à te dire.

— Plus tard. Est-ce qu'elle t'a lié avec cette faveur que tu lui devais, ou est-ce qu'elle a limité ta liberté d'action d'une manière ou d'une autre ?

La question lourde de sous-entendus le déconcerta.

— Non, fit-il. Oublie cette histoire, ce n'est plus important. Écoute…

— Bien, l'interrompit Dragos. Voilà ce qui se passe dans le reste du monde. J'ai discuté avec le roi des Créatures de la Nuit et d'autres membres du tribunal des Anciens. Julian nous a raconté un truc pas croyable. Apparemment, Carling a des périodes de blanc et altère le paysage physique autour d'elle. Est-ce que tu en as fait l'expérience ?

Rune serra les dents.

— Oui. C'est ce que nous affrontons en ce moment. Qu'est-ce que ce salaud a dit d'autre ?

— Il a déposé une requête auprès du tribunal pour obtenir l'éviction de Carling en tant que Chancelière du domaine des Créatures de la Nuit. Il soutient qu'elle n'est plus en mesure d'assurer ses fonctions. Ils sont d'accord avec lui. J'ai parlé avec Jaggar et le chancelier Soren. Carling ne fait plus partie du tribunal des Anciens.

Jaggar était le chancelier wyr du tribunal des Anciens. Soren, le chancelier des démons, présidait le tribunal. Si Carling n'était plus Chancelière, elle n'avait plus l'autorité ou le poids du tribunal des Anciens derrière elle. Si quelque chose lui arrivait, le tribunal des Anciens n'interviendrait pas à titre de représailles. Elle était désormais totalement isolée, sans personne pour lui assurer son soutien. Julian venait de tout mettre en œuvre pour l'éliminer. Rune serra la main sur le téléphone. Il entendit un craquement.

— Autre chose ? fit-il calmement.

— Oui, reprit Dragos. Les autres griffons flippent. Cela fait trois fois maintenant qu'ils soutiennent que quelque chose a changé, deux fois ce week-end et une fois aujourd'hui. Sauf qu'ils n'arrivent pas à exprimer par des mots ce que c'est, ils savent simplement que quelque chose s'est passé. Graydon soutient que c'était comme si la réalité s'était modifiée, mais il ne sait pas ce qui a changé exactement. Est-ce que tu as eu ce type d'expérience ?

— Écoute, il va falloir que tu me laisses en placer une, dit Rune entre ses dents. Oui, Carling et moi avons provoqué certaines choses…

— Trois fois ? s'exclama Dragos. Toi et elle avez provoqué quelque chose – vous avez entraîné *une altération de la réalité* trois fois de suite ?

— Laisse-moi t'expliquer ce que nous avons fait, bordel.

Mais la colère du dragon était éveillée.

— Quand Carling s'efface, elle affecte le paysage autour d'elle, gronda-t-il. Elle et toi provoquez quelque chose que Bayne, Constantine et Graydon ressentent jusqu'à New York, et vous ne l'avez pas fait une fois, mais *trois* ? Qu'est-ce que vous avez fait, putain ?

Rune regarda par la fenêtre les gerbes d'étoiles et de lueurs électriques. *Nous avons changé le cours de l'histoire*, se dit-il. *Nous nous sommes changés l'un l'autre. Nous avons changé le monde.*

— Dis aux autres griffons de ne pas s'inquiéter, fit-il. Tout ira bien.

— Il y a intérêt, répliqua Dragos d'un ton lugubre. Tu me raconteras le reste plus tard. Je veux que tu reviennes immédiatement.

— Je ne peux pas faire ça, Dragos, dit Rune.

Il contempla la nuit avec la sensation que sa vie touchait à sa fin.

— Tu m'as dit que Carling ne limitait pas tes mouvements.

— C'est vrai.

— Alors tu peux le faire. Julian se prépare à éliminer Carling et je ne veux pas que tu sois dans les parages quand ça arrivera.

— Elle était une alliée de valeur pour toi, fit Rune à celui qui venait de cesser d'être son ami.

— Oui, elle l'était, mais les Wyrs ne peuvent pas être impliqués dans ce conflit. Nous avons toujours des tensions frontalières avec les Elfes et nous nous sommes beaucoup trop impliqués dans les affaires des Faes noires. Nous faisons trop de choses, nous n'avons pas assez de bras et nous manquons de tolérance politique. Et de toute façon, je comprends Julian. Si quelqu'un était aussi instable et représentait un risque pour mon domaine, je ferais la même chose. Alors tire-toi de là et ramène tes fesses.

— Non.

C'est alors que la voix du dragon devint presque inaudible.

— Je ne crois pas t'avoir bien entendu.

— Tu m'as parfaitement entendu.

— Qu'est-ce que tu veux dire par « non » ? Est-ce que tu es devenu cinglé ?

— Ça veut dire que je démissionne. À compter de maintenant.

— Tu ne peux pas démissionner. Je ne le permettrai pas.

— Je crois que je viens de le faire.

— Tu commets une grave erreur, gronda le seigneur des Wyrs.

— Qu'est-ce que tu dis, Dragos ? Je ne t'entends plus bien, fit Rune en écrasant son téléphone entre ses doigts.

18

Dans la chambre, Seremela regarda par la fenêtre avec tact pendant que Carling se déshabillait. Cette dernière avait perdu tout reste de pudeur au cours des cent premières années de son existence, mais par égard pour la doctoresse, elle enfila un peignoir. Puis elle se soumit avec patience à un examen médical approfondi.

— Je ne sais pas quoi en penser, murmura Seremela, mais votre température est élevée.

— Ah bon ? De combien ?

— Cinq degrés au moins. Vous devez savoir que les vampires ont tendance à refléter la température des endroits où ils se trouvent, ce qui dans la plupart des pièces est aux alentours de vingt et un, vingt-deux degrés. Vous avez vingt-cinq, ce qui est élevé pour vous.

Seremela rangea le thermomètre dans sa sacoche après avoir retiré l'embout protecteur en plastique.

Carling retint un sourire.

— Je suis en contact étroit avec Rune depuis un moment et il est un vrai four.

La gorgone baissa les yeux.

— J'imagine. Il se soucie beaucoup de vous.

La voix de Seremela trahissait une pointe de mélancolie.

Carling n'eut soudain plus aucune envie de rire.

— Je suis sa compagne, fit-elle doucement. Même si nous avons plutôt mal choisi notre moment.

La gorgone leva la tête. Son regard était rempli de compassion.

— Oh, mon Dieu, c'est doublement difficile alors.

— Oui.

Seremela soupira.

— Physiquement, vous semblez en parfaite santé, Chancelière. Votre Force est très intéressante, mais étant donné que nous venons juste de faire connaissance, je n'ai pas le moyen de l'évaluer. Tout ce que je sais, c'est qu'elle n'a pas fluctué pendant que j'étais avec vous. Et j'aimerais pouvoir faire une prise de sang et procéder à des tests, mais je n'ai pas de relations dans les hôpitaux de la ville qui me permettraient de le faire.

— À sa racine, le vampirisme est une pathologie du sang, il semble donc très probable que le venin initial ait été hémotoxique.

— C'est ce que je pense aussi, fit Seremela.

— L'ingestion de sang est également le seul moyen pour les vampires de se nourrir, en tout cas jusqu'à ce qu'ils arrivent au stade où je suis, poursuivit Carling.

— Si tout est une question de sang, je dirais donc que le sang détient aussi la clé.

« Tout est une question de sang. » Carling opina pensivement. Elle savait très bien que les sentiments et les émotions ne relevaient pas de la science, mais pour elle ils étaient réels, concrets.

Seremela l'étudia.

— Et vous ne vous êtes pas nourrie physiquement depuis presque deux cents ans ?

— Non. Boire du sang a commencé à me rendre violemment malade. Et je peux vous assurer que vomir du sang n'est pas une expérience agréable.

Seremela fit une grimace.

— J'imagine que non. Est-ce que vos aptitudes de succube sont apparues avant ou après que vous ayez cessé de tolérer le sang ?

— Un peu après. J'ai traversé deux ou trois semaines où je me sentais faible et léthargique, et j'avais mal partout, lui expliqua Carling. (Elle posa le peignoir et se rhabilla.) C'était un peu comme à l'époque de ma transformation, en fait. J'avais faim et j'essayais de boire, et puis je vomissais tout. J'ai finalement perdu le désir d'essayer. Un peu plus tard, je me suis rendu compte que je pouvais capter ce que ressentaient les autres créatures vivantes. Plus l'émotion était forte, plus je me sentais régénérée. Heureusement j'avais entendu les récits relatant que les plus anciens parmi nous devenaient des succubes. Sinon j'aurais été davantage effrayée.

Seremela s'assit dans un fauteuil.

— Il semble possible que votre transformation en succube ait été la manière pour votre organisme de se défendre contre la mutation de votre système immunitaire. Vous avez perdu votre moyen de nutrition habituel et votre organisme a réagi.

— C'est possible, fit Carling.

Elle aimait la manière dont la doctoresse analysait les informations.

— Si cette progression est aussi logique qu'un simple rapport de cause à effet, il suffirait sans doute que nous trouvions une nourriture physique que vous puissiez tolérer pour vous stabiliser, poursuivit Seremela. Il faut que nous arrivions à vous mettre dans un état de rémission. Nous ne pourrons peut-être pas obtenir l'élimination de tous les symptômes, mais il faut que nous essayions au moins de stopper l'évolution. Cela pourrait nous donner le temps dont nous avons cruellement besoin.

— C'est très bien vu, dit Carling pensivement. Je vais garder ça en tête. Entre-temps, prélevez un peu de sang et je le mettrai en stase. Cela permettra de le conserver jusqu'à ce que vous puissiez le réfrigérer comme il faut.

— Formidable, fit Seremela avec satisfaction.

Une fois que la gorgone eut prélevé un échantillon et que Carling eut appliqué un sort dessus, elle ouvrit son sac et en sortit le tube qui contenait les papyrus de ses dessins de Python. Elle les déposa sur une commode, puis fit signe à Seremela de la rejoindre et les déroula sur la surface plane.

— Ces dessins sont extraordinaires, souffla la gorgone.

Carling observa l'expression de la femme lorsqu'elle tendit la main pour toucher avec révérence le bord d'un des rouleaux. Son ravissement faisait penser à une lumière éclatante.

— Je veux que vous les preniez, fit Carling.

Seremela écarquilla les yeux. Elle et ses serpents de tête eurent l'air tellement étonné qu'elle dut se mordre les lèvres pour ne pas pouffer de rire.

— Je ne peux pas les accepter, fit Seremela. (Puis dans un gémissement timide :) Ou est-ce que je le peux ?

— Bien sûr que oui. Discuter avec vous a été extrêmement utile. Et d'un grand réconfort.

404

— Cela a été un honneur de faire votre connaissance et de vous aider comme je l'ai pu. (Seremela effleura de nouveau le bord du premier dessin.) Il ne faut pas que vous vous sentiez obligée de me les donner.

— Considérez-les comme un remerciement. Et sincèrement, je crois que vous les apprécierez beaucoup plus que moi. Je n'y ai pas pensé et ne les ai pas regardés pendant des siècles, jusqu'à ma récente conversation avec Rune à propos de Python.

— C'est un remerciement somptueux, fit Seremela. Rune m'avait dit quelque chose à propos de rembourser mes frais de voyage et me payer pour mon temps. Si j'accepte ces dessins, je ne veux plus entendre parler de paiement, d'accord ?

— Si c'est ainsi que vous voulez vous donner l'autorisation de les avoir, je ne vais pas argumenter, fit Carling.

Seremela rit et applaudit.

— Merci, alors j'accepte.

Carling sourit en enroulant les papyrus, puis elle les glissa dans le tube et le tendit à Seremela qui le posa sur sa trousse médicale. Les deux femmes souriaient en sortant de la chambre. Elles se retrouvèrent face à un Rune toujours vêtu de noir, mais armé jusqu'aux dents.

Il portait deux pistolets dans des holsters d'épaule et une courte épée était fixée sur son dos. Il avait enlevé ses chaussures élégantes et avait remis ses bottes à bout ferré. Lorsqu'elles entrèrent dans le salon, il était en train de remonter ses manches et d'attacher à ses avant-bras des brassards de cuir dotés d'étoiles métalliques.

Après lui avoir jeté un coup d'œil pensif, Carling ne perdit pas de temps à demander une explication. Elle se tourna vers Seremela :

— Il faut que nous vous fassions quitter San Francisco.

— Et aussi vite que possible, ajouta Rune.

— Qu'est-ce qui s'est passé ? demanda Seremela.

Elle avait l'air effrayé.

— Peu importe, Seremela, déclara Rune. (Son expression était devenue glacée, mais sa voix restait calme.) Ça ne vous concerne pas. Moins vous en saurez, mieux vous vous porterez.

— Je vais appeler Khalil et utiliser ma dernière faveur, fit Carling. Il veillera à ce qu'elle rentre chez elle en toute sécurité.

— Bonne idée, fit Rune. Ensuite toi et moi pourrons nous envoler.

On frappa sans ménagement à la porte de la suite.

— Police des Créatures de la Nuit de San Francisco, tonna une voix de stentor. Ouvrez.

— Appelle-le, la pressa Rune.

Carling prononça l'incantation et le sort fusa dans la nuit.

Les coups à la porte devinrent un véritable tambourinement.

— Sentinelle Ainissesthai, nous savons que vous êtes là. Il faut que vous nous accompagniez au poste. Nous avons des questions à vous poser.

— Allez dans la chambre, ordonna Rune aux deux femmes en se plantant devant la porte.

Carling saisit Seremela par le bras et l'amena dans la chambre au moment où le cyclone soufflait dans la suite. Une fois devant la chambre, elle jeta un coup d'œil par-dessus son épaule et vit Rune se jeter contre la porte, appuyant son épaule de toutes ses forces afin de bloquer le coup de pied venu du couloir et censé la démolir.

Khalil se matérialisa devant elle. Il regarda Rune, puis se tourna vers elle. Un grand intérêt se lisait sur les traits élégants du djinn.

Carling empoigna Seremela et la jeta sans cérémonie dans les bras de Khalil, trousse et rouleaux en prime.

— Emmène-la à Chicago, ordonna-t-elle. Veille à ce qu'elle arrive chez elle saine et sauve.

Derrière Khalil, elle vit Rune s'arc-bouter contre la porte alors qu'un nouveau coup de pied la faisait trembler.

— Le chambranle est en train de céder, fit-il, je ne vais pas pouvoir les retenir longtemps.

Khalil haussa un sourcil. Il avait l'air quelque peu incrédule.

— Est-ce que vous êtes sûre que c'est ainsi que vous voulez utiliser votre dernière faveur ?

— Oui, bordel, *PARS* ! fit-elle d'un ton cassant.

Elle n'attendit pas de voir le cyclone disparaître avec Seremela, mais se rua dans la chambre. Du plus vite qu'elle put, elle renversa ses valises à la recherche d'armes que Rufio aurait été susceptible d'y mettre, s'injuriant de ne pas avoir pensé à préciser ce qu'elle voulait qu'il apporte. Elle avait vraiment beaucoup trop compté sur Rhoswen et pendant beaucoup trop longtemps.

Ah, béni sois-tu, Rufio. Deux poignards. Son arme de prédilection pour les combats au corps à corps. Elle les sortit de leurs fourreaux de cuir. Elle aurait aimé avoir aussi un pistolet, mais les armes longue portée les plus efficaces qu'elle avait étaient ses sorts d'attaque. Elle envisagea un instant d'enfiler des chaussures et des vêtements de protection, mais elle entendit un craquement violent et des grondements en provenance de l'autre pièce et fit volte-face pour se précipiter dans le salon.

Rune se battait dans une mêlée tourbillonnante avec un troll de près de cinq mètres et trois goules. Bien que le terme « goule » vienne étymologiquement parlant de *ghül*, le terme mésopotamien pour démon, les goules n'en étaient pas moins des Créatures de la Nuit. Elles se couvraient facilement de cloques au soleil et étaient inhumainement fortes et rapides, et si elles arrivaient à clouer quelqu'un au sol, leur Force pouvait consumer la chair de leur victime. Quant au gigantesque troll à la peau grise, il n'était pas aussi rapide que les goules, mais il avait une force qui aurait pu pulvériser des rochers. S'il arrivait à mettre la main sur Rune, il pouvait le tuer d'un coup à la tête.

Rune s'était partiellement transformé en monstre doré. Il se déplaçait à une telle vitesse qu'elle avait du mal à le suivre des yeux. Il se rua sur ses adversaires avec ses deux mains prolongées par des serres et du sang jaillit des deux goules.

Le troll tomba à genoux, tâtonna d'une main énorme, et saisit l'une des chevilles de Rune, qui leva son pied libre et écrasa sa botte sur le visage de la créature. Celle-ci cligna des yeux et grogna, mais tint bon.

Carling soupira et prononça l'incantation qui glaçait l'air. Le nœud de combattants se figea. Le troll était immobilisé dans une grimace de douleur et deux des goules avaient des marques de griffes profondes et sanguinolentes. La troisième goule était en train de dégainer son pistolet de service. Carling s'approcha pour s'emparer elle-même de l'arme au moment où la Force de Rune se rebellait contre son sort. Il secoua la tête en poussant un juron et arracha sa cheville de la prise du troll.

— Ton sort commence à bien me plaire, fit-il.

Rune s'écarta de la mêlée figée. Son visage et son corps retrouvèrent leurs contours normaux.

Carling leva la tête vers lui pour lui donner un baiser rapide.

— Ce n'est pas de leur faute, fit-elle. Je présume qu'ils obéissent à des ordres.

Rune n'avait plus l'air du monstre saisi en pleine transformation, mais ses yeux brillaient d'une lueur mauvaise.

— Les ordres de Julian, cracha-t-il. Il essaie de me mettre sur la touche et de t'isoler. Il t'a fait virer, beauté. Tu n'es plus une chancelière du tribunal des Anciens, mais je remarque qu'il n'est pas venu t'annoncer la nouvelle en personne.

La colère l'empêchait presque de s'exprimer.

— Il ne le peut pas. Il est ma progéniture directe et si nous sommes suffisamment près l'un de l'autre, je peux encore commander son obéissance. Je suppose que tu as appris tout cela lorsque tu as parlé à Dragos ?

— Oui, fit-il. (Il l'enlaça et elle s'appuya contre lui. Il était un vrai brasier, diffusant plus de chaleur que jamais et contre l'œil de son esprit, il étincelait d'une rage en fusion.) Il m'a ordonné de rentrer, je lui ai dit que je démissionnais, et il ne l'a pas bien pris. (Il jeta un coup d'œil vers la chambre.) Seremela est partie ?

— Oui. (Elle appuya son front contre son épaule.) Rune, je suis désolée pour Dragos.

Un soupir le traversa et le fit frissonner. Il posa sa joue sur sa tête.

— Je suis désolé pour Julian. Mais oublions-les pour l'instant. Prends ce dont tu as besoin. Il faut qu'on s'en aille.

Elle fit un signe de tête et s'avança vers les deux autres goules paralysées afin de prendre leurs pistolets. Le troll ne portait pas d'arme. Sa vue était trop faible, et ses mains trop grandes pour pouvoir se servir efficacement d'un pistolet. Quand Carling se retourna, elle vit que Rune avait ramassé leurs sacs. Il avait également choisi pour elle une veste de cuir caramel et des bottines assorties à talons plats.

— Tiens. (Il lui lança les chaussures.) Celles-ci sont plus pratiques que les Christian Louboutin, mais hélas, pas aussi rigolotes.

Elle les saisit au vol et les enfila rapidement.

— On rigolera plus tard.

Un sourire fendit soudain le visage de Rune.

— « Plus tard, et encore, et encore, j'espère. » Tu as promis. J'ai peut-être aussi fourré un de tes caftans dans mon sac, au cas où tu en voudrais.

Elle se redressa et lui décocha un sourire espiègle.

— Tu sais, le tee-shirt avec le type poilu à lunettes que tu as jeté à la poubelle ?

Il leva les yeux et elle indiqua le sac de cuir du menton.

— Eh bien, on dirait que nous avons tout ce qu'il nous faut, beauté, fit Rune. (Il lui plaqua un baiser sonore.) Ce qu'on va faire maintenant est un peu délicat, mais faisable. Grimpe sur mon dos, puis je vais m'élancer du balcon en courant. Je me métamorphoserai dans les airs, alors il faut que tu t'accroches bien.

Ils entendirent des mouvements furtifs en provenance du corridor. Plusieurs créatures approchaient. Elle ouvrit les bras et fit un geste impatient en direction de Rune.

— Occupe-toi juste de nous mettre dans les airs. Ne t'inquiète pas pour moi. Je tiendrai bon.

Il lui adressa son sourire éclatant, lui lança les sacs et se retourna. Elle les mit sur son épaule et sauta vers lui, les bras autour de son cou et les jambes autour de sa taille. Dès qu'elle fut bien installée sur son dos, il se retourna et courut en direction du balcon.

Elle avait vu la puissance de sa course lorsqu'elle lui servait à s'élancer dans les airs, et même éprouvé la puissance de son envol depuis la mer. Mais ce qu'il se passait là était totalement différent. C'était le rugissement d'un chasseur Harrier décollant sur la courte distance du pont d'un porte-avions. Chacune de ses puissantes foulées les propulsait de plus en plus vite jusqu'à ce qu'il saute sur le garde-corps en fer forgé et bondisse dans les airs, les bras tendus.

Ce fut l'une des sensations les plus grisantes qu'elle ait jamais éprouvées et peut-être aussi l'une des plus tragiques, car alors qu'il se mettait à chatoyer en se transformant et qu'elle sentait son corps se métamorphoser sous elle, un énorme filet en nylon se déploya au-dessus d'eux, jeté avec une précision effrayante du toit de l'hôtel. Ils se prirent dedans et tombèrent.

Alors qu'ils chutaient en tournoyant d'une hauteur de plusieurs étages, Rune parvint à se retourner en milieu de course afin de mettre son corps entre celui de Carling et le trottoir, mais le filet qui entravait ses mouvements rendit l'atterrissage terriblement difficile. Ils percutèrent le sol avec une telle force qu'ils brisèrent le béton. Elle entendit les os énormes de la patte avant droite de Rune et ceux de son épaule se casser net. Il eut le souffle coupé en s'écroulant lourdement de tout son long. Il demeura silencieux et c'est elle qui hurla de rage et de chagrin en voyant sa souffrance.

Les griffes de Carling jaillirent et déchirèrent le filet comme du papier. En quelques secondes, elle l'avait totalement détruit et bondissait sur ses pieds, se plaçant devant Rune pour le protéger. Mais le filet avait accompli sa mission : il les avait neutralisés. En poussant un grognement étouffé, Rune se métamorphosa de nouveau en homme et resta prostré, étendu sur le côté, tenant son bras brisé.

Elle recula en décrivant un cercle, examinant l'espace autour d'eux. Ils avaient atterri sur un trottoir juste à côté de la pelouse bien entretenue de l'hôtel. Il n'y avait pas de circulation dans la rue voisine et pas de piétons.

Il y avait cependant une multitude de créatures éparpillées sur toute la zone autour d'eux. Julian avait tendu son piège avec habileté. Quatre autres trolls et au moins cinquante goules, et peut-être une centaine de vampires, se tenaient immobiles, les observant afin de voir ce qu'elle allait faire ou bien attendant des ordres.

Même si elle acceptait de les suivre, Rune, lui, ne se rendrait jamais. Blessé comme il l'était, il se lèverait et se battrait à mort plutôt que d'être séparé d'elle.

Elle serra les poings.

— Vous avez été mon peuple, s'écria-t-elle, et vous ne faites qu'obéir à des ordres. Je le comprends. À compter de ce moment, vous pouvez partir. Pas de mal, pas de dégâts, pas de trahison. Mais si vous partez, il faut que vous le fassiez maintenant.

Elle ressentit un peu de satisfaction en voyant qu'ils étaient nombreux à disparaître dans la nuit. Par terre, à ses pieds, Rune sortit un pistolet. Il était penché au-dessus, son bras blessé pressé contre son ventre.

— Est-ce que tu peux geler les autres ? demanda-t-il d'une voix rauque.

— Ils sont trop nombreux et disséminés sur une zone trop importante.

Elle se mit à murmurer l'ancienne incantation qui appelait toutes ses âmes à se rassembler, réunissant toute sa Force dans l'essence d'une arme. *J'appelle tous mes moi futurs. J'appelle tous mes désirs, toutes mes peurs. J'appelle tous mes moi passés. J'appelle mon moi divin...*

C'est alors que Julian prit la parole et que sa voix traversa l'espace dans son rugissement familier de cri de guerre :

— Tout ce que tu dois faire pour arrêter tout ça, c'est tenir ta promesse et retourner sur l'île. Tu peux y finir tes jours en paix.

— Je ne peux pas faire ça, Julian, fit-elle après avoir croisé le regard brûlant de Rune.

— Tu préfères entrer en guerre ? Comment pourrais-tu tuer ton propre peuple ?

— Je leur ai donné une chance. Et mon bouton « j'en-ai-quelque-chose-à-fiche » est cassé.

Elle ne reconnaissait pas sa propre voix.

Rune se dressa sur un genou. Il y avait trop de créatures qui chargeaient leurs armes. Elle baissa les yeux et il lui fit un signe de tête en lui décochant un petit sourire complice. Ce qu'ils avaient vécu avait été trop beau et trop bref. Elle posa une main sur l'épaule indemne de Rune et se mit à murmurer l'incantation qui ferait pleuvoir du feu. Elle versa toute sa Force dans les mots.

C'est alors que le cyclone revint.

Il souffla avec une telle violence que la terre trembla.

Les bâtiments furent ébranlés sur un rayon d'un kilomètre. Plus tard, les chaînes d'informations rapporteraient que les ondes de choc du tremblement de terre avaient été perçues à plus de quatre cent cinquante kilomètres. De nombreuses Créatures de la Nuit hurlèrent de peur et tombèrent à terre en se couvrant la tête.

Rune se leva et passa son bras indemne autour de Carling alors qu'un prince des djinns se matérialisait devant eux. Les étranges yeux de diamant de Khalil et ses traits élégants et inhumains affichaient un sourire farouche.

— Vous serez maintenant celle qui me doit une faveur, fit le djinn à la sorcière vampire.

Elle relâcha la Force qu'elle avait contenue en poussant un hoquet.

— Oui, fit-elle.

— Où ?

— L'Oracle, à Louisville, s'empressa-t-elle de dire.

À l'autre bout de la pelouse de l'hôtel, Julian rugit des ordres. Ses troupes ouvrirent le feu. Mais aucune de leurs balles n'atteignit sa cible. Le cyclone avait emporté Rune et Carling.

Le voyage fut étrange et turbulent ; Carling n'avait jamais fait une telle expérience. Elle se retourna et enlaça Rune afin de le tenir serré contre elle tandis qu'un vent hurlant les enveloppait. Au centre du cyclone, Khalil les tenait contre sa poitrine dure et musclée. Puis le monde se matérialisa de nouveau autour d'eux et ils se retrouvèrent plongés dans la nuit chaude et humide du Kentucky.

Dès que Carling et Rune touchèrent le sol, Khalil les lâcha. Carling se détacha lentement de Rune qu'elle tenait par la taille et elle remarqua que son bras valide était tout aussi réticent à relâcher sa prise sur elle. Le djinn n'était pas reparti aussitôt comme il l'avait fait les dernières fois. Il se tenait à côté d'eux et balayait la scène du regard avec autant d'intérêt qu'eux.

Ils n'étaient pas dans la ville même de Louisville, mais dans la campagne car la nuit était paisible et n'était pas troublée par des lumières, seulement remplie des stridulations des criquets et des cigales. Des arbres à feuilles caduques les environnaient et des centaines de lucioles volaient tout autour d'eux en piquant l'obscurité de leurs lueurs jaunes. L'endroit était saturé d'une très ancienne Force.

Ils étaient au bout d'une longue allée de graviers qui menait à une grande et vieille ferme. Ils avaient quitté San Francisco un peu après minuit et il devait donc être plus de trois heures du matin. Une lumière brillait dans la maison et ils entendaient les pleurs d'un bébé. Les senteurs d'un fleuve leur parvenaient. Carling perçut le courant puissant de l'eau.

— Est-ce que c'est le fleuve Ohio ? demanda-t-elle à Khalil.

— Oui.

Le djinn, les mains sur les hanches, avait la tête légèrement penchée et regardait la maison.

Si la nuit n'était éclairée que par les étoiles et de distantes lueurs électriques, le regard de Carling était suffisamment affûté pour qu'elle puisse discerner les traits contractés par la douleur de Rune qui soutenait son bras cassé.

— Il faut que l'on te prodigue des soins, dit-elle.

Elle gravit les marches qui menaient à la véranda, suivie de Rune et de Khalil. Un éclairage détecteur de mouvements s'alluma quand ils furent près de la maison.

Des pas légers et rapides s'approchèrent, puis la porte s'ouvrit brutalement. Une jeune femme humaine mince apparut devant eux, un bébé sur la hanche. Elle devait avoir vingt-trois ou vingt-quatre ans et un visage qui pouvait être décrit comme intéressant plutôt que joli. Sa coupe était rebelle, et ses cheveux courts étaient d'un blond vénitien. Elle était débraillée et ses yeux étaient creusés par la fatigue. Elle portait un pantalon en pilou écossais et un grand tee-shirt gris.

Le bébé était un petit garçon d'environ neuf mois. Il avait l'air aussi hagard et fatigué que la jeune femme, son visage poupin rougi par les pleurs. Il les regarda un moment avec autant de curiosité qu'ils le regardaient, puis il porta la main à une de ses oreilles et enfouit son visage dans le cou de la femme en émettant un gémissement épuisé.

La femme les dévisagea d'un air peu aimable.

— Qu'est-ce qui vous prend, bordel, de frapper à la porte de quelqu'un à trois heures du matin ?

— Nous cherchons l'Oracle, fit Carling.

— Vous ne pouviez pas attendre jusqu'à sept heures ? fit-elle d'un ton cassant. (Elle caressa le dos de l'enfant et le berça avec la lassitude de quelqu'un qui fait la même chose depuis un bon moment.) Ou six heures au moins ? Qu'est-ce que c'est que ces manières ? Vous ne voyez pas que j'ai un bébé malade sur les bras ? Allez-vous-en et revenez à une heure décente.

— Vous êtes l'Oracle ? demanda Khalil.

Il avait l'air aussi surpris que Carling et Rune.

— Quoi, vous vous attendiez à voir un autel doré et des vierges drapées de toges blanches ? Oui, je suis l'Oracle.

Carling leva les sourcils et regarda le chaos du salon derrière la femme. Un parquet éraflé était couvert d'un vieux tapis râpé jonché de jouets. Des livres de classe et des tasses de café étaient empilés sur des meubles miteux. Un panier en osier débordant de linge était posé sur un fauteuil. La maison sentait le vomi de bébé.

La jeune femme balaya elle aussi la pièce du regard.

— Je sais, fit-elle avec un soupir teinté d'amertume.

19

— Il faut que vous nous donniez asile si nous le demandons, fit Carling. Laissez-nous entrer.

La jeune femme étrécit ses yeux noisette.

— Vous allez sortir cette carte maintenant ? Vraiment ?

— Nous pouvons revenir dans quelques heures, fit Rune.

Carling le fusilla du regard. Il était blanc comme un linge, ses lèvres mêmes étaient pâles et sa souffrance se lisait dans ses yeux. La vampire secoua la tête.

— Est-ce que vous savez qui je suis ? demanda-t-elle à l'Oracle.

Le visage de la femme se renfrogna.

— Je vous reconnais, oui. Je sais qui vous êtes et je reconnais aussi la sentinelle. Lui par contre, je ne sais pas qui c'est, fit-elle en indiquant Khalil du menton.

— Rune est blessé. J'ai besoin de m'occuper de lui. Dès que je l'aurai fait, je pourrai aider votre garçon. Si vous savez qui je suis, vous savez que j'en suis capable.

L'Oracle hésita une seconde, puis regarda Rune avec davantage d'attention, et son expression changea. Elle ouvrit la porte en grand et s'effaça.

Carling entra immédiatement dans la maison, se dirigeant vers le fauteuil. Elle posa le panier de linge par terre.

— Viens, fit-elle à Rune doucement. Assieds-toi et laisse-moi t'examiner.

Rune s'approcha et s'assit avec peine. Ses mouvements étaient raides, totalement dénués de leur grâce habituelle. Derrière eux, Khalil entra à son tour dans la maison. Carling n'arrivait pas à comprendre ce que faisait le djinn, qui regardait autour de lui d'un air curieux, ni pourquoi il n'avait pas encore disparu. Peut-être qu'il attendait le moment de finaliser les détails de la faveur qu'elle lui devait désormais.

En tout cas, elle n'avait pas d'énergie à gaspiller et ce n'était pas le moment de se poser des questions sur l'étrange comportement de Khalil. Elle s'agenouilla donc devant Rune et toucha sa joue en murmurant une incantation qui éliminerait sa douleur. Ses traits se détendirent immédiatement. Il lui fit un signe de tête pour la remercier.

— Je peux attendre maintenant, soulage ce pauvre gosse.

— D'accord. (Elle se leva et se tourna vers l'Oracle et le bébé en pleurs.) Comment s'appelle-t-il ?

La question de Carling ouvrit des digues.

— Il s'appelle Max, fit l'Oracle d'un ton anxieux. Je crois que c'est une otite. Il n'était pas bien ce soir et n'a pas voulu dîner. Et puis il s'est réveillé en pleurant il y a deux heures. Il avait de la fièvre et il vient de vomir, et il n'arrête pas de tirer sur son oreille droite comme si elle lui faisait mal. J'étais en train de me demander si je devais l'amener aux urgences, mais sa sœur, Chloé, dort profondément, et comme il n'y a que nous trois ici il aurait fallu que j'appelle quelqu'un ou que je le pose pour réveiller Chloé et la mettre dans la voiture elle aussi...

Carling secoua la tête, désorientée. En l'espace de dix minutes à peine, ils étaient passés d'une bataille où ils auraient certainement laissé leur vie à cette scène surréaliste. Elle posa une main sur l'arrière de la tête de Max et apaisa sa douleur à lui aussi. Le bébé cessa de pleurer presque immédiatement. Il eut un hoquet et frissonna, puis leva la tête pour regarder autour de lui avec étonnement.

— Voilà, petit bonhomme, murmura Carling. Ça va aller mieux maintenant. Comment vous appelez-vous ? demanda-t-elle à l'Oracle.

— Grace. Grace Andreas.

— La famille Andreas a traversé des périodes douloureuses ces trente dernières années, fit Carling. (Une série de problèmes de santé et de coups du sort avait décimé un clan autrefois nombreux et prospère.) J'ai été peinée d'apprendre que Petra et son mari avaient péri dans cet accident de voiture. Qu'était-elle pour vous ? Votre tante ?

— Elle était ma sœur aînée, fit Grace, dont les yeux rougirent. Chloé et Max sont ma nièce et mon neveu. Il ne reste que nous.

Carling fit un signe de tête. Elle avait examiné Max pendant qu'elles parlaient.

— Vous avez raison, il a une otite. Un simple sort de guérison suffira, mais il sera très fatigué pendant quelques jours.

Grace opina, le soulagement se lut sur son visage épuisé.

— Ce n'est pas important, du moment que cela soigne l'infection. Ce n'est pas comme s'il devait conduire ou aller travailler.

Malgré la gravité de ses problèmes, Carling ne put s'empêcher de sourire.

— Non, en effet. Avec votre permission, je vais jeter ce sort pour lui maintenant.

— Je vous en prie.

Carling s'exécuta et Grace emporta le bébé qui s'endormait déjà. La vampire se tourna vers Rune. Il se reposait calmement en l'observant. Elle s'agenouilla de nouveau devant lui, heureuse de le voir reprendre des couleurs.

Il lui fit un petit sourire, les paupières mi-closes, et dit par télépathie :

— *Je n'arrive pas à décider à quel moment tu étais la plus sexy : celui où tu t'apprêtais à lancer je ne sais quel sort apocalyptique sur Julian, ou à l'instant quand tu as soigné et guéri ce petit garçon.*

Elle émit un rire imperceptible qui s'évanouit presque tout de suite. Ils avaient failli mourir. Il avait failli mourir. Elle ferma les yeux et lui saisit la main, puis ses doigts puissants se refermèrent sur elle et la serrèrent. Fort.

Le temps les propulsait de plus en plus vite vers un lieu inconnu et étrange. Les couleurs étaient peut-être plus vives et plus vraies, et les notes du chant plus stridentes, mais nom de nom, cette chute avait été épouvantable.

— Pas de regrets ? murmura-t-elle.

— Pas un seul, fit-il doucement et avec assurance. Mes amis vont me manquer, mais ça ne veut pas dire que je regrette quoi que ce soit. Maintenant, soigne-moi pour que nous puissions faire ce que nous avons à faire.

Elle se prépara, mais soigner ses blessures n'était pas aussi rapide et simple que de jeter un sort pour guérir un bébé souffrant d'une otite. Elle réduisit d'abord les fractures, mais elle avait eu beau atténuer sa douleur, aligner de nouveau les os allait être très pénible à supporter. Il serra les dents et se prépara à la manipulation de Carling. Les os crissèrent en se ressoudant. La sensation lui donna mal au cœur.

Quand elle put enfin lui jeter le sort de guérison à proprement parler, elle était lessivée. Il poussa un soupir de contentement en sentant le sort se diffuser dans son corps. Il avait l'air aussi fatigué qu'elle. Puis il se pencha et l'enveloppa dans ses bras, et son âme froide et stressée sentit une chaleur la toucher. Elle posa la tête sur son épaule et ils restèrent ainsi.

— Ce que je veux savoir, c'est quel type de problème vous m'avez apporté ? demanda Grace qui était revenue après avoir couché Max. (Carling leva la tête pour la regarder. La jeune femme se tenait à l'entrée du salon et avait les yeux rivés sur l'arsenal de Rune. Le soulagement que la guérison de Max lui avait apporté s'était dissipé et avait laissé place à de la peur.) Et quelle sorte de danger vous êtes en train de faire courir à ma nièce et à mon neveu ?

Khalil tressaillit en entendant ces mots. Le djinn s'était posté dans un coin de la pièce pour tout observer. Ses longs cheveux de jais étaient tirés en arrière et il portait une tunique et un pantalon noirs.

— Je ne peux pas dire ce que les deux autres sont susceptibles d'avoir apporté ici, mais je veillerai personnellement à ce que les petits ne courent aucun danger. Je vous en donne ma parole, déclara le djinn.

Carling plissa les yeux pour regarder Khalil. C'était donc pour cela qu'il était resté. Il avait entendu les pleurs du bébé. Oh, Khalil.

Grace lui jeta un regard méfiant.

— Est-ce que c'est censé me rassurer ? Parce que ce n'est pas le cas. Je suis peut-être nouvelle et néophyte pour tout ce qui est de ces histoires d'Oracle et j'ai peut-être encore beaucoup à apprendre, mais au moins j'ai compris que vous étiez un djinn, ce qui n'est pas du tout rassurant en soi. Et je ne sais toujours pas *qui* vous êtes.

— Khalil est l'un des démons les plus vénérables et les plus puissants, expliqua Carling, et s'il promet de protéger vos enfants, il les protégera.

— Vous êtes en train de me dire que mes gosses ont désormais un garde du corps qui est un démon ? marmonna Grace. Est-ce que cela signifie que mes enfants vont *peut-être* avoir besoin d'un tel garde du corps ? Génial, putain. La meilleure nouvelle de la semaine. Du mois.

Khalil leva un sourcil. Autrement, l'opinion de l'humaine sembla l'indifférer totalement.

— Personne ne fera intentionnellement du mal à vos enfants, ajouta Rune. Quels que soient nos conflits, les enfants nous sont précieux. Nous ne leur faisons pas courir de danger.

— C'est le mot « intentionnellement » qui me gêne dans votre discours, fit Grace. Alors excusez-moi si je ne suis toujours pas rassurée. Pourquoi êtes-vous ici ?

— Nous avons besoin de consulter l'Oracle, bien entendu, fit Carling.

Rien ne put alors arrêter Grace. Elle sortit un cahier afin de consulter une liste de numéros de téléphone de la communauté de sorcières locale. Carling savait que les sorcières offraient de l'aide à l'Oracle chaque fois que celle-ci appelait pour agir dans le cadre de sa fonction. Cela faisait partie de la dîme que les sorcières devaient à la communauté, mais apparemment l'aide n'était pas toujours donnée avec enthousiasme.

— Je sais qu'il n'est même pas encore cinq heures du matin, Janice, disait Grace. Mais c'est une urgence et tu es la suivante sur la liste, et tu sais très bien que j'ai besoin que quelqu'un reste avec les enfants chaque fois que l'on me consulte. (La sorcière irascible à l'autre bout du fil promit d'arriver tout de suite et Grace raccrocha.) Nous pouvons faire ça dès que Janice sera là, dans quinze ou vingt minutes.

— Nous aurions pu attendre le matin, fit Rune.

Grace secoua la tête.

— Les lois du sanctuaire qui sont censées protéger ce lieu ne s'appliquent qu'aux créatures qui ne contreviennent pas à la loi, fit-elle. Combien d'armes avez-vous sur vous ? Après les deux pistolets et l'épée, j'ai arrêté de compter. Plus vite nous faisons ça, plus vite vous partirez et emporterez vos problèmes avec vous, et plus vite nous serons en sécurité. Janice n'apprécie pas que je l'aie tirée du lit. Mais elle s'en remettra.

— J'aurais pu m'asseoir sur les enfants, fit Khalil avec humeur.

— M'asseoir *avec* les enfants, murmura Carling en retenant une envie de rire. « Avec », pas « sur ».

Elle posa leurs deux sacs aux pieds de Rune et déplaça des jouets ainsi qu'un livre de calcul afin de pouvoir s'asseoir le plus près possible du fauteuil dans lequel il était installé.

Les autres ne lui prêtèrent pas attention.

— Est-ce que vous avez une liste de références pouvant attester du nombre de fois où vous avez gardé des enfants humains, tout petits et fragiles ? demanda Grace à Khalil. (Elle attendit à peine une seconde. Le djinn se renfrogna, mais garda le silence.) Non ? C'est bien ce que je pensais. Ils n'étaient pas mes bébés au départ, mais ils le sont maintenant, et il est hors de question que vous vous en occupiez. (Elle marqua une pause comme si elle réfléchissait à ce qu'elle venait de dire, puis ajouta :) Jamais.

Khalil lui répondit vertement et Grace renchérit sur le même ton. Rune et Carling se regardèrent.

— Elle a raison, fit Rune. Plus tôt nous partirons, mieux nous nous porterons tous.

— Je sais, fit-elle à mi-voix. (Est-ce que Julian allait prolonger leur conflit au-delà des frontières du domaine ? Elle aurait dit non avant la confrontation devant l'hôtel Fairmont. Maintenant, elle n'était plus sûre de rien.) Je suis d'accord avec elle.

Rune se mit à desserrer d'une main l'attache de l'un des brassards. S'il était calme, il était toujours aussi prêt à combattre, et les derniers événements continuaient à le faire brûler de colère à l'égard de Julian et de Dragos. Son énergie palpitait et Carling en ressentait l'effet le long de ses terminaisons nerveuses.

— Je n'ai pas eu le temps de te demander comment s'était passée la consultation avec Seremela ?

Elle tendit les mains vers lui et il lui offrit son avant-bras.

— L'examen n'a rien révélé, lui dit-elle en défaisant les courroies de ses brassards. La conversation en revanche a été fructueuse. Cette femme est d'une grande intelligence et une pathologiste douée, je crois, et tu avais raison de penser qu'elle aurait un point de vue tout à fait unique. Nous ne trouverons peut-être pas de remède, en tout cas pas tout de suite. Notre priorité est donc de gagner du temps.

— Vous avez découvert un moyen de le faire ? demanda Rune.

Il avait la tête penchée tout près de la sienne et la regardait avec attention.

— Il faut que j'essaie d'entrer en une sorte de rémission, murmura Carling. Seremela a fait un prélèvement de sang et va procéder à des tests…

Des coups furent frappés à la porte. Grace leva les bras en direction de Khalil dans un geste qui signifiait : « Je ne veux pas discuter plus longtemps », et lui tourna le dos. Du coin de l'œil, Carling vit Rune poser une main sur l'un de ses pistolets pendant que Grace ouvrait la porte sur une sorcière échevelée et peu aimable. La femme était d'âge mûr, ronde, et elle portait un jean, des baskets et un sweat-shirt à capuche de l'université du Kentucky. Grace recula et la laissa entrer dans la maison. La femme s'arrêta net, son expression irascible s'estompant et ses yeux s'écarquillant en voyant Rune, Carling et Khalil.

— Tu es arrivée en un temps record, dit Grace en s'asseyant à l'autre bout du canapé et en glissant les pieds dans une vieille paire de tennis. Les enfants sont couchés comme la plupart des personnes saines d'esprit à cette heure-ci, expliqua Grace, et tu sais comment ça se passe, Janice – cela prendra le temps que cela prendra.

Le regard fasciné de Janice passait d'une personne à l'autre. Puis elle se concentra sur Grace.

— Je vais faire du café.

Khalil croisa les bras et s'adressa à la sorcière :

— Et nous nous assiérons tous les deux sur les enfants afin de nous assurer qu'ils ne courent aucun danger.

La sorcière haussa les sourcils, puis regarda Grace qui lui dit :

— N'accorde aucune attention à ce que ce djinn pourra te dire quand nous serons partis. Je ne l'ai jamais rencontré avant ce soir et il n'a aucune autorité pour dicter quoi que ce soit ici. Je ne crois pas qu'il le comprenne, apparemment il n'est pas non plus très futé.

— Et elle est une enfant impudente et effrontée, grinça Khalil entre ses dents. Qui ne comprend pas la valeur de ce qui lui est offert.

— Tu reviendras aussi vite que tu peux, n'est-ce pas ? fit la sorcière en regardant Grace avec un sourire un peu crispé.

— Oui, répondit Grace. (L'amertume s'était de nouveau glissée dans sa voix.) Vous êtes prêts ? fit-elle en se tournant vers Carling et Rune.

Ils échangèrent un regard et se levèrent.

— Bien sûr, fit Carling. Que fait-on maintenant ?

— Vous venez avec moi.

Grace se retourna et sortit.

Rune prit leurs sacs et fit signe à Carling de passer devant lui. Ils rattrapèrent Grace qui les attendait devant la maison. Elle ouvrit la marche, contournant la bâtisse pour emprunter un sentier qui passait à travers des herbes folles et une ligne d'arbres enchevêtrés. Au bout d'une vingtaine de mètres, l'humaine se mit à marcher en boitant.

— Combien de terrain avez-vous ? demanda Rune.

— Deux hectares à peu près, fit Grace en écrasant un moustique. Le fleuve Ohio coule le long de la limite ouest de la propriété. Elle est dans la famille depuis que nous sommes arrivés d'Europe, en 1856. Nous ne pourrions pas l'acheter maintenant. Je ne suis même pas sûre de pouvoir payer les impôts locaux.

— C'est une Force très ancienne qui règne ici, nota Carling. Est-ce qu'elle est venue avec vous jusqu'aux États-Unis ?

Grace lui lança un regard voilé.

— Oui, répondit-elle sans développer davantage.

Elle leur fit traverser une prairie et ils arrivèrent devant une vieille porte qui avait été ménagée sur le versant d'une butte rocailleuse. L'aura d'une Force très ancienne augmenta lorsqu'elle sortit une clé d'une petite boîte de conserve rouillée posée sur le linteau. Elle introduisit la clé dans la porte en bois patinée par le temps et l'ouvrit. Rune étudia la structure. Cela faisait penser à l'ouverture d'un puits de mine. Elle avait dû être construite à l'époque où la famille Andreas s'était installée sur la propriété, plus de cent cinquante ans auparavant.

Grace leur dit par-dessus son épaule :

— Vos armes ne sont pas les bienvenues. Il faut que vous les laissiez à l'entrée.

— OK, fit lentement Rune.

Carling avait gardé le silence pendant la marche, se contentant d'étudier le terrain. Le sursaut d'agressivité dans les émotions de Rune lui indiquait qu'il n'aimait pas l'idée d'abandonner ses armes à la porte, mais il posa néanmoins leurs sacs, puis retira ses holsters et l'épée qu'il portait dans le dos.

— Nous entrons dans une caverne ? demanda Carling avec curiosité.

— Oui. Il y a des réseaux de cavernes partout dans la région, depuis les Bluespring Caverns, la Marengo Cave et les Squire Boone Caverns au sud de l'Indiana jusqu'au réseau de la Mammoth Cave au centre du Kentucky. Ce réseau est très petit en comparaison.

Elle franchit le seuil et tâtonna le long de la paroi intérieure, puis elle poussa un commutateur et une ampoule nue s'alluma au-dessus de sa tête. La lumière révéla une zone suffisamment spacieuse pour qu'ils puissent tous y tenir confortablement en plus des deux solides placards de rangement qui se trouvaient là. Un tunnel grossièrement creusé s'enfonçait sous terre.

Grace ouvrit l'un des placards et en sortit deux lampes torches. Elle en tendit une à Carling et garda l'autre.

— Je ne sais pas si vous en avez besoin ou non. Votre vue est beaucoup plus photosensible que celle d'un humain, mais il fait très noir en bas.

— Il vaut mieux que nous la prenions, au cas où, dit Carling.

Grace sortit aussi du placard quelque chose enveloppé dans un tissu de protection. Fermez la porte derrière vous, dit-elle à Rune. Puis elle alluma sa lampe et s'engagea dans le tunnel.

— Bon, ben, on repassera pour la conversation tranquille autour d'un café, marmonna Rune.

Il referma la porte et ils emboîtèrent le pas à l'Oracle.

— Discuter devant une tasse de café n'est pas ce que vous avez demandé, fit Grace par-dessus son épaule. (La lueur de sa lampe se réverbérait sur les parois rocheuses et le sol de terre battue du tunnel. La température se refroidissait considérablement à mesure qu'ils progressaient, et l'air était vaguement humide et sentait le fleuve.) Vous vouliez consulter l'Oracle. Eh bien, c'est comme ça que ça se fait. L'Oracle s'est toujours exprimée depuis les entrailles de la terre. Ce que nous canalisons l'exige.

Carling sentit l'espace s'ouvrir devant Grace avant de voir les parois du tunnel s'élargir. Ils suivirent Grace dans une grande caverne. Rune tourna en rond en s'éclairant de la lampe, puis il la braqua vers le haut. La lumière ne toucha pas les parois de la caverne et ne ricocha que sur la partie du plafond la plus proche.

— C'est extraordinairement sec pour être si près du fleuve, fit-il remarquer.

Sa voix avait un drôle d'écho.

— C'est la même structure de base que le réseau de la Mammoth Cave. Il y a un solide substrat de grès sur la couche de calcaire. Tout au bout de la caverne, il y a un tunnel naturel qui mène encore un peu plus bas. La couche de grès y est abîmée et il y a donc une formation de stalactites et de stalagmites car le fleuve s'infiltre avant la fin du réseau de cavernes. Des parties se sont effondrées aussi, cette zone n'est donc pas sûre. C'est pour ça que nous fermons la porte à clé, pour empêcher des enfants d'aller explorer la caverne.

Grace posa sa lampe et déplia le tissu dans lequel se trouvait l'objet qu'elle avait apporté avec elle. Elle laissa le tissu tomber par terre et se tourna en le levant vers eux pour qu'ils puissent le voir.

C'était un masque grec. De l'or ancien brillait à la lueur de la lampe. La face était androgyne, belle et sans expression, avec des trous pour les yeux et la bouche.

— C'est magnifique, murmura Carling.

— L'Oracle porte ce masque depuis des milliers d'années, fit Grace. Comme vous pouvez l'imaginer, les raisons à l'origine de cette coutume sont nombreuses et ont varié au fil du temps. Elle a parfois été accompagnée de tout un cérémonial. Ma grand-mère nous a enseigné à ma sœur et moi que nous portons désormais le masque pour deux raisons. Tout d'abord par respect pour la tradition et pour honorer notre passé. Et ensuite pour rappeler à celui qui consulte l'Oracle que ce ne sera plus moi, Grace Andreas, qui se tiendra alors devant lui.

— Est-ce que vous vous souvenez de ce qui est dit ? demanda Carling.

— J'ai entendu dire que c'était parfois possible, mais parfois notre esprit se vide complètement. (Grace avait la tête baissée. Elle fit doucement :) Mais je ne suis pas une experte, je n'ai été consultée qu'une fois depuis la mort de Petra. (Elle releva la tête.) Vous êtes prêts ?

— Oui, fit Rune.

Grace plaça le masque sur son visage.

L'air de la caverne trembla légèrement. L'ancienne Force qui hantait cette terre se mit à fusionner. Un bruit sec évoquant celui d'écailles glissant le long des parois de la caverne érafla leur ouïe. Le son les enveloppa tandis que la Force s'enroulait autour d'eux.

Rune, qui était déjà mal à l'aise, sentit ses poils se hérisser et se rendit compte qu'il grondait. Carling se rapprocha de lui jusqu'à le toucher de l'épaule. Dans le faisceau de la lampe, son visage était calme, mais elle avait les yeux grands ouverts et de la méfiance s'y lisait. Rune se tourna afin d'être dos à dos avec elle.

Une voix s'éleva du masque d'or, mais ce n'était pas la voix de Grace. C'était quelque chose d'autre, quelque chose de plus vieux et de beaucoup plus sauvage qu'une voix humaine.

— Te voilà, griffon, fit la vénérable et sauvage Force. J'ai attendu avec impatience cette conversation que nous avons eue.

432

Attendu avec impatience, une conversation qui avait eu lieu dans le passé. Rune secoua la tête. Et voilà, il se retrouvait dans le bad trip, la dose trop forte de LSD, bref, le délire total.

— Comment ça va ? demanda-t-il à Python. Espèce de vieille cinglée. Ça fait un bail.

La Force rit doucement, le frôla.

— Est-ce que tu as vu le chat de Schrödinger, griffon ?

Rune connaissait l'expérience du chat de Schrödinger. C'était une célèbre hypothèse de physique qui décrivait le paradoxe de la mécanique quantique. En bref, l'expérience serait de mettre un chat dans une boîte avec du poison et d'ajouter une dose de jargon scientifique tordu. Rune avait perdu patience avec l'exercice mental bien avant de se préoccuper d'apprendre toute la physique impliquée. Ce dont il se souvenait, c'était que le chat était censé être simultanément vivant et mort dans la boîte, jusqu'à ce qu'il puisse être observé qu'il était *soit* vivant, *soit* mort.

Ce que l'hypothèse cherchait à illustrer, c'était qu'en physique quantique l'observateur déterminait la réalité de ce qu'il observait. Que voulait-elle dire en posant cette question ?

Derrière lui, Carling émit un feulement et le poussa dans le dos.

— *Comment peut-elle se référer au chat de Schrödinger ?* lui dit-elle par télépathie. *Cette hypothèse n'a pas été inventée avant 1935, et elle est morte – si elle est vraiment morte – il y a des milliers d'années.*

— *J'ai vécu une longue existence remplie de bizarreries, mais même pour moi, ça dépasse l'entendement*, répliqua-t-il. (Puis il dit tout haut :) Je ne suis pas assez ivre pour ce type de conversation, Python.

Quelque chose se précipita vers lui. Il recula brusquement, les yeux rivés sur le contour pâle et indistinct d'un visage. La face transparente ressemblait vaguement à celle d'une femme, comme celle d'un singe peut ressembler à celle d'un être humain. Ses traits étaient trop âpres et trop allongés, avec un museau plutôt qu'un nez qui remontait, ou plutôt refluait pour former une sorte de capuchon qui évoquait un cobra, avant de se prolonger et de former le corps d'un serpent aussi épais qu'une taille d'homme.

Il s'arma de courage et passa la main à travers l'apparition.

— Tu es un fantôme. Tu n'es pas vraiment ici.

Le sourire de la femme révéla une rangée de crocs redoutables.

— Je ne suis pas ici, fit-elle, au même titre qu'une île vaguement distincte sur l'océan. Je ne suis pas ici, alors peut-être que je suis là-bas, perdue dans une Autre Contrée.

— Es-tu morte ou vivante ? demanda-t-il.

Il n'était pas d'humeur à démêler des propos énigmatiques, il avait l'impression que sa tête allait exploser.

— À l'instar du chat de Schrödinger, je suis morte et vivante à la fois, fit Python, ondulant son corps spectral dans la caverne, enroulant et déroulant ses anneaux. J'étais vivante dans le passé. Je suis morte dans le passé. Qui sait ce que je serai ensuite ?

Carling agrippa le bras de Rune avant qu'il ne s'emporte. Elle s'était retournée afin de faire face à l'apparition.

— Est-ce que tu voyages à travers le temps ? demanda-t-elle.

Le sourire de Python s'élargit.

— J'ai voyagé. Je voyage. Je voyagerai.

— Est-ce pour cela que tu n'es pas complètement partie, alors que tu es morte ? demanda Carling.

— Soit cela, fit Python, soit je suis une vieille cinglée de fantôme. (Le visage sauvage transparent s'approcha de Carling et s'adoucit.) Tu es l'un des miens. Mes enfants sont tellement beaux. Je veux que tu vives éternellement. C'est pour cette raison que je t'ai donné mon baiser.

— Ton cadeau a duré très longtemps et je t'en suis reconnaissante, reprit Carling. Mais je suis en train de mourir maintenant, à moins que nous ne puissions trouver un moyen d'arrêter le processus. Nous sommes venus te demander de l'aide.

— Je ne peux pas te donner le baiser une seconde fois, fit Python. Ce temps est passé. (Ses ondulations serpentines s'accélérèrent comme si elle était en proie à une agitation extrême.) J'ai pris le jour, mais t'ai donné une magnifique nuit éternelle. Ce que tu en fais ne me concerne pas. Une mère ne peut pas vivre à la place de ses enfants.

— Ce n'est pas ce qu'elle te demande, fit Rune d'un ton empreint de désespoir. (Il n'avait pas su à quoi s'attendre, mais il n'avait certainement pas anticipé qu'il dialoguerait avec Python. C'était plus que ce qu'il avait pu imaginer, mais cela risquait de n'être en fin de compte qu'un cauchemar psychédélique vain.) Elle ne veut pas que tu vives sa vie pour elle. Nous te demandons un moyen de l'empêcher de mourir.

— Attends, s'exclama Python. Je ne comprends pas. N'est-elle pas déjà morte ? (Son visage se tourna vers Rune.) Pourquoi n'es-tu pas reparti afin de la sauver ?

Les mots de Python le brûlèrent. *Elle est cinglée*, se dit-il en la regardant. *C'est un fantôme cinglé. C'est tout.* Il fit un effort herculéen pour retrouver sa voix :

— Elle n'est pas morte, Python, elle se tient devant toi. Mais elle est ma compagne et elle mourra si nous ne trouvons pas un moyen de la sauver. Alors pourrais-tu, s'il te plaît, bordel de merde, pour une fois dans ta *putain de vie*, dire quelque chose de sensé !

Le fantôme le regarda avec surprise.

— Ce n'est pas nécessaire de me crier dessus, fit-elle d'une voix plaintive. Tu n'es pas aussi avancé que je pensais que tu le serais.

— Où est-ce que je suis censé être ? demanda-t-il d'un ton maussade.

— Ici, griffon. Rappelle-toi ce que nous sommes. Nous sommes les créatures de l'entre-deux, nées à la frontière du temps et de l'espace. Le temps est un couloir entre deux points, au même titre que tous les autres passages. Et nous avons des affinités avec ces lieux. Nous tenons bon, immuables face au flux interminable. C'est ce que j'ai essayé de donner à tous mes enfants. C'est ce que tu es. La Force est dans ton sang.

— Tout est une question de sang, murmura Carling. La clé est dans le sang.

— La clé a toujours été dans le sang, répliqua Python. Vous êtes parfaits l'un pour l'autre. La nature n'aurait pas pu créer d'union plus achevée. Vous avez tout ce qu'il vous faut pour survivre. Si vous survivez.

Python s'estompa sous leurs yeux. La Force qui avait rempli la caverne s'effilocha.

Rune jeta la lampe par terre et enfonça les poings dans ses yeux brûlants. Il avait l'impression d'être dément.

— Nous avons « tout ce qu'il nous faut pour survivre » – si nous « survivons » ? rugit-il. *Qu'est-ce que ça veut dire, bordel, espèce de maudite garce cinglée !*

Carling lui fit face et saisit ses poignets pour lui faire baisser les mains. Ses yeux étincelaient.

— Rune, je crois qu'elle nous a dit tout ce que nous avions besoin de savoir.

Il la regarda, le souffle court. Après une minute ou deux, il fut en mesure de s'exprimer de nouveau de manière plus apaisée.

— Bon, ça te dérangerait de m'expliquer ?

— Je n'ai pas eu l'occasion de tout te raconter plus tôt, fit Carling. Seremela et moi avons discuté de moyens susceptibles d'amorcer une rémission, ou au moins de me stabiliser le temps que nous fassions davantage de recherches. Selon elle, devenir un succube a peut-être été un mécanisme de défense de mon système immunitaire lorsque je ne pouvais plus tolérer le sang que je buvais.

— « Un mécanisme de défense », répéta-t-il en fronçant les sourcils. Dit comme ça, cette évolution n'aurait donc pas été une bonne chose. Les gens qui souffrent de sous-nutrition finissent par manger ce qu'ils trouvent et ce sont souvent des choses sans réelle valeur nutritive. Leur organisme commence à décliner, jusqu'à finalement cesser de fonctionner.

Carling hocha la tête.

— Seremela a suggéré que je trouve un moyen de me nourrir physiquement, dans l'espoir de freiner la progression des symptômes. La perspective d'essayer de boire de nouveau du sang ne me réjouit pas, mais je suis prête à tenter n'importe quoi et j'ai donc dit que j'y réfléchirai. Python vient de rappeler que le passage du temps ne t'affecte pas, Rune, et que c'est dans ton sang. La clé est dans le sang. Ce sont les mots exacts que Seremela et moi avons prononcés.

Il se calma petit à petit, l'écoutant tout en lui caressant les cheveux.

— Est-ce que tu meurs de faim en fait depuis tout ce temps ?

— Je ne sais pas. J'ai fini par ne plus ressentir la faim, puis j'ai commencé à percevoir les émotions des créatures vivantes et à me sentir mieux chaque fois que cela se produisait. D'après tout ce que j'avais entendu, c'était l'évolution naturelle de la maladie.

— Peut-être, mais cela s'assimile drôlement à de l'inanition, fit-il. Je n'ose trop y croire. Ça semble trop beau pour être vrai.

— Cela ferait sens, en tout cas. Ton sang pourrait contenir ce qu'il faut pour débuter ma rémission. Cet étrange voyage que nous faisons ensemble toi et moi est le résultat de tes attributs wyrs entrant en contact avec mon vampirisme.

Il ferma les yeux.

— Et c'est la première fois que cela arrive, murmura-t-il. (Une lueur d'espoir s'immisça dans sa poitrine, apaisant la panique qui l'avait envahi quand Python avait disparu. Il baissa la tête pour l'embrasser, savourant la douceur de ses lèvres tandis qu'elle lui rendait son baiser.) Il faut que nous essayions.

— Oui.

— Nous n'allons pas renoncer si tu gerbes deux ou trois fois, fit-il avec gravité. (Il la serra farouchement.) Tu n'as pas mangé depuis super longtemps. Ton organisme aura peut-être besoin d'un peu de temps pour s'accoutumer. Nous persisterons.

— Oui, je suis d'accord. Nous pouvons même essayer de me transfuser du sang par voie intraveineuse, si je vomis.

438

À une dizaine de mètres d'eux, Grace dit d'une voix rouillée :

— J'espère que vous avez obtenu tout ce que vous vouliez de cette séance parce que je suis vannée.

Ils se retournèrent et virent qu'elle était à genoux. Carling se dégagea de l'étreinte de Rune pour s'approcher d'elle.

— Est-ce que ça va ?

— Je crois, oui.

Tandis que Carling l'aidait à se relever, Rune ramassa les lampes et enveloppa le masque dans son tissu de protection.

— Vous vous souvenez de ce qui s'est passé ? demanda-t-il.

— Non. J'ai l'impression d'avoir reçu un grand coup sur la tête.

Grace les regarda en clignant des yeux.

— Ce fut une séance très Puissante et très étrange, mais nous avons sans doute appris ce que nous voulions, fit Carling.

— Tant mieux parce que je ne pense pas que je pourrais refaire ça avant un moment, fit Grace.

Elle bougeait comme si chacun de ses muscles lui faisait mal.

Ils remontèrent le tunnel en prenant leur temps, par égard pour Grace. Des questions et des doutes se mirent à affluer dans la tête de Rune, obscurcissant son soulagement.

« N'est-elle pas déjà morte ? »

Son cœur se mit à battre à grands coups. Que ne voyaient-ils pas ? Quelle pièce du puzzle ne s'était pas encore formée ? Ou est-ce que Python avait simplement eu un de ses moments de délire ? Il réussit à s'empêcher de gronder, mais il avait envie de se déchaîner contre quelqu'un ou quelque chose.

Ils aidèrent Grace à ranger les affaires dans les placards. Carling ouvrit la porte sur la lueur grise des prémices d'une aube chaude et humide. Elle s'arrêta si brutalement que Rune la heurta. Puis il vit ce qui l'avait stoppée.

Un énorme dragon aux écailles de bronze de la taille d'un jet privé dominait la prairie. Son énorme tête cornue reposait sur ses pattes dans une attitude calme, si ce n'était que sa Force était un volcan en éruption et que ses yeux brillaient d'or en fusion.

Dragos les avait trouvés.

Rune posa les mains sur les épaules de Carling et essaya de la faire rentrer dans le tunnel. Elle se raidit et refusa de bouger d'un centimètre, s'interposant entre lui et le seigneur des Wyrs.

Une jeune femme toute mince et blonde avec une longue queue de cheval à moitié défaite était appuyée contre le museau du dragon. Elle portait un pantalon cargo, des baskets haut de gamme et un débardeur rouge vif. Elle avait les bras croisés sur la poitrine et un pied posé sur l'autre. Lorsqu'elle rencontra le regard de Rune, elle secoua la tête.

— Je dois reconnaître, beau gosse, que cette fois-ci tu l'as vraiment mis en pétard.

20

Carling sentit l'énergie de Rune flamber d'agressivité et d'adrénaline. Elle sentit ses mains se serrer sur ses épaules, ses doigts s'allonger et ses griffes se former. Il la souleva et la fit rentrer dans la caverne. Elle n'eut pas le temps de résister. Elle heurta Grace qui était juste derrière eux et les deux femmes tombèrent à la renverse. L'humaine laissa échapper un son étouffé de douleur.

Carling bondit au moment où Rune s'apprêtait à refermer la porte. Elle n'essaya pas de se relever, mais projeta un pied en avant, le coinçant contre la porte juste avant que Rune ne puisse la refermer.

— Maudit sois-tu, fit-elle entre ses dents, tellement furieuse qu'elle ne voyait plus clairement.

Elle se tordit afin de saisir le bord de la porte des deux mains. Rune ne pouvait plus la refermer sans lui faire mal et il ne pouvait pas à la fois protéger Carling et gaspiller de l'énergie en luttant avec elle pour la forcer à rester à l'intérieur.

Il s'en aperçut et se résigna à la laisser faire. Elle se releva et sortit, et découvrit le monstre doré s'interposant entre elle et la femme.

Le dragon leva la tête. Il ne quittait pas Rune des yeux et la femme non plus. Le regard de la blonde exprimait la consternation la plus complète.

— Oh Dieu, non, tu ne l'as pas fait, fit-elle.

— Si, répliqua Rune.

Il grondait et le son grave, menaçant, les avertissait de ne pas s'approcher.

La femme blonde dit au dragon :

— Tu représentes une trop grande menace pour lui sous cette forme. Il faut que tu te transformes.

Son regard féroce indiqua qu'il réfléchissait. Carling posa une main sur l'épaule de Rune et se mit à côté de lui. Elle observa le dragon avec attention tout en invoquant sa Force. Elle n'avait pas étudié les sorts qui étaient les plus efficaces pour combattre un griffon, mais elle avait étudié ceux qu'il fallait utiliser lors d'une bataille contre un dragon, car Dragos et elle n'avaient pas toujours été alliés. Et apparemment ils ne l'étaient plus au moment présent.

— Tous les Anciens ont convenu que ce lieu serait un sanctuaire, déclara Grace d'un ton ferme. La violence est interdite ici.

— Les gens peuvent être emmenés hors de cet endroit, répliqua Dragos. Et victimes de violences où qu'ils soient.

Sous ses doigts, Carling sentit le monstre doré inspirer profondément. Puis le dragon chatoya et se transforma en un mâle de deux mètres aux cheveux de jais, aux yeux dorés et aux traits taillés à la hache. La Force du dragon faisait vibrer l'air autour de lui exactement comme Rune. Dragos mit les mains sur ses hanches et toisa le griffon.

La blonde regarda Carling.

— Je suis Pia, la compagne de Dragos. Est-ce que vous êtes Carling Severan ?

442

— Oui, répondit cette dernière.

Pia s'adressa à Rune avec douceur :

— Nous comprenons mieux maintenant. Nous n'avons pas l'intention de faire du mal à ta compagne.

— Mais nous ne pouvons pas en dire autant de ceux qui arrivent, ajouta Dragos.

— Qu'est-ce que vous voulez dire ? Qu'est-ce qui s'est passé ?

— D'autres réunions et un accord. Vous avez été condamnée à mort. Ce que vous endurez a un effet sur l'environnement autour de vous et vous avez refusé de demeurer isolée des autres. Vous avez trop de Force, Carling. Vous avez été jugée trop dangereuse pour vivre. Julian et plusieurs membres du tribunal des Anciens sont en route afin de vous emprisonner jusqu'à la date de votre exécution. (Dragos regarda celui qui avait été son premier lieutenant.) Il faut que tu retrouves tes esprits et que tu commences à trouver des raisons à leur donner pour les empêcher de mener leur plan à bien, et il faut que tu te mettes à les énoncer immédiatement.

L'angoisse et la rage formaient un poing serré dans le ventre de Rune. Il fit des efforts pour retrouver une respiration plus normale, puis après quelques instants de lutte intérieure, il réussit à sortir de son changement partiel. Il avait plus que jamais besoin de faire preuve de rationalité et de diplomatie.

Carling s'adressa à Dragos :

— Nous pensons avoir compris ce qui m'arrivait et nous pensons avoir trouvé le moyen d'arrêter le processus. Ce serait prématuré pour le tribunal des Anciens de me mettre à mort tant que nous n'avons pas de certitude.

— Ça ne me dit toujours pas ce qui se passe, gronda Dragos. Et pourquoi mes autres griffons flippent.

Carling et Rune se regardèrent. Rune lui dit par télépathie :

— *Les autres griffons sont des créatures de l'entre-deux eux aussi et ils ont le droit de savoir ce que cela est susceptible d'impliquer quant à leur nature. Mais je refuse de peindre une cible sur leurs dos à l'intention de tous les vampires vieillissants et désespérés. Ce que nous leur disons doit rester confidentiel.*

— *Je pense que nous devrions attendre pour révéler quoi que ce soit*, fit Carling. *Je ne dis pas non. Mais réfléchissons d'abord aux conséquences. Dragos est à peine de notre côté et nous avons besoin de lui. Nous ne pouvons pas prendre le risque de se le mettre à dos en lui disant que tu es remonté dans le temps et as modifié le passé. Même si nous ne croyons pas que tu as changé grand-chose, la simple idée que tu puisses recommencer est une énorme menace pour tout ce que nous connaissons dans le présent.*

Rune acquiesça.

— *En ce qui me concerne, c'est la raison pour laquelle nous ne pouvons rien dire aux autres*, dit-il. *Ils flipperaient autant que Dragos et ça ne les regarde absolument pas.*

— *Je suis d'accord.*

Rune se tourna vers Dragos qui les observait d'un regard impassible.

— Peu importe ce qui s'est passé, fit-il. Ce n'était qu'un accident et ça ne se renouvellera jamais. Ce qui est important, c'est que nous pouvons stopper ce que Carling endure, et alors sa condamnation à mort n'aura plus de raison d'être.

De toute évidence, Dragos n'aimait pas ce qu'il entendait, mais après un long moment, il finit par dire :

— D'accord.

Alors qu'il prononçait les mots, une tornade souffla autour d'eux. Elle se matérialisa en plusieurs personnages que connaissaient bien Carling et Rune.

Cinq d'entre eux étaient des membres du tribunal des Anciens. Le premier était Soren, chancelier des démons et président du tribunal, avec ses cheveux blancs et ses yeux perçants, Soren avait été l'ouragan qui avait transporté tous les autres. Le deuxième était la haute silhouette blonde et pâle d'Olivia Dearling, la Chancelière des Faes lumineuses. La troisième était la Chancelière des Elfes, Sidhiel Raina. Le quatrième, le chancelier des sorcières et des mages, Archer Harrow, son corps frêle et âgé abritant l'une des Forces les plus puissantes de ce domaine. Le cinquième était le chancelier des Wyrs, Jaggar Berg. Jaggar était un kraken extrêmement vieux qui résidait normalement dans l'océan Atlantique, au large de la côte de la Nouvelle-Angleterre, mais il acceptait de prendre la forme d'un homme et d'aller sur la terre ferme suffisamment longtemps pour pouvoir s'acquitter de ses devoirs de chancelier du tribunal. Le chancelier des Faes noires, Arandur Daeron, était absent, probablement encore à Adriyel où il devait participer aux nombreuses réceptions et réunions du gouvernement entourant le couronnement de Niniane Lorelle. Apparemment, on n'avait pas eu le temps de nommer et d'approuver le prochain chancelier des Créatures de la Nuit.

Les trois autres personnes étaient des vampires. Elles portaient de longues pèlerines en vue du lever imminent du soleil, mais pour le moment elles avaient repoussé leurs capuches. Julian Regillus flanqué de son officier en second, Xavier del Torro, se tenaient devant eux, en compagnie de Rhoswen.

Carling regarda Julian pensivement. Il avait toujours la même apparence, avec ses cheveux noirs coupés court qui blanchissaient aux tempes. Il ne la quittait pas des yeux et son regard était insondable. Sa Force aussi bien que sa colère étaient palpables. Xavier était moins facile à lire. Il avait des cheveux châtains qui lui arrivaient aux épaules et qu'il portait attachés avec un catogan. Ses traits étaient agréables. Mais son attitude plaisante était un camouflage létal. Xavier del Torro était l'un des chasseurs les plus acharnés des Anciens.

Carling n'était pas étonnée de le voir. La présence de Rhoswen, en revanche, était une surprise. Carling posa les yeux sur elle en dernier. La vampire blonde se tenait droite et évitait soigneusement de croiser le regard de son ancienne maîtresse ; elle s'était composé un masque d'une sérénité absolue.

Le chancelier wyr, Jaggar, s'adressa à Dragos :

— Vous ne devriez pas être ici.

— Mon premier lieutenant est impliqué, répliqua Dragos. Bien entendu que je dois être ici.

— Depuis quelques temps, les Wyrs sont trop souvent le sujet des conversations, souligna froidement la Chancelière des Faes lumineuses.

— Oubliez que je suis wyr, déclara Rune. Cela n'a pas d'importance. Je ne suis pas ici à titre officiel. Pour cette discussion, je ne suis qu'un homme.

— Nous sommes donc d'accord sur un point, fit Soren. Qui vous êtes n'est pas important. (Le djinn tourna ses yeux piqués d'étoiles blanches vers Carling.) Le tribunal est venu vous arrêter.

— Quel est le motif d'inculpation ? dit-elle.

— Étant donné que le seigneur des Wyrs a réussi à arriver avant nous, répliqua Soren, je suis sûr que vous savez très bien pourquoi nous sommes ici et ce à quoi nous comptons mettre un terme.

— En réalité, non, je ne le sais pas, dit Carling. (Elle s'efforça de rester calme et rationnelle. Rune semblait être un baril de poudre prêt à exploser à la moindre étincelle. Il regardait Rhoswen avec une expression glaciale qui promettait le pire. Il avait besoin que Carling se montre imperturbable et elle savait d'expérience que seule la logique parviendrait à convaincre un groupe aussi diversifié.) Je n'ai entendu que des supputations quant à la raison de votre venue et des ragots quant aux décisions qui ont pu être prises ou non en mon absence. Je n'ai pas reçu de déclaration officielle du tribunal des Anciens.

Le groupe fut touché par une certaine agitation, puis Sidhiel et Archer affichèrent une expression de malaise. *Bien*, pensa Carling. *Ce que vous êtes en train de faire devrait être difficile.*

Ce fut Julian qui prit ensuite la parole :

— Carling, j'ai déposé une requête pour que tu sois démise de ta fonction de Chancelière des Créatures de la Nuit, et ma requête a été acceptée.

Quand Julian ouvrit la bouche, la rage de Rune monta d'un cran. Il dénuda les crocs en fixant le roi des Créatures de la Nuit avec une haine indescriptible. Comme Carling opinait, elle serra de toutes ses forces l'épaule de Rune.

— *Retiens-toi*, fit-elle doucement dans sa tête. *Il faut que nous les forcions à justifier ce qu'ils ont décidé afin de les mettre sur la défensive.* (Elle poursuivit à voix haute :) C'est bien beau tout cela, Julian. C'est indéniablement la prérogative du roi des Créatures de la Nuit... (Cela n'aurait certainement pas été le cas si elle avait pu passer cinq minutes seule avec lui.) ... Mais quel est le rapport avec cet ordre d'arrestation lancé par le tribunal ?

Elle s'exprimait avec placidité, intelligence, tolérance même. Julian l'observa avec attention. Était-ce de la confusion qui passait dans son regard impitoyable ?

— Nous avons entendu un témoignage détaillé de votre état, fit Archer, le sorcier humain, d'un ton dépourvu de toute agressivité. (*Comme si je ne savais pas d'où ça venait*, se dit Carling en rivant les yeux sur Rhoswen.) Nous savons que c'est dû à votre âge avancé, poursuivit Archer. Vous souffrez d'épisodes de plus en plus fréquents et de plus en plus graves qui font fluctuer votre Force et affectent le monde autour de vous. Vous refusez, toutefois, de rester isolée en vue de protéger les autres. Vous êtes trop Puissante et les effets de votre Force sont trop dangereux et mal compris. Cela ne peut pas continuer, Carling.

— Je suis d'accord, dit Carling.

— ... Et moi aussi, ajouta Rune. (Il projeta dans ce qu'il allait dire toute la passion de son espoir et toute sa foi.) Ce qui explique que c'est une excellente chose que nous ayons découvert le moyen de l'arrêter.

Une vive émotion traversa le groupe alors que les membres du tribunal s'entreregardaient. Ils paraissaient tous de plus en plus mal à l'aise.

La façade parfaite de Rhoswen se fissura. Elle regarda Carling, qui la dévisageait froidement. Julian s'avança avec l'air stupéfait de celui qui est trahi.

À l'écart, Dragos et sa compagne se tenaient l'un à côté de l'autre, observant les échanges avec attention.

— Vous êtes certaine d'avoir arrêté ces effets indésirables ? demanda Soren.

Rune haussa les épaules. Il donnait l'impression d'être beaucoup plus détendu qu'il ne l'était.

— Elle n'a pas eu d'épisode depuis la Californie et nous ne pensons pas qu'elle en aura d'autres.

C'était une déformation plutôt spectaculaire de la vérité, mais il réussit à paraître absolument sincère. Carling poussa encore leur avantage et choisit des mots particulièrement cinglants, sous l'apparence de la délicatesse :

— Mais cette question est bien trop importante pour que les déclarations d'une seule personne puissent faire foi. (Elle marqua une pause pour que sa parole fasse tout son effet. Julian jeta un regard vers la gauche, c'est-à-dire vers Rhoswen. C'était toute la confirmation dont elle avait besoin.) Le temps parlera. Il serait très simple de convenir d'un endroit où nous pourrions observer et attendre.

— Vous êtes disposée à rester en quarantaine pendant une période indéterminée à ce jour ? demanda Soren.

— Bien sûr, fit Carling. (Elle se focalisa sur Julian.) Je n'ai pas quitté l'île par caprice. Je l'ai quittée avec un objectif clairement défini.

— *Nous* sommes disposés à être mis en quarantaine, interjeta Rune, uniquement si nous restons ensemble. Carling est ma compagne et je ne l'abandonnerai pas.

Et voilà le bouquet, se dit Carling, alors que des échanges vifs fusaient entre les membres du tribunal. Elle en fut presque amusée.

Julian ne voulait plus que Carling fasse partie du domaine des Créatures de la Nuit. Elle lui décocha un sourire lourd de sous-entendus et dit doucement :

— Je suis totalement d'accord.

Son sourire lui disait : *Je sais ce que tu as fait et essayé de faire. Exile-moi et ton territoire deviendra une prison. Je ne viendrai peut-être plus jusqu'au domaine des Créatures de la Nuit, mais si tu mets un pied hors de ta juridiction, mon enfant, je serai toujours en mesure de te donner des ordres. Et tu ne sais absolument pas combien de temps je vais vivre ni où je serai. Tu as essayé de me terrasser et tu m'aurais tuée, et peut-être que tu as réellement fait tout ça pour le bien de ton peuple, mais tu l'as aussi fait parce que tu pensais que tu te soustrairais enfin à mon autorité. Je comprends cela, mais je ne te le pardonnerai pas pour autant parce que je sais être rancunière de toute mon âme, et un jour je te le rappellerai. Un jour.*

Puis Dragos intervint et dit :

— Cette conversation est ridicule. Rune, bien sûr que tu peux revenir à New York et amener ta compagne avec toi. (Il décocha un sourire tranchant à Carling.) Nous serons ravis de vous accueillir parmi nous.

— Je n'en doute pas, fit-elle au dragon en lui adressant un sourire tout aussi mordant que le sien.

La querelle qui s'éleva alors fut encore plus virulente et passionnée qu'avant. Personne n'était favorable à cette option.

Le matin naissait. Des traînées jaune et rose pâle éclaircissaient le ciel violet foncé. Le soleil toucherait bientôt l'horizon. Rune prit Carling par les épaules et la tourna pour qu'elle soit face à lui. Il avait l'air aussi fatigué qu'elle se sentait épuisée.

— *Je ne crois pas que l'on pourrait nous empêcher de vivre à New York, si nous le voulions*, fit-il. *Bien qu'il y ait une énorme pression exercée sur Dragos.*

Ils s'étaient montrés catégoriques envers le tribunal, mais ils ne savaient toujours pas en réalité s'ils avaient trouvé une solution au déclin de Carling. Elle n'en dit pas un mot. Elle préférait, comme lui, regarder de l'avant avec espoir. Aussi se contenta-t-elle de lui demander :

— Est-ce que tu veux revenir à New York ?

Il inspira profondément et secoua la tête.

— *Non. Je ne lui ai pas pardonné notre dernière conversation. Je pense d'autre part qu'il est surtout occupé pour l'instant à contrarier et agacer tout le monde. Je ne crois pas qu'il me laisserait revenir et reprendre mes fonctions de premier lieutenant alors que tu es désormais ma compagne. Il se demanderait toujours si le fait de t'avoir dans ma vie fausserait mes motivations, et il aurait raison. Peut-être que lui et moi pourrons réparer notre amitié au fil du temps, mais pour le moment, je crois que la seule chose que nous puissions faire, toi et moi, c'est nous installer quelque part et repartir de zéro.*

Elle lui sourit.

— *Qu'est-ce que nous allons faire de nos journées ?*

L'idée de l'inconnu était à la fois grisante et effrayante.

Le visage de Rune s'éclaira et il lui rendit son sourire.

— *Je n'en ai pas la moindre idée. Ce sera cool de faire des projets.*

Du moment qu'ils pouvaient s'acheter du temps.

Elle lui serra les mains.

— *J'ai besoin de parler à quelques personnes.*

Elle l'observa lutter avec lui-même. Il y avait trop d'individus Puissants et dangereux autour d'eux et ils avaient trop frôlé l'abîme pour qu'il puisse la laisser partir facilement. Mais il avait compris que ce n'était pas une bonne chose d'essayer de trop s'accrocher à elle, parce qu'il relâcha sa prise.

— *D'accord.*

Elle se retourna et se dirigea vers ses enfants indisciplinés. Ils ne la quittèrent pas des yeux tandis qu'elle s'approchait, notant les changements dans ses cheveux et ses vêtements.

— Est-ce que tu y es vraiment parvenue ? Est-ce que tu as trouvé un remède ? lui demanda Julian à mi-voix.

Carling examina une dernière fois les traits durs et intelligents de Julian. Ils avaient été amis un jour, longtemps auparavant, et des alliés politiques pendant bien plus longtemps encore. Comme Rune, il était un mâle alpha, né pour commander. Peut-être qu'elle l'avait tout simplement dirigé pendant trop longtemps. Peut-être qu'à l'instar de Rune et Dragos, lorsque sa colère se serait éteinte, ils pourraient faire la paix, mais elle n'allait pas trop y compter.

— Cette question va peut-être te hanter pendant mille ans ou plus, fit-elle. Mais il va falloir que tu trouves ton propre salut. (Elle tourna son attention sur Rhoswen qui s'agitait de plus en plus.) Tu es allée directement voir Julian, c'est ça ? murmura-t-elle d'une voix suffisamment basse pour que seuls la jeune vampire et Julian puissent l'entendre. Qu'est-ce que tu lui as dit – que j'étais devenue instable, que j'étais dangereuse, que ça n'avait aucun sens que je renvoie mon assistante la plus loyale et la plus dévouée et que je m'attache à ce Wyr manipulateur ? Je sais ce que tu lui as dit. Tu lui as dit tout ce qu'il voulait entendre pour justifier ses actions. Puis tu as répété les mêmes choses au tribunal.

Rhoswen se redressa et releva le menton tandis que ses yeux brillaient de larmes rageuses.

— J'ai dit la vérité.

L'expression méprisante de Carling ne faiblit pas.

— Quel misérable petit serpent venimeux tu étais en fait, fit-elle doucement.

Il y avait trop de fractures dans le comportement de Rhoswen. Carling ne croyait plus que la jeune vampire était stable. Si elles s'étaient trouvées autre part, elle lui aurait arraché la tête. Mais Rhoswen ne valait pas la peine que les lois du sanctuaire soient violées. Carling et Rune avaient parcouru trop de chemin, avaient traversé trop d'épreuves pour y parvenir. Elle ne pouvait pas compromettre leur avenir.

— Elle est ton problème désormais, fit-elle à Julian en se retournant pour s'éloigner.

Elle vit les traits de Julian se transformer au moment où elle sentait une vive douleur dans le dos. Elle se cambra et essaya de se retourner afin d'empêcher la lame meurtrière qui se glissait dans son corps de toucher son cœur.

C'est alors que le bras de Rhoswen la prit par le cou. L'autre vampire était beaucoup plus jeune qu'elle, beaucoup moins rapide et beaucoup plus faible, mais Rhoswen n'avait pas besoin de l'immobiliser longtemps. Elle avait juste besoin de l'immobiliser suffisamment longtemps.

— Je t'aimais, siffla Rhoswen à son oreille. Je t'ai tout donné.

Le coup atteint son but.

— *Rune*, fit Carling, et bien qu'il fût à une quinzaine de mètres de là en train de parler avec deux chanceliers, il l'entendit.

Il fit volte-face. Le choc et l'horreur qui envahirent les traits du griffon anéantirent Carling.

Elle avait encore tellement de choses à lui dire. Elle tendit la main vers lui et la vit disparaître.

Elle avait encore tellement de choses...

— *Rune*, fit Carling.

Et il se tourna pour voir la pointe d'une dague jaillir de sa poitrine, comme la lance qu'il avait vue transpercer le corps de son père. Derrière elle, Rhoswen pleurait au moment même où elle plongeait la lame. Julian se jeta en avant, mais le roi des Créatures de la Nuit ne put rien faire.

Carling eut juste le temps de prononcer son nom. Elle avait l'air si triste, si aimante, et c'était *Carling* qui le regardait de cette façon. C'était le regard qu'elle avait pour lui, rien que pour lui.

Elle avait brillé si fort pendant tellement longtemps. Puis elle s'effondra et ne fut plus que poussière. Et tout dans l'âme farouche et extraordinaire de Rune se mit à hurler.

Every little thing is going to be all right.

Sauf que parfois, ce n'était pas le cas, Bob. Parfois la situation dégénérait au point qu'on ne pouvait même plus renvoyer les êtres chers chez eux dans une housse mortuaire.

Hurlement.

« Attends, je ne comprends pas.

« N'est-elle pas déjà morte ? Pourquoi n'es-tu pas reparti afin de la sauver ? »

« Est-ce que tu as vu le chat de Schrödinger ? À l'instar du chat de Schrödinger, je suis morte et vivante à la fois »

Hurlement.

« Je ne peux pas vivre dans cet univers. Je ne peux pas vivre de cette manière. »

« Si tu meurs, je te trouverai. »

« Je ne te quitterai jamais. Je ne te laisserai jamais partir. Je ne te laisserai jamais tomber ou échouer. Je me lancerais toujours à ta recherche si tu t'en vas, je te trouverais toujours si tu te perds.

« Toujours. »

Chaque instant d'éternité était quelque chose d'infinitésimal et aussi d'infiniment précieux. Chaque instant détenait la possibilité du changement, un revirement, une volte-face qui menait à une autre page. Il reposait sur un point unique qui était tellement précis qu'il serait si facile de perdre de vue ce lieu minuscule, cet instant unique, dans la cascade infinie de tous les autres instants d'éternité. Chaque revirement s'évanouissait au même titre que chaque instant du présent glissait dans le passé.

Chaque instant s'échappait en fuyant jusqu'à ce que lui, Rune, remonte dans le temps, pas loin, juste à l'instant où elle avait été *là* en dernier, et non à l'instant où elle n'était *pas là, plus là*, et il lança vers elle son âme entière qui était en train de hurler.

Et il l'avait enfin.

Le mot de passe qui permettait de décrypter un code indéchiffrable.

Comme Carling se détournait de Rhoswen, elle dit à Julian :

— Elle est ton problème désormais.

Et soudain le monstre doré se trouva devant elle. Il était *là, juste devant elle*, bien que Rune fût à une quinzaine de là en train de discuter avec deux des chanceliers.

Le monstre doré contenait un cauchemar qui était tellement en deçà de toute émotion qu'il effaça les sens de Carling. Il la tira à lui avec violence tout en attaquant simultanément, toutes ses griffes meurtrières dehors.

Rhoswen tomba, le corps déchiqueté. Tout le monde se retourna alors qu'elle s'effondrait et se transformait en poussière, jusqu'à ce qu'il ne reste d'elle que la dague qu'elle avait tenue à la main.

Rune tomba à genoux, entraînant Carling avec lui. Il la serra avec tellement de force que si elle avait été humaine, elle aurait eu vraiment mal. Il fut saisi de spasmes et inspira de grandes goulées d'air en sanglotant, comme un noyé qu'on vient de sauver des eaux. Ce fut le seul son qu'il émit.

— Rune, fit Carling.

Elle prit son visage mouillé entre ses mains. Il ne la regardait pas. Il regardait autre chose. Il avait l'expression de quelqu'un qui contemplait sa damnation. Elle jeta un coup d'œil autour d'eux. Tous ceux qui étaient présents les observaient, soit eux, soit l'endroit où Rhoswen s'était tenue. Julian s'avança et ramassa la lame. Il avait l'air furieux.

L'autre Rune avait disparu. Avait-elle imaginé ce qu'elle avait vu ?

— Ça va, murmura Rune. Ça va maintenant.

— Nom de..., marmonna Dragos depuis l'autre côté de la clairière. Je ne sais pas ce que c'était, bordel, mais quelque chose s'est passé, ça, c'est sûr.

21

Deux semaines plus tard, Rune ne pouvait toujours pas parler de ce qu'il s'était passé.

Mais elle savait. La vision momentanée que Carling avait eue de Rune à deux endroits au même moment, la dague que Rhoswen avait dissimulée sous sa pèlerine, l'état consternant dans lequel il s'était trouvé après avoir tué la jeune vampire. Il ne fallait pas se creuser beaucoup la tête pour comprendre ce que cela signifiait. Carling essaya deux ou trois fois de le faire parler, mais il avait l'air si hanté qu'elle n'eut pas le cœur d'insister. À la place, elle le tenait serré contre elle chaque fois qu'il se réveillait en sueur et le taquinait gentiment lorsqu'il avait un regard vide pendant trop longtemps.

En ce qui concernait Rune, il avait le sentiment qu'une partie de son âme serait toujours prise dans l'horreur de ce qu'il s'était passé, dans la boucle qui revenait sur elle-même comme la queue d'un serpent s'enroule sur elle-même. Mais petit à petit, il commença à entrevoir le jour où il mettrait enfin cela derrière lui pour vivre pleinement.

Après de nombreuses discussions et des querelles tout aussi nombreuses, il fut décidé que Rune n'avait pas violé les lois de sanctuaire qui étaient établies pour protéger l'Oracle et tous ceux qui venaient la consulter. Si plusieurs personnes, en plus de Dragos, avaient tout à fait conscience que « quelque chose » s'était en effet passé, et le phénomène contrariait tout le monde sans exception, personne d'autre n'admit avoir vu simultanément Rune à deux endroits différents pendant cet instant fugace, aussi personne ne comprit vraiment ce qu'il s'était passé.

Tout le monde fut d'accord pour dire que la manière dont Rune avait pu se déplacer aussi vite d'un endroit à un autre était un mystère, mais comme le dit Jaggar, ce n'était pas pour rien que Rune était connu pour sa vélocité. Rune, quant à lui, ne disait rien. C'est alors que Carling soupçonna qu'il ne le pouvait pas. À la fin, ils reconnurent tous qu'il avait agi pour défendre sa compagne. Étant donné qu'il n'avait pas été l'instigateur de la violence, son acte de défense fut jugé acceptable. Pendant ce temps, Julian jura qu'il ne savait absolument pas que Rhoswen allait faire une chose pareille. Selon Carling, peu le crurent, mais rien ne pouvait être prouvé.

Ils s'installèrent dans une villa sur la plage, à Key Largo, pendant que Carling restait en quarantaine et sous observation pour une durée de trois mois. En matière de prisons, c'était plutôt luxueux. Des fenêtres sur deux étages le long de la villa donnaient sur une piscine face à l'océan. La villa avait une plage privée d'une centaine de mètres de longueur, quatre chambres et quatre salles de bains, un grand séjour, un salon, et une cuisine magnifique avec des comptoirs de granit noir et des appareils ménagers haut de gamme, y compris un réfrigérateur Sub-Zero et un cellier pour conserver le vin. Rune se préparait de fabuleux hamburgers et steaks dans cette cuisine.

La propriété comptait deux dépendances pour les invités où les observateurs de Carling, le chancelier des démons, Soren, et la Chancelière des Elfes, Sidhiel, y séjournaient avec quelques-uns de leurs assistants. Leur mission était simple : contrôler l'activité de la Force dans la zone immédiate autour de Carling. Il y avait souvent de la lumière jusqu'au petit matin dans l'une ou l'autre des dépendances et les murmures de conversations s'échappaient des fenêtres ouvertes. Soren et Sidhiel dînaient de temps en temps avec Rune pendant que Carling leur tenait compagnie en buvant un verre de vin, mais la plupart du temps les chanceliers restaient entre eux.

— C'est beaucoup mieux qu'un exil sur mon île, dit Carling à Rune.

Ils étaient installés dans le coin salon de la chambre principale de la villa. Elle était pelotonnée au bout du canapé avec une pile de livres, et elle venait de raccrocher après avoir parlé avec Seremela pendant une heure.

— Comme tu dis, fit Rune paresseusement.

Il portait juste un jean coupé aux genoux et ses longues jambes musclées et ses pieds nus étaient posés sur le canapé. Le soleil l'adorait. Sa peau brunie était d'un bronze doré plus foncé encore. Il était vautré sur le reste du canapé, la tête appuyée contre la cuisse de Carling, et zappait devant une immense télé à écran plat à la recherche de films.

— On a plein de chaînes, beauté, et je vais me passer *New York 1997* et ensuite *Los Angeles 2013*. Snake Plissken, enfin Kurt Russell, ce mec assure trop. Yessssss.

— J'avais autre chose en tête que regarder le câble.

— Je sais ce que tu as en tête, fit Rune.

Il leva une main pour saisir une des siennes et pressa ses doigts contre sa bouche.

Ils parlaient tous les jours à Seremela. Carling lui avait envoyé ses travaux de recherche par courrier express et Seremela étudiait tout au peigne fin. La gorgone était devenue littéralement obsédée par l'énigme médicale qu'ils lui avaient soumise, et elle leur posait une foule de questions chaque fois qu'ils se parlaient au téléphone. Elle venait de planifier des vacances afin de pouvoir venir leur rendre visite.

— Je trouve qu'on devrait persuader Seremela de quitter son poste de médecin légiste à la morgue du comté de Cook, remarqua Carling. (Elle regarda par la fenêtre le clair de lune miroiter sur l'océan.) Elle est sous-utilisée. Je crois qu'elle serait beaucoup plus heureuse si elle pouvait se concentrer uniquement à la recherche.

— Je pense que c'est une idée du tonnerre, répliqua Rune. Nous pourrions lui installer son propre labo. J'aimerais qu'elle soit beaucoup plus proche de nous, toutefois. Je me demande si elle aimerait déménager en Floride ?

— Il faudra lui demander quand elle sera là, fit-elle en souriant.

La villa à Key Largo était une solution temporaire, mais le climat chaud leur plaisait tellement qu'ils commençaient à discuter de la possibilité de s'installer en Floride. Ils ne s'étaient pas encore mis d'accord sur l'endroit. Peut-être Miami Beach. C'était au bord de l'océan et relié à une importante zone métropolitaine, et ce n'était qu'à soixante-quinze kilomètres de la réserve naturelle des Everglades, ce qui était un atout pour un Wyr. Une des contraintes était qu'il leur fallait trouver un endroit où vivre – ou bien où construire – qui ait un vaste espace protégé du soleil.

Parce que cela faisait deux semaines maintenant que Carling n'avait pas eu d'épisode.

Sur les conseils de Seremela, ils avaient commencé en prenant beaucoup de précautions : des petites quantités de sang dilué, bues fréquemment. La première fois, Rune s'était fait une entaille au doigt et avait fait couler quelques gouttes de sang dans un petit verre de vin. Après une si longue période sans boire quoi que ce soit, sauf du vin, ils espéraient que cela aiderait Carling à faire la transition et l'aiderait à pouvoir recommencer à boire du sang.

Elle avait eu, à sa grande surprise, beaucoup de mal à avaler le vin infusé de sang, mais y était parvenu. Elle avait failli tomber à genoux. Elle avait pensé que son sang aurait un goût spectaculaire, aussi brûlant et intense que la liqueur la plus rare. Mais ce fut tellement plus Puissant que tout ce qu'elle avait pu imaginer.

Cette gorgée l'enivra et lui donna le vertige. Elle s'appuya sur le comptoir de la cuisine en hoquetant. Rune saisit le verre qu'elle tenait encore car il penchait dangereusement. Il la regarda avec inquiétude.

— Comment te sens-tu ? demanda-t-il. (Il passa une main autour de sa taille.) Tu es malade ? (Elle secoua la tête et tout tourna. Elle s'agrippa au comptoir.) Tu vas vomir ?

— Non. (Elle essaya de se concentrer sur lui.) Je ne crois pas en tout cas.

Puis l'euphorie la frappa. Une vague de chaleur déferla sur sa peau comme un drap de flammes. Quand elle se retourna pour faire face à Rune, ses yeux étaient rouge grenat.

Son expression flamboya à son tour et il murmura :

— Hello, superbe fille au tempérament de feu.

Elle gronda, se jeta sur lui et le fit tomber sur le sol où ils firent frénétiquement l'amour.

Elle était maintenant en mesure de boire un quart de verre de sang à la fois, mélangé à un verre de vin. La Force qui infusait le sang de Rune la terrassait presque chaque fois. Il y avait d'autres effets secondaires, mis à part les étreintes déchaînées. Elle commençait à perdre son aptitude à percevoir les émotions des autres créatures. Elle devint aussi plus calme, retrouva la maîtrise de soi qu'elle avait oubliée. Sa propre Force n'était plus constamment en train de s'emballer et elle se fatiguait plus facilement. Elle n'était plus en mesure de maintenir son sort de protection contre le soleil pendant plus d'une heure d'affilée. Dès qu'elle eut perdu cette aptitude, Rune avait acheté en ligne tout un assortiment de pèlerines, d'écrans solaires et autres articles de protection.

Et l'après-midi même, elle avait fait une sieste d'une demi-heure. Ce fut un repos tellement réparateur qu'elle se réveilla les larmes aux yeux. Rune s'étendit à ses côtés, la tête sur une main, et la regarda dormir. Elle se tourna vers lui et surprit son regard dont la tendresse était infinie, et elle pleura. Ils se rapprochèrent l'un de l'autre au même moment et s'étreignirent. Il la berça, le visage enfoui dans ses cheveux.

Peut-être que cela ne durerait pas. Peut-être que ce n'était qu'un sursis et que ses symptômes se manifesteraient de nouveau. Ni l'un ni l'autre ne voulaient trop s'attacher aux mots de Python. La sagesse et la prudence dictaient de poursuivre toutes les voies de recherche possibles, c'était pourquoi ils voulaient recruter Seremela et la faire travailler à plein temps sur le projet. Mais pour l'heure, ils tenaient bon, envers et contre tout, y compris le temps.

Ils eurent des échanges avec d'autres personnes. Carling demanda à Duncan de déposer une requête auprès de Julian pour qu'il donne l'autorisation de veiller au retrait et au transport de sa bibliothèque. Elle était à peu près certaine d'avoir convaincu Duncan d'ouvrir une étude à Miami. Elle arriverait peut-être même à le convaincre de s'y installer pour de bon. Elle discutait avec d'autres personnes aussi. Elle soupçonnait que Julian allait très bientôt regretter le départ de son domaine de plusieurs individus très talentueux.

Aryal appelait Rune quotidiennement pour lui dire à quel point il faisait chier et combien elle le détestait. Elle appela même Carling une fois pour lui dire la même chose. Carling éclata de rire et invita la harpie à leur rendre visite. Les autres sentinelles appelèrent aussi, parfois pour poser des questions de boulot, parfois juste pour bavarder et plaisanter. Dragos n'appela pas une seule fois et Rune ne l'appela pas non plus.

Carling observait Rune avec attention quand il parlait et rigolait avec les sentinelles qui étaient ses amis. Elle souffrait de ne pas pouvoir faire quelque chose à ce sujet. Elle craignait que cette situation ne finisse par lui peser, mais il ne montra aucun signe de lassitude. Ses amis lui manquaient, mais il n'avait aucun regret.

Il serait malgré tout appréciable de savoir un peu mieux ce qu'ils allaient faire par la suite. Comme le dit un jour Rune à Constantine en affichant un grand sourire :

— Je crois que je vais peut-être devoir m'acheter un costume à la Don Johnson, pendant que j'y suis.

Tu trouves que t'es cool, mec ? Tu n'arrives pas à la cheville de Johnson.

Carling n'aimait pas beaucoup la télévision et elle dut chercher sur Google ce dont il parlait. Elle rit sous cape en tombant sur les photos de la série *Deux flics à Miami*. Puis elle devint pensive.

Elle posa son iPad et ses livres et passa la main le long du bras de Rune pour lui demander silencieusement la télécommande. Il la lui tendit en penchant la tête en arrière et lui décocha un sourire languide et sensuel.

— Est-ce que tu te sens bien ? lui demanda-t-elle après avoir éteint la télévision.

— Bien sûr. Pourquoi je ne serais pas bien ?

— Nous faisons tous deux l'expérience d'un changement de vie radical, fit-elle en choisissant ses mots. Ce n'est pas forcément simple à gérer.

— Je sais. Ça va prendre un peu de temps de s'adapter. Les réponses que nous cherchons finiront par arriver.

— Je veux juste m'assurer que tu ne trouves pas le temps long en attendant.

— Tu plaisantes ? Ce sont des vacances de rêve. C'est dommage qu'on ait la villa pendant seulement encore deux mois et demi. Je n'aurais pas d'objection à passer six mois comme ça. Et puis on a déjà décidé de pas mal de choses. Nous devrions commencer à chercher des maisons autour de Miami, et puis nous allons ouvrir un laboratoire de recherches et convaincre Seremela de nous rejoindre. Tu as déjà convaincu à moitié ton chéri Duncan de déménager, et Raspoutine et Rufio arrivent demain soir. Quant à moi... (Il haussa les épaules et laissa glisser ses doigts le long de son bras.) Je vais peut-être voir s'il y a des possibilités de services de consultation avec la police du coin pendant qu'on décide du reste. Ce ne sera pas l'idéal pour moi, mais ça me suffira pendant un moment, alors arrête de te faire du mouron.

— Je ne me fais pas de mouron, j'envisage tous les angles, fit-elle en se renfrognant.

Il se mit à rire et tiraille le tee-shirt qu'elle portait.

— Tu es d'une telle mauvaise foi par moments. Tu te fais du mouron, je te dis, darling Carling. C'est mignon. Tu avais également juré de ne jamais porter de tee-shirt avec un homme poilu et à lunettes dessus.

Elle baissa les yeux sur ce qu'elle portait, à savoir son tee-shirt Jerry Garcia et une culotte, rien d'autre.

— C'est le vêtement le plus hideux que j'aie jamais vu, fit-elle. (Et accessoirement son préféré désormais.) C'est une bonne chose que je n'ai pas besoin de me regarder quand je le porte.

— Il te va beaucoup mieux qu'à moi, fit-il d'une voix soudain voilée.

— Je vais malheureusement devoir te contredire.

Elle posa la télécommande et passa la paume de sa main sur sa poitrine musclée. Sa peau était toujours si chaude.

La faim la tenailla, sensuelle, mais pas seulement. Ses gencives se mirent à la picoter. Il se souleva sur les coudes alors qu'elle se baissait pour l'embrasser.

— J'ai tellement envie de te mordre, murmura-t-elle contre sa bouche.

Son aura se mit à brûler d'une sexualité brute.

— Mords-moi alors, fit-il à mi-voix.

Ses paupières étaient tellement lourdes. Elles se fermèrent quand elle glissa les lèvres le long de son cou. Elle mordilla doucement la peau et il émit un grondement frustré.

— Tu appelles ça une morsure ? Ce n'est rien du tout, ça. (Il se leva du canapé et la tira pour la mettre debout.) Je vais te montrer ce que c'est, une vraie morsure, moi, marmonna-t-il.

Elle se mit à rire. Elle se sentait ivre de nouveau, enveloppée par sa présence. Elle passa les bras autour de sa taille, se pelotonna contre sa poitrine nue et mordit son mamelon.

— C'est une promesse ?

Il posa une main sous son menton et lui fit lever la tête, puis il l'embrassa avec passion. Il l'entraîna ensuite vers le lit. Elle retira son tee-shirt et il fut aussitôt sur elle.

Elle tomba sur le lit et il la recouvrit de son corps, lui arrachant sa culotte avec impatience. Puis il se mit à la mordre.

Il téta ses seins magnifiques, tirant avec ses dents ses mamelons gorgés de désir tout en fouillant son sexe de ses doigts. Ses mains tremblaient. Il descendit un peu plus bas et mordit la chair tendre de son ventre, suffisamment fort pour faire un peu mal, mais sans laisser de marque.

La faim et l'excitation sexuelle palpitaient en elle. Elle avait oublié à quel point l'esprit participait aussi au plaisir charnel. Un désir aussi fantastique qu'insatiable s'empara de son corps au moment où Rune s'installait entre ses cuisses et posait sa bouche sur son sexe.

Il la suça et l'explora avec une patience et une férocité inépuisables ; elle leva les genoux pour mieux s'offrir à lui alors que le plaisir inondait son corps. Il la lécha en adoptant un rythme de plus en plus soutenu et Carling sentit son orgasme naître au sein de son intimité, puis gonfler et enfin s'épanouir, la laissant pantelante.

— Viens ici, fit-elle alors en lui caressant les cheveux.

— Non.

Il la mordit de nouveau sur la zone sensible de sa cuisse et passa et repassa son pouce sur son clitoris.

Cette fois-ci elle aurait un bleu. Le deuxième orgasme qui la secoua n'avait rien de doux ni de paisible. Elle hurla et se cambra au point de se soulever du lit. Il la faisait jouir et pourtant elle se sentait vide et de nouveau affamée.

— Viens ici, gronda-t-elle.

— Non, je ne crois pas, fit-il en écartant ses lèvres et en la léchant de plus belle.

La sensation était si perçante et elle avait pourtant toujours aussi faim, elle *mourait de faim*, et elle s'appuya sur les coudes en feulant, et pour la première fois depuis deux cents ans, ses crocs s'allongèrent.

Elle se retourna, à quatre pattes sur le lit, et s'avança vers lui :

— Je ai dit : « Viens ici. »

Les traits de Rune étaient déformés par le désir, ses yeux de lion brillaient comme des pierres polies. Il ne pouvait pas quitter sa bouche des yeux, figé, puis il ronronna :

— Tu vas venir me mordre pour de bon maintenant, beauté ? Promis ?

Insouciant mâle. Elle se jeta sur lui et plongea les dents dans son cou. Ils grognèrent à l'unisson au moment où la liqueur sauvage explosa sur sa langue. Elle gémit et se mit à trembler.

Il la maintint en posant une main sur sa nuque et s'empala encore davantage sur ses crocs en la tirant sur ses genoux. Elle l'accompagna avec ardeur, écartant les cuisses pour s'asseoir sur lui. Il positionna son membre à l'orée de sa grotte et, la saisissant par les hanches, la transperça pour de bon. Et il remplit le vide douloureux de la chaleur de sa queue raide tandis que son sang chaud coulait dans sa bouche. Il la serra contre lui et se mit à aller et venir en elle pendant qu'elle se nourrissait.

Elle fut ivre de plaisir une nouvelle fois. Elle était toujours surprise de la générosité de cette volupté. Il la comblait constamment de rire et d'une passion si rare et si accomplie qu'elle pouvait sentir son âme se déployer et s'épanouir.

Elle se rendit compte qu'il lui murmurait quelque chose à l'oreille.

— Je répondrai toujours à ton appel, je te protégerai toujours, je le jure.

La gorgée de sang qu'elle avait prise était plus que suffisante. Sa vitalité chantait déjà dans ses veines.

— Je ne te quitterai jamais, murmura-t-elle. Je répondrai toujours, je serai toujours là pour toi.

Il se mit à trembler à son tour, puis il s'abandonna totalement et une fois de plus à sa compagne, en la rejoignant dans l'extase.

Elle le tint serré contre elle, de tout son cœur. Elle le lui avait promis.

Le lendemain soir, Rufio et Raspoutine arrivèrent.

— Essayons de gérer tout ça sans que personne se mette à gronder, d'accord ? murmura Carling à Rune alors que la voiture de location remontait l'allée.

— Ne me regarde pas. Je ne cesserai pas de ronronner.

Il lui fit un clin d'œil de son air le plus innocent.

Elle essaya de le regarder avec sévérité, mais n'y parvint pas. Ils avait passé l'après-midi à sommeiller. Elle avait rêvé, la tête sur son épaule, et rien n'aurait pu être plus parfait ou plus précieux.

Rune ouvrit la porte alors que Rufio descendait de voiture, suivi par le petit chien tenu en laisse. Raspoutine aperçut Carling alors qu'elle se tenait dans l'embrasure de la porte. Il aboya avec impatience et tira sur la laisse jusqu'à ce que Rufio le lâche en riant.

Le petit animal se mit à courir, fou de joie. Il dansa et tournoya, sauta, et quand Carling se pencha pour le prendre, il sauta dans ses bras et essaya de lui lécher le visage avec frénésie. Rune accueillit Rufio, lui demanda si le voyage s'était bien passé, et lui montra sa chambre.

Quand il revint, il trouva Carling et Raspoutine dans la cuisine. Raspoutine explorait tous les recoins de la pièce en remuant la queue. Carling avait sorti une barquette de blancs de poulet et marmonnait quelque chose en mettant un peu d'huile dans une poêle. Elle jeta un coup d'œil à Rune.

— Je vais faire cuire du poulet à Raspoutine pour son dîner. Tu veux que je t'en prépare aussi ?

Rune se pinça le nez avec embarras.

— Il faut que je t'avoue quelque chose, fit-il.

— Quoi donc ?

Elle alluma un des brûleurs sous la poêle, fit une grimace en voyant la hauteur des flammes, et baissa le feu.

— Je ne veux pas te vexer. À mes yeux, tu es la perfection même. Mais darling, tu n'es pas un cordon-bleu.

Carling le regarda d'un air peu aimable. Il lui décocha un sourire navré. Il la vit baisser les yeux et changer d'expression. Elle se couvrit la bouche d'une main.

Il baissa les yeux à son tour. Le chien s'était approché de lui et avait levé la patte. Un minuscule jet d'urine éclaboussa sa chaussure.

Rune se pinça les lèvres. Carling et lui s'accroupirent et regardèrent pensivement le loulou. Raspoutine s'assit et se gratta derrière l'oreille.

— Que crois-tu qu'il pense ? demanda Rune.

— Je n'en ai pas la moindre idée, fit Carling. (Elle éclata de rire et ses longs yeux en amande pétillèrent. Elle semblait totalement vivante et totalement heureuse.) Mais à compter d'aujourd'hui, c'est toi qui le sors.

*Découvrez les prochaines nouveautés
des différentes collections J'ai lu pour elle*

AVENTURES & PASSIONS

Le 5 février

Inédit **Les rebelles - 1 - Partie d'échec**

❧ Suzanne Enoch

Oliver Warren a beau être un joueur habitué à masquer ses émotions, son cœur s'emballe face à Diane Benchley. La jeune femme qu'il a séduite puis abandonnée deux ans plus tôt s'est métamorphosée en une ambitieuse décidée à lui faire payer sa lâcheté. Elle compte ouvrir un club de jeu à Londres avec l'argent qu'il lui prêtera. Et s'il avait l'idée de refuser... elle rendrait publique une lettre très compromettante.

Inédit **Les fantômes de Maiden Lane - 6 -**
Le duc de minuit ❧ **Elizabeth Hoyt**

La jeune Artemis Greave n'a aucun moyen d'aider son frère, interné dans l'horrible asile de Bedlam. Un soir, Artemis et sa cousine Penelope sont sauvées d'une agression par un individu masqué, costumé en Arlequin. Le célèbre fantôme de Saint-Giles ! Quelque temps plus tard, Artemis découvre qu'il n'est autre que le duc de Wakefield qui courtise sa cousine. Forte de cette découverte, elle le somme de l'aider à libérer son frère sinon elle révélera sa double identité.

Prince de l'éternité ❧ Lisa Kleypas

Après avoir été abandonnée par l'homme qu'elle aimait, Emma accepte d'épouser le prince Nicolas Angelovski. Toutes les ladies de la bonne société jalousent ce mariage, car le prince est riche et séduisant. Mais son passé est fort trouble. On sait qu'il a subi les tortures des services secrets du tsar, en Russie. Quel crime a-t-il commis ? Et pourquoi est-il si distant avec sa jeune épouse ?

Le 19 février

PROMESSES

Le 5 février

Sauve-moi ! ⟨⟩ **Rachel Gibson**

Elle a 33 ans, est célibataire et est engoncée dans une robe de demoiselle d'honneur rose bonbon. La veille, elle avait croisé sur la route et dépanné un bel étranger musclé. Lorsqu'il lui avait demandé s'il lui devait quelque chose, elle lui avait proposé d'être son cavalier le lendemain au mariage de sa cousine. Le bel étranger musclé avait décliné l'invitation. Lorsqu'il apparaît, car il a finalement décidé d'honorer sa dette, elle est à table, entourée d'une horde de vieilles tantes qui lui font la morale. Elle accueille Vince en lui soufflant : « Sauve-moi ! »

Inédit *Gansett Island - 1 - Cadeau d'amour* ⟨⟩ **Marie Force**

Maddie Chester est la maman d'un adorable petit Thomas de un an qu'elle élève seule sur l'Ile de Gansett. Elle gagne difficilement leurs vies comme femme de chambre à l'Hôtel McCarthy. Un matin, elle est renversée de sa bicyclette sur le chemin de son travail. L'auteur de l'accident n'est autre que le fils McMarthy, Mac, de retour sur l'île pour quelque temps afin d'aider son père à vendre l'hôtel. Maddie est sérieusement blessée, Mac sérieusement ennuyé… Aussi va-t-il tout faire pour réparer la catastrophe qu'il a provoquée.

Passion intense

Des romans légers et coquins

Le 5 février

L'actrice hollywoodienne Jennifer Turner délaisse la ville le temps d'une balade dans la forêt de Shawnee. Tombée dans un fossé, elle se retrouve coincée aux côtés du ténébreux John Corcoran, avec qui elle va plonger dans le sombre abîme de ses fantasmes…

Photographe professionnel, Chance Hathoway a l'œil pour reconnaître les belles choses. Aussi ne peut-il résister à l'envie d'immortaliser l'image de la sensuelle Sherona Legion émergeant d'un lac dans le plus simple appareil…

CRÉPUSCULE

Le 19 février

Ancienne reine amazone, Samia Savage a autrefois vendu son âme à Artémis pour obtenir l'immortalité. Désormais guerrière sous les ordres de la déesse, elle est devenue une Chasseuse de la Nuit. Si elle possède un immense pouvoir, elle court aussi un grand danger, car le redoutable Stryker la pourchasse pour le lui dérober. Fou épris de Samia, Dev Peltier, du clan des ours, va s'opposer à cette traque sans merci…

Et toujours la reine du roman sentimental :

Barbara
Cartland

« Les romans de Barbara Cartland nous transportent dans un monde passé, mais si proche de nous en ce qui concerne les sentiments.
L'amour y est un protagoniste à part entière : un amour parfois contrarié, qui souvent arrive de façon imprévue.
Grâce à son style, Barbara Cartland nous apprend que les rêves peuvent toujours se réaliser et qu'il ne faut jamais désespérer. »
Angela Fracchiolla, lectrice, Italie

Le 5 février
N'oublie jamais l'amour

10615

Composition
FACOMPO

Achevé d'imprimer en Italie
par GRAFICA VENETA
le 23 décembre 2013.

Dépôt légal : décembre 2013.
EAN 9782290041451
L21EPSN000924N001

ÉDITIONS J'AI LU
87, quai Panhard-et-Levassor, 75013 Paris

Diffusion France et étranger : Flammarion